世界十大文学名著

战争与和平

（一）

WAR AND PEACE

〔俄〕列夫·托尔斯泰 著

Leo Tolstoy

草 婴 译

上海文艺出版社

图书在版编目（CIP）数据

战争与和平 /（俄罗斯）托尔斯泰（Tolstoy，L.N.）著；草婴译．—上海：上海文艺出版社，2007（2019.10重印）
（世界十大文学名著）
ISBN 978-7-5321-3226-3

Ⅰ.战… Ⅱ.①托…②草… Ⅲ.长篇小说－俄罗斯－近代 Ⅳ.I512.44

中国版本图书馆CIP数据核字（2007）第120271号

策　　划：曹元勇　海力洪
责任编辑：刘敏红
美术编辑：王志伟
装帧设计：灵动视线·严　潇

战争与和平
〔俄〕列夫·托尔斯泰 著
草　婴 译
上海文艺出版社出版、发行
地址：上海绍兴路74号
电子信箱：cslcm@publicl. sta. net. cn
网址：www.slcm.com
新华书店 经销 泰安市恒彩印务有限公司印刷
开本635×965　1/16　印张81.25　字数1,094,000
2007年8月第1版　2019年10月第4次印刷
印数：10,001–15,000册
ISBN 978-7-5321-3226-3　　定价：108.00元（共四册）

告读者　如发现本书有质量问题请与印刷厂质量科联系
T：0538-8285877

编辑说明

人类正在经历着一个信息大爆炸的时代，作为精神产品的图书也不例外。读者面对品种繁多、应接不暇的图书信息，同样面临如何选择的窘境。即便是面对数百部在文学史上地位显赫的经典名著，选择也一样无法回避。

2006年，美国《读者文摘》和《纽约时报》组织欧、亚、美、澳、非五大洲的十万读者进行投票，评选出了世界十部文学经典。2007年，英国《泰晤士报》报道，英、美和澳洲的125位作家应邀从五百多部最受读者喜爱的文学作品中评选出他们心目中最值得阅读的十部经典。另外，《泰晤士报》还通过读者问卷调查，让英国读者选出他们心目中的十大经典名著。在这些经典名著榜单中，俄国作家列夫·托尔斯泰的《战争与和平》和《安娜·卡列尼娜》，法国作家福楼拜的《包法利夫人》、司汤达的《红与黑》，英国作家莎士比亚的《哈姆莱特》等，赫然在列。毫无疑问，这些作品代表了欧美国家最具世界性、最受读者欢迎的文学经典。

为了方便我国读者选择自己必读的世界文学名著，我社决定推出上海文艺版的“世界十大文学名著”。

在参照上述种种“十大文学经典”榜单的基础上，我们征求了国内众多实力派作家和著名文学翻译家的意见，选择了十部真正称得上“经典中的经典”的世界文学精品。同时，我们坚持“名著配名译”的原则，避免急功近利、粗制滥造，以致贻害读者与后人。

我们衷心期望，放在您面前的这套“世界十大文学名著”不仅能为我国读者打开一道进入世界文学殿堂的大门，而且由此将读者引向一个更为广阔、有益的文学天地。

上海文艺出版社

“世界十大文学名著”编辑组

二〇〇七年八月

目 录

第一卷

第　一　部

1

“哦，公爵，热那亚和卢卡[①]如今成了波拿巴[②]家的领地了。我可要把话说在前面，您要是不承认我们在打仗，您要是再敢替这个基督的敌人（是的，我认为他是基督的敌人）的种种罪孽和暴行辩护，我就同您绝交，您就不再是我的朋友，也不再像您自称的那样，是我忠实的奴仆。[③]哦，您好，您好！我知道我把您吓坏了，请坐，坐下来谈吧。”

一八〇五年七月，玛丽太后名声很大的女官和心腹安娜·巴夫洛夫娜·舍勒在迎接第一个来赴她晚会的大官华西里公爵时，说了上面这番话。安娜·舍勒咳嗽有好几天了，她自己说是得了流感（流感当时还是个新名词，很少有人使用）。那天早晨，她派一个身穿红色号衣的听差分送请柬，请柬上千篇一律地用法语写着这样的话：

伯爵（或公爵）！如果您没有其他更好的活动，如果参加一个可怜病妇的晚会不会使您太难堪，那么，今晚七时至十时我将在舍间恭候大驾光临。

安娜·舍勒

---

① 热那亚于1805年并入法国，卢卡于同年改为侯国，受拿破仑管制。

② 拿破仑·波拿巴（1769—1821），法兰西第一帝国和百日王朝皇帝（1804—1814，1815）。1799年发动雾月政变，组成执政府，自任第一执政；1804年称帝，建立法兰西第一帝国；1812年发动对俄战争，失败；1814年欧洲反法联军攻陷巴黎，被放逐于厄尔巴岛；1815年重返巴黎，建立百日王朝；滑铁卢战役失败后，被流放于圣赫勒拿岛。1821年病故。

③ 原文为法语，以下凡原著为法语的一律排楷体，不再一一加注。

“嚯，您的话真厉害！”进来的华西里公爵对这样迎接他毫不介意，回答女主人说。公爵身着绣花朝服，脚穿长筒袜，低口鞋，胸前佩着几枚星章，扁平的脸上容光焕发。

他讲一口典雅的法语（我们的先辈当年不仅用这样的法语说话，而且用这样的法语思想），用的是在社交界阅历丰富、在朝廷里地位显要的人所特有的那种居高临下的温和语气。他走到安娜·舍勒跟前，低下洒过香水的亮光光的秃头，吻了吻她的手，然后怡然自得地在沙发上坐下来。

“亲爱的朋友，请您先告诉我，您身体好吗？好让我放心。”他说，没有改变声音和语气，但从表面的礼貌和关心中透露出冷漠甚至嘲弄的意味。

“一个人要是心里不痛快，身体怎么好得了？在我们这个时代，凡是有感情的人能过得舒心吗？”安娜·舍勒说，“您今晚就待在我这里，行吗？”

“那么，英国公使的招待会怎么办？今天是礼拜三。我得到那里去露面，”公爵说，“回头小女要来接我，陪我一起去。”

“我还以为今天的招待会取消了呢。说实在的，这一类招待会啦，放焰火啦，越来越叫人腻烦了。”

“要是他们知道您不乐意，早就把招待会取消了。”公爵说，他像一只上足发条的时钟，习惯成自然地说着自己也不想叫人相信的话。

“别挖苦我了。那么，对诺伏西尔采夫的急电究竟做了什么决定？您是无所不知的。”

“怎么对您说呢？”公爵有气无力地冷冷地说，“做了什么决定？他们说，既然波拿巴已经破釜沉舟，那我们也只好背水一战了。”

华西里公爵说话总是有气无力，就像演员背诵旧戏的台词。安娜·舍勒正好相反，别看她年纪已有四十岁，说起话来还是生气勃勃，热情洋溢。

她的热心使她获得这样的社会地位。有时，即使心里不愿意，但为了不使认识她的人扫兴，她也会竭力做个热心人。安娜·舍勒经常现出微微的笑容，这同她姿色已衰的相貌并不相称。不过，她好像一个被宠坏的孩子，明知自己有招人喜爱的缺点，却不愿也不能加以克服，甚至认为无须克服。

话题一转到政治，安娜·舍勒就来劲了。

“哼，您别跟我提奥地利了！我可能什么也不懂，但我知道奥地利一向不要战争，现在也不要战争。他们把我们出卖了。只有俄国应该成为欧洲的救星。圣上知道自己担负着崇高的使命，并且将忠贞不渝。是的，我对此深信不疑。仁慈的圣上将担负起世上最伟大的天职，他是那么仁慈那么英明，上帝决不会抛弃他的。圣上一定能完成使命，消灭革命这个恶魔。如今革命恶魔以这个凶手和恶棍为代表，变得越发可怕了。只有我们能为先驱者讨还血债。请问：我们能指望谁呢？……英国人满脑子生意经，不理解，也无法理解亚历山大皇帝[①]的崇高心灵。英国拒绝从马耳他撤兵。他们想了解我们行动的用意。他们对诺伏西尔采夫说了些什么？什么也没有说。他们不理解，也无法理解圣上自我牺牲的精神。圣上自己一无所求，一心只想为世界谋福利。可他们答应了什么呢？什么也没有答应。即使他们答应了什么，也不会实行！普鲁士已公然宣称，波拿巴是不可战胜的，整个欧洲都对付不了他……哈登堡[②]的话也好，霍维茨[③]的话也好，我一句也不信。臭名昭著的普鲁士中立无非是个圈套罢了。我只相信上帝，相信我们仁慈的皇帝陛下的崇高使命。他一定能拯救欧洲！……”她突然停住，因为自己太激动而露出自嘲的微笑。

“我想，”华西里公爵笑眯眯地说，“要是派您去代替我们那位可爱的文森盖罗德，您一定会迫使普鲁士国王同意的。您的口才太好了。您给我杯茶，好吗？”

“马上就来。顺便说说，”安娜·舍勒又镇静下来说，“今晚我这儿有两位有趣的人物要来：莫特玛子爵，他通过罗亨家的关系同蒙莫朗西家沾亲，是法国的一个望族。莫特玛子爵是个真正的高等侨民。另一位

---

① 亚历山大一世（1777—1825），俄国沙皇，1801—1825年在位。

② 哈登堡，当时的普鲁士首相。

③ 霍维茨，当时的普鲁士外交大臣。

是莫里奥神父。您认识这位智慧超群的人物吗？皇帝都接见过他了。您知道吗？”

“哦，那太好了！”华西里公爵说。“您倒说说，”他仿佛刚想起一件事，漫不经心地说，其实他今晚来参加晚会，主要就是为了打听这件事，“太后想任命冯克男爵为维也纳使馆一等秘书，这是真的吗？这位男爵好像是个平庸之辈。”华西里公爵想替儿子谋得这个差事，而别人也正在通过太后为冯克男爵争取这个位子。

安娜·舍勒几乎闭上眼睛，表示他也罢，别人也罢，谁都无权评论太后的意旨。

“冯克男爵是由太后的妹妹推荐给太后的。”安娜·舍勒不高兴地冷冷地说。她一提到太后，脸上顿时现出无比忠诚和崇敬的神情，同时带有几分忧郁。每次谈话，只要一提到她那位最高庇护人，她总是这样的。她说，太后陛下很器重冯克男爵，接着她的脸上又现出忧郁的神色。

华西里公爵神情冷漠地沉默着。安娜·舍勒施展她那宫廷女官所特有的圆滑手腕，一面要刺刺公爵（因为他胆敢批评推荐给太后的人），一面又想安抚他。

“现在来谈谈府上的事吧，”安娜·舍勒说，“说实在的，自从令爱在社交界露面以来，大家都为她倾倒。她可真是个美人。”

华西里公爵点点头表示敬意和感激。

“我常常想，”安娜·舍勒停了停，继续说，身子凑近公爵，向他露出亲切的微笑，仿佛表示政治性和社交性的谈话告一段落，现在要谈谈心了，“我常常想，人间的幸福有时也真不公平。为什么命运给了您两个这样好的孩子，两个这样可爱的孩子？您的小儿子阿纳托里不算在内，我不喜欢他。”她竖起眉毛，不容反驳地补上一句：“可是您，说实在的，并不赏识他们，所以您不配做他们的父亲。”

安娜·舍勒得意扬扬地微微一笑。

“那有什么办法呢？拉法特[①]会说，我天生没有父爱的骨相。”公

① 拉法特（1741—1801），瑞士作家，著有《相面术》一书。

爵说。

“别开玩笑了。我要同您谈谈正经的。老实说，我不喜欢您的小儿子。这话只能在你我之间说说（她脸上现出忧郁的神色），有人在太后陛下面前说到他，也替您惋惜……”

华西里公爵没有回答；安娜·舍勒也没有作声，意味深长地瞧着他，等着答话。华西里公爵皱了皱眉头。

“可我有什么办法呢？”他终于说，“不瞒您说，为了他们的教育，我已尽了做父亲的责任，可到头来两个都是傻子。伊波利特这傻子至少还安分守己，而阿纳托里可是个无法无天的浑小子。他们唯一的区别就在这里。”他说，笑得比平时更做作，更激动，而嘴角深刻的皱纹则显得格外粗俗、讨厌。

“像您这样的人何必要有孩子呢？您要是不做父亲，我也就没什么可责怪您的了。”安娜·舍勒说，若有所思地抬起眼睛。

“我是您的忠实奴仆，这话只对您一个人说说，我那两个孩子是我身上的包袱。他们是我的十字架。我是这么看的。有什么办法？……”他沉默了一下，做做手势表示向残酷的命运屈服。

安娜·舍勒沉思起来。

“您从没想到替您那个放荡的儿子阿纳托里娶门亲吗？据说，老姑娘都有替人说媒的癖好。我还没觉得我有这毛病，但我心目中倒是有个姑娘，她一直跟父亲住在一起，很苦恼，她是我们的亲戚，叫玛丽雅·保尔康斯基公爵小姐。”华西里公爵没有回答，但他也像一般老于世故的人那样，头脑灵活，思路敏捷，就点点头表示愿意考虑她的话。

“唉，不瞒您说，阿纳托里这小子一年要花掉我四万卢布呢。”华西里公爵说，显然无力克服内心的苦恼，接着沉默了一下，“照这样下去，再过五年怎么得了？这就是做父亲的福气啊。她有钱吗，您那位公爵小姐？”

“她父亲很有钱，但很吝啬。他住在乡下，叫保尔康斯基公爵，有点名气。还是先帝在世的时候他就退了役，绰号叫‘普鲁士王’。这人很聪明，就是脾气怪，叫人受不了。可怜的公爵小姐日子真不好过。

她哥哥是库图佐夫[①]的副官，前不久同丽莎结了婚。他今晚要到我这儿来的。”

“听我说，亲爱的安娜，”华西里公爵突然抓住对方的手，不知怎的把它往下拉，说道，“这事您替我办一下吧，我永远是您最忠实的奴仆（村长给我写信也这样写）。她门第好，又有钱。这些都是我所需要的。”

华西里公爵用他特有的潇洒而亲昵的优美姿势拿起女官的手吻了吻，又拉住她的手摇了摇，接着把身子靠在安乐椅上，眼睛望着别处。

“别忙，”安娜·舍勒边想边说，“我今晚就同丽莎（安德烈·保尔康斯基的夫人）谈一谈。这事也许有希望。为了您府上的事，我要学着干一点老姑娘的行当了。”

2

安娜·舍勒的客厅里客人源源来到。来的都是彼得堡的名流，他们年龄不同，性格各异，但都来自上流社会。华西里公爵的女儿大美人海伦也来了。她是来接父亲一起去参加公使的招待会的。她身穿舞会礼服，佩着花字奖章[②]。彼得堡最迷人的女人，年轻的安德烈公爵夫人也来了。她是去年冬天结婚的，现在因怀孕不出席重大的交际活动，但小型晚会还是参加的。华西里公爵的儿子伊波利特带着他所介绍的莫特玛一起来了。来赴晚会的还有莫里奥神父和其他许多客人。

“您还没见过吧？”或者“您还不认识我的姑妈吧？”安娜·舍勒对来客们说，郑重其事地把他们领到头上系着高高的花结的小老太婆面前（她是在客人开始到来时，从隔壁屋里悄悄过来的），报了来客的名字，同时把视线从客人身上慢慢移到“我的姑妈”身上，然后走开。

---

① 库图佐夫（1745—1813），俄国著名统帅，苏沃洛夫的学生，在俄土战争（1768—1774，1787—1791）中屡建军功；1805 年，俄、奥、英对拿破仑作战，任驻奥地利俄军总司令；1812 年抗法战争中任总司令，指挥鲍罗金诺战役和塔鲁季诺战役，打败拿破仑。

② 俄国皇后颁发给成绩优秀的中学女毕业生的奖章。

客人出于礼貌，个个向这位谁也不认识、谁也不感兴趣、谁也不需要的姑妈问好。安娜·舍勒忧郁而严肃地注视着他们的问候，默默地表示赞许。姑妈则千篇一律地询问每个客人的健康，又谈到自己的健康，还谈到太后陛下的健康，并且说，感谢上帝，太后陛下身体现在好些了。凡是来到老太婆面前的人，为了顾全礼貌，都表现得从容不迫，但离开她的时候都如释重负，好像履行了一项沉重的义务，而且一晚上再也不到她跟前去了。

安德烈公爵夫人带来一个做针线活用的丝绒绣金手提包。她的嘴唇上淡淡地长着一抹微黑的毫毛，小小的上唇遮不住牙齿，嘴唇微微张开时看起来很美，而当上下唇抿到一起时就格外可爱。就像一般富有魅力的女人那样，她身上的缺点——上唇稍翘，嘴巴微微张开——反而成为与众不同的美。这位年轻漂亮的未来母亲，身体健康，面色红润，轻松地经历着妊娠期，使谁见了都感到愉快。老头儿也好，苦闷的年轻人也好，只要同她在一起，跟她随便聊聊，都会变得像她一样快乐。谁同她谈过话，看到她说每句话时现出的开朗笑容和不断露出的皓齿，谁就觉得自己今天特别讨人喜欢。每个男人都有这样的感觉。

娇小的公爵夫人臂上挂着针线袋，迈着急促的小步，摇摇摆摆地绕过桌子，快乐地理理衣服，在银茶炊旁的沙发上坐下；那神态仿佛表示，她所做的一切，对她自己和周围的人，都是赏心乐事。

“我把针线活带来了。”她打开手提包，对所有的人说。

“您瞧，安娜，您真会捉弄人，”她对女主人说，“您来信说今晚只是个小型晚会。您瞧，我穿得像什么。”

她说着摊开双臂，让大家看她身上那件滚着花边的雅致灰色连衣裙，胸部下方还束着一条宽缎带。

“您放心好了，丽莎，您总是比谁都漂亮。”安娜·舍勒回答。

“您知道，我丈夫要扔下我了，”她用同样的语气对一位将军说，“他要去送命。您倒说说，为什么要打这场该死的仗？”她对华西里公爵说，但不等对方回答又转身和他的女儿美人海伦说话。

“这位娇小的公爵夫人真是太可爱了！”华西里公爵悄悄对安娜·舍

勒说。

娇小的公爵夫人到后不久，来了一个魁伟肥胖的年轻人，他头发剪得很短，戴眼镜，身穿浅色时髦裤子、棕色燕尾服和高硬领衬衫。这个胖青年是叶卡捷琳娜女皇[①]时代著名大臣、此刻在莫斯科病危的别祖霍夫伯爵的私生子。他在国外受了教育，新近回国，还没有在任何地方任过职，今天是第一次踏进社交场。安娜·舍勒向他点头招呼，这是她对客厅里最低级客人的礼节。尽管用的是最低级的礼节，安娜·舍勒一看见皮埃尔进来，脸上就现出惊慌不安的神色，仿佛看见一个不该在这里出现的庞然大物。皮埃尔的确比客厅里其他男人都高大，不过安娜·舍勒看见他感到惊慌不安，那是因为他的眼神与众不同，显得聪明而腼腆，敏锐而朴实。

“您真是个好人，皮埃尔先生，来看望一个可怜的病人。”安娜·舍勒对他说，把他领到姑妈面前，惶恐地向姑妈使了个眼色。皮埃尔嘴里咕噜着什么，眼睛一直在东张西望。他快乐地微微一笑，像对老朋友那样对娇小的公爵夫人点点头，走到姑妈跟前。安娜·舍勒的担心不是没有道理，因为皮埃尔没听姑妈讲完太后陛下健康的情况，就走开了。安娜·舍勒慌忙用一句话把他拦住。

“您不认识莫里奥神父吗？他是个挺有趣的人……”她说。

“是的，我听说过他那维护永久和平的计划了。这挺有意思，但未必办得到……”

“您这么想吗？……”安娜·舍勒没话找话，接着又要去招待别的客人。但皮埃尔又做出失礼的举动来，刚才他没有听完姑妈的话就走开，现在又用话缠住正要走开的女主人。他垂下头，叉开两条粗大的腿，向安娜·舍勒说明为什么神父的计划是空中楼阁。

“这问题我们以后再谈吧。”安娜·舍勒对他笑笑说。

她摆脱这个初出茅庐的青年，又去履行她做主人的职责，留意倾听和观察，随时准备给谈话不起劲的一伙帮点忙。纱厂里的老板给工人们派好工作后，自己在车间里来回巡视，发现什么地方纱锭不转或

---

① 叶卡捷琳娜二世（1729—1796），俄国女皇，1762—1796 年在位。原为德国公爵之女，1745 年与彼得三世结婚。1762 年参与宫廷政变，废彼得三世，取得皇位。

者声音异常，就连忙去刹车，调整一下，使它恢复正常运转；安娜·舍勒也是这样，她在客厅里走来走去，走到冷场或者话声太闹的一组人那里，插进一句话或者调动一下客人的座位，使谈话机器又不快不慢，正常运转起来。但在这种忙碌中，看得出她还是特别担心皮埃尔。皮埃尔走去听莫特玛周围的谈话也好，离开那里去听神父的说话也好，她总是忧心忡忡地盯着他。对在国外留学归来的皮埃尔来说，今晚安娜·舍勒的晚会是他在俄国参加的第一个晚会。他知道这里聚集着彼得堡所有的知识分子，他像一个孩子走进玩具店那样，感到眼花缭乱。他总是唯恐漏掉任何精辟的言论。他望着这里一个个自命不凡、风度翩翩的人物，一直希望听到高明卓越的言论。最后他走到莫里奥神父跟前。他觉得这里谈得有趣，就站住了，也像一般年轻人喜欢的那样，等候机会发表意见。

3

安娜·舍勒的晚会正处在高潮。纱锭在四面八方均匀地运转着，喧闹声始终没有停息。姑妈旁边坐着一个年纪不轻的女人。她面容憔悴，眼睛红肿，在这个豪华的交际场中显得不太协调。除了她们两人，其余客人分成三组。第一组多半是男人，中心人物是莫里奥神父；第二组是青年，其中包括华西里公爵的女儿美人海伦公爵小姐，以及相貌标致、脸色红润、由于年轻而显得太胖的安德烈公爵夫人。在第三组里，中心人物是莫特玛子爵和安娜·舍勒。

莫特玛子爵是个相貌英俊、风度翩翩的青年，有点自命不凡，但教养良好，对谁都彬彬有礼。安娜·舍勒显然想利用他来款待客人。好像聪明的饭店老板，把一块人们在肮脏的厨房里一看见就不想吃的牛肉当作好菜那样，安娜·舍勒今晚先把子爵然后把神父作为美味款待客人。莫特玛那个小组很快就谈到了当甘公爵的被害[①]。莫特玛子爵说，当甘的死是由于他过分宽宏大量，而拿破仑恨他则另有原因。

---

① 当甘公爵（1772—1804），法国保王党，因被控参与谋杀拿破仑案，于1804年3月21日被处以死刑。

“哦，真的吗？子爵，那您就给我们讲讲吧。”安娜·舍勒说，得意扬扬地感觉到她说“子爵，那您就给我们讲讲吧”这句话，有点像路易十五的口气。

莫特玛子爵彬彬有礼地微微一笑，鞠了一躬表示遵命。安娜·舍勒让客人们围着子爵坐好，请大家听他讲。

“子爵认识当甘公爵。”安娜·舍勒对一个客人说。“子爵的口才可了不起！”她对另一个客人说。“一眼就能看出，他这人极有教养。”她对第三个客人说。安娜·舍勒就以这种道地的方式把子爵介绍给客人们，好像介绍一盘配着生菜的热气腾腾的煎牛排。

莫特玛子爵准备开讲，落落大方地微微一笑。

“您到这儿来，亲爱的海伦。”安娜·舍勒对美丽的公爵小姐说。海伦坐在稍远的地方，是另一个小组的中心人物。

海伦公爵小姐脸上挂着微笑站起来。那是一种绝色美人永远不变的笑容，她刚才进来时也带着这样的笑容。她身穿一件绣有常春藤和青苔花样的白舞服，发出轻微的窸窣声。她那雪白的肩膀，油亮的头发和贵重的钻石都光彩夺目。她从给她让路的男人中间穿过去，昂着头不看任何人，但向大家微笑，仿佛慷慨地让每个人欣赏她那优美的身材、丰满的肩膀和时髦的大袒胸和光脊背，让整个舞厅增加光辉，最后她走到安娜·舍勒面前。海伦实在太美了，但她丝毫不卖弄自己的姿色，相反，仿佛因为自己具有令人销魂的美而感到不好意思。她仿佛想减少自己的魅力，但又办不到。

“好一个美人儿！”凡是看见她的人都这么说。当海伦在莫特玛子爵面前坐下，也向他露出那经常挂在脸上的微笑时，子爵仿佛被什么非凡的景象所惊倒，耸了耸肩，垂下眼睛。

“夫人，在这样的听众面前我怕讲不好了。”莫特玛子爵含笑鞠躬说。

海伦公爵小姐把一条丰满的手臂搭在小桌上，觉得没有必要说什么。她笑眯眯地等待着。在子爵讲话时，她始终挺直身子坐着，时而看看自己轻搭在小桌上的美丽丰满的手臂，时而看看更加美丽的胸脯，理理胸前的钻石项链；她几次整理裙子皱褶。每当听到动人的地方，她就回头望望安娜·舍勒，并且立刻跟着现出同安娜·舍勒一样的表情，接着又静静地露出开朗的微笑。在海伦之后，安德烈公爵夫人也从茶桌那里转移过来。

“等一下，让我把针线包拿来，”她说，“喂，您怎么啦？您在想什么？”她对伊波利特公爵说，“把我的手提包拿来。”

安德烈公爵夫人笑眯眯地同大家打招呼。她一来，大家都给她让座。她坐下后，快乐地理了理衣服。

“现在我坐好了。”她说，要求子爵开讲，自己则动手做针线。

伊波利特公爵把手提包交给她以后，走到她背后，把圈手椅推到她旁边，坐下来。

可爱的伊波利特跟他那美丽的妹妹像得出奇，尽管像得出奇，他却长得很丑。他的相貌虽然像妹妹，但妹妹脸上洋溢着乐观、自信和青春的活力，总是笑容可掬，具有希腊美人的古典美；哥哥呢，正好相反，同样的脸却现出一种痴呆的神气，而且总是显得自命不凡和愤愤不平，身体则又瘦又弱。他的眼睛、鼻子和嘴巴全都挤在一起，显出一种令人讨厌的怪相，而手脚的姿势又总是很不自然。

“您是不是讲鬼故事？”伊波利特说，在公爵夫人旁边坐下，连忙把带柄眼镜举到眼睛上，仿佛没有这眼镜他就无法说话似的。

“完全不是。”讲话的人惊奇地耸耸肩膀。

“因为我最不爱听鬼故事了。”伊波利特公爵说，他的语气使人觉得，他是先随口说出话来，然后才明白说了些什么。

由于他说话过分自信，叫人弄不懂他的话是很聪明呢，还是很愚蠢。他身穿墨绿燕尾服，和照他自己说的受惊山林仙女身体颜色的裤子，长筒袜和低口鞋。

莫特玛子爵娓娓动听地讲着当时流行的趣闻，说当甘公爵到巴黎去会乔紫小姐[①]，在那里同也受这位著名女演员青睐的拿破仑相遇。拿破仑一见公爵，他的昏厥症顿时发作，他就落在公爵手里，但公爵并没有乘人之危害他，想不到后来拿破仑却以怨报德，要了他的性命。

---

① 乔紫小姐是法国悲剧演员，做过拿破仑的情妇。曾于1808年赴彼得堡演出，轰动一时。

故事讲得非常动听，特别是讲到一对情敌突然认出对方时，在座的太太小姐都很激动。

“太妙了！”安娜·舍勒回头望望安德烈公爵夫人，带着询问的神情说。

“太妙了。”安德烈公爵夫人也轻声说，把针插在针线活上，仿佛故事讲得太引人入胜，她听得连手工也做不下去了。

莫特玛子爵很欣赏这种无声的赞美，感激地微微一笑，继续讲下去。但安娜·舍勒一直注意那个使她担心的年轻人，这时发现他同莫里奥神父谈得过分激昂，话声太响，连忙赶到这个危险点去抢救。果然，皮埃尔谈到政治均势问题，神父对这个单纯热情的青年显然很感兴趣，就在他面前大谈自己得意的观点。两人谈得过分兴奋，旁若无人，这使安娜·舍勒感到不安。

“办法是在欧洲维持均势和保护民权，”神父说，“只要有俄罗斯这样以野蛮著称的强国，大公无私地领导以维持欧洲均势为目的的联盟，世界就有救了！”

“那么怎样取得这种均势呢？”皮埃尔刚一开口，安娜·舍勒就赶到了。她严厉地白了皮埃尔一眼，问意大利神父能不能适应当地的气候。意大利神父脸上的表情顿时起了变化，装出一副肉麻的殷勤相。显然这是他同女人说话的习惯。

“我有幸被邀参加晚会，你们社交界特别是女士们的聪明才智和文化教养使我倾倒，我还顾不上想到气候呢。”神父说。

安娜·舍勒再也不放松神父和皮埃尔，为了便于监督，就把他们拉到人多的一组里。

这时客厅里又来了一位客人。他就是娇小的公爵夫人的丈夫安德烈·保尔康斯基公爵。安德烈中等身材，是个英俊的青年，相貌清秀而冷峻。他的整个模样，从疲倦呆板的眼神到缓慢均匀的步伐，都同他那位活泼娇小的妻子形成鲜明的对照。显然，客厅里所有的人他不仅都认识，而且十分厌恶，就连看他们一眼，听他们说话，都觉得乏味。在所有使他乏味的人中间，他那个漂亮的妻子似乎最使他感到厌恶。他做了一个使他俊美面孔显得难看的怪相，向她背过身去。他吻了吻安娜·舍勒的手，眯缝起眼睛，向所有在场的人扫视了一下。

“公爵，您要去打仗吗？”安娜·舍勒问。

“库图佐夫将军要我做他的副官……”安德烈公爵说，音调带点法国腔。

“那么尊夫人丽莎怎么办？”

“她住到乡下去。”

“您怎么能使我们失去您那位可爱的太太呢？”

“安德烈，”妻子像对别人说话一样娇滴滴地对丈夫说，“子爵给我们讲了乔紫小姐和拿破仑的趣闻，真是太有意思了！”

安德烈公爵眯缝起眼睛，转过身去。自从他走进客厅，皮埃尔快乐而友好的眼睛就盯住他不放。他走到安德烈跟前，握住他的手。安德烈公爵没有回过头来，却皱起眉头，对拉他手的人表示恼火，但一看见皮埃尔的笑脸，立刻就也现出和蔼而愉快的微笑。

“哦！……连你也到这大千世界来了！”安德烈公爵对皮埃尔说。

“我知道您会来，”皮埃尔回答，“回头我到您那儿吃晚饭，”他低声添上一句，尽量不影响继续讲故事的子爵，“行吗？”

“不，不行。”安德烈公爵笑着说，抓住皮埃尔的手臂，表示这事是用不着问的。安德烈公爵还想说些什么，但这时华西里公爵和女儿起身要走，男客们纷纷起立给他们让路。

“请您原谅，亲爱的子爵，”华西里公爵对法国人说，亲热地抓住他的袖子往下拉，不让他站起来，“公使馆那个倒霉的招待会真使我扫兴，还打断了您的故事。我真舍不得离开您这个迷人的晚会。”华西里公爵最后一句是对安娜·舍勒说的。

他的女儿海伦公爵小姐轻轻提起裙子，从几把椅子当中走过。她那美丽的脸蛋笑得更欢了。她走过皮埃尔身边时，皮埃尔简直用恐惧而兴奋的目光瞧着这位美人。

“长得真美。”安德烈公爵说。

“真美。”皮埃尔说。

华西里公爵走过的时候，抓住皮埃尔的手，同时对安娜·舍勒说：

“您替我开导开导这头熊吧，”他说，“您瞧，他在我家住了一个月，我这还是第一次看见他出来交际呢。一个年轻人没有比接触聪明的女人更重要的事了。”

4

安娜·舍勒微微一笑，答应多照顾皮埃尔。她知道皮埃尔的父亲同华西里公爵是亲戚。坐在姑妈旁边的老太太这时慌忙站起来，在前厅追上华西里公爵。她脸上装出来的兴致消失了。她那张哭肿的和善的脸上只剩下焦虑和恐惧。

“公爵，您说说，我儿子保里斯的事进行得怎样了？”她说（她的南方口音“保”字说得特别重），“我在彼得堡不能再待下去了。请您告诉我，我能带给我那可怜的孩子什么消息？”

尽管华西里公爵听这位老太太说话很勉强，甚至露出不耐烦的神气，她还是谄媚地向他赔着笑脸，拉住他的手不让他走。

“只要您向皇上说一句，他就可以调到近卫军去了，这在您算不了什么。”她请求说。

“请您相信，公爵夫人，凡是我能办到的事，我一定尽力，”华西里公爵回答，“但叫我去求皇上有困难；我劝您通过高里岑公爵去找鲁勉采夫。这是最好的办法。”

这位老太太是德鲁别茨基公爵夫人，出身于俄国的一个望族，后来家道中落，离开上流社会，失掉了原有的关系。她这次来是为了把她的独生子调进近卫军。为了见华西里公爵，她自动跑来参加安娜·舍勒的晚会。为了这个目的，她听了莫特玛子爵的故事。华西里公爵的话使她吃惊；她那张年轻时曾很漂亮的脸上现出恼怒的神色，但这只是一刹那的事。接着她又微微一笑，更紧地抓住华西里公爵的手。

“您听我说，公爵，”她说，“我从来没求过您什么事，以后也不会求您，我也从没提到过家父待您的情谊。但这一次我求您看在上帝的分上帮我儿子一个忙，我永远不会忘记您的恩情，”她匆匆地补充说，“哦，您别生气，您就答应我吧。我求过高里岑，可他拒绝了。您这人向来厚道，这次请务必帮个忙。”她说的时候竭力想装出笑容，但眼睛里含着泪水。

“爸爸，我们要迟到了。”海伦公爵小姐站在门口等候，这时从肩上转过她那古典美人的秀美的头，说。

权势在社会上是一种资本，不应随便动用。华西里公爵深谙这个道理。他知道，他要是有求必应，以后自己有事就不能去求别人了，因此难得使用自己的权势。但在德鲁别茨基公爵夫人这事上，经她再次提出要求后，他觉得良心上有点不安。她提醒他一件事：他最初进入官场是靠她父亲提携的。此外，他从她的态度上看出，她属于那种女人，特别是做母亲的女人，她们一旦拿定什么主意，就非实现不可，否则会一直纠缠不放，甚至大吵大闹。最后这个考虑使他的决心动摇了。

“亲爱的德鲁别茨基公爵夫人，”他用惯常的亲昵而干巴巴的语气说，“您要我办的事，我简直无法办到；但为了向您证明，我是多么敬爱您，多么怀念令尊的在天之灵，我要去办这件不可能办到的事：把令郎调到近卫军。我答应您了。您该满意了吧？”

“哦，亲爱的公爵，您真是我的恩人！我知道您会这样的。我知道您的心真好。”

华西里公爵想走了。

“等一下，我还有一句话。等他调到近卫军后……”她迟疑了一下，“您同库图佐夫将军很有交情，您就把保里斯推荐给他当副官吧。那样我就心满意足了，那样我就……”

华西里公爵微微一笑。

“这事我可不能答应。您真不知道，自从库图佐夫当上总司令以后，有多少人包围着他。他亲自对我说过，莫斯科所有的贵妇人都像说好了似的，要把自己的儿子送给他做副官。”

“不，您答应我吧，我的大恩人，不然我不放您走。”

“爸爸，我们要迟到了。”美人海伦又用同样的语气说。

“哦，再见，再见！您看她……”

“那您明天就奏闻皇上吗？”

“一定，但找库图佐夫，我不能答应。”

"不，您答应我，答应我吧，华西里。"德鲁别茨基公爵夫人跟在他后面说，露出少女般撒娇的笑容。这种笑容是她年轻时常有的，但如今同她憔悴的脸可很不相称了。

看来，她已忘记自己的年纪，习惯成自然地使用了女性一切传统的手法。但等华西里公爵一走，她的脸上又恢复虚伪冷淡的神情。她回到原来的小组，莫特玛子爵还在讲故事。她又装出仔细倾听的样子，其实是等待机会脱身，因为她的事已经办完了。

"那么您对米兰加冕礼那出最新的喜剧有什么看法？"安娜·舍勒说，"还有一些新的喜剧：热那亚人民和卢卡人民向拿破仑先生请愿。拿破仑先生高高坐在宝座上，答应了他们的要求。哦，真是太妙了！这事简直叫人发疯。说真的，全世界都失去理智了。"

安德烈公爵直瞅着安娜·舍勒的脸，嘿地一笑。

"'上帝赐给我王冠，谁来碰我，谁就倒霉。'"他说了拿破仑加冕时说的话，接着又添加说，"据说，他讲这话时可神气了。"他又用意大利语把这话重说了一遍。

"我希望，"安娜·舍勒说，"这是他最后的一招。各国君主再也不能容忍这个天下公敌了。"

"各国君主吗？我没有说俄国皇帝。"莫特玛子爵恭敬而沮丧地说，"哼，各国君主！他们为路易十六，为王后，为伊丽莎白公主尽过什么力没有？什么也没有，"他激动地说，"相信我，他们出卖波旁王朝将受到惩罚。各国君主吗？他们还派使臣去祝贺这个篡位的奸贼呢。"

莫特玛子爵轻蔑地叹了一口气，又换了换坐的姿势。伊波利特公爵手持长柄眼镜对子爵望了好一阵，听到这话，突然向娇小的公爵夫人转过身去，向她要了一根针，在桌上画了个康德家家徽给她看。他一本正经地向她解释这个家徽，仿佛是她求他这样做的。

"康德家家徽就是天蓝色兽嘴组成的一根兽嘴棒。"他说。

公爵夫人笑眯眯地听着。

"要是拿破仑在法国皇位上再坐上一年，"子爵继续说，他的神气表示他比谁都了解这件事，因此不愿听别人的话，一味顺着自己的思路说下去，"局面就会不可收拾。法国社会，我当然是指上流社会，将会被阴谋、暴力、放逐和死刑完全断送掉，到那时……”

他耸耸肩膀，摊开双手。皮埃尔对谈话很感兴趣，也想说些什么，但监视他的安娜·舍勒连忙把他拦住，不让他开口。

“亚历山大皇帝说过，”她一提到皇帝，心情总有点忧郁，“他让法国人挑选自己的政体。我相信，这个国家一旦打倒篡位的奸贼，就会一致拥戴合法的国王。”安娜·舍勒说，竭力讨好法国侨民中的保皇党。

“这很难说，”安德烈公爵说，“子爵先生认为局势已不可收拾，这是完全正确的。但我认为走回头路也有困难。”

“据我所知，”皮埃尔红着脸又插嘴了，“所有贵族几乎都倒向拿破仑一边了。”

“这是拿破仑派说的话，”子爵说，没有抬起眼睛看皮埃尔，“现在很难知道法国的舆论究竟怎样。”

“这是拿破仑说的。”安德烈公爵冷笑说。他显然不喜欢子爵，尽管眼睛没有望着子爵，他的话可是针对子爵的。

“‘我向他们指出光荣之路，他们不愿意走，’”安德烈公爵沉默了一下，又引用拿破仑的话说，“‘我给他们敞开接待室，他们就蜂拥而来。’……我不知道他有什么权利说这种话。”

“没有任何权利。”子爵回答，“自从当甘公爵被害以后，就连最崇拜他的人也不再把他看作英雄了。即使原来有些人把他看作英雄，但在当甘公爵被害以后，天上就多了一位殉道者，地上就少了一个英雄。”

安娜·舍勒和其他人还来不及露出笑容来赞扬这些话，皮埃尔就又突然插嘴。安娜·舍勒虽也预感到他会说出什么不得体的话来，但已拦不住他了。

“处死当甘公爵是出于国家的需要，”皮埃尔说，“拿破仑不怕独自对这事承担责任，我认为这正是他的伟大之处。”

“哦！我的天！”安娜·舍勒恐怖地低声说。

“怎么，皮埃尔先生，您认为杀人就是伟大吗？”娇小的公爵夫人笑眯眯地说，拉过她的针线活来。

“啊！哦！”几个声音同时说。

"妙极了！"伊波利特用英语说，一只手拍拍膝盖。子爵只耸耸肩膀。

皮埃尔从眼镜上方得意扬扬地望望听众。

"我之所以这样说，"他不顾一切地说下去，"是因为波旁王朝逃避革命，使人民处于无政府状态；只有拿破仑一人懂得革命，并且能战胜革命，因此为了共同的利益他不惜剥夺一个人的生命。"

"您要不要到那边一桌去？"安娜·舍勒说。但皮埃尔没有理她，继续说他的。

"不，"皮埃尔越说越激动，"拿破仑伟大，因为他站得比革命高，他制止了革命中的过火行为，保持了一切好的东西，像民权平等啦，言论出版自由啦，因此他获得了权力。"

"是啊，要是他取得权力后，不是利用它去杀人，而是把权力交给合法的国王，"莫特玛子爵说，"那我就会叫他伟人了。"

"他不能这样做。人民把权力交给他，只是为了要他推翻波旁王朝。因此人民把他看成伟人。革命是伟大的事业。"皮埃尔先生继续说。他这种不顾一切的挑战性插话表明他朝气蓬勃，急于一吐为快。

"革命和弑君是伟大的事业吗？……现在……您好不好到那边一桌去？"安娜·舍勒又说。

"《民约论》[①]。"莫特玛子爵露出温和的微笑说。

"我不是说弑君。我是说思想。"

"对，这是抢劫、屠杀和弑君的思想。"又有一个嘲弄的声音插进来。

"这些当然都是过火行为，但重要的不在这里，重要的是人权，是消除偏见，是公民平等；而这些思想拿破仑是充分维护的。"

"自由，平等，"子爵轻蔑地说，仿佛终于决定要认真指出这个青年的糊涂，"这些动听的字眼早已名誉扫地了。请问：谁不爱自由、平等？我们的救世主早就宣讲过自由、平等了。革命以后，人们是不是过

---

① 法国启蒙思想家卢梭（1712—1778）的名著，一译《社会契约论》，认为国家是"自由"的人民"自由协议"的产物；人们同意把自己的权利转让给国家，国家必须保护一切缔约者的自由、平等、生命和财产，体现全体人民的"公意"；如果这种契约遭到破坏，人民有权取消它，被暴力夺去的自由应用暴力夺回。

得幸福些呢？正好相反。我们要自由，可是拿破仑却毁灭自由。”

安德烈公爵面带微笑，时而望望皮埃尔，时而望望子爵，时而望望女主人。安娜·舍勒尽管老于社交活动，但听到皮埃尔发言，起初仍不免大吃一惊。她看到皮埃尔虽说了些离经叛道的话，但子爵并没有发火；后来她看到已无法制止他发言，就同子爵联合起来，集中力量攻击滔滔不绝地讲个没完的皮埃尔。

“但是，我亲爱的皮埃尔先生，”安娜·舍勒说，“一个大人物可以不经审判就处死一个公爵，或者说，一个没有罪的人，这样的事您怎么解释呢？”

“我想问一下，”莫特玛子爵说，“先生怎样解释雾月十八日事件[①]？难道这不是个骗局吗？这是个骗局，完全不是一个大人物所应该干的。”

“还有他在非洲杀害俘虏的事呢？”娇小的公爵夫人说，“真是太可怕了！”她耸耸肩膀。

“不论怎么说，他是个暴发户。”伊波利特公爵说。

皮埃尔先生不知道回答谁好，扫视了一下所有的人，微微一笑。他笑起来不像一般人那样似笑非笑。他笑的时候，原来那种严肃而有点忧郁的脸色顿时消失，而现出一种天真，善良，甚至傻乎乎的好像讨饶的神情。

莫特玛子爵虽是初次见到他，但已看出这个雅各宾派[②]并不像他说的话那样可怕。大家都不作声。

“你们叫他一下子同时回答几个人的话，那怎么行呢？”安德烈公爵说，“再说，对政治家的行为应该分清，哪些属于私人行为，哪些属于统帅或者皇帝的行为。我认为应该这样看。”

“是啊，是啊，这个当然。”皮埃尔看到有人替他解围，感到高兴，

---

① 1799 年 11 月 9 日拿破仑在大资产阶级支持下发动的军事政变。发生于法国新历共和八年雾月十八日，故名。政变后成立三人执政府，第一执政官拿破仑掌握军政全权。

② 十八世纪法国资产阶级革命时期最大的政治组织，因会址设在巴黎雅各宾修道院而得名。1789 年成立，在全国设有支部。起初成分复杂，后成为资产阶级革命民主派的中心，成员称为雅各宾派，领袖有罗伯斯庇尔等。1793 年 6 月推翻吉伦特派，建立雅各宾派专政。1794 年热月政变后解散。

接口说。

"我们不能不承认，"安德烈公爵继续说，"拿破仑在阿尔科拉桥上的行为[①]，他在雅发医院里同鼠疫病人握手的事，表明他是个伟人，但……但他的其他行为就使人很难替他辩护了。"

安德烈公爵显然是想缓和皮埃尔说话拙直造成的气氛。这时他站起身来准备走，向妻子做了个暗示。

伊波利特公爵忽然站起来，用手势拦住大家，要他们再坐一会儿，嘴里说：

"哦，今天我听到一个很有意思的莫斯科笑话，我要讲给诸位听听。子爵，请您原谅，我要用俄语讲。要不然就没有味道了。"

于是伊波利特公爵用俄语讲起来。他讲俄语有点像一个在俄国待了一年的法国人。大家都留下来，因为伊波利特公爵那么热情那么坚决地要求大家听他讲故事。

"莫斯科有一位贵夫人，一位太太。她很吝啬。她需要两个随车的跟班。要高个子。这是她的爱好。她有一个使女，个子比男人高。她说……"

伊波利特公爵说到这儿迟疑了一下，显然在苦苦编造。

"她说……是的，她说：'丫头，穿上号衣，跟我出去拜客。'"

伊波利特公爵说到这里，不等听的人发笑，自己就扑哧一声笑起来，造成了不好的效果。但有不少人微微一笑，包括那个老太太和安娜·舍勒。

"她乘马车出门。突然起了一阵狂风。使女的帽子给吹掉了，长长的头发披散下来……"

说到这里，他再也忍不住，就上气不接下气地哈哈大笑，边笑边说："结果弄得人人都知道了……"

笑话就这样结束了。虽然弄不明白，他为什么要讲这件事，为什么一定要用俄语讲，但是安娜·舍勒和别的人还是称赞伊波利特公爵，因

① 1796年11月，法军在意大利北方进攻阿尔科拉桥，连续三天，相持不下。第三天决战时，拿破仑手执军旗，亲自带领士兵冲上此桥，加以占领。

为他这样愉快地终止了皮埃尔先生那令人讨厌的胡闹。听完这个笑话，谈话就转为分散的聊天，例如谈谈下次的舞会和上次的舞会，谈谈戏剧演出，以及谁和谁将在何处见面，等等。

5

客人们谢过安娜·舍勒安排了这次迷人的晚会，便纷纷散去。

皮埃尔天生笨头笨脑。他身体肥胖，个儿比普通人高，肩膀宽阔，双手又大又红，他不善于进入交际场所，更不善于离开交际场所，也就是说，不知道告辞时该说些什么使人愉快的话。而且，他还有点心不在焉。他站起来，没拿自己的帽子，却拿了一顶有将军翎子的三角军帽，扯弄着帽缨，直到将军向他要还帽子。不过，他那种心不在焉的模样，不善于进入交际场说些得体话的缺点，却从他那善良、朴实和谦逊的态度中得到弥补。安娜·舍勒向他转过身去，以基督徒的宽厚表示原谅他的不得体言论，说：

"我希望能有机会再见到您，但希望您改变自己的想法，我亲爱的皮埃尔先生。"

安娜·舍勒对他说了这些话，他没有回答，只鞠了一躬，又向大家微微一笑。这笑容没有别的意思，只是说："想法归想法，但是你们看我这人多么善良，多么出色。"这一点，大家都感觉到了，安娜·舍勒也感觉到了。

安德烈公爵走进前厅，肩膀凑近替他披斗篷的听差，漠不关心地听着妻子同也走到前厅的伊波利特公爵闲聊。伊波利特公爵站在怀孕的漂亮公爵夫人身旁，举起有柄的眼镜直瞅着她。

"进去吧，安娜，您会着凉的。"娇小的公爵夫人向安娜·舍勒告别时说。"就这么说定了。"她轻轻加了一句。

安娜·舍勒已同丽莎谈过要替阿纳托里和安德烈公爵的妹妹做媒的事。

"多多拜托了，亲爱的朋友，"安娜·舍勒也低声说，"您写信给她，同时告诉我，她父亲对这事有什么看法。再见。"她说着走出前厅。

伊波利特公爵走到娇小的公爵夫人跟前，把脸凑近她，悄悄地对她说了一句话。

两个听差——一个是安德烈公爵夫人的，一个是伊波利特公爵的——拿着披肩和斗篷站在旁边，等他们把话说完。尽管听差不懂法语，但脸上的神情仿佛表示懂得他们所说的话，只是不愿表示出来罢了。安德烈公爵夫人照例含笑说话，听的时候笑出声来。

“我很高兴没有去参加公使馆的招待会，”伊波利特公爵说，“无聊……这儿的晚会真有意思，真有意思，是不是？”

“据说，那儿要举行盛大的舞会，”公爵夫人翘起长有毫毛的嘴唇回答，“上流社会所有漂亮的女人都将出席。”

“不是所有的，因为您没有去，就不是所有的。”伊波利特公爵说，快乐地笑着，抓过听差手里的披肩，甚至把听差推开，亲自把它披到安德烈公爵夫人身上。不知是由于笨拙还是故意（谁也弄不清楚），披肩披好后，他还是好半天没有放开手，仿佛搂住这位年轻的女人。

安德烈公爵夫人姿态优美地避开他，脸上还是挂着微笑，转过身去，瞧了丈夫一眼。安德烈公爵闭着眼睛，现出困倦的样子。

“您好了吗？”他眼睛没看妻子，问道。

伊波利特公爵匆匆披上有点绊脚的时髦斗篷，跟着安德烈公爵夫人跑到台阶上。这时听差正在扶公爵夫人上车。

“再见，公爵夫人！”伊波利特公爵大声嚷道，他的舌头也像两脚一样不听使唤。

安德烈公爵夫人提起裙子，坐到昏暗的马车里；她的丈夫理着军刀；伊波利特公爵说是效劳，其实却妨碍了大家的行动。

“对不起，先生。”安德烈公爵干巴巴地用俄语对挡住路的伊波利特公爵说。

“我等你，皮埃尔。”安德烈公爵说，声音还是那样平稳，但语气亲切而温和。

车夫催动马匹，马车轮子辘辘地响起来。伊波利特公爵站在台阶上等子爵（他答应送子爵回家），发出断断续续的笑声。

“哦，我的好朋友，你们那位娇小的公爵夫人真可爱，真可爱，”子爵跟伊波利特一起坐上马车，吻吻自己的手指尖，“完完全全像个法国女人。”

伊波利特扑哧一声笑出来。

“我说啊，您这人样子老实，其实很可怕，”子爵继续说，“我可怜那个不幸的丈夫，那个小军官，他装得像个有权有势的大人物。”

伊波利特又笑起来，边笑边说：

“您说过，俄国女人不如法国女人。要善于对付她们。”

皮埃尔坐车先来到安德烈公爵家。他像在自己家里一样走进书房，立刻习惯地躺在沙发上，从书架上随手取下一本书（恺撒的《笔记》），用臂肘支着身子，翻开书，从中间读起来。

“你刚才怎么这样对待安娜·舍勒小姐？这下子她可要害大病了。”安德烈公爵走进书房，搓搓白皙的小手说。

皮埃尔转过身来，弄得沙发咯吱咯吱响。他抬起兴奋的脸对着安德烈公爵，微微一笑，摆了摆手。

“哦，那个神父真有意思，就是看问题不对头……照我看，永久和平是可能的，但我不知道该怎么说……不过不能靠政治均势……”

安德烈公爵显然对这种空谈不感兴趣。

“老弟，你不论到哪里，总是想到什么就说什么，这样可不行。那么，你到底拿定主意没有？你想当近卫骑兵还是外交官？”沉默了一阵后，安德烈公爵问。

皮埃尔盘起双腿，坐在沙发上。

“不瞒您说，我心里还没有数。这两样我都不喜欢。”

“但你总得拿个主意啊！你父亲等着你呢。”

皮埃尔十岁的时候由一个当家庭教师的神父带到国外，在那里一直待到二十岁。他回到莫斯科后，父亲辞退了那个神父，对儿子说：“现在你到彼得堡去见见世面，选个职业。我什么都同意。喏，这是给华西里公爵的信，这是给你的钱。来信详细告诉我那边的情况，各方面我都可以帮助你。”皮埃尔花了三个月时间选择职业，但始终拿不定主意。安德烈公爵此刻就是和他谈择业问题。皮埃尔擦擦前额。

"他一定是个共济会[①]会员。"皮埃尔说，指的是晚会上见到的那个神父。

"这都是废话，"安德烈公爵又打断他说，"我们还是谈正经事吧。你去过近卫骑兵队吗？……"

"没有，没有去过。我现在有个想法，我想同您谈谈。这次战争是打拿破仑的。如果是为自由而战，那我是能理解的，我会第一个报名参军；可是帮助英国和奥国去反对世界上最伟大的人物……这可不好……"

安德烈公爵听到皮埃尔这种幼稚的话，只耸耸肩膀。他现出一种无法回答这种蠢话的神气；不过，对这种天真的问题除了像安德烈公爵这样回答外，也确实很难回答。

"要是人人都只为自己的信仰打仗，那就不会有战争了。"安德烈公爵说。

"那就太好了。"皮埃尔说。

安德烈公爵冷冷一笑。

"那样也许是不错，但永远办不到……"

"那么，您是为了什么去打仗？"皮埃尔问。

"为了什么？我不知道。我得去。再说，我去……"他停了一下，"我去是因为这里的生活……我不喜欢这种生活！"

6

隔壁房间里传来衣裙的窸窣声。安德烈公爵仿佛醒了过来，浑身打了个哆嗦，脸上的表情像在安娜·舍勒客厅里时一样。皮埃尔从沙发上放下两腿。公爵夫人走了进来。她已换了便装，但装束还是那样雅致明丽。安德烈公爵站起来，彬彬有礼地给她挪过来一把椅子。

"我常常想，为什么……"公爵夫人照例用法语说，立即费力地坐到椅子上，"为什么安娜不出嫁？你们这些先生真傻，竟没有一个人娶她。恕我直言，你们对女人一点也不了解。皮埃尔先生，您这人真喜欢

① 共济会是一种宗教哲学社团，十八世纪创立于英国，后来扩展到欧洲其他国家。俄国共济会成立于十八世纪三十年代。共济会又称自由泥瓦匠会。

抬杠！”

“我同您丈夫还在抬杠，我不明白他为什么要去打仗。”皮埃尔和公爵夫人说话，毫无拘束，不像一般青年男子和青年妇女说话那样。

公爵夫人浑身打了个哆嗦。皮埃尔的话显然触着了她的痛处。

“哦，这正是我要说的！”公爵夫人说，“我不明白，一点也不明白，为什么男人不打仗就过不了日子？为什么我们做女人的压根儿不希望、压根儿不需要打仗？哦，您来评评看。我总是对他说，他在这里是叔叔的副官，地位显赫。谁都知道，谁都看重他。前些日子我在阿普拉克辛家听一位太太问：‘他就是大名鼎鼎的安德烈公爵吗？’她真的这样说！”公爵夫人笑了，“他不论到哪里都受欢迎。他很可能当上侍从武官。不瞒您说，皇上还亲切地同他谈过话。我同安娜也说过，这事很容易办到。您认为怎么样？”

皮埃尔望了望安德烈公爵，发觉朋友不喜欢听这些话，便什么也没有回答。

“您什么时候动身？”皮埃尔问。

“哦，您别对我提他出门的事，别提了！我不愿意听，”公爵夫人像在客厅里同伊波利特说话那样任性、撒娇，这对家里人显然不合适，但皮埃尔在这里就像个自己人，“今天我想到，你要和所有这些亲朋好友停止来往……还有，你知道吗，安德烈？”公爵夫人意味深长地对丈夫挤挤眼，“哦，我害怕，害怕！”她脊背直打哆嗦，喃喃地说。

丈夫露出惊奇的神色对她瞧瞧，仿佛发现房间里除了他和皮埃尔之外还有别人；但他还是用冷冰冰、干巴巴的语气问：

“你怕什么，丽莎？我不明白。”安德烈公爵说。

“哦，男人都很自私，个个都很自私！天知道他为什么突发奇想要抛下我，把我孤零零留在乡下。”

“还有我父亲和妹妹呢，你别忘了。”安德烈公爵低声说。

“要是离开了我的朋友们，还不是孤零零一个人……他还叫我不要怕。”

公爵夫人的语气里带有埋怨的成分，上唇噘起，脸上现出松鼠般不愉快的表情。她不再往下说，仿佛在皮埃尔面前谈自己怀孕是不体面的，而这正是她要谈的问题。

“我还是不明白，你怕什么？”安德烈公爵慢吞吞地说，目光没有离开妻子。

公爵夫人脸红了，失望地挥挥手。

“啊，安德烈，你完全变了，完全变了……”

“医生要你早点睡，”安德烈公爵说，“你还是去睡吧。”

公爵夫人什么也没有说，她那有毫毛的稍稍翘起的嘴唇抖动起来；安德烈公爵站起来，耸耸肩膀，在屋里来回踱步。

皮埃尔惊奇而天真地从眼镜上方忽而望望安德烈，忽而望望公爵夫人，动动身子仿佛也想站起来，但又改变了主意。

“皮埃尔先生在这里，这有什么关系，”娇小的公爵夫人忽然说，她那漂亮的脸顿时现出一副哭相，“我早就想对你说了，安德烈，你对我的态度怎么变得这样？我对你做了什么啦？你去参军，你不可怜我。这是为什么呀？”

“丽莎！”安德烈公爵只叫了一声，这一声叫唤里包含着恳求、威胁，尤其是要她明白说这话会后悔的。她却急急忙忙说下去：

“你待我就像待病人或者孩子那样。我什么都看得出来。难道半年前你是这样的吗？”

“丽莎，我请您不要说了。”安德烈公爵说，语气变得更加生硬。

皮埃尔听着他们的谈话，越来越激动，站起来走到公爵夫人面前。他似乎看不得眼泪，一看见眼泪自己也想哭了。

“您放心，公爵夫人。这都是您的想象，因为，我老实对您说，我自己也有过体会……为什么……因为……哦，对不起，外人不应该待在这里……不，您放心……再见……”

安德烈公爵拉住他的手不让他走。

“不要走，等一下，皮埃尔。公爵夫人很厚道，她不会不让我跟你快乐地消磨一个晚上的。”

“哼，他总是只想到自己。”公爵夫人气得忍不住眼泪，对皮埃尔说。

“丽莎！”安德烈公爵冷冷地说，嗓门提得很高，表示他已忍无可忍。

公爵夫人美丽的脸上那种愤怒的松鼠般表情，突然变成引人怜爱的恐惧神色。她皱起眉头用她那双美丽的眼睛瞅了瞅丈夫，脸上现出畏怯的讨饶表情，好像一只迅速而无力地摆动下垂尾巴的狗。

“天哪！天哪！”公爵夫人说，一手提起裙子，走到丈夫跟前，吻了吻他的前额。

“再见，丽莎！”安德烈公爵站起身来说，像外人那样彬彬有礼地吻吻她的手。

两个朋友保持着沉默。谁也没有开口。皮埃尔瞧瞧安德烈公爵，安德烈公爵用他的小手擦擦前额。

“咱们吃饭去吧。”安德烈公爵叹了口气说，向门口走去。

他们走进布置一新的富丽堂皇的餐厅。餐厅里所有的用具，从餐巾到银器、瓷器和水晶玻璃器皿，都显出新婚家庭所特有的焕然一新的气象。饭吃到一半，安德烈公爵把臂肘搁到桌上，仿佛早就有了心事，此刻突然决定要把它讲出来。他带着皮埃尔从未见过的神经质激动，开始说：

“绝对不要……绝对不要结婚，我的朋友！请你记住我的忠告：除非你认为已作了最大的克制，除非你不再爱你选中的那个女人并且已看清了她的真实面目，否则你绝对不要结婚，要不你就会犯下无法补救的天大错误。等到有一天你老了，完全不中用了，再结婚……要不你就会失去一切美好和高尚的东西。你的全部精力都会耗费在琐碎的小事上。真的，真的，真的！别那么大惊小怪地望着我。你要是对自己的前途还抱有希望，那么一结婚，就什么都完了，你哪儿也去不了，除了客厅以外，而在客厅里你就会变成宫廷侍仆和白痴一类的货色……就是这样！……”

安德烈公爵用力把手一挥。

皮埃尔取下眼镜，他的脸因此变了样，显得更加善良。他惊奇地望着朋友。

“我妻子是个贤惠的女人，”安德烈公爵继续说，“她是个少有的规矩女人，她可以使丈夫不用担心自己的名誉。不过，说句实话，现在要是能让我做个没有妻室的男人，我情愿付出任何代价！这话我只对你一个人说说，也是第一次说，因为我喜欢你。”

安德烈公爵说这话时，一点不像他斜靠在安娜·舍勒家的圈椅里，眯缝着眼睛，从牙缝里挤出法国话的模样。由于兴奋，他那冷冰冰脸上的每块肌肉都在神经质地抽动着；那双生命之火似乎已经熄灭的眼睛这会儿又闪耀出明亮的光芒。看来，他在平时越是没精打采，在激动时就越显得精神焕发。

“你不理解我为什么说这话，”安德烈公爵继续说，“这是我一生的经验之谈。你说到拿破仑和他的事业，”他这么说，其实皮埃尔并没有谈到拿破仑，“你说到拿破仑，但拿破仑干的时候，一步一步走向目标，毫无顾虑，心中没有别的，只有一个目标，最后达到了目标。但要是同女人拴在一起，你就会像个戴着镣铐的囚犯，完全丧失自由。你的一切希望和力量只会使你苦恼，只会使你感到悔恨。客厅、谈天、舞会、虚荣、琐事——这一切就形成无法冲破的魔圈。如今我要去参加战争，去参加空前伟大的战争，可是我什么也不懂，什么也不会。我只会说说空话，”安德烈公爵继续说，“在安娜·舍勒家里大家都听我讲。这批人都很无聊，可我的妻子离开他们就不能过日子。这些女人……你真不知道这些所谓*正派女人*，或者说所有的女人，是些什么货！我父亲说得对：自私自利、爱慕虚荣、愚昧无知、一文不值——这就是女人的真面目。你在交际场所看到她们，她们装得煞有介事，其实毫无价值，毫无价值！不要结婚，我的好朋友，千万不要结婚。”安德烈公爵结束说。

“我觉得很好笑，”皮埃尔说，“您认为**您自己**是个无用的人，认为您的生活被毁了。其实您前途远大，前途远大。而且您……”

皮埃尔没有说“您这算什么话”，但他的语气就表示，他十分看重朋友，朋友的前途十分远大。

“他怎么能说出这样的话来！”皮埃尔想。皮埃尔认为安德烈公爵是个十全十美的人，因为安德烈公爵完全具备他皮埃尔所缺乏的优点，这种优点用最恰当的话来说就是毅力。安德烈公爵沉着地应付各种人的能力，他非凡的记忆力，他渊博的知识（他什么书都读，什么事都知道，对什么问题都有自己的见解），尤其是他工作和学习的本领，一向使皮埃尔钦佩。安德烈缺乏哲理幻想（皮埃尔在这方面很擅长），这点使皮埃尔感到奇怪，但他也不把它看作缺点，而是把它看作长处。

即使在最亲密的朋友之间，奉承和赞扬也是需要的，就像车轮需要润滑油一样。

“我这人算是完了，”安德烈公爵说，“我的事有什么可谈的呢？还是谈谈你的事吧。”他停了停说，对这样的自我解嘲微微一笑。这笑容顿时感染了皮埃尔。

“我的事有什么可谈的？”皮埃尔说，咧开嘴露出无忧无虑的快乐微笑，“我算什么？一个私生子！”他突然脸红了，他说这话显然是费了很大的劲儿，“没有身份，没有财产……其实……”但他没有说“其实”后面的话，“我现在是个自由人，我觉得很好。我就是不知道我应该做什么。我想同您好好商量一下。”

安德烈公爵目光中充满友爱地瞧着他。不过，从他那亲切友好的目光中还是流露出优越感。

“我很看重你，因为你是我们圈子里唯一的活人。你很幸福。你想干什么就可以干什么。一点不成问题。你去哪里都行，但我要奉劝你一句：别去华西里·库拉金公爵家，别过他们那种生活。花天酒地，吃喝玩乐……这对你没有好处。”

“有什么办法，我的朋友，”皮埃尔耸耸肩膀说，“女人哪，女人！”

“我不明白，”安德烈回答，“正派女人是一回事，可是华西里公爵家的女人，女人和酒，我真不明白！”

皮埃尔住在华西里公爵家，跟着他的儿子阿纳托里过放荡生活。为了使阿纳托里改邪归正，家里人正准备让他同安德烈公爵的妹妹结婚。

“说实在的！”皮埃尔说，仿佛突然想到一个好主意，“真的，我早就有这个想法了。过目前这样的生活，我既不能思考什么问题，也不能拿什么主意。整天头痛，又没有钱。今天他邀我去，我不去了。”

“你能向我起誓不去吗？”

“我起誓！”

皮埃尔离开朋友家时已深夜一点多。正好是彼得堡六月的白夜。皮埃尔乘出租马车回家。但离家越近，他越觉得在这个更像黄昏或者黎明的夜晚无法入睡。空荡荡的街道可以望得很远。皮埃尔在路上想到，今晚阿纳托里那儿有例行的赌局，赌局之后照例是一顿狂饮，最后将以皮埃尔所喜欢的那种娱乐收场。

“到阿纳托里那儿去也不错。”皮埃尔想，但立刻想起他已向安德烈公爵起过誓不到他们那里去。

但也像一般意志薄弱的人那样，皮埃尔极想再去过一次他非常熟悉的放荡生活，并且打定主意去。他心里还想到，他发的誓是没有意义的，因为他向安德烈公爵起誓前已向阿纳托里公爵起过誓，要去他家；最后他想，这种誓言都无关紧要，尤其想到明天他说不定死去，或者遇到什么意外，那就根本谈不上誓言不誓言了。皮埃尔常常用这样的想法打消他的决心和意图。于是他就到阿纳托里那儿去了。

他来到阿纳托里所住的近卫骑兵队大楼，登上灯光明亮的台阶，来到二楼，走进一道敞开的门。前厅里没有人，到处都是空酒瓶、斗篷、套鞋，酒气弥漫，还听到里屋的说话声和叫嚷声。

赌局和夜宵已告结束，但客人们还没有散去。皮埃尔脱掉斗篷，走进第一个房间，这里只有剩酒残肴。一个听差以为没有人看见，正在偷喝杯里的剩酒。从第三个屋里传来喧闹、笑声、熟悉的叫声和熊的吼声。有八九个年轻人情绪激动地挤在打开的窗口。有三个人正在戏弄一只小熊，其中一个牵着用链子拴住的熊吓唬人。

“我押斯蒂文思一百卢布！”一个人叫道。

“注意不能用手扶东西！”另一个嚷道。

“我押陶洛霍夫！”第三个人叫道，“阿纳托里，你来分手[①]！”

“喂，把小熊拉走，这里在打赌！”

“要一口气喝光，不然算输！”第四个人叫道。

“雅可夫，拿瓶酒来，雅可夫！”主人阿纳托里喊道，他是个身材修长的美男子，只穿一件薄衬衫，敞着胸，站在人群中间，“等一下，诸位。瞧，皮埃尔来了。”他转身对皮埃尔说，“亲爱的朋友！”

---

① 俄国人打赌要握手，然后由证人把双方的手分开。

一个身材不高、生有一双明亮蓝眼睛的人在窗口喊道："过来，把我们的手分开！"他的声音在所有喝醉酒的声音中最清醒。这人是谢苗诺夫团的军官陶洛霍夫，嗜赌如命，动不动就与人决斗，同阿纳托里住在一起。皮埃尔笑眯眯地环顾着周围的人。

"我什么也不明白。这是怎么一回事？"他问。

"等一下，他还没有喝醉。拿瓶酒来！"阿纳托里说，从桌上拿起一只杯子，走到皮埃尔面前。

"先喝了再说！"

皮埃尔一大杯一大杯地喝着酒，皱着眉头打量着又聚集在窗口的喝醉的客人，留神听他们谈话。阿纳托里给他倒酒，讲给他听，陶洛霍夫同英国海军军官斯蒂文思打赌，条件是陶洛霍夫要坐在三楼窗口，两脚垂到窗外，一口气喝完一瓶朗姆酒。

"来，把这瓶酒喝光！"阿纳托里说，把最后一杯酒递给皮埃尔，"不然我不放你走！"

"不，我不想喝了。"皮埃尔说，推开阿纳托里的手，走到窗前。

陶洛霍夫拉住英国人的手，清清楚楚地说出打赌的条件，但主要是说给阿纳托里和皮埃尔听的。

陶洛霍夫中等身材，头发卷曲，生有一双明亮的蓝眼睛，年纪二十五岁左右。他也像所有步兵军官那样没留胡子，嘴全露在外边，嘴的曲线特别好看，是整个脸上最动人的部分。上唇中心像一个尖尖的楔子，有力地垂在结实的下唇上，两边嘴角总是露出两个酒窝，一边一个。这一切综合起来，特别是加上刚毅、傲慢而聪明的眼神，便使人不能不注意这张面孔。陶洛霍夫没有钱，也没有有影响的社会关系。尽管阿纳托里挥金如土，一年花几万卢布，但陶洛霍夫跟他住在一起，却赢得了所有认识他们的人的尊重，人们尊重陶洛霍夫超过尊重阿纳托里，连阿纳托里自己都很看重他。陶洛霍夫赌什么都有一手，而且几乎每赌必赢。他不论喝多少酒都不会醉。阿纳托里也好，陶洛霍夫也好，都是当时彼得堡浪子酒鬼中鼎鼎有名的人物。

一瓶朗姆酒拿来了。两个听差正在拆掉使人无法落座的窗子外框，他们显然被七嘴八舌乱出主意的老爷们弄得心慌意乱，手足无措。

阿纳托里得意扬扬地走到窗口。他想拆掉什么东西。他推开听差，扳扳窗框，可是窗框没有动。他就把玻璃打碎。

“喂，你来，大力士。”他对皮埃尔说。

皮埃尔抓住横木，使劲一扳，就咔嚓一声把栎木窗框扳下来。

“统统扳掉，要不还以为我有什么东西可抓呢。”陶洛霍夫说。

“英国人吹牛……是不是？……好了吗？……”阿纳托里说。

“好了。”皮埃尔望着陶洛霍夫说。陶洛霍夫拿起一瓶朗姆酒，走到窗前，从窗口可以看见晚霞和曙光交融的天空。

陶洛霍夫拿着酒瓶跳上窗台。

“听好！”他站在窗台上，向屋子里的人叫道。大家都不作声。

“我打赌，”陶洛霍夫说着法语，好让英国人懂得，但他的法语说得不太好，“我赌五十金卢布[①]，您想不想赌一百？”他问英国人。

“不，我赌五十。”英国人说。

“好，那就赌五十。我就坐在窗台上，坐在这个地方（他俯下头，指指窗外倾斜的窗沿），不抓任何东西，把这瓶酒一口气喝光……是不是这样？……”

“很好！”英国人说。

阿纳托里向英国人转过身去，抓住他燕尾服的扣子，俯视着他（英国人是个矮子），用英语把打赌的条件又说了一遍。

“等一下！”陶洛霍夫嚷道，拿酒瓶在窗上敲敲，以吸引大家的注意，“等一下，阿纳托里，听我说！要是别人也能这样做，我愿出一百金卢布。明白吗？”

英国人点点头，但没表示他是不是准备接受这个条件。阿纳托里没有放开英国人，尽管英国人点点头表示他都明白，阿纳托里还是把陶洛霍夫的话译成英语。一个年轻瘦小的近卫骠骑军官，那天晚上输了钱，爬到窗台上，探头向下望了望。

“哦哟！……哦哟！……哦哟！……”他望望窗外的石板人行道，叫道。

---

① 当时 1 个金卢布合 10 个卢布。

“别捣蛋！”陶洛霍夫叫道，把年轻军官从窗台上拉下来。那军官被马刺绊了一下，狼狈地跳回屋里。

陶洛霍夫为了便于拿到酒瓶，把它放在窗台上，然后小心翼翼地爬上窗台。他垂下两腿，双手撑住两边窗框，估量了一下位置，坐稳了，放下双手，稍稍向右接着又向左移动了一下，然后拿起酒瓶。阿纳托里拿来两支蜡烛，把它们插在窗台上，虽然天色已经大亮了。陶洛霍夫穿白衬衫的脊背和卷曲的头发被烛光从两边照亮。大家都聚集在窗口。英国人站在前面。皮埃尔微笑着，一言不发。在场的一个年纪最大的人，脸上现出恐惧和愤怒的神色，突然蹿出去，想抓住陶洛霍夫的衬衫。

“诸位，这简直是胡闹；他会摔死的。”这个比较理智的人说。

阿纳托里把他拦住。

“别动，你会吓着他，他会摔死的。知道吗？……那时怎么办？……啊？……”

陶洛霍夫转过身来坐好，双手又撑住窗框。

“谁要是再靠近我，”陶洛霍夫从抿紧的薄嘴唇缝里慢慢地吐出话来，“我就立刻把他从这里扔下去。哼！……”

他哼了一声，又转过头去，放下手，拿起酒瓶，送到嘴边，仰起头，举起那只空手以保持平衡。一个听差刚动手收拾碎玻璃，这时就弯着腰站在那里，眼睛盯住窗子和陶洛霍夫的脊背。阿纳托里睁大眼睛，挺直身子站着。英国人噘起嘴唇，在一旁瞧着。那个想阻拦他的人跑到屋角，躺到沙发上，脸朝着墙壁。皮埃尔掩住脸，脸上的笑意凝住了，却现出惊恐的神色。大家都不作声。皮埃尔把手从眼睛上放下。陶洛霍夫仍旧那么坐着，只是头更往后仰，仰得后颈上的鬈发都触到衬衫领子上，他那拿酒瓶的手不断哆嗦，费劲地越举越高。酒瓶快空了，瓶底越举越高，他的头也越来越往后仰。“怎么这样久啊？”皮埃尔想。他觉得好像已过了大半个小时。陶洛霍夫的背突然往后倒，他的一只手神经质地拼命哆嗦；这样的哆嗦足以使坐在倾斜窗台上的身体滑下去。他整个身子滑了一下，他的手和头就更紧张地抖动起来。他举起一只手想抓窗框，但又放下了。皮埃尔又闭上眼睛，决心再也不睁开。突然他觉得周围的人都活动起来。他看了一眼，只见陶洛霍夫站在窗台上，脸色苍白而兴奋。

“空了！”

他把酒瓶抛给英国人，英国人利落地把酒瓶接住。陶洛霍夫从窗台上跳下来。他身上散发出浓烈的朗姆酒味。

“太棒了！真是条好汉！哦，这才叫打赌！真他妈的！”四面八方都叫起来。

英国人掏出钱袋数钱。陶洛霍夫皱起眉头不作声。皮埃尔跳上窗台。

“诸位！谁愿意同我打赌？我也来一下，”他忽然叫道，“没有人打赌也行，我也干。给我拿瓶酒来。我也来一下……拿瓶酒来。”

“让他来，让他来！”陶洛霍夫微笑着说。

“你怎么？疯了？谁让你这样干？你站在楼梯上都会头晕的。”几个人异口同声地说。

“我能喝光，给我一瓶朗姆酒！”皮埃尔酒意十足地猛拍桌子嚷道，接着就往窗上爬。

大家抓住他的手臂，但他的力气很大，谁接近他，谁就被他推得远远的。

“不行，这样是拦不住他的，”阿纳托里说，“等一下，让我来哄他。你听我说，我来同你打赌，但要到明天，现在我们到 ××× 那里去。”

“走，”皮埃尔叫道，“走！……把小熊也带去……”

他说着抱住小熊，把它举起来，又抱着小熊在房子里打转。

7

华西里公爵履行了他在安娜·舍勒晚会上向德鲁别茨基公爵夫人许下的诺言，给她的独子保里斯调动工作。华西里公爵把他的事奏闻皇上，保里斯就被破格调到近卫军谢苗诺夫团当一名准尉。不过，要谋取库图佐夫副官的职务，不管德鲁别茨基公爵夫人怎样到处奔走，都没有成功。

在安娜·舍勒晚会后不久，德鲁别茨基公爵夫人回到莫斯科有钱的亲戚罗斯托夫家。她寄居在他们家里，她的宝贝儿子保里斯从小就在他们家受教育，在那里住了多年，最近才从军，并被调到近卫军任准尉。近卫军已于八月十日从彼得堡出发，保里斯留在莫斯科置办行装，打算在通往拉齐维洛夫的大道上赶上队伍。

罗斯托夫家母亲和女儿同名，都叫娜塔莎。这天正好是她们俩的命名日。从早晨起，纵列马车载着贺客，络绎不绝地来到厨司街全莫斯科闻名的罗斯托夫伯爵夫人的大公馆。伯爵夫人带着美丽的大女儿在客厅里招待着一批又一批的来客。

伯爵夫人生有东方女人的瘦削脸型，四十五岁光景，生过十二个子女，有点未老先衰。她由于体弱，举动迟钝，说话缓慢，但因此给人一种端庄稳重之感，使人肃然起敬。德鲁别茨基公爵夫人像自家人一样坐在那里，帮她招待客人，陪客人说话。年轻人都坐在后房，觉得不需要出来陪客。罗斯托夫伯爵送往迎来，邀请客人进餐。

“我自己，同时代表两位过命名日的亲人，非常非常感谢您，*亲爱的朋友*（不分男女，不论地位高低，他一律称人家*亲爱的朋友*）。您务必来吃饭。您别让我生气，*亲爱的朋友*。我代表全家恭请您，*亲爱的朋友*。”罗斯托夫伯爵千篇一律地说着这几句话，刮得光光的快乐胖脸上总是露出同样的表情，并且总是同样紧紧地握住对方的手，同样频频鞠躬。伯爵送走一位客人，立刻回到大厅里，继续招待留下的客人。他挪过一把扶手椅坐下，脸上露出既爱享福又会享福的神气。他潇洒地分开两腿，双手往膝盖上一放，意味深长地摇晃着身子，谈谈天气，问问健康，一会儿说俄语，一会儿说很蹩脚但自以为很不错的法语，然后露出疲劳而又自信尽了礼数的神态，摸摸稀疏的白发，邀请客人入席。有时，他从前厅回来，穿过花房和听差房间，走进摆有八十份餐具的宽敞大理石大厅，望着拿银器和瓷器、摆桌子和铺充缎桌布的仆人，又把贵族出身的总管德米特里叫到跟前，说：

“喂，喂！德米特里，注意了，务必把一切都安排妥当。对了，对了，”他得意地望望摆开的大餐桌说，“摆餐具最重要。对了，对了……”他满意地舒了口气，又回到客厅里。

"玛丽雅·卡拉金娜和小姐到！"伯爵的体格魁梧的跟班走进客厅，声音低沉地报告说。伯爵夫人想了想，嗅了嗅画有丈夫肖像的金鼻烟壶。

"这么多客人真把我累坏了！"伯爵夫人说，"好吧，我就最后再接见一个。她是很讲究礼节的。请她来！"她可怜巴巴地对跟班说，好像在说："唉，你们要把我累死了！"

一个又高又胖、态度傲慢的太太带着笑盈盈的圆脸女儿，衣裙窸窣响着走进客厅。

"伯爵夫人……我们多久没……这可怜的孩子病了……在拉祖莫夫斯基家舞会上……阿普拉克辛伯爵夫人……我真高兴见到……"只听到妇女们你一言我一语的说话声，还夹杂着衣裙的窸窣声和挪动椅子的声音。这个人的话音刚落，就有人衣裙窸窣响着站起来，展开另一场谈话："我非常、非常高兴……妈妈的健康……阿普拉克辛伯爵夫人。"接着又是衣裙的窸窣声，有人走到前厅，穿好大衣或披上斗篷，坐上马车走了。有人谈到当时城里的头条新闻：叶卡捷琳娜女皇时代的巨富和美男子别祖霍夫伯爵的病，以及他的私生子皮埃尔在安娜·舍勒晚会上的冒失行为。

"我很同情可怜的伯爵，"一个女客说，"他的身体本来就很差，如今又为儿子烦恼，这样可真要他的老命了！"

"怎么回事？"罗斯托夫伯爵夫人问，仿佛她不知道那个女客指的是什么，其实别祖霍夫伯爵苦恼的原因，她少说也听到十来遍了。

"唉，这就是现在的教育啊！"那个女客说，"在国外时，这个青年就无法无天，据说，如今在彼得堡又干出骇人听闻的事，被警察驱逐出境了。"

"您讲讲！"罗斯托夫伯爵夫人说。

"他交上坏朋友，"德鲁别茨基公爵夫人插嘴说，"华西里公爵的儿子，加上他和一个叫陶洛霍夫的，天知道他们一起干了些什么。如今他们都吃苦了。陶洛霍夫被降职当兵，别祖霍夫的儿子皮埃尔被驱逐到莫斯科。阿纳托里的事儿虽然被他父亲华西里公爵给抹过去，但也被驱逐出彼得堡。"

"请问，他们到底干了什么？"罗斯托夫伯爵夫人问。

"简直是一伙强盗，特别是陶洛霍夫，"那女客说，"他是德高望重的陶洛霍夫夫人的儿子，可他干了什么呀？您真不能想象：他们三人不知从哪里弄来一头狗熊，坐马车把它带到女演员家里。警察跑去阻止。他们竟抓住警长，把他和狗熊背对背绑在一起，投到莫依卡河里；狗熊在河里游，背上还驮着警长。"

"哦，亲爱的朋友，警长那副模样一定挺好玩。"罗斯托夫伯爵大声说，笑得简直要死。

"哦，真可怕！但这有什么可笑的，伯爵？"

但太太小姐们也都忍不住笑了。

"好容易才把那个倒霉的警长救上来，"女客继续说，"这就是别祖霍夫伯爵的儿子干的好事！"女客添加说，"还说他很有教养，人也聪明。瞧，这就是在国外受教育的结果。我希望这里不会有人接待他，尽管他很有钱。有人要介绍他跟我认识，我毫不客气地拒绝了，我家里有女儿啊。"

"您怎么知道这个年轻人很有钱？"伯爵夫人问，俯身避开姑娘们，姑娘们立刻装出不在听的样子，"不瞒您说，他的孩子全是私生子。皮埃尔好像……也是个私生子。"

女客挥了挥手。

"我想，他大概有二十来个私生子。"

德鲁别茨基公爵夫人插话了，显然想炫耀她的社会关系，让人知道她熟悉内情。

"就是这么一回事，"她意味深长地轻声说，"别祖霍夫伯爵的名声大家都知道……他有多少孩子，连他自己都数不清，但这个皮埃尔可是他的宠儿。"

"这老头儿去年还挺帅的！"伯爵夫人说，"我没有见过比他更俊的男人了。"

"如今他变得可厉害了，"德鲁别茨基公爵夫人说，"我知道，华西里公爵是公爵夫人娘家那边全部财产的继承人，但做父亲的很宠爱皮埃尔，关心他的教育，还上奏过皇上……因此谁也不知道，要是他死了

（他病得很重，随时都有危险，连劳兰医生也从彼得堡赶来了），这一大笔遗产将落到谁手里：是皮埃尔还是华西里公爵。有四万个农奴和几百万财产哪！这事我挺清楚，因为是华西里公爵亲口对我说的。再说，别祖霍夫伯爵还是我的从表舅父呢。他也是保里斯的教父。”德鲁别茨基公爵夫人添加说，装得对这事毫不在意。

“华西里公爵昨天到了莫斯科。听说，他是来视察的。”那个女客说。

“是的，但我只告诉你一个人，”德鲁别茨基公爵夫人说，“这是借口，其实他是听说别祖霍夫伯爵病重，特地来看看的。”

“哦，亲爱的朋友，那个玩笑开得太棒了！”罗斯托夫伯爵说，发现上了年纪的女客不在听他，就转身对小姐们说，“我想，警长那副模样一定很好玩。”

他装出警长怎样挥动双手，又声音低沉而洪亮地笑起来，笑得整个肥胖的身子发抖，就像那些享惯美酒佳肴的阔佬那样。“那么，请到舍间来用晚饭。”他说。

8

接着是一片沉默。伯爵夫人望着女客，愉快地微笑着，但毫不掩饰，要是女客现在起身告辞，她是不会不高兴的。女客的女儿理理身上的衣服，用询问的目光瞧着母亲。这时隔壁屋里忽然传来几个男女向房门跑去、撞倒椅子的声音。接着一个十三四岁的女孩把一件什么东西藏到短纱裙下边，跑进来，在屋子当中站住。显然，她是跑得太快了，无意中冲得这么远。这时门口还出现一个穿红领制服的大学生、一个近卫军军官、一个十五六岁的女孩和一个穿童装的红脸胖男孩。

罗斯托夫伯爵一跃而起，摇摇晃晃地张开两臂拥抱跑进来的女孩。

“哦，她来了！”伯爵笑着叫道，“今天就是庆祝她的命名日！我的小宝贝的命名日！”

“宝贝，什么事都得有个时间。”伯爵夫人装出一副严厉的模样说，“埃利，你总是宠她。”她对丈夫加上一句。

“哦，我的宝贝，我向你祝贺。”女客说，“真是个可爱的孩子！”

她又对做母亲的说。

这个小姑娘黑眼睛，大嘴巴，不算漂亮，但很活泼，因为跑得太快挂肩滑下来，露出光肩膀，一头乌黑的鬈发向后梳，两条细小的手臂袒露着，一双瘦小的腿穿着镶花边的长裤，脚上穿着低口鞋。她正处在说孩子已不是孩子、说少女还不是少女的可爱年纪。她从父亲怀抱里挣脱出来，跑到母亲身边，也不理母亲的严厉责备，把她那绯红的脸蛋藏到母亲的花边披肩里，笑了起来。她从裙子底下取出一个布娃娃，一边笑，一边上气不接下气地讲着布娃娃的事。

"您看见吗？……布娃娃……她叫咪咪……您看。"

娜塔莎再也说不下去，她觉得一切都很可笑。她倒在妈妈怀里放声大笑，就连那古板的女客也忍不住笑起来。

"喂，去吧，带着你那个丑八怪去吧！"母亲说，装出生气的样子推开女儿。她对女客说："这是我的小女儿。"

娜塔莎把脸从母亲花边披肩里露出来，含着笑出来的眼泪，抬头望了望母亲，又把脸藏起来。

那女客无意中看到这种天伦之乐，觉得应该有所表示。

"告诉我，我的宝贝，"她对娜塔莎说，"你这个咪咪是从哪儿来的？是你的女儿，对吗？"

娜塔莎不喜欢女客那种倚老卖老的口气，什么也没有回答，只板着脸对她望望。

这时候，全体小字辈——德鲁别茨基公爵夫人的军官儿子保里斯、罗斯托夫伯爵的长子大学生尼古拉、伯爵的十五岁甥女宋尼雅和伯爵的幼子小彼嘉都在客厅里。他们个个脸上焕发着快乐的青春气息，但显然都在竭力克制，唯恐失礼。他们从后房匆匆跑出来，他们在那里谈的事一定比这里谈的本市传闻、天气好坏和阿普拉克辛伯爵夫人之类的事有趣得多。他们偶尔交换个眼色，勉强忍住笑。

两个青年，一个是军官，一个是大学生，他们从小认识，年纪相同，都很英俊，但彼此并不相像。保里斯是个淡黄头发的高个子青年，相貌端正，五官清秀，神态沉着。尼古拉呢，个儿不高，头发卷曲，神情开朗。他的上唇上已出现黑黑的茸毛，整个脸庞显得刚毅而热情。

尼古拉一走进客厅，脸就红了，他显然不知道说什么才好；保里斯呢，正好相反，立刻定下神来，镇定而风趣地讲着，这个布娃娃咪咪他老早就认识了，当时她还是个鼻子没破的小姑娘，五年来她老得多了，脑壳也裂开了。他说了这些话，瞧了娜塔莎一眼。娜塔莎避开他的目光，瞧了弟弟一眼，只见弟弟眯缝着眼睛，不出声地笑得浑身发抖。娜塔莎再也忍不住，跳起来，一个劲儿地从屋里冲出去。保里斯却没有笑。

“您大概也要走了吧，妈妈？您要马车吗？”保里斯笑着问他的母亲。

“是的，你去，去，叫他们备车。”德鲁别茨基公爵夫人笑着回答。

保里斯悄悄地走出去，去找娜塔莎。胖男孩气冲冲地跑去追他们，仿佛因他的计划被破坏而生气。

9

青年中，除了罗斯托夫伯爵夫人的长女（她比妹妹娜塔莎大四岁，一举一动都像个大姑娘）和做客的小姐，客厅里只剩下尼古拉和宋尼雅两个人。宋尼雅是个娇小玲珑的黑发姑娘，眼神温柔，睫毛很长，一条乌黑的粗辫子在头上盘了两圈，脸上的皮肤，特别是肌肉初丰的瘦弱手臂和脖子上的皮肤，带点淡黄。她举止稳重，四肢柔软，待人接物机灵而持重，好像一只美丽的小猫，将来准会变成一只迷人的母猫。她显然认为听大家谈话脸上应该带几分微笑，但她那双长睫毛下的眼睛情不自禁地望着即将从军的*表兄*，目光里流露出少女的无限热情和爱慕，以致她脸上的微笑一刹那也逃不过旁人的眼睛。显然，这只小猫暂时蹲着不动，只是为了更有力地纵身一跳，好同她的*表兄*，也像保里斯同娜塔莎那样，跑到客厅外面去玩。

“唉，*亲爱的朋友*，”老伯爵指指尼古拉对女客说，“您瞧，他的朋友保里斯当上军官，他出于友谊不愿落在他后面，就撇下大学和我这个老头子去从军，*亲爱的朋友*。我已给他在档案馆里谋了个差事，什么都弄好了。唉，难道有这样讲友谊的吗？”伯爵怀疑地说。

“噢，我听说已经宣战了。”女客说。

“早就在说了，”伯爵说，“现在又在说了，不过只是说说罢了。亲爱的朋友，您瞧，这就叫友谊！”他又说了一遍，“他要去当骠骑兵。”

女客不知道说什么好，只是摇摇头。

“根本不是因为友谊，”尼古拉涨红了脸回答，仿佛要反驳对他的可耻诽谤，“根本不是因为友谊，我觉得服兵役是我的天职。”

他回头看了看表妹和做客的小姐，她们都带着赞许的微笑望着他。

“今天保罗格勒骠骑兵团舒伯特上校在我家吃午饭。他来这里休假，准备把他带去。有什么办法呢？”伯爵耸耸肩膀，半开玩笑说，显然这事给他带来不少苦恼。

“我已经对您说过了，爸爸，”尼古拉说，“您要是不愿让我走，那我可以留下。不过我知道我这人除了当兵，什么都做不了。我不是外交家，也不会做官，因为我不会掩饰感情。”尼古拉说话时一直带着漂亮青年喜欢卖弄的神情望着宋尼雅和做客的小姐。

“小猫”两只眼睛盯住他，仿佛随时都准备跳起来和他嬉戏，显示猫的本性。

“噢，噢，好哇！”老伯爵说，“他老是激动……都被拿破仑弄昏了头，念念不忘他怎样从中尉变成皇帝。好吧，愿上帝保佑。”老伯爵添加说，没有注意女客脸上的嘲笑。

大人们谈论起拿破仑来。卡拉金娜的女儿裘丽对尼古拉说：

“您礼拜四没去阿尔哈罗夫家，真可惜。您没去，我觉得怪无聊的。”裘丽妩媚地对他笑着说。

这个年轻人受宠若惊，露出年轻人讨好的笑容，坐得离裘丽更近些，单独同满面春风的裘丽谈话，根本没注意到他这无意的微笑像一把利刃刺进满脸通红、假装微笑的宋尼雅嫉妒的心。在谈话当中，尼古拉瞧了宋尼雅一眼。宋尼雅又爱又恨地瞅了他一眼，勉强忍住眼眶里的泪水，嘴唇上依旧挂着微笑，站起身来走出去。尼古拉的兴致顿时消失。他等谈话一停下，就慌慌张张地出去找宋尼雅。

“这些年轻人的心事一看就知道！”德鲁别茨基公爵夫人指着走出去的尼古拉说。“表兄妹的关系真够麻烦的。”她添上说。

“是啊！”伯爵夫人在年轻人像阳光一般照亮客厅又消失之后说，

仿佛回答一个没有人向她提出但经常盘旋在她头脑里的问题，“为了现在能从他们身上得到些欢乐，真不知操过多少心，受过多少罪啊！但就是现在，说句实话，也是担心多，欢乐少。老是叫人担心，老是叫人担心！少男少女到了这年纪，都是最危险的。”

“这就要看教育了。”女客说。

“对，您说得对，”伯爵夫人继续说，“感谢上帝，我至今一直是我孩子们的朋友，他们完全信任我。”伯爵夫人说，她也像一般做父母的那样，错误地认为孩子们没有什么事瞒着他们，“我知道我永远是我女儿的首席顾问，我知道我的尼古拉脾气急躁，但他即使淘气（男孩子不可能不淘气），也不像彼得堡的花花公子那样。”

“是的，都是挺好的孩子，挺好的孩子，”伯爵附和说，他遇到弄不懂的问题总是说挺好，“你们看，他想当骠骑兵！可您有什么办法，亲爱的朋友！”

“你们的小女儿真是太可爱啦！”女客说，“火暴性子！”

“是啊，火暴性子，”伯爵说，“像我！她的嗓子可好啦！尽管她是我的女儿，但我还是要说，她会成为歌唱家，又一个莎乐莫妮[①]！我们请了一个意大利人教她。”

“是不是太早了些？据说，这样的年纪学唱歌对嗓子有害。”

“哦，不，早什么！”伯爵说，“我们的母亲不是十二三岁就出嫁了吗？”

“她已经爱上保里斯了！您看，她怎么样？”伯爵夫人望着保里斯的母亲，微笑着说，显然在回答一个一直使她忧虑的问题，“啊，不瞒您说，我把她管得很严，我禁止她……天知道他们背地里会干出什么事来（伯爵夫人是指他们会接吻），但现在她说的每句话我都知道。她晚上总要跑到我屋里来，什么都讲给我听。也许是我宠了她，但说句实话，这样更好些。我管大女儿可要严多了。”

“是的，他们对我的教育就完全不同。”美丽的大女儿薇拉伯爵小姐微笑着说。

---

① 莎乐莫妮是著名歌剧女演员，1805—1806年曾随德国剧团在莫斯科演出。

一般说，微笑能增添女人的美，但薇拉的微笑并没使她变得好看；相反，她的脸变得不自然，使人看了不舒服。薇拉长得不错，人也不笨，书读得很好，很有教养，嗓子也很好，她说话在理，也很得体；但说来奇怪，所有在场的人，包括女客和罗斯托夫伯爵夫人，回头望了她一眼，仿佛弄不懂她为什么要说这句话，并且觉得讨厌。

“对长男长女一般总是要求严格些。希望他们出人头地嘛！”女客说。

“何必隐瞒呢，亲爱的朋友！伯爵夫人对薇拉要求严格些，”罗斯托夫伯爵说，“哦，那有什么关系！她毕竟是个好姑娘。”他赞赏地对薇拉眨眨眼，又添上一句。

客人们起身告辞，答应以后来吃饭。

“这算什么作风啊！老是坐个没完没了，没完没了！”伯爵夫人送走客人后说。

10

娜塔莎走出客厅又向前跑，来到花房。她待在那里，听着客厅里的谈话，等候保里斯出来。她不见他出来，急得直跺脚，正要哭出来，忽然听见一个年轻人不紧不慢的稳健脚步声。她连忙跑到盆花中间躲起来。

保里斯站在房间中央，回头看了看，拍拍制服袖子上的尘土，走到镜子前面，照照自己漂亮的脸。娜塔莎从藏身处屏息往外张望，看他将做什么。保里斯在镜子前面站了一会儿，微微一笑，就向门口走去。娜塔莎想叫他，但又改变了主意。

“让他找吧。”娜塔莎自言自语。保里斯刚出去，宋尼雅就从另一扇门进来。她满脸通红，两眼含泪，恨恨地低声说着什么。娜塔莎刚要向她跑去，又立刻克制住自己，留在那里不动，像隐身人那样往外张望，看会发生什么事。她感到一种新奇的乐趣。宋尼雅喃喃地说着什么，回头望望客厅的门。尼古拉从门里出来了。

“宋尼雅！你怎么啦？怎么能这样？”尼古拉说着跑到她跟前。

“没什么，没什么，别管我！”宋尼雅放声哭起来。

“不，我知道是怎么回事。”

“您知道，那很好，您找她去吧。”

“宋——尼雅！听我说一句！你怎么能想入非非，这样折磨我又折磨自己呢？”尼古拉抓住她的手，说。

宋尼雅没有抽出手，但不哭了。

娜塔莎屏住呼吸，一动不动，一双亮晶晶的眼睛从藏身的地方望出来。“接下去会怎么样呢？”她想。

“宋尼雅！世界上我什么也不要！你就是我的一切，”尼古拉说，“我会让你相信的。”

“我不爱听这种话。”

“好，那我就不说了，请你原谅，宋尼雅！”尼古拉把她拉过来吻了吻。

“啊，多么好哇！”娜塔莎想。宋尼雅和尼古拉从屋里出来，她跟在他们后面，把保里斯叫到跟前。

“保里斯，到这儿来！”她带着神秘而狡猾的神气说，“我有件事要告诉您。过来，过来。”她说着，把他领到她原来藏身的盆花中间。保里斯笑眯眯地跟她走去。

“有件什么事？”保里斯问。

她有点窘，向四下里看了看，看见弃在盆花中间的布娃娃，把它捡起来。

“您来吻吻布娃娃。”娜塔莎说。

保里斯留神而亲切地望望她那兴奋的脸，什么也没有回答。

“您不愿意吗？那么到这儿来。”娜塔莎说着，走到花丛深处，丢下布娃娃。“来，来！”她喃喃地说。她抓住年轻军官的袖口，泛红的脸上现出又惊又喜的神色。

“那么您愿意吻吻我吗？”娜塔莎几乎听不见地低声说，皱起眉头望着他，脸上挂着笑，兴奋得差点儿哭出来。

保里斯脸红了。

“您这人真可笑！”保里斯俯身对她说，脸涨得更红了，但没有做什么，只是等待着。

娜塔莎突然跳到一个大花盆上，站得比他高，双手搂住他，她那瘦小的光手臂钩住他的脖子，一仰头把头发甩到后面，在他的嘴唇上吻了一下。

接着她从盆花中间钻到另一边，垂下头站住。

“娜塔莎，”保里斯说，“您知道我爱您，但是……”

“您爱我吗？”娜塔莎打断他的话，问。

“是的，我爱您，但我们别再像刚才那样……再过四年……到那时我就来向您求婚。”

娜塔莎想了想。

“十三，十四，十五，十六……”她用纤细的手指计算着，“好！那么，一言为定？”

欣慰的微笑使娜塔莎兴奋的脸更加容光焕发了。

“一言为定！”保里斯说。

“永远这样？”女孩子说，“到死不变心？”

娜塔莎挽住他的手臂，喜气洋洋地跟他一起悄悄走进起居室。

11

伯爵夫人接待了那么多客人，感到十分疲惫。她吩咐仆人她不再接见任何人，并命令门房务必把贺客都留下吃饭。伯爵夫人很想跟童年时代的老伙伴德鲁别茨基公爵夫人单独谈谈心。自从德鲁别茨基公爵夫人从彼得堡回来后，她还没有同她好好聊过。德鲁别茨基公爵夫人一脸哭相，但强作欢颜，把椅子挪近伯爵夫人的座位。

“我要跟你推心置腹谈一谈，”德鲁别茨基公爵夫人说，“我们的老朋友剩下不多了！所以我特别珍重你的友情。”

德鲁别茨基公爵夫人望望薇拉，没把话说下去。伯爵夫人握了握朋友的手。

“薇拉，”伯爵夫人对显然不受宠爱的大女儿说，“你怎么这样不懂事？难道你不知道你在这里是多余的吗？到妹妹那里去，或者……”

漂亮的薇拉轻蔑地微微一笑，显然一点也不感到委屈。

“您要是早点说，妈妈，我早就走了。”薇拉说，向自己屋里走去。

她走过起居室，发现两个窗口下对称地坐着两对男女。她停下脚步，轻蔑地微微一笑。宋尼雅坐在尼古拉旁边，尼古拉正在把他初次写的诗抄给她。保里斯和娜塔莎坐在另一个窗下，薇拉一进去，他们就不作声了。宋尼雅和娜塔莎羞愧而幸福地瞅了一下薇拉。

看到这两个正在热恋中的女孩子本会使人高兴和感动，但此情此景显然没有使薇拉心里感到高兴。

“我要求过你们多少次了，别拿我的东西，”薇拉说，“你们自己都有房间。”薇拉从尼古拉手里拿下墨水瓶。

“等一下，等一下！”尼古拉拿笔蘸着墨水说。

“你们干什么都不看时候，”薇拉说，“刚才跑到客厅里，弄得大家都替你们害臊。”

尽管薇拉的话是对的，或者正因为是对的，谁也没有回答她。四个人只是你看看我，我看看你。薇拉拿着墨水瓶留在屋里没走。

“像你们这样的年纪，娜塔莎和保里斯，或者你们两人，能有什么秘密呢？无非是胡闹罢了！”

“啊，薇拉，这关你什么事？”娜塔莎低声反驳。

今天娜塔莎对谁都比平时更亲切，更和气。

“真是胡闹，”薇拉说，“我为你们害臊。你们有什么秘密啊？……”

“各人有各人的秘密。我们也没有干涉你和别尔格的事。”娜塔莎气愤地说。

“对，你们是没有干涉，”薇拉说，“因为我的行为从来没有什么出格的地方。但你同保里斯的事我可要告诉妈妈。”

“娜塔莎待我很好，”保里斯说，“我没有什么可抱怨的。”

“别说了，保里斯，您真是位出色的外交家（**外交家**一词当时在孩子们中间很流行，他们使用这个词别有含义）；简直无聊，”娜塔莎气愤得声音发抖，说，“她干吗老跟我过不去？”

接着她对薇拉说：“这种事你永远也不懂，因为你从来没有爱过人；

你没有心肝，你是个让理夫人[1]（这是尼古拉给薇拉起的绰号，含有嘲弄的意味）。你最大的乐趣就是破坏别人的情绪。你要同别尔格调情，就尽管去好了。”娜塔莎一口气说。

“可我决不会当着客人的面去追小伙子……”

“哼，这下子你达到目的了，”尼古拉插嘴说，“说了那么多难听的话，把大家的情绪都破坏了。我们到育儿室去。”

四个人就像一群受惊的鸟，站起来，走了出去。

“是你们对我说了那么多难听的话，我可没向谁说过什么。”薇拉说。

“让理夫人！让理夫人！”门外传来带笑的叫声。

漂亮的薇拉惹得大家生气，她只微微一笑，对人家的话并不生气。她走到镜子前，理理围巾和头发；她照照自己好看的脸，似乎变得更冷静更沉着了。

客厅里大家还在谈话。

“唉，亲爱的朋友，”伯爵夫人说，“我的生活也不全是一帆风顺的。难道我没有看到，照现在这样过下去，我们也维持不了多久！这都得怪俱乐部和他的好心肠。我们尽管住在乡下，也不得安生。看戏啦，打猎啦，天知道有多少玩意儿。唉，我的事有什么可说的！还是谈谈你那些事是怎么安排的吧。我看到你总觉得惊奇，安娜，像你这样的年纪，一个人坐车，一会儿到莫斯科，一会儿到彼得堡，一会儿找大臣，一会儿见名人，你会对付各种各样的人，我真佩服！哦，这些事你怎么能应付得头头是道的？唉，我可一点儿也不会。”

“啊，我的好姐妹！”德鲁别茨基公爵夫人回答说，“但愿上帝别让你知道，一个寡妇人家，无依无靠，还带着一个宝贝儿子，过日子该有多难哪！什么事都得学，”她有点得意地说，“那场官司使我长了见识。我要见哪个大人物，就写个条子：‘某某公爵夫人求见某某。’接着我就乘车登门拜访，一次不成，两次，三次，四次，直到达到目的。至于人家对我有什么想法，我才不管呢。”

---

① 让理夫人（1746—1830），法国教育家和小说家。小说多反映上流社会的古板礼节。

"那么，保里斯的事你托了谁啦？"罗斯托夫伯爵夫人问，"你瞧，你的儿子已当上近卫军官了。可我的尼古拉才当士官生。没有人替他奔走。你这是托了谁啦？"

"托了华西里公爵。他这人心眼好，一口答应了，奏明了皇上。"德鲁别茨基公爵夫人得意扬扬地说，完全忘记她为达到目的而受的屈辱。

"他有没有见老，华西里公爵？"伯爵夫人问，"自从我们在鲁勉采夫家一起演戏以来，我就没见过他。我想他把我给忘了。他追求过我。"伯爵夫人想到这事，笑了。

"还是那个样子，"德鲁别茨基公爵夫人回答，"和蔼可亲，说话风趣。名誉地位并没有使他变样。他对我说：'我很抱歉，亲爱的公爵夫人，我很少为您效劳，有事您尽管吩咐好了。'哦，他真是个好人，真是个好亲戚。不过，娜塔莎，你知道我很疼爱儿子，为了他的幸福，我什么都干。可是我的境况糟透了，"公爵夫人伤心地压低嗓子说，"糟得不能再糟。那场倒霉的官司使我倾家荡产，可还是毫无结果。不瞒你说，我有时简直身无分文，我不知道拿什么给保里斯置办行装。"她掏出手帕，哭起来，"我需要五百卢布，可是手头只有一张二十五卢布的票子。我现在的处境……我现在唯一的希望就在别祖霍夫伯爵身上。他要是不愿帮助他的教子（是他给保里斯施洗的），不给他一点什么，那么，我这阵子的奔走就白费了：我无力替他置办行装。"

伯爵夫人流着眼泪，默默想着心事。

"我常常这样想，也许这样想是罪过的，"公爵夫人说，"我常常想，别祖霍夫伯爵一个人过日子……有这么一大笔财产……他活着有什么意思？他活着很痛苦，可保里斯的生活才开始呢。"

"他准会给保里斯留下点什么的。"伯爵夫人说。

"只有天知道，亲爱的朋友！这些达官贵人都很自私。但不管怎样，我还是带保里斯去见见他，向他开诚布公地提出要求。这事关系到我儿子的前途，别人有什么想法，我不在乎。"公爵夫人站起来，"现在两点钟，你们四点钟吃饭，我去一趟还来得及。"

德鲁别茨基公爵夫人像彼得堡能干的女人那样，善于利用时间。她派人把儿子找来，同他一起走到前厅。

“再见，我的好姐妹。”德鲁别茨基公爵夫人对送她到门口的伯爵夫人说，“祝我成功吧！”她背着儿子低声说。

“你们到别祖霍夫伯爵家去吗，亲爱的朋友？”罗斯托夫伯爵从饭厅来到前厅，说，“他要是好些了，您就叫皮埃尔到我这儿来吃饭。他到我这儿来过，跟孩子们跳过舞。您务必请他来，亲爱的朋友。啊，让我们瞧瞧，塔拉斯今天怎么表演他的手艺。他说，连奥尔洛夫伯爵[①]家都不会有像我们这样讲究的晚餐呢。”

12

“保里斯，我的宝贝，”当公爵夫人母子俩乘着罗斯托夫伯爵夫人的马车，经过铺干草的街道，驶进别祖霍夫伯爵家的大院时，母亲对儿子说，“保里斯，我的宝贝，”她从旧斗篷里伸出手，小心而亲热地放在儿子的手上，“你对他要亲热些，要殷勤。别祖霍夫伯爵毕竟是你的教父，你的前途全靠他了。你记住，我的宝贝，你要尽量讨他喜欢……”

“我知道，除了受气，不会有别的结果……”儿子冷冷地回答，“但我答应你，照你的话办。”

尽管门房知道大门口停着谁家的马车，他还是打量了一下母子俩（他们不经通报就穿过两行放在壁龛里的雕像，走进门窗宽敞的门廊），别有用意地看看旧斗篷，问他们要见谁，是要见公爵小姐们还是伯爵。知道要见伯爵，他就说老爷今天病势更重，谁也不见。

“我们走吧。”儿子用法语说。

“我的好朋友！”母亲用恳求的语气说，又摸摸儿子的手，仿佛这样可以稳住儿子，或者给他鼓气。

保里斯不作声，也没有脱大衣，只用询问的目光望望母亲。

“老朋友，”公爵夫人柔声细气地对门房说，“我知道别祖霍夫伯爵病得很重……我是专程来看他的……我是他的亲戚……我不打扰他，老朋友……我只要见见华西里公爵。他不是住在这里吗？请你

① 莫斯科名流，爱好交友，以举办盛大酒宴、舞会著称。

通报一下。”

门房不高兴地拉拉通到楼上的铃铛，转过身去。

“德鲁别茨基公爵夫人要见华西里公爵！”门房对从楼上跑下来、在楼梯转弯处向下探望的穿长筒袜、低口鞋和燕尾服的侍仆大声说。

母亲理好染色绸连衣裙的皱褶，照了照墙上的威尼斯大镜，这才踏着她那双旧鞋，劲头十足地登上铺地毯的楼梯。

“我的朋友，你答应过我。”她又对儿子说，用手碰碰他表示鼓励。

儿子垂下眼睛，若无其事地跟着她走上去。

他们走进大厅，这里有一道门通华西里公爵的房间。

母子俩走到大厅中央，正要向那个一看见他们就站起来的老仆问路，这时一扇门的青铜把手动了动，华西里公爵身穿丝绒皮袄，照例在家只佩一枚星章，送一个漂亮的黑发男人出来。这人就是彼得堡的名医劳兰。

“这是真的吗？”华西里公爵问。

“公爵，俗话说：‘孰能无过’……”劳兰医生用法语腔说着拉丁成语。

“很好，很好……”

华西里公爵发现德鲁别茨基公爵夫人母子俩，就向医生鞠躬送别，带着疑惑的神情默默地走到他们跟前。儿子发现母亲眼神里忽然露出深沉的悲哀，微微一笑。

“唉，公爵，我们是在多么令人伤心的地方见面啊……那么，我们亲爱的病人怎么样了？”她说，仿佛没注意到那盯住她的令人难堪的冷冰冰目光。

华西里公爵疑惑地对她望望，接着又望望保里斯。保里斯恭恭敬敬地鞠了一躬。华西里公爵没有答礼，转身向着德鲁别茨基公爵夫人，对她的问题摇摇头，动动嘴唇，表示病人没有多大希望了。

“真的吗？”德鲁别茨基公爵夫人惊叫道，“哦，这太可怕了！想想都叫人害怕……这是我的儿子，”她指指保里斯添加说，“他要来当面谢谢您。”

保里斯又恭恭敬敬地鞠了一躬。

“请您相信，公爵，做母亲的心永远不会忘记您的恩情。”

“我很高兴能为您效劳，亲爱的公爵夫人。”华西里公爵说，理理衬衫的硬领，在莫斯科这里，他对受他庇护的德鲁别茨基公爵夫人的语气和态度，比在彼得堡安娜·舍勒晚会上神气得多了。

“你要好好干，不要辜负皇上的恩典，”华西里公爵对保里斯严厉地说，“我很高兴……你是来休假的吗？”他冷冰冰、干巴巴地说。

“大人，我在待命就任新职。”保里斯回答，对公爵的严厉态度并不生气，也不愿加入谈话，却显得镇定自若和彬彬有礼。华西里公爵不由得对他瞧了瞧。

“同你母亲住在一起吗？”

“我住在罗斯托夫伯爵夫人家，”保里斯说，又补了一声，“大人。”

“就是那个娶娜塔莎的伊里亚·罗斯托夫家。”德鲁别茨基公爵夫人说。

“知道，知道，”华西里公爵声音平板地说，“我怎么也无法理解，娜塔莎怎么会嫁给这头脏熊。这人又愚蠢又可笑。据说还是个赌棍。”

“不过他为人厚道，公爵。”德鲁别茨基公爵夫人说，动人地微笑着，仿佛知道罗斯托夫伯爵应受这种批评，但她请求同情这个可怜的老人。

“医生他们怎么说？”公爵夫人沉默了一会儿问，哭丧的脸上又露出无比悲痛。

“希望不大。”公爵说。

“我想再次谢谢**叔叔**对我和保里斯的恩情。这是他的教子。”她说话的语气仿佛表示，华西里公爵知道这种情况准会高兴的。

华西里公爵皱起眉头，沉吟起来。德鲁别茨基公爵夫人明白，他怕她会成为争夺别祖霍夫伯爵遗产的对手，连忙安他的心。

“我对**叔叔**确实是一片真情和忠心，”她说**叔叔**两个字时语气特别坚定和自然，“我知道他为人高尚，直爽，可是他身边只有几位公爵小姐……她们年纪还轻……”她低下头，低声问，“他有没有尽了最后的责任，公爵？[①]这最后的时刻可太宝贵了！情况看来不能再坏了，既然这样，那就得准备后事。公爵，我们妇道人家，”她温柔地微微一笑，“都知道这种事该怎么说。我一定要见见他。不管这对我来说有多难受，我可是个饱经忧患的人。”

华西里公爵显然懂得，要摆脱德鲁别茨基公爵夫人的纠缠是困难的，就像上次在安娜·舍勒晚会上那样。

“同您见面会不会使他感到痛苦，亲爱的德鲁别茨基公爵夫人？”华西里公爵说，“咱们还是等到晚上吧，医生估计可能出现危象。”

“不过，公爵，到了这种时候可不能再等了。您也明白，这事关系到他灵魂的得救……唉，真是太可怕了，一个基督徒的责任……”

里屋的门开了，一位公爵小姐走出来。她是别祖霍夫伯爵的侄女，面容忧郁而冷淡，上身长，下身短，身材很不好看。

华西里公爵向她转过身来。

“哦，他怎么样？”

“还是那样。您能指望什么呢，这么吵吵闹闹……”公爵小姐回头望望德鲁别茨基公爵夫人，像不认识她似的。

“哦，亲爱的，我没有认出是您，”德鲁别茨基公爵夫人脸上挂着幸福的微笑，蹑手蹑脚地走到伯爵侄女跟前，“我是来帮您照顾**叔叔**的。我能想象，您多么辛苦。”她转动眼珠表示同情，补充说。

公爵小姐什么也没回答，笑也没笑一笑，转身就走。德鲁别茨基公爵夫人脱下手套，像占领阵地似的在安乐椅上坐下，并请华西里公爵坐在旁边。

“保里斯！”她对儿子说，脸上微微一笑，“我去看看伯爵，看看叔叔，宝贝，你先去看看皮埃尔，别忘了告诉他罗斯托夫家的邀请。他们请他去吃饭。我想他不该去吧？”她对华西里公爵说。

“相反，”华西里公爵很不高兴地说，“您要是能替我把这个年轻人弄走，那我可太高兴了……他待在这里，可是伯爵从来没有问起过他。”

华西里公爵耸耸肩膀。男仆领着年轻人下楼，又登上皮埃尔住的那

---

① 指基督教徒的终敷礼。

座房子的楼梯。

13

皮埃尔在彼得堡始终没有选到一个职业，而且确实因酗酒闹事被驱逐到莫斯科。大家在罗斯托夫伯爵家谈到的确有其事。皮埃尔参加了捆绑警察和狗熊的恶作剧。他几天前才到，照例住在他父亲家里。虽然他料到他的事在莫斯科已经传开，父亲身边那几个女人本来待他不好，一定会乘机惹伯爵生气，但他还是在到达当天就来到父亲屋里。他走进公爵小姐们日常活动的客厅，向两个正在刺绣和一个正在读书的女人问好。这三个女人中，年纪最大的是那个上身很长、服装整洁、神态严厉的老姑娘，刚才出来看见德鲁别茨基公爵夫人的就是她，此刻她正在读书；两个年轻的脸色红润，容貌秀丽，正在绣花，她们之间的唯一区别就是一个唇上生有一颗黑痣，使她显得格外妩媚。她们看见皮埃尔，就像看见一个死人或者瘟神。大公爵小姐放下书，眼神惊惶地对他望望，没有作声；没有痣的小公爵小姐现出同样的神态；有痣的最小的公爵小姐生性快活爱笑，这时低头对着刺绣架，免得人家看见她想到即将发生一幕好戏而忍不住要笑。她把毛线往刺绣架下引，低下头，仿佛在辨认花样，其实是在掩饰笑容。

“您好，表姐，”皮埃尔说，“您认不出我吗？”

“我太认得出您了，太认得出您了。”

“伯爵身体怎么样？我能见见他吗？”皮埃尔照例笨嘴笨舌地问，但并没有发窘。

“伯爵肉体上和精神上都很痛苦，您是不是还要来增加他精神上的痛苦？”

“我能见见伯爵吗？”皮埃尔又问。

“哼！……如果您要他的命，要他一下子没命，那您就去见他。奥尔加，您去看看，叔叔喝的肉汤炖好没有，快到时候了。”她补了一句，借此向皮埃尔表示，她们都在忙着照顾他父亲，而他却来增加他的痛苦。

奥尔加出去了。皮埃尔站了一会儿，望望表姐们，鞠了一躬，说：

“那么我到自己屋里去。什么时候能见他，请你们通知我。”

他走了。他走后，听见有黑痣的表姐发出又低又脆的笑声。

第二天，华西里公爵来了，住在别祖霍夫伯爵家。他把皮埃尔叫到眼前，对他说：

“老弟，你在这里要是也像在彼得堡那样，那是不会有好结果的。我不瞒你说，伯爵病得很重、很重，你根本用不着去看他。”

从此就再也没有人去打扰皮埃尔，皮埃尔整天独自待在楼上自己的房间里。

保里斯进去的时候，皮埃尔正在房里踱步，偶尔在角落里停一下，对墙壁摆出威吓的姿势，好像在用剑刺穿看不见的敌人，并且严厉地从眼镜上方凝视着，然后又踱起步来，嘴里喃喃地说着什么，耸耸肩膀，摊开双手。

“英国完蛋了，”皮埃尔皱起眉头说，一只手指指什么人，“庇特出卖民族和民权，应判处……”他想象自己就是拿破仑，并已冒险强渡加来海峡，占领了伦敦。他还没有说出对庇特的判决，就看见一个年轻漂亮、体格匀称的军官走进来。他站住了。皮埃尔出国的时候，保里斯才十四岁，如今他一点也记不得了。虽然如此，他还是敏捷而热情地握住保里斯的手，友好地微微一笑。

“您还记得我吗？”保里斯镇定而愉快地微笑着说，“我跟妈妈来看望伯爵，他好像身体不太好。”

“是啊，他大概病了。总是有人打扰他。”皮埃尔回答，竭力回想这个青年是谁。

保里斯觉得皮埃尔没有认出他，但认为没有必要自我介绍，只是若无其事地盯住他的眼睛。

“罗斯托夫伯爵请您今晚到他家去吃饭。”保里斯在皮埃尔觉得难堪的长时间沉默之后，说。

“啊，罗斯托夫伯爵！”皮埃尔高兴地说，“那么您是他的儿子伊里亚啰？哦，乍一见到您，我没认出来。您还记得我们同若科夫人一起坐车去麻雀山吗……那是好久以前的事了。”

“您弄错了，”保里斯不慌不忙地说，带着几分放肆的嘲弄，“我叫保里斯，是德鲁别茨基公爵夫人的儿子。至于罗斯托夫家，父亲叫伊里亚，儿子叫尼古拉。我不认识什么若科夫人。”

皮埃尔挥挥手，摇摇头，仿佛有蚊子或者蜜蜂向他飞来。

“哦，原来是这么回事！我全搞糊涂了。我在莫斯科有那么多亲戚！您是保里斯……对了。好，现在弄清楚了。那么，您对布伦远征有什么看法？只要拿破仑一横渡海峡，英国人就要倒霉了。您说是吗？我想远征很有可能。但愿维尔纳夫[①]不要出纰漏！”

保里斯不读报，不知道布伦远征，维尔纳夫的名字也还是第一次听到。

“我们在莫斯科这里，对请客吃饭和流言蜚语比对政治更感兴趣，”保里斯镇定而嘲弄地说，“这类事我一点也不知道，也不考虑。在莫斯科，大家最感兴趣的是流言蜚语，”他继续说，“现在大家都在谈论您和令尊呢。”

皮埃尔忠厚地微微一笑，仿佛替对方担心，唯恐他说出什么会后悔的话来。但保里斯盯着皮埃尔的眼睛，说得清清楚楚，不动感情。

“在莫斯科，大家无所事事，就知道搬弄是非，”保里斯继续说，“大家关心的是，伯爵将把财产留给谁，但可能他活得比我们大家都长，我也衷心这样希望……”

“是的，这一切都叫人厌恶，叫人厌恶。”皮埃尔接口说。他还在担心，唯恐这位军官说出使他自己尴尬的话来。

“您大概以为，”保里斯说，微微涨红了脸，却没有改变语气和姿势，“您大概以为，大家都想从富翁手里弄到点什么吧。”

“就是这么一回事。”皮埃尔想。

“为了避免误会，我要对您说，您要是把我和我母亲也看作那种人，那就大错特错了。我们很穷，但我至少可以代表我自己说：正因为您父亲有钱，我才不愿同他攀亲戚，我也好，我母亲也好，决不会向他要求什么，也不会从他那里接受什么的。”

---

① 维尔纳夫，法国海军上将。

皮埃尔好一阵不明白他的话，但等到一明白，就从沙发上跳起来，以他特有的慌张而笨拙的姿态抓住保里斯的手，脸涨得比保里斯更红，又羞又恼地说：

“这算什么话！难道我……谁会往这上头想……我很清楚……”

但保里斯又把他的话打断了：

“我很高兴，把要说的话都说了。这样也许使您不痛快，那就请您原谅。”他不但不等皮埃尔来安慰他，反而安慰起皮埃尔来，“但愿我没有得罪您。我这人就是心直口快……我该怎样回话？您去罗斯托夫家吃饭吗？”

保里斯摆脱了尴尬的处境，却把别人放在这种地位，他感到如释重负，轻松愉快。

“不，您听我说，”皮埃尔平静下来说，“您这人真了不起。您刚才说的话很好，非常好。当然，您不了解我。我们那么久没见面了……当年我们还是孩子……您以为我会……我明白您的意思，完全明白。换了我，就做不到，我没有这样的勇气，不过这样很好。我认识您，感到很高兴。真奇怪，”他沉吟了一下，笑笑，添加说，“您竟把我看成这样的人！嗯，那也没有关系，我们以后会进一步相互了解的。就是这样。”皮埃尔握了握保里斯的手，“不瞒您说，伯爵屋里我一次也没去过。他没叫我去……我觉得他这个人很可怜……可是有什么办法呢？”

“您认为拿破仑的军队能渡过海峡吗？”保里斯含笑问。

皮埃尔看出保里斯想改变话题，就顺着他的意思，分析起布伦远征的利弊得失来。

听差来请保里斯到他母亲那里去。德鲁别茨基公爵夫人要走了。皮埃尔答应到罗斯托夫伯爵家吃饭，因为这样可以进一步和保里斯接近。他紧紧地握了握保里斯的手，亲切地从眼镜上方瞧着他……保里斯走后，皮埃尔又在屋里踱了好半天，不再用剑刺那无形的敌人，却笑眯眯地回想着这个聪明、坚强的可爱青年。

皮埃尔对保里斯说不出有多喜欢，暗自下决心一定要同他做朋友。这种心情在青年时代，特别在孤独的时候，是很容易产生的。

华西里公爵送德鲁别茨基公爵夫人出去。公爵夫人拿手帕捂着眼睛，满脸泪痕。

“真可怕！真可怕！”德鲁别茨基公爵夫人说，“不管得付出多大代价，我也要尽到我的责任。晚上我来守夜。不能这样撂下他不管。现在每分钟都很宝贵。我不明白公爵小姐她们怎么这样磨磨蹭蹭的。也许上帝会帮助我替他做好后事……再见，公爵，愿上帝保佑您……”

“再见，亲爱的朋友。”华西里公爵回答，转身从她身边走开。

“唉，他病得真厉害，”母子俩坐上马车时，母亲对儿子说，“他几乎谁也不认识了。”

“妈妈，我不知道他对皮埃尔究竟抱什么态度？”儿子问。

“遗嘱会说明一切的，我的宝贝；我们的命运也要看遗嘱了……”

“凭什么您认为他会留点什么给我们呢？”

“啊，我的宝贝！他那么有钱，我们却这么穷！”

“哦，妈妈，这理由可不够充足！”

“唉，天哪，天哪！他病得多重啊！”母亲叹息道。

14

德鲁别茨基公爵夫人带着儿子到别祖霍夫伯爵家去后，罗斯托夫伯爵夫人拿手帕蒙住眼睛，独自坐了好一阵，最后她打了打铃。

“您这是怎么啦，小姐，”她怒气冲冲地对来迟几分钟的使女说，“不想干了，还是怎么的？那我可以给您另找地方。”

伯爵夫人为朋友的贫穷苦恼而难过，逢到这种时候，她总是挖苦使女，用“您”和“小姐”称呼她。

“是我的不是，太太。”使女说。

“请伯爵到我这儿来一下。”

伯爵照例带着几分负疚的神气，摇晃着身子走到妻子面前。

“哦，我的伯爵夫人！烧松鸡加调料和马德拉酒真好吃，亲爱的！我尝过了；我花一千卢布把塔拉斯买来可没白花。值得！”

他坐到妻子旁边，潇洒地把臂肘支在膝盖上，搔着花白的头发。

"您有什么吩咐，伯爵夫人？"

"哦，我的朋友，你这里是什么污迹？"伯爵夫人指着背心问，"大概是调料吧，"她含笑添加说，"我说，伯爵，我需要钱。"

她脸上现出愁容。

"啊，伯爵夫人！……"伯爵慌忙掏出皮夹子。

"我需要好多钱，伯爵，我需要五百卢布。"她说着，取出麻纱手帕擦擦丈夫的背心。

"我这就去拿，这就去拿。喂，来人哪！"伯爵叫喊的口气使人感到，凡是被他叫到的人都会应声跑来，"把米嘉给我找来！"

米嘉出身贵族，在伯爵家受的教育，如今是伯爵家的总管。这时他轻手轻脚地走进来。

"我说，老弟，"伯爵对恭恭敬敬地进来的青年说，"你给我拿……"他考虑了一下，"对了，拿七百卢布，对了。注意了，别像上次那样拿又破又脏的票子来，要拿好票子，是伯爵夫人要的。"

"是的，米嘉，费心拿点干净票子来。"伯爵夫人感伤地叹着气说。

"老爷，要什么时候送来？"米嘉问，"您知道……不过，您请放心，"他发现伯爵呼吸急促，知道就要发火，添加说，"我忘记了……是不是马上就拿来？"

"对，对，马上拿来。交给伯爵夫人。"

"米嘉真是个好孩子，"等青年走了，伯爵笑眯眯地说，"他没有什么事办不到。我最不爱听人家说'办不到'。什么都办得到。"

"唉，伯爵，钱哪钱，天下多少烦恼都是由于钱！"伯爵夫人说，"但这笔钱我很需要。"

"您哪，我的伯爵夫人，花钱大方是出了名的。"伯爵说，吻吻妻子的手，又回书房去了。

当德鲁别茨基公爵夫人从别祖霍夫家回来时，伯爵夫人面前的桌上已摆好了钱，全部是新票子，用手帕盖着。德鲁别茨基公爵夫人发觉伯爵夫人有点心神不宁。

"哦，怎么样，我的朋友？"伯爵夫人问。

"唉，他病得真厉害呀！简直认不出来了，可怕，真可怕；我只待了一会儿，一句话也没说……”

“安娜，看上帝分上你别推辞。”伯爵夫人说，从手帕底下拿出钱，脸涨得通红，这在她已不年轻的瘦削而庄重的脸上是难得出现的。

德鲁别茨基公爵夫人立刻明白是怎么一回事，弯下腰，准备立刻拥抱伯爵夫人。

“这是我送给保里斯的治装费……”

德鲁别茨基公爵夫人抱住她，哭了。伯爵夫人也哭了。她们哭，因为她们是好朋友，因为她们心肠都很好，因为她们虽是老朋友，却不得不为金钱这种脏东西操心，还因为她们的青春一去不返……不过，两人都哭得很痛快……

15

罗斯托夫伯爵夫人已带着女儿陪许多客人坐在客厅里。伯爵把男客领到书房，请他们欣赏他收藏的土耳其烟斗。他不时走出来问：“她来了没有？”大家都在等阿赫罗西莫娃。她在交际场中被称为蛟龙。她之所以出名，不是因为财富和地位，而是由于心直口快，毫无顾忌。莫斯科和彼得堡人人知道她，连皇亲国戚也知道她，觉得她这人古怪，暗地里笑她粗野，谈论她的逸事，但同时又人人尊敬她，惧怕她。

书房里烟雾腾腾，大家谈论着宣战诏书和征兵的事。诏书还没有人看到，但大家都知道已颁发了。伯爵坐在美人榻上，旁边是两位客人，他们一边吸烟，一边谈话。伯爵自己不吸烟，不说话，但他时而向这边点点头，时而向那边点点头，兴致勃勃地瞧着吸烟的人，听着两边客人由他挑起的争论。

说话的人中有一个是文官。他满脸皱纹，面带怒容，一张瘦脸刮得精光，虽然上了年纪，却打扮得像个时髦青年。他盘腿坐在美人榻上，像在家里一样随便。他嘴里斜衔着琥珀烟管，眯起眼睛，连吸几口烟。这人是伯爵夫人的堂兄，老单身汉申兴，是莫斯科社交界出名的“毒舌头”。他同人谈话，总摆出一副居高临下的架势。另一个是脸色红润、容光焕发的近卫军军官，他从头到脚，服装整洁，头发梳得精光，可说是无可挑剔，嘴巴正中衔着琥珀烟管，绯红的嘴唇轻轻吸着烟，又从好看的嘴里吐出一圈圈烟来。他是谢苗诺夫团军官别尔格中尉，同保里斯一起到团里入伍的就是他，而娜塔莎嘲弄姐姐薇拉，就说别尔格是姐姐的未婚夫。罗斯托夫伯爵坐在他们中间，用心听他们谈话。除了打波斯顿[①]，伯爵最喜欢的就是听人家说话，特别喜欢挑动两个人争论。

"哦，那么，老弟，尊敬的别尔格先生，"申兴说，故意把粗俗的俄语同典雅的法语夹杂在一起，"您想从政府那里获得进账，从连队里弄到好处吗？"

"不，申兴先生，我只想说明，骑兵的收入远不如步兵。再有，申兴先生，请您设身处地替我想一想……"

别尔格说话一向沉着大方，彬彬有礼。他只谈他自己的事，人家谈别的事时，他总是若无其事地保持沉默。他能够一连沉默几小时，自己不觉得局促，也不会使别人感到不安。但一涉及他个人的事，他就会滔滔不绝地说个没完。

"您设身处地替我想一想，申兴先生：我要是进了骑兵，即使是中尉，四个月的收入也不会超过两百卢布；可现在我收入两百三十卢布。"别尔格得意扬扬地笑着说，望望申兴和伯爵，仿佛深信，他的成功永远是大家最大的心愿。

"再说，申兴先生，我进了近卫军，地位就更引人注目了，"别尔格继续说，"而且近卫军步兵的空额更多些。再有，请您想想，两百三十卢布怎么够我开销？我得存点钱，还要寄点给父亲。"别尔格嘴里吐着烟圈，继续说。

"不错……俗话说：德国人从斧背上都能榨出油来[②]。"申兴说，把琥珀烟管移到另一边嘴角，向伯爵挤挤眼睛。

伯爵哈哈大笑。别的客人看见申兴说话，也走过来听。别尔格对人家的嘲笑和冷漠一概置之不理，继续说他调到近卫军，军阶比军校同学高了一级，讲到连长在战场上很容易战死，而他在连里资格最老，当连

---

① 一种牌戏。

② 意思是不择手段地弄钱。

长的可能性很大，还讲到他在团里很得人心，他父亲对他也很满意。别尔格谈到这一切时显然很得意，根本没想到别人对此会不感兴趣。不过他讲得那么好听，那么一本正经，年轻人的私心又毫不掩饰，使大家听得入迷。

“啊，老弟，您当步兵也好，当骑兵也好，都会一帆风顺的。这一点我敢保证。”申兴从榻上放下腿，拍拍他的肩膀说。

别尔格高兴地微微一笑。接着，伯爵领着客人们到客厅里去。

宴会即将开始，客人们聚集在一起，不再高谈阔论，只等待着餐前上冷盘。大家认为应该走动走动，说点什么，表示他们并不急于入席。男女主人不时向门口望望，相互交换眼色。客人从他们的目光中竭力猜想他们在等什么人或者什么东西：是哪位姗姗来迟的贵客，还是什么尚未烧好的菜点。

皮埃尔在宴会前赶到，看到客厅中间有一把安乐椅，就笨手笨脚地一屁股坐下来，把大家的路挡住。伯爵夫人想叫他说点什么，但他戴着眼镜天真地东张西望，仿佛在找寻什么人，而对伯爵夫人的问话只回答一两个字，他妨碍别人，自己还没有察觉。大部分客人知道狗熊事件，好奇地望着这个胖大而温和的小伙子，弄不懂这样一个笨头笨脑的老实人怎么会对警察开这样的玩笑。

“您回来没多久吧？”伯爵夫人问他。

“是的，夫人。”皮埃尔回头看看她，答道。

“您还没见到我丈夫吗？”

“没有，夫人。”他无缘无故地微微一笑。

“您最近到过巴黎，是吗？那里一定很有趣。”

“很有趣。”

伯爵夫人同德鲁别茨基公爵夫人交换了个眼色。德鲁别茨基公爵夫人明白要她对付这个青年，就坐到他身边，同他谈起他父亲的事，但他也像对待伯爵夫人那样，只回答一两个字。客人们都在彼此交谈。

“拉祖莫夫斯基一家……这太好了……阿普拉克辛伯爵夫人……”四面八方传来说话声。罗斯托夫伯爵夫人站起来，走进客厅。

“是阿赫罗西莫娃吗？”客厅里传来伯爵夫人的声音。

“是她。”一个女人粗声粗气地回答。接着阿赫罗西莫娃走进客厅。

小姐们都站起来；连太太们，除了上年纪的，也都站起来。阿赫罗西莫娃在门口站住。她身子肥胖，鬈发花白，五十岁年纪。她高高地昂起头，环顾着客人们，从容不迫地理理宽大的衣袖，好像要把它卷起来。阿赫罗西莫娃平时总是说俄语。

“祝贺过命名日的母亲和孩子！”她声音洪亮浑厚，把所有人的声音都压倒了。“你怎么样，老造孽？”她对吻她手的伯爵说，“你在莫斯科闷得慌啦？没有地方打猎吗？不过，老头子，有什么办法呢，这些雏儿都长大了，”她指指姑娘们说，“不管你愿不愿意，总得替她们找个婆家啊。”

“哦，我的哥萨克怎么样？（阿赫罗西莫娃总是叫娜塔莎哥萨克。）”她说，亲切地抚摩着大胆而快乐地吻她手的娜塔莎，“我知道这丫头是个大狐狸精，可我喜欢她。”

阿赫罗西莫娃从大手提包里取出一副梨形琥珀耳环，送给容光焕发、满脸通红的娜塔莎，立刻又转身去招呼皮埃尔。

“喂，喂！亲爱的朋友！过来，”阿赫罗西莫娃故作低声细气地说，“过来，亲爱的朋友……”

她气势汹汹地把袖子卷得更高。

皮埃尔走到她面前，从眼镜上方天真地瞧着她。

“过来，过来，亲爱的朋友！在你父亲得势的时候，我总是对他说实话，现在上帝也要我对你这样。”

阿赫罗西莫娃沉默了一下。大家都不作声，等着下文，觉得她只说了个开场白。

“好小子，没话说的！好小子！……父亲病在床上，可你还在胡闹，把警察绑在狗熊背上。真不害臊，好家伙，真不害臊！你还是去打仗的好。”

阿赫罗西莫娃转过身来，一只手伸给伯爵，但见伯爵勉强忍住笑……

“啊，我想该入席了吧？”阿赫罗西莫娃说。

伯爵同阿赫罗西莫娃领先，后面是骠骑兵上校挽着伯爵夫人；上校是个贵客，因为尼古拉将跟着他去入伍。德鲁别茨基公爵夫人由申兴陪同。别尔格让薇拉挽着手臂。裘丽笑吟吟地跟尼古拉一起走到餐桌边。他们后面还有好几对宾客，长长地排满整个大厅，最后是单身孩子和男女家庭教师。侍仆们忙碌起来，椅子发出响声，乐队开始奏乐，宾客纷纷入席。这时伯爵的家庭乐队停止奏乐，但听得一片刀叉声、客人说话声和侍仆悄悄的脚步声。餐桌一端，伯爵夫人坐了主位。右边是阿赫罗西莫娃，左边是德鲁别茨基公爵夫人和其他客人。餐桌另一端，伯爵坐主位，他的左边是骠骑兵上校，右边是申兴和其他男宾。长桌一边坐着年龄较大的青年：薇拉挨着别尔格，皮埃尔挨着保里斯。餐桌另一边是孩子和家庭教师。伯爵不时从水晶玻璃杯、酒瓶和果盘后面望望妻子和她那顶有蓝缎带的高帽，殷勤地给邻座斟酒，也没有忘记给自己斟酒。伯爵夫人没有忘记尽主妇的责任，隔着菠萝深情地望着丈夫。她觉得丈夫白发苍苍，秃顶和脸色显得格外红润。女宾那一端传出均匀的低语声；男宾那一端，但听得说话声越来越响，特别是那个骠骑兵上校，他大吃大喝，脸涨得越来越红，话说得越来越响，而伯爵就请其他客人学他的样。别尔格含情脉脉地笑着对薇拉说，爱情不是尘世的感情而是天上的感情。保里斯向新朋友皮埃尔介绍餐桌上客人的姓名，并不时跟坐在对面的娜塔莎对看一眼。皮埃尔环顾着一张张不熟悉的脸，话说得很少，菜吃得很多。他从两种汤中选了甲鱼汤，从馅饼到松鸡，他没有错过一道菜，也没有漏掉一种酒。侍仆用餐巾裹着酒瓶，悄悄地从邻座客人肩上送过来，嘴里说着："干马德拉酒"，或者"匈牙利酒"，或者"莱茵葡萄酒"。每份餐具旁摆着四个刻有伯爵姓氏的酒杯，皮埃尔拿起最近的一个，津津有味地喝着，神态越来越可爱地望着客人们。娜塔莎坐在他对面，眼睛瞧着保里斯，就像一个十三岁的女孩瞧着刚刚接过第一次吻的心爱的男孩子那样。她这种目光有时对着皮埃尔，而皮埃尔在这个活泼好玩的女孩的目光下不知怎的也很想笑。

尼古拉坐在裘丽旁边，离宋尼雅远远的，同时带着情不自禁的笑容同裘丽说话。宋尼雅妒火中烧，但强作欢笑；她竖起耳朵听着尼古拉和裘丽谈话，脸上一阵白，一阵红。家庭女教师心神不宁地环顾着，仿佛要是有谁想欺负孩子们，她将同谁拼命。德国男教师竭力记住每种菜肴、甜食和酒的名称，好写信到德国，把这一切都告诉家里人。当侍仆拿着裹餐巾的酒瓶忘记给他斟酒时，他大为生气。德国人皱起眉头，竭力表示他并不是想喝这种酒，他生气，只是因为没有人理解，他喝酒不是为了过瘾，而是真心要满足求知欲。

16

餐桌上，男客那一端的谈话越来越热烈了。上校说，宣战诏书已在彼得堡公布，他亲眼看到一份诏书今天已由专使送给了总司令。

“真见鬼，我们为什么要同拿破仑打仗啊？”申兴说，“他已经把奥地利的傲气打掉。现在恐怕要轮到我们遭殃了。”

上校是个体格魁伟、脾气暴躁的日耳曼族人，显然是个爱国的老军人。他听了申兴的话很气愤。

“为什么？阁下，”他用德语腔的俄语说，“皇帝陛下知道为什么。他在诏书里说，看到俄国面临的危险不能无动于衷，事关帝国的安全、帝国的尊严和**同盟**的神圣。”他说，不知怎的特别强调“同盟”两个字，仿佛关键就在于同盟。

于是凭着过目不忘的记忆力，他背诵诏书的引言：“皇帝的愿望和唯一目的是在欧洲建立持久和平，为此决定把部分军队派往国外，重新作出努力，以期达此目的。”

“原因就在这里，阁下。”他教诲式地总结说，喝完一杯酒，望着伯爵，等待他的赞许。

“俗话说得好：‘叶列马，叶列马，与其出门乱闯，不如在家纺纱。’”申兴皱着眉头微笑着说，“这话用在我们身上很合适。连苏沃洛夫[1]都被打得一败涂地，如今苏沃洛夫又在哪里？我向您请教。”他不停地用法语夹俄语的混杂话说。

---

① 苏沃洛夫（1729—1800），俄国元帅，曾参加俄土战争。1799年任意大利境内对法作战的俄奥军总司令。

“我们应该战斗到最后一滴血，”上校拍拍桌子说，“为我们的皇帝陛下而死，这样就无往而不胜了。至于议论要尽——可——能（他说这两个字特别拖长声音），尽可能少发。”他说完这话，又转身对伯爵说：“我们老骠骑兵的看法就是这样。那么，年轻人，年轻的骠骑兵，你们有什么意见？”他转身问尼古拉。尼古拉一听见谈战争，就撇下交谈的女伴，睁大眼睛，竖起耳朵听上校说话。

“我完全赞同您的意见，”尼古拉回答，脸涨得通红，断然转动盘子，挪开酒杯，仿佛此刻他正面对重大的危险，“我坚决认为，俄国人不获胜，毋宁死。”他说了这话感到有点不好意思，就像一般人说了太激烈的过头话那样。

“好！您说得太好了！”坐在他旁边的裘丽赞叹说。尼古拉说话的时候，宋尼雅浑身哆嗦，脸红到耳根，红到耳后，红到脖子和肩膀。皮埃尔听着上校的话，赞同地点点头。

“哦，太好了！”皮埃尔说。

“这才像个真正的骠骑兵，年轻人！”上校拍拍桌子，大声说。

“你们在那儿吵什么？”从桌子那一端忽然传来阿赫罗西莫娃低沉的声音。“你拍桌子干什么？”她问骠骑兵上校，“你在对谁发脾气？是不是法国人就在你面前？”

“我说的是实话。”骠骑兵上校笑着说。

“老是谈战争，”伯爵从桌子那一端嚷道，“您可知道，阿赫罗西莫娃，我的儿子要走了，要走了！”

“我有四个儿子都在部队里，可我并不替他们担心。躺在床上也会死，上战场却不一定死，全凭上帝的意旨。”阿赫罗西莫娃低沉的声音毫不费力地从桌子那一端传过来。

“这话有理。”

谈话又集中起来，妇女们在桌子一端，男人们在另一端。

“你就不敢问，”小弟弟彼嘉对娜塔莎说，“你就不敢问！”

“我就要问！”娜塔莎回答。

她的脸忽然涨红，现出快乐而大胆的决心。她欠起身，眼睛盯住坐在对面的皮埃尔，要他注意听，接着对母亲说：

"妈妈！"她那小姑娘的胸音响彻整个餐桌。

"你要什么？"伯爵夫人惊惶地问，但从女儿的脸上看出她在淘气，就严厉地对她摆摆手，摇摇头，制止她的胡闹。

谈话停止了。

"妈妈！我们吃什么甜点心？"娜塔莎更大胆地问。

伯爵夫人想皱眉头，但是皱不起来。阿赫罗西莫娃竖起一个粗手指吓唬她。

"哥萨克！"她威胁说。

多数客人望着年老的一辈，对娜塔莎这种行为不知该怎么办。

"哼，我让你尝尝！"伯爵夫人说。

"妈妈！我们吃什么甜点心？"娜塔莎任性地大胆叫道，相信人家会欣赏她这种行为。

宋尼雅和小胖子彼嘉低下头窃笑。

"你看，我不是问了？"娜塔莎对小弟弟和皮埃尔说。她又瞥了一眼皮埃尔。

"冰淇淋，但不给你吃。"阿赫罗西莫娃说。

娜塔莎知道这事没有什么了不起，因此连阿赫罗西莫娃也不怕。

"阿赫罗西莫娃阿姨！什么冰淇淋？我不喜欢奶油冰淇淋。"

"胡萝卜冰淇淋。"

"不会的，究竟是什么冰淇淋？阿赫罗西莫娃阿姨，什么冰淇淋？"娜塔莎几乎叫起来，"我要知道！"

阿赫罗西莫娃和罗斯托夫伯爵夫人笑起来，客人们也都笑起来。大家不是笑阿赫罗西莫娃的回答，而是笑娜塔莎的大胆和机灵，笑她胆敢这样对阿赫罗西莫娃说话。

娜塔莎直到人家告诉她是菠萝冰淇淋才罢休。上冰淇淋之前先给大家斟了香槟酒。音乐又演奏起来，伯爵吻了吻伯爵夫人。于是客人们纷纷起立向伯爵夫人祝贺，隔着桌子同伯爵和孩子们碰杯，又相互碰杯。侍仆们又忙碌起来，又响起一片推开椅子的声音，客人们按照原来的次序回客厅和伯爵书房，他们的脸都喝得更红了。

17

几张波士顿牌桌摆开来，人也搭配好了。伯爵的客人分散在起居室、图书室和两个客厅里。

伯爵把纸牌作扇形展开，勉强克服饭后小睡的习惯，看见谁都露出笑容。年轻人受伯爵夫人的鼓励，聚集在古钢琴和竖琴旁。裘丽应大家的要求先在竖琴上弹了一支变奏小曲，然后又跟别的姑娘们一起，请赋有音乐才能的娜塔莎和尼古拉唱歌。娜塔莎看到大家把她当大人看待，感到很得意，同时又有点腼腆。

“我们唱什么？”她问。

“唱《泉水》吧。”尼古拉回答。

“好，快一点。保里斯，到这里来，”娜塔莎说，“宋尼雅到哪里去了？”

她回头看了看，发现她的朋友不在屋里，就跑去找。

娜塔莎跑到宋尼雅房里，没有找到她的朋友。她又跑到育儿室，也不见宋尼雅。娜塔莎明白了，宋尼雅一定在走廊的大箱子那里。走廊大箱子那里是罗斯托夫家的姑娘排遣忧伤的地方。果然，宋尼雅身穿粉红色轻纱衣裙，伏在箱子上保姆睡的肮脏条纹羽绒褥子上，双手捂住脸，抖动瘦小的光肩膀，出声地哭着。娜塔莎的脸这天整天喜气洋洋，这时突然变了：她的眼睛发呆，接着丰满的脖子抖动了一下，嘴角下陷。

“宋尼雅！你怎么啦？……你……你出了什么事啦？呜呜呜！……”

娜塔莎张开大嘴，变得很难看，号啕大哭起来。她像孩子一样不知道为什么哭，只因为宋尼雅在哭，她也哭了。宋尼雅想抬起头来，想回答她。可是办不到，反而把脸埋得更深。娜塔莎坐在羽绒褥子上，搂住朋友，哭个不停。宋尼雅定了定神，坐起来，一面擦眼泪，一面说：

“尼古拉再过一个礼拜就要走了，他的……通知书……下来了……他自己对我说的……是的，我不应该哭……”她把手里的一张纸给娜塔莎看，上面写着尼古拉作的诗，“我不应该哭，可是你不了解……谁也不了解……他心地多好。”

宋尼雅想到他心地那么好，又要哭了。

“你很幸福……我不嫉妒你……我爱你，我也爱保里斯，”宋尼雅稍微定了定神，说，“他这人真可爱……你们是不会遇到阻力的。可尼古拉是我的表哥……必须得到……总主教许可[①]……要不然不行。再说，要是有人对妈妈（宋尼雅把伯爵夫人称作妈妈）说，说我妨碍尼古拉的前程，说我没有心肝，说我忘恩负义，上帝可以做证（她画了十字）……我实在爱她，爱你们大家……只有薇拉一个人……为什么呀？我有什么地方对不起她？我非常感激你们，愿意为你们牺牲一切，可是我没有力量……”

宋尼雅再也说不下去，又捂着脸，把头藏到羽绒褥子里。娜塔莎镇静下来，但从她脸上可以看出，她明白朋友十分悲伤。

“宋尼雅！”娜塔莎忽然说，仿佛猜到表姐伤心的真实原因，“是不是薇拉饭后同你说过什么了？是吗？”

“是的，这些诗是尼古拉自己作的，我还抄了几首别的诗。薇拉在我桌上看见了，说要拿给妈妈看，还说我忘恩负义，说妈妈决不会答应他同我结婚，他将同裘丽结婚。你也看到，他整天跟她在一起……娜塔莎！这是为什么呀？……”

宋尼雅哭得更伤心了。娜塔莎把她扶起来，搂住她，含着眼泪微笑着，安慰她。

“宋尼雅，你别相信她的话，宝贝，别相信她的话。你还记得我们同尼古拉三个饭后在起居室里是怎么说的，你还记得吗？将来的事我们不是说好了吗？我已记不清怎么说的，但记得一切都称心如意，一切都可以办到。申兴舅舅有个弟弟就娶了表妹，我们是远房表亲。保里斯也说这是完全可以的。不瞒你说，我什么都告诉他了。他这人真聪明，真好，”娜塔莎说，“你啊，宋尼雅，不要哭，我的宝贝，我的心肝，宋尼雅。”娜塔莎吻了吻宋尼雅，哭了，“薇拉坏死了，别理她！一切都会好的，她也不会对妈妈说什么。尼古拉自己会说的，他对裘丽根本没有意思。”

---

① 俄国教会风俗，表亲结婚须得总主教许可。

娜塔莎吻了吻她的头。宋尼雅稍稍直起身子，这头“小猫”又活泼起来，眼睛闪闪发亮，似乎又准备摇摇尾巴，蹬着柔软的爪子跳起来，灵活地玩弄线团了。

“你这样想吗？真的吗？”宋尼雅一边问，一边迅速地整理着衣裳和头发。

“真的，真的！”娜塔莎回答，同时替朋友理理从盘着的辫子里散出来的一绺粗硬的头发。

两人都哭了。

“那么，我们去唱《泉水》吧。”

“走吧。”

“你看，那个坐在我对面的胖子皮埃尔真可笑！”娜塔莎忽然站住，说，“我真快活啊！”

娜塔莎沿着走廊跑去。

宋尼雅拂去身上的绒毛，把几页诗稿藏到脖子下胸骨突出的怀里，涨红了脸，迈着轻快的步子，跟娜塔莎穿过走廊向起居室跑去。年轻人应客人们的要求，唱了《泉水》四重唱，这首歌大家都很喜欢；然后尼古拉唱了他新学会的一首歌：

月光溶溶的夜晚，
我独自幸福地想象：
世上有这样一个人，
在把你苦苦思量！
她那纤细的手指，
拨动金色的竖琴；
竖琴发出热情的声音，
呼唤你去同她亲近！
再过一两天，天堂就将出现……
可是，你的朋友已活不到那一天！

尼古拉还没唱完最后一句，青年们就已准备到大厅跳舞去了；敞廊里响起乐师们的脚步声和咳嗽声。

皮埃尔坐在客厅里，申兴知道他刚从国外回来，就同他谈政治问题，可是皮埃尔对此不感兴趣。另外有几个客人也加入他们的谈话。娜塔莎走进客厅，音乐正好开始。她径直走到皮埃尔跟前，涨红了脸，笑着说：

"妈妈叫我请您跳舞。"

"我会跳错步子的，"皮埃尔说，"但您要是愿意做我的老师……"

于是他垂下粗手臂，让这个瘦女孩搭住。

当一对对舞伴散开、乐师调音的时候，皮埃尔同他的小舞伴坐下来。娜塔莎心里乐滋滋的，因为她同**大人**跳了舞，**同国外归来的人**跳了舞。她坐在一个显眼的地方，像大人一样同他攀谈。她手里拿着一把扇子，那是一位小姐请她暂时拿着的。她摆出交际场所中妇女的姿态（天知道她是在什么时候什么地方学会的）摇着扇子，让扇子半遮住笑脸，同她的舞伴攀谈。

"她像什么样子，像什么样子？你们瞧，你们瞧！"老伯爵夫人穿过客厅，指着娜塔莎说。

娜塔莎脸一红，笑起来。

"哦，您这是怎么了，妈妈？哦，您干吗这样？这有什么可大惊小怪的？"

第三次苏格兰舞曲奏到一半，罗斯托夫伯爵和阿赫罗西莫娃打牌的客厅里发出椅子的挪动声，大部分贵客和老年人坐久了，都伸伸懒腰，把皮夹和钱包放进口袋，往大厅走去。阿赫罗西莫娃和罗斯托夫伯爵领先，两人脸上都喜气洋洋。伯爵戏谑地装出殷勤的样子，像跳芭蕾舞那样，把一条粗手臂伸给阿赫罗西莫娃。他挺直身子，容光焕发，露出潇洒而调皮的笑容。当大家跳完最后一节苏格兰舞时，他向乐队拍拍手，又对第一小提琴叫道：

"谢苗！你会拉《丹尼洛·古柏》吗？"

这是伯爵心爱的舞曲，他年轻时常常跳。（其实《丹尼洛·古柏》是英格兰舞曲中的一节。）

“你们看爸爸！”娜塔莎对整个大厅叫道（完全忘记她正在同大人跳舞），她笑得鬈发蓬松的头弯到膝盖上，清脆悦耳的笑声响彻整个大厅。

果然，大厅里人人兴高采烈地瞧着快乐的老头儿。他双臂搂着比他高的威严的阿赫罗西莫娃，随着节奏摆动身子，挺起胸膛，转动两腿，轻轻地踏着拍子。他的圆脸笑得越来越欢，引得观众都想看看下面将玩出什么花样。《丹尼洛·古柏》快乐而刺激的乐声有点像轻松的民间舞曲，乐声一起，大厅的几扇门都挤满了人，一边是男仆，另一边是笑嘻嘻的女仆，他们都出来看快乐的主人。

“到底是我们家的老爷，像头鹰！”保姆从一扇门口大声叫道。

伯爵舞跳得很好，这一点他自己也知道，但他的舞伴却不会跳，也不想好好跳。她挺直高大的身躯，垂下两条肥胖的手臂（她把手提包交给伯爵夫人了），只有她那张严肃而好看的脸在跳舞。伯爵圆滚滚的身子所表现的一切，阿赫罗西莫娃只表现在笑得越来越欢的脸上和抽动的鼻子上。不过，越跳越兴奋的伯爵是用人们意想不到的灵活旋转和跳跃使观众叹服，而阿赫罗西莫娃则是在旋转和踏拍子时，不管她肥胖的身子和素常的严肃，微微抖动肩膀和弯曲双臂给人留下难忘的印象。舞越跳越兴奋，越跳越热烈。其余的对子已引不起人家的注意，他们也不想引起人家的注意。大家的注意力都集中在伯爵和阿赫罗西莫娃身上。娜塔莎拉拉所有在场的人的袖子和衣服，要他们看她的爸爸，其实他们本来就一直目不转睛地看着他们。伯爵在跳舞间歇时喘着粗气，向乐师们挥手叫嚷，要他们加快节奏。乐队奏得越来越快，越来越快，伯爵转得越来越上劲，一会儿用脚尖，一会儿用脚跟，绕着阿赫罗西莫娃旋转，最后把女伴送到位子前，在娜塔莎领头的雷鸣般掌声和哄笑声中轻盈地向后翘起一条腿，低下流汗的笑脸，用右手画了一个圆圈，跳了最后一步。这对舞伴停下来，喘着粗气，用麻纱手帕擦着汗。

“当年我们就是这样跳的，*亲爱的朋友*。”伯爵说。

“是啊，跳《丹尼洛·古柏》就该这样！”阿赫罗西莫娃费力地喘着气，卷着袖子说。

18

在罗斯托夫家大厅里，困乏的乐师们已演奏得走了调，大家跳着第六节英格兰舞，疲劳的侍仆和厨师正在准备晚餐。就在这时候，别祖霍夫伯爵第六次中风。医生们宣布已没有康复希望；神父让病人作了无声的忏悔，并让他接受了圣餐，正准备举行终敷礼；家里照例是一片忙乱和不安。棺材商麇集在大门口，避让着驶来的马车，希望揽到伯爵阔绰的葬礼。莫斯科军区总司令不断派副官来探听伯爵的病情，晚上又亲自跑来同叶卡捷琳娜朝代的大臣别祖霍夫伯爵告别。

富丽堂皇的会客室里坐满了人。总司令单独同病人待了半小时。当他从病室里出来时，大家都肃然起立。他微微点头答礼，尽快从医生、神父和亲戚们盯住他的目光中走掉。这几天华西里公爵又消瘦，又苍白，陪送总司令出来，几次低声对他说着什么。

华西里公爵送走总司令，独自坐在大厅里，高高地架起腿，臂肘支着膝盖，用手蒙住眼睛。他这样坐了一会儿，然后站起来，惊惶的眼睛朝四下里看了看，便大踏步穿过长廊，到后院大公爵小姐那里去。

会客室里灯光暗淡，人们在惴惴不安地低声交谈。每当有人进出临终病人的房间，房门发出轻微的响声时，大家就停止谈话，用充满疑问和期待的目光望着门。

“大限到了，”老神父对旁边那位天真地听他说话的太太说，“大限到了，在劫难逃哇。”

“我想，行终敷礼还不晚吧？”那位太太用教会尊称问神父，对这事似乎毫无主见。

“夫人，圣礼可是大礼啊！”神父回答，摸摸有几缕向后梳的花白头发的秃头。

“这人是谁？是总司令吗？”房间另一头有人问，“多么年轻啊！……”

“六十开外了！哦，听说伯爵已认不得人了，是吗？要行终敷礼吗？”

“我知道有个人行过七次终敷礼。”

二公爵小姐哭肿了眼睛从病人屋里出来，在劳兰医生旁边坐下。劳兰医生臂肘支在桌上，姿态优美地坐在叶卡捷琳娜像下。

“天气真好，天气真好，公爵小姐，”医生回答说，“莫斯科简直像乡下一样舒服。”

“是吗？”公爵小姐叹气说，“那么可以给他喝水吗？”

劳兰考虑了一下。

“他吃药了没有？”

“吃了。”

医生看了看怀表。

“拿一杯开水，放一小撮（他用细小的手指表示一小撮有多少）酒石……”

“**我从没听说过**，”德国医生用德语腔的俄语对副官说，“**中风了三次还能活下来。**”

“他原来是个精力多么充沛的汉子啊！”副官说，“这一大笔财产将归谁啊？”他低声问。

“**总有人愿意继承的。**”德国人笑嘻嘻地回答。

这时门咯吱一响，大家回过头去。原来是二公爵小姐照劳兰医生的吩咐配好药水送去给病人。德国医生走到劳兰面前。

“也许还能拖到明天早晨吧？”德国人用拙劣的法语问。

劳兰把嘴一撇，板着脸，举起一个手指在鼻子前面摇摇，表示不可能。

“今天晚上，不会再晚了。”他低声说，因为能确定病情而现出得意的微笑。说完就走了。

这时，华西里公爵推开大公爵小姐的房门。

屋里光线暗淡，只有圣像前点着两盏神灯，弥漫着神香和鲜花的香气。屋里摆满小巧的衣柜、书架和桌子。屏风后面有一张垫羽绒褥子的高床，床上铺着白色床罩。一只小狗叫起来。

“哦，原来是您，表哥！”

她站起来，理理头发。她的头发一向非常光滑，头发和头仿佛用同一种材料做成，上面还涂过油漆。

“什么事，出什么事了？”她问，“可把我吓坏了。”

"没什么，还是那样。卡嘉，我只是来跟你谈一件事，"华西里公爵说，在她让出来的安乐椅上颓然坐下，"你把椅子都坐热了。你坐过来，让我们谈谈。"

"我想没出什么事吧？"公爵小姐说，带着她那一向像化石般的表情坐在华西里公爵对面，准备听他说话。

"我想睡觉，表哥，可就是睡不着。"

"哦，怎么样，亲爱的表妹？"华西里公爵说，抓住公爵小姐的手，习惯成自然地把它往下拉。

"哦，怎么样"这句话显然意味深长，但彼此都心领神会。

公爵小姐的腰身又细又长，同她的腿很不相称，一双灰色的暴眼睛茫然直视着公爵。她摇摇头，叹了一口气，望望圣像。这种神态又像表示悲哀和虔诚，又像表示疲劳和希望赶快得到休息。华西里公爵认为她是疲劳了。

"你以为我就好过吗？我累得像匹驿马，但不管怎样，我得同你谈一谈，卡嘉，认真谈一谈。"

华西里公爵不再说下去，两颊神经质地抽动，忽左忽右，这使他的脸很不招人喜欢。这种情况在客厅里时可不曾有过。他的眼神也跟平时不一样：忽而蛮横无理，忽而惊恐不安。

公爵小姐用枯瘦的手把小狗抱在膝上，留神地瞧着华西里公爵的眼睛，但可以看出，就是要她沉默到天亮，她也决不会先开口的。

"啊，我亲爱的公爵小姐，我的卡嘉妹妹，"华西里公爵说，内心显然不是没有斗争，"现在这种时候，什么事都得考虑考虑。得考虑考虑未来，考虑考虑你们……我爱你们像爱自己的孩子那样，这一点你一定知道。"

公爵小姐依旧茫然望着他。

"最后也该考虑考虑我的家庭！"华西里公爵怒气冲冲地推开面前的桌子，眼睛没望她，继续说，"你知道，卡嘉，你们马蒙托夫家三姐妹，再加上我的妻子，只有我们才是伯爵的直系继承人。我知道，我知道，谈这种事，考虑这种问题，对你是很痛苦的。但我也不好受，不过，我的朋友，我已是五十出头的人了，什么事情都得有个准备。不瞒你说，我派人去找皮埃尔了，伯爵直指着他的肖像要他来。”

华西里公爵用疑惑的目光望望公爵小姐，弄不懂她是在考虑他的话，还是只是望着他……

“我正为一件事不断祷告上帝，*亲爱的表哥*，”公爵小姐回答，“求上帝怜悯他，让他高贵的灵魂平静地离开这个……”

“对，应该这样，”华西里公爵不耐烦地继续说，擦擦秃顶，又怒气冲冲地把推开的小桌子拉回来，“但问题……问题在于，你也知道，去年冬天伯爵立了遗嘱，把全部财产留给了皮埃尔，却没有留给直系继承人，没有留给我们。”

“他立过的遗嘱可多啦！”公爵小姐镇静地说，“但他不能把财产留给皮埃尔。皮埃尔是私生子。”

“*亲爱的表妹*，”华西里公爵把小桌子拉到面前，忽然激动地迅速说，“但要是伯爵写信给皇上，要求立皮埃尔为嗣，那怎么办？你要明白，就伯爵的功劳来说，他的要求会被批准的……”

公爵小姐得意地微微一笑，就像一般自认为比对方更了解内情的人那样。

“我还有话对你说，”华西里公爵抓住她的手继续说，“信已经写好，但还没有寄出，不过这事皇上也已经知道了。问题只在于这封信有没有销毁。要是没有销毁，不久**就什么都完了**，”华西里公爵叹了一口气，借此让她明白“**什么都完了**”是什么意思，“伯爵的文件一旦开封，遗嘱和信就会上达皇上，他的要求准会被首肯。皮埃尔就可以作为后嗣得到全部财产。”

“那么我们的份儿呢？”公爵小姐嘲讽地含笑问，仿佛世界上什么事都可能发生，唯独这件事不可能发生似的。

“*不过，亲爱的卡嘉，这事是一清二楚的*。到那时他就是唯一的合法继承人，你们就什么也得不到。你应该知道，亲爱的朋友，遗嘱和信有没有写过，后来有没有销毁。要是这两样东西因故被遗忘了，那你应该知道在哪里，要把它们找出来，因为……”

“岂有此理！”公爵小姐打断他的话，尖刻地嘲笑着，没有改变她的眼神，“我是个女人；照您看来我们女人都是愚蠢的；但就我所知，私生子是没有继承权的……私生子。”她补充说，仿佛说了法语私生子这个词，就足以证明伯爵的话是毫无根据的。

“你怎么还不明白，卡嘉！你这人这样聪明，怎么会不明白：要是伯爵写过信给皇上，要求承认他的儿子是嫡亲的，那么，皮埃尔就不是皮埃尔，而是别祖霍夫伯爵了。到那时他就可以根据遗嘱继承全部财产。要是不把遗嘱和信销毁，那么，你除了获得贤惠的美德和由此而产生的一切外，就一无所得。这是真的。”

“我知道遗嘱是立过的，但我也知道它是无效的。您似乎把我看作一个十足的傻瓜，亲爱的表哥。”公爵小姐脸上的表情，就像一般女人自以为说了什么俏皮话那样。

“我亲爱的卡嘉公爵小姐！”华西里公爵不耐烦地说，“我来看你，不是为了同你彼此挖苦，而是为了要同一个亲戚，一个真诚善良的亲戚，谈谈有关她切身利益的事。我对你说过十遍了，要是伯爵文件里确实有那封给皇上的信和有利于皮埃尔的遗嘱，那么，你，亲爱的表妹，和两位令妹就不是继承人了。你要是不相信我，那也该相信专家：我刚才同德米特里（他们的家庭法律顾问）谈过了，他也这样说。”

看得出，公爵小姐的思想突然发生了变化：她的薄嘴唇发白（她的眼神没有变），说话的声音像打雷一样，这是她自己也没有想到的。

“这样倒好，”公爵小姐说，“我以前没想到要什么，现在也不想要什么。”

她把小狗从膝盖上推下，理理衣服的皱褶。

“人家为他作了牺牲，他竟这样感谢人家，报答人家！”她说，“好哇！太好了！我什么也不需要，公爵。”

“是啊，但这不仅关系到你一个人，还关系到你的两位妹妹。”华西里公爵回答。

但公爵小姐并没有听他。

“是的，这我早就知道。但如今已经淡忘了。在这个家里，除了卑鄙、欺骗、嫉妒、阴谋，除了忘恩负义，最无耻的忘恩负义，不可能期望还有别的……”

“你知不知道那个遗嘱在哪里？”华西里公爵问，他的脸颊抽动得更厉害了。

“是的，我真傻，我相信人，热爱人，不惜牺牲自己。可是只有卑鄙的小人才一帆风顺。我知道这是谁搞的鬼。”

公爵小姐想站起来，但公爵拉住她的手。公爵小姐的神情似乎对全人类都感到绝望，她恶狠狠地盯着华西里公爵。

“还来得及，我的朋友。你别忘了，卡嘉，他这一切都是在生气、害病的时候做的，过后也就忘了。我们的责任，亲爱的表妹，是纠正他的错误，减轻他临终时的痛苦，不让他做出不公正的事来，不让他临终时想到他伤害了那些……”

“那些为他牺牲一切的人，”公爵小姐接口说，又挣扎着要站起来，但公爵没有放开她，“他从来不会珍惜。不，亲爱的表哥，”她又叹着气说，“我将记住，在这个世界上别想得到报答，在这个世界上没有正义，没有公道。活在这个世界上就得阴险毒辣。”

“好啦，好啦，你镇静点儿。我知道你这人心地善良。”

“不，我心地狠毒。”

“我知道你有良心，”公爵又说，“我重视你的友谊，希望你对我也有同样的看法。你安静点儿，让我们好好谈谈，现在还有时间——也许还有一天，也许还有一小时。有关遗嘱的事把你知道的都告诉我，主要是遗嘱放在哪里，这你应该知道。我们现在就把遗嘱拿去给伯爵看看。他一定把它忘记了，现在他想起来，一定会把它销毁。你明白，我唯一的愿望就是诚心诚意照他的意志办，我到这里来也是为了这个目的。我到这里来，就是要帮助他和帮助你们。”

“现在我全明白了。我知道这是谁搞的鬼。我知道了。”公爵小姐说。

“问题不在这里，亲爱的表妹。”

“这都是您的被保护人，您那个亲爱的德鲁别茨基公爵夫人搞的鬼，她就是给我当丫头使唤我也不要，这个卑鄙无耻的女人。”

“我们不要耽误时间了。”

“啊，您别说了！去年冬天她闯到我们这里来，在伯爵面前说了我们那么多恶毒的坏话，特别是说莎菲的坏话，我简直无法重复，结果害得伯爵生了病，整整两个星期不愿见我们。我知道他就是在那时写了那张可恶的文件，但我想那张纸是一钱不值的。”

“问题就在这里，这事你以前为什么不告诉我？”

“在他枕头底下那个镶花文件夹里。现在我明白了，”公爵小姐说，没有回答他的话，“是的，要是我有罪，有滔天大罪，那只是恨这个贱货！”公爵小姐完全忘乎所以，大声嚷道，“她闯到这里来干什么呀？我要当面对她说个明白，说个明白。总有那么一天的！”

19

会客室和公爵小姐屋里正在进行这些谈话的时候，皮埃尔（他是被找来的）和德鲁别茨基公爵夫人（她认为必须陪他去）一起乘马车来到别祖霍夫伯爵家。车轮轻轻地轧过窗外地上的干草，德鲁别茨基公爵夫人对皮埃尔说了些安慰的话，发现他在马车角落里打盹，就把他唤醒。皮埃尔醒过来，随德鲁别茨基公爵夫人下车，这时他才想到即将见到垂死的父亲。他发现马车不是停在前门，而是停在后门。他走下马车踏脚的时候，有两个小市民打扮的人慌忙从门口躲避到墙边阴暗处。皮埃尔站住，看见房子两边阴暗处还有几个这样的人。但德鲁别茨基公爵夫人也好，听差也好，车夫也好，根本不理会他们，尽管不可能没看见。皮埃尔心里想，看来他们到这里来是有必要的，就跟着公爵夫人走去。德鲁别茨基公爵夫人匆匆沿着昏暗的狭窄后楼梯上去，催促着落在后面的皮埃尔。皮埃尔虽然不明白他为什么非得见伯爵不可，更不明白为什么必须走后楼梯，但从德鲁别茨基公爵夫人的信心和匆忙上看来，这样做是完全必要的。在半楼梯上，有几个仆人提着水桶咯噔咯噔地跑下来，差点儿把他们撞倒。这些仆人身子贴着墙壁，让皮埃尔和德鲁别茨基公爵夫人上去，看到他们一点也不感到惊奇。

“这儿通公爵小姐们的房间吗？”德鲁别茨基公爵夫人问一个仆人。

“是的，”仆人大胆地高声回答，仿佛现在干什么都百无禁忌，“靠左边的门，太太。”

“也许伯爵没有叫我去，”皮埃尔走到楼梯口说，“我还是回自己屋里去吧。”

德鲁别茨基公爵夫人站住，等着和皮埃尔一起走。

“啊，我的朋友，”她像早晨对儿子那样摸摸皮埃尔的手，“不瞒您说，我也不比您好受，但您要像个男子汉。”

“我一定要去吗？”皮埃尔问，从眼镜上方亲切地望着德鲁别茨基公爵夫人。

“啊，我的朋友，把人家对您的一切不公平都忘掉吧，要明白，他是您的父亲……说不定就要去世了，”她说着叹了一口气，“我一向像疼自己儿子那样疼您。您要相信我，皮埃尔。我不会忘记您的利益的。”

皮埃尔什么也不明白，他只清楚地觉得这一切都是理所当然的。他顺从地跟着推门进去的德鲁别茨基公爵夫人。

这道门通向后面的穿堂。公爵小姐的老仆人坐在角落里织袜子。皮埃尔从没到过这里，甚至没想到还有这样的地方。一个使女用盘子托着水瓶从后面走来。德鲁别茨基公爵夫人向她（她叫她好姑娘）询问公爵小姐们的健康，又领着皮埃尔沿石廊往前走。石廊左边的第一道门通公爵小姐们的卧室。托水瓶的使女匆忙中（这时整座房子里一片忙乱）没把门关上。皮埃尔和德鲁别茨基公爵夫人经过那里，不由得往屋里望了一眼，但见大公爵小姐和华西里公爵正凑在一起谈话。华西里公爵一看见有人走过，不耐烦地往椅背上一靠，大公爵小姐跳起来，忘乎所以，使劲把门砰的一声关上。

公爵小姐这个举动和她平时的镇定自若大不相同，华西里公爵的恐惧神色同他平日的傲慢态度也很不相称，以致皮埃尔不由得停住脚步，用询问的目光从眼镜上方望望他的指导人。德鲁别茨基公爵夫人没有现出丝毫惊奇的表情，只微微一笑，叹了一口气，仿佛表示这一切都是她意料中的事。

“拿出男子汉的勇气来，我的朋友，我会保护您的利益的。”她用这话回答他的目光，更快地沿石廊走去。

皮埃尔不明白是怎么一回事，更不明白“保护您的利益”是什么意思，但他觉得一切都理应如此。他们穿过石廊来到昏暗的大厅，大厅通伯爵的会客室。这是皮埃尔一进大门就熟悉的那种阴森而华丽的房间。但这个房间当中放着一个空澡盆，地毯上都是水。一个男仆和拿香炉的教堂职员踮着脚尖向他们走来，却没理会他们。他们走进皮埃尔所熟悉的会客室，里面有两扇意大利式窗子通向花房，室内有叶卡捷琳娜的巨大半身塑像和全身画像。会客室里还是那些人，几乎都坐在原来的位置上，正在交头接耳谈着话。大家都住了口，回头望望从门外进来的眼睛哭肿、脸色苍白的德鲁别茨基公爵夫人和低下头顺从地跟在她后面的又高又胖的皮埃尔。

德鲁别茨基公爵夫人的脸色表示已到了紧要关头。她摆出彼得堡能干女人的架势，拉着皮埃尔，比早晨更大胆地走进屋子。她认为，她带着弥留的人很想见到的人一定会被接见。她迅速地扫了一眼屋里所有的人，发现伯爵的忏悔神父。她没有鞠躬，却突然缩着身子，用急促的碎步走到神父面前，恭恭敬敬地先后接受了两位神父的祝福。

“赞美上帝，您赶到了，”德鲁别茨基公爵夫人对神父说，“我们做亲戚的都很担心。您瞧，这位年轻人就是伯爵的儿子，”她低声添加说，“这种时刻真不好受！”

她说完这话，走到医生跟前。

“亲爱的医生，”她对医生说，“这位年轻人是伯爵的儿子……还有希望吗？”

医生没作声，迅速地抬起眼睛，耸耸肩膀。德鲁别茨基公爵夫人也同样耸耸肩膀，抬起几乎闭着的眼睛，叹了一口气，离开医生向皮埃尔走去。她对皮埃尔说话，语气格外恭敬、温柔和感伤。

“你要相信上帝的仁慈！”她对皮埃尔说，指指沙发要他坐在这里等她，自己则悄悄地向众目睽睽的门口走去。门咯吱响了一声，她就消失在门里了。

皮埃尔决心绝对服从他的指导人，向她指定的沙发走去。等德鲁别茨基公爵夫人一走，他发现屋子里人人的目光都好奇而同情地集中在他身上。他发现大家都在窃窃私语，眼睛盯住他，露出惊惶失措甚至谄媚讨好的神色。大家向他表示的敬意都是空前的：一位正在跟神父谈话的陌生太太从座位上站起来给他让座；一位副官捡起皮埃尔掉下的手套递给他；当他走过的时候，医生们都彬彬有礼地停止说话，闪到一旁给他让路。皮埃尔想换一个座位，免得给那位太太添麻烦，他想自己捡起手套，走过并未挡他路的医生面前；但他忽然觉得这样做不合适，因为今晚他要履行一种大家所期待的可怕仪式，因此接受大家的效劳是应该的。他默默地从副官手里接过手套，坐到那位太太让出的位子上，把一双大手对称地放在膝盖上，摆出像埃及雕像那样天真的姿势。他心里认定，这一切都理应如此，而且为了不出丑，不闹笑话，今晚他不应当随便行动，必须绝对服从指导他的人的意志。

不到两分钟，华西里公爵穿着长袍，胸前挂着三枚星章，昂首阔步地走进来。他从早晨起似乎又瘦了些；当他环顾房间，看见皮埃尔的时候，眼睛睁得比平时更大。他走到皮埃尔面前，握住他的手（以前他从没这样做过），把它往下拉，仿佛要试试这只手长得结实不结实。

“勇敢点，勇敢点，我的朋友。他吩咐要看您，这很好……”华西里公爵说着想走开去。

但皮埃尔觉得有必要问一下：

“病情怎么样……”他犹豫了一下，不知道叫垂危的人伯爵是否妥当，叫他父亲又觉得不好意思。

“半小时前他又发过病了。又发过病了。勇敢点，我的朋友……”

皮埃尔头脑里一片混乱，弄不懂“发病”究竟指什么。他茫然地望望华西里公爵，后来才明白“发病”是指病情危急。华西里公爵一边走一边对劳兰医生说了几句话，然后踮着脚尖走进病房。他不会踮着脚尖走路，整个身子都笨拙地跳动着。大公爵小姐跟在他后面，然后，神父、教堂职员和仆人也走了进去。从门里传出移动东西的声音。最后，德鲁别茨基公爵夫人脸色苍白，带着认真履行职责的姿态跑出来，碰碰皮埃尔的手臂说：

“上帝无限仁慈。终敷礼马上要开始了。来吧。”

皮埃尔进了门，踏着软绵绵的地毯。他发现副官、陌生的太太和仆人都跟着他走进来，仿佛现在进屋已无须取得许可了。

20

皮埃尔熟悉这个由圆柱和拱门隔成两半、墙上挂着波斯壁毯的大房间。圆柱后面那部分房间，放着一张高高的红木床，床上挂着绸幔；房间另一部分有一个嵌神像的大壁龛被照得又红又亮，好像晚祷时的教堂。壁龛里被照亮的神像服饰下有一张伏尔泰式长安乐椅，安乐椅上放着新换过的没有皱褶的洁白枕头。皮埃尔所熟悉的他父亲别祖霍夫伯爵高大的身子躺在安乐椅上，齐腰盖着一条浅绿色被子，他那宽额上的白发有点像狮子的鬣毛，他那漂亮的棕黄色脸上现出高贵的深深皱纹。他就躺在神像下，两只粗大的手被拉出来放在被子上。他的右手手心向下，拇指和食指中间夹着一支蜡烛，由一个老仆人弯着腰在一旁扶住。安乐椅旁站着神职人员，他们身穿庄严的闪亮法衣，披着长发，手拿蜡烛，缓慢而庄重地做着祷告。他们后面站着两个小公爵小姐，她们拿手帕捂住眼睛；前面站着大公爵小姐卡嘉，她脸上露出凶恶而骄横的神色，目不转睛地盯住圣像，仿佛向大家表示，她要是向周围环顾，就控制不住自己的感情。德鲁别茨基公爵夫人脸上带着温顺、悲伤和宽恕的神色，同那位陌生的太太站在门口。华西里公爵站在门的另一边，靠近安乐椅。他把一只雕花天鹅绒椅子转过来背对自己，左手拿着蜡烛搁在椅背上，右手画着十字，每当他把手指举到前额，眼睛就往上翻。他脸上现出安详虔诚的神色，仿佛在说：“你们要是不了解这种心情，那就糟了。”

他后面站着副官、医生和男仆；就像在教堂里一样，男女分列两边。大家都默默地画着十字，但听得诵读祷文和低沉的唱赞美诗声。而在间歇时，只有移动脚步声和叹息声。德鲁别茨基公爵夫人露出煞有介事的很内行的神气，穿过房间走到皮埃尔跟前，递给他一支蜡烛。皮埃尔点亮蜡烛，出神地观赏周围的一切，竟用拿蜡烛的手画起十字来。

脸色红润、有一颗黑痣、很爱笑的小公爵小姐莎菲望着皮埃尔。她微微一笑，好一阵拿手帕遮住脸，但望了望皮埃尔，又笑了。她一看见他就要笑，但又忍不住不去看他。为了避开诱惑，她悄悄走到圆柱后面。

祈祷做到一半，神父们的声音突然停止；他们彼此悄悄地说着话；扶住伯爵手的老仆人直起腰来，对太太们说了些什么。德鲁别茨基公爵夫人走上前，向病人俯下身去，从背后向劳兰招招手。这位法国医生手里没有拿蜡烛，身靠圆柱站着，现出外国人的恭敬姿态，表示尽管信仰不同，他完全懂得这个仪式的重要性并加以赞许。他迈着年富力强的人的矫健脚步走到病人跟前，用他纤细的白手指从绿色被子上拿起伯爵那只空手，转过身子，一面把脉，一面思索。他们给病人喝了点东西，在他周围忙了一阵，然后又各就各位，继续祈祷。在祈祷的间歇，皮埃尔发现华西里公爵离开椅背，脸上那副神气表示，他知道该怎么办，谁不了解他，谁就倒霉。他没有走到病人跟前，却从他身边经过，走到大公爵小姐跟前，同她一起向挂绸幔的高床走去。华西里公爵和大公爵小姐从床那边走出后门，但没等祈祷结束，又都回到原来的地方。皮埃尔对这事也像对别的事一样漠不关心，只认定今晚在他眼前所发生的一切都是理所当然的。

赞美诗停止了，神父恭恭敬敬地祝贺病人领受了圣餐。病人仍旧一动不动、奄奄一息地躺着。他周围的人纷纷活动起来，但听得一片脚步声和低语声，德鲁别茨基公爵夫人的声音比谁都尖。

皮埃尔听见她说：

"一定得移到床上，留在这里说什么也不行……"

病人被医生、公爵小姐和仆人团团围住，这样皮埃尔就看不见那个披着雪白长发的棕黄色脑袋。在祈祷时，皮埃尔自始至终注视着他，虽然也看到其他的人。皮埃尔从安乐椅周围人们小心翼翼的动作上看出，他们在移动垂危的病人。

"把住我的胳膊，不然他会滑下去，"皮埃尔听见一个仆人恐惧地低声说，"从下边托住……再来一个。"接着人们沉重的喘息声和脚步声更加急促了，仿佛抬着一件他们抬不动的重东西。

抬的人，包括德鲁别茨基公爵夫人，走过皮埃尔面前。皮埃尔从他们的脊背和颈项后面看见被众人抬起的病人高高隆起的胖胸脯、厚实的肩膀和狮子鬣毛般卷曲的白发。他那异常宽阔的前额和颧骨、俊美好看的嘴和威严冷静的目光，临死都没有改变。三个月前，当别祖霍夫伯爵叫皮埃尔到彼得堡去的时候，他就是这个模样。如今他的头由于抬的人脚步不齐无可奈何地摇摆着，冷漠的目光不知落在什么地方。

大家在高床旁忙了几分钟，仆人们走散了。德鲁别茨基公爵夫人碰碰皮埃尔的手，对他说了声："过来！"皮埃尔就跟她一起走到床边。病人被放在床上的姿势很庄严，显然是因为刚举行过圣礼的缘故。他仰天躺着，头高高地搁在枕头上。他的双手对称地放在绿色绸被上，手心向下。皮埃尔走过去，伯爵眼睛望着他，但眼神里的含意却无法捉摸。这眼神或者没有什么含意，只因为眼睛总得往什么地方瞧，或者含意深刻。皮埃尔站住，不知做什么好，就用询问的目光回头望望指导他行动的德鲁别茨基公爵夫人。德鲁别茨基公爵夫人连忙向他使使眼色，她望望病人的手，又用嘴唇向这只手送着飞吻。皮埃尔拼命伸长脖子以免碰到绸被，遵照她的示意吻了吻骨骼宽大的胖手。伯爵的手也好，他脸上的肌肉也好，都纹丝不动。皮埃尔又望望德鲁别茨基公爵夫人，问她现在该怎么办。德鲁别茨基公爵夫人瞧瞧床边的安乐椅。皮埃尔顺从地在椅子上坐下，继续用眼睛询问，他做得对不对。德鲁别茨基公爵夫人点点头表示做得对。皮埃尔又摆出埃及塑像般端庄单纯的姿势，唯恐他那笨重肥胖的身体占据太多的空间，竭力把自己的身体缩小一点。他望望伯爵。伯爵仍望着皮埃尔原来站着的地方。德鲁别茨基公爵夫人的神情表示，她懂得这父子最后一面是多么动人。这样继续了两分钟，但皮埃尔觉得像有一个小时。突然伯爵厚实的脸抽动起来。抽动越来越厉害，好看的嘴歪斜了（这时皮埃尔才明白他父亲快要死了），从歪斜的嘴里发出含糊的沙哑声。德鲁别茨基公爵夫人仔细望着病人的眼睛，竭力猜测他需要什么。她忽而指指皮埃尔，忽而指指饮料，忽而低声叫着华西里公爵的名字，忽而指指被子。病人的眼睛和脸色显得有点不耐烦。他费力地望了望一直站在床头的仆人。

"老爷要翻个身。"仆人低声说，欠身把伯爵沉重的身子翻过去对着墙壁。

皮埃尔站起来帮助仆人。

当伯爵翻身的时候，他的一只手软绵绵地向后落下，他想把它举过来，但是没有力气。不知是伯爵发觉皮埃尔在望他这只没有力气的手，还是他垂死的头脑里掠过别的思想，他望望这只不听使唤的手，望望皮埃尔脸上恐怖的神色，又望望这只手，他的脸上出现了同他的仪态很不相称的一丝苦笑，仿佛在嘲笑自己的软弱无力。皮埃尔一看到这笑容，突然感到胸口抽搐、鼻子发酸，眼睛被泪水迷糊了。病人被转过去面对墙壁。他叹了一口气。

"他睡着了，"德鲁别茨基公爵夫人发现来换班的公爵小姐，说，"咱们走吧。"

皮埃尔走了出去。

21

会客室里，除了华西里公爵和大公爵小姐坐在叶卡捷琳娜女皇像下起劲地谈话外，没有别的人。他们一看见皮埃尔和他的指导人，就不再作声。皮埃尔发现公爵小姐把一样东西藏起来，并且听见她低声说：

"我见不得这个女人。"

"卡嘉吩咐把茶摆在小客厅里，"华西里公爵对德鲁别茨基公爵夫人说，"去吧，我可怜的公爵夫人，去喝点茶吧，不然您会支持不住的。"

他对皮埃尔没有说什么，只使劲捏捏他的上臂。皮埃尔和德鲁别茨基公爵夫人到小客厅去了。

"熬夜之后，再没有比喝一杯俄国好茶更能提神的了。"圆形小客厅的桌上摆着茶具和冷餐，劳兰站在桌旁说。他用中国无柄细瓷茶杯啜着茶，克制着兴奋的神情。这天在别祖霍夫伯爵家过夜的人都聚集在桌旁吃茶点，以补充体力。皮埃尔清楚地记得这个有镜子和小桌的圆形小客厅。每逢伯爵家举行舞会，不会跳舞的皮埃尔爱坐在这个有镜子的小客厅里，欣赏着身穿舞服、光肩膀上饰着钻石和珍珠的太太小姐们。她们走过这个灯火辉煌的房间，总要在明亮的镜子前照照，顾盼一番。现在屋子里只点着两支蜡烛，光线暗淡，小桌子上茶具和菜肴狼藉，各种神情忧郁的人深夜坐在那里，低声交谈着。他们的一言一行都表示，谁也没有忘记此刻卧室里正在发生和将要发生的事。皮埃尔虽然也很想吃点东西，但他没有吃。他回头用询问的目光望望他的指导人，看见她又踮着脚尖走进华西里公爵和大公爵小姐坐着的会客室。皮埃尔认为这是完全必要的，于是稍稍迟疑了一下，就跟着她走去。德鲁别茨基公爵夫人站在公爵小姐旁边，两人激动地同时低语着。

“对不起，公爵夫人，请您告诉我，什么是应该做的，什么是不应该做的。”公爵小姐说，显然像她砰地关上房门时一样激动。

“不过，亲爱的公爵小姐，”德鲁别茨基公爵夫人温和而果断地说，拦住通卧室的路，不让公爵小姐过去，“可怜的叔叔此刻正需要休息，您这样不是会使他太痛苦吗？此刻还谈人世的事，可他的灵魂已准备……”

华西里公爵坐在安乐椅上，照例毫无拘束，高高地架起腿。他的双颊剧烈地抽动，向下放松时显得更胖。他装出并不注意这两个女人在谈话的样子。

“我说啊，亲爱的公爵夫人，让卡嘉爱怎么做就怎么做吧。您要知道，伯爵是多么疼爱她啊。”

“我也不知道这个文件里写的是什么，”公爵小姐指指手里的镶花文件夹，对华西里公爵说，“我只知道正式遗嘱在他的办公桌里，这个文件他早就忘了……”

她想绕过德鲁别茨基公爵夫人，但德鲁别茨基公爵夫人一个箭步又拦住她的路。

“我知道，亲爱的善良的公爵小姐，”德鲁别茨基公爵夫人一手抓住文件夹，抓得那么紧，显然不会马上松手，“亲爱的公爵小姐，我求您，我恳求您，可怜可怜他吧。我请求您……”

公爵小姐不作声。只听得双方争夺文件夹的声音。显然，公爵小姐即使说话，也不会说出比德鲁别茨基公爵夫人说的更中听的话来。德鲁别茨基公爵夫人紧紧抓住文件夹，虽然如此，她的声音还是像平时一样温柔而甜蜜。

“皮埃尔，过来，我的朋友。公爵，我想，他在家庭会议上不是外人，是不是？”

“您怎么不说话，我的表兄？”公爵小姐忽然大声叫道，弄得客厅里的人听了都大吃一惊，“现在有人在垂危的病人房门口大吵大闹，干涉人家家庭的事，您怎么不说话？阴谋家！”她恶狠狠地低声说，使劲夺着文件夹，但德鲁别茨基公爵夫人上前几步，更使劲地抓住文件夹。

“哦！”华西里公爵责备而惊讶地说，他站起来，“真是笑话！您放手。我对您说。”

公爵小姐放下文件夹。

“您也放手！”

德鲁别茨基公爵夫人没有听他的。

“您放手，我对您说。我负全部责任。让我去问问他。我……这样您满意吗？”

“不过，公爵，”德鲁别茨基公爵夫人说，“行过这样隆重的圣礼，先让他安静一会儿吧。现在，皮埃尔，说说您的意见。”她说。皮埃尔走到他们紧跟前，惊讶地望着公爵小姐凶相毕露、不顾体面的脸和华西里公爵抽动的双颊。

“记住，您要对全部后果负责，”华西里公爵严厉地说，“您知道您这是在干什么吗？”

“你这个贱女人！”公爵小姐大声嚷道，突然向德鲁别茨基公爵夫人扑去，夺取文件夹。

华西里公爵垂下头，摊开双手。

这当儿，皮埃尔注视了好久的那扇一向轻轻地开关的可怕的房门，突然砰的一声打开，撞在墙上，二公爵小姐从里面冲出来，双手一拍。

“你们在干什么！”她不顾一切地说，“他就要死了，你们却把我一个人撇在那里！”

大公爵小姐丢下文件夹。德鲁别茨基公爵夫人连忙弯下腰，捡起这件彼此争夺的东西，跑进卧室。大公爵小姐和华西里公爵清醒过来，跟在她后面跑进去。几分钟后，大公爵小姐脸色苍白，咬着下唇，最先从里面出来。她一看见皮埃尔，脸上现出不可遏止的愤恨。

“好哇，现在您高兴了，”她说，“您的目的达到了。”

她用手帕捂着脸，放声痛哭，从屋子里跑出去。

华西里公爵在公爵小姐之后走出来。他踉跄地走到皮埃尔坐着的长沙发前，一手捂住眼睛，倒在沙发上。皮埃尔发现他脸色发白，下巴颏像发疟疾一样哆嗦着。

“唉，我的朋友！”华西里公爵抓住皮埃尔的臂肘说，声音里带着皮埃尔从没听见过的诚恳和软弱，“我们造过多少孽，骗过多少人，这一切都是为了什么呀？我已经年过半百了，我的朋友……不瞒你说……到头来还不是一死了结，一死了结。死真是可怕。”他哭起来。

德鲁别茨基公爵夫人最后一个出来。她悄悄走到皮埃尔跟前。

“皮埃尔！……”她说。

皮埃尔用询问的目光望着她。她吻了吻年轻人的前额，泪水把他的脸都沾湿了。她停了停。

“他没有了……”

皮埃尔从眼镜上方望着她。

“我们走吧，我陪您去。您哭吧，再没有什么比眼泪更能使人轻松的了。”

德鲁别茨基公爵夫人把他领到黑暗的客厅里。皮埃尔感到很高兴，因为那里没有人会看见他的脸。德鲁别茨基公爵夫人离开他走了。当她回来的时候，他已经头枕着手臂呼呼睡熟了。

第二天早晨，德鲁别茨基公爵夫人对皮埃尔说：

“是的，我的朋友，这是我们大家的一大损失，更不用说您了。不过上帝会保佑您的，您还年轻。我相信，您将成为大笔财产的主人。遗嘱还没有拆封。我很了解您，相信您不会因此冲昏头脑，但您得负起责任，拿出男子汉的气概来。”

皮埃尔没作声。

“以后我可能告诉您，当时我要是不在，天知道会发生什么事。不瞒您说，叔叔前天还答应我照顾保里斯，可是他没来得及办。我希望，我的朋友，您会实现您父亲的遗愿。”

皮埃尔一点也不明白，尴尬地红着脸，默默地望着德鲁别茨基公爵夫人。德鲁别茨基公爵夫人同皮埃尔谈完话，坐车到罗斯托夫家睡觉去了。第二天早晨醒来，她把别祖霍夫伯爵去世的经过详细告诉罗斯托夫家和所有的熟人。她说，伯爵死得体面，就像她所想望的那样；说他的死不仅使人感动，而且让人受到教益；父子的最后一面特别动人，她一想起来就忍不住掉眼泪；她说不出在这可怕的时刻父子俩谁表现得更出色：是在临终时想到一切人和一切事并对儿子说了些感人的话的父亲呢，还是痛不欲生而又竭力掩饰悲哀、以免使垂危的父亲难过的可怜的皮埃尔。“这是很痛苦的，但很有教益；看到老伯爵和他那个好儿子，人的心灵也会变得高尚起来。”她说。对公爵小姐和华西里公爵的行为，她很不赞成，但她也讲了，只是讲的时候非常秘密，声音压得很低。

22

在童山保尔康斯基公爵的庄园里，一家人天天都在盼望小安德烈公爵夫妇的到来。不过，老公爵家严格的生活秩序并没有因此而受到破坏。陆军元帅尼古拉·保尔康斯基公爵，在社交界绰号叫普鲁士王，自从保罗在位时被贬隐居乡间后，一直深居简出，同女儿玛丽雅公爵小姐和她的女伴布莉恩小姐生活在一起。到了新皇登基以后，他虽被准许进京，但还是深居简出，住在乡下。他说，谁要是需要他，可以从莫斯科赶一百五十俄里[①]到童山来找他，而他则一无所需，也无求于人。他常说，人类罪恶的根源只有两种：懒惰与迷信。美德也只有两种：勤劳与智慧。他亲自教育女儿。为了在她身上培养这两大美德，他教她代数和几何，把她的生活安排得没有一点空暇。他自己也一天忙到晚：一会儿写回忆录，一会儿演算高等数学，一会儿在车床上车鼻烟壶，一会儿在花园里劳动，或者监督庄园里不断的建筑工程。勤劳的活动首先需要秩序，因此在他的生活方式中，秩序就达到最严格的程度。他每天准时吃饭，不仅钟点不变，简直一分钟都不差。对周围的人，从女儿到仆人，公爵总是既严厉又苛刻，因此，他虽不残酷，但大家都对他抱着敬畏的

① 1俄里合1.06公里。

态度。要获得这样的敬畏，就是最残酷的人也难以做到。他虽已退休，在政府机关里没有什么权力，但本省的所有长官都认为有责任经常来拜见他，并且像建筑师、花匠或玛丽雅公爵小姐那样，在约定的时间里到高大的接待室等候公爵的接见。当书房高大的门打开，戴着敷粉假发的矮小老人出现时，接待室里的人便都肃然起敬，甚至胆战心惊。公爵的手又瘦又小，花白的眉毛倒挂，当他皱眉时，眉毛就遮蔽了智慧而又显得年轻的明亮眼睛。

小公爵夫妇归来那天早晨，玛丽雅公爵小姐照例在规定时间走进接待室向父亲请早安，并提心吊胆地画着十字，默诵祷文。她每天进来都要求上帝保佑，使她今天的见面平安无事。

一个戴敷粉假发的老仆人坐在接待室里，看见她，轻轻站起来，低声说:“请进。”

门里传来车床匀调的声音。公爵小姐怯生生地推了推灵活的房门，在门口站住。老公爵站在车床旁，回头看了一下，继续干他的活。

巨大的书房里摆满各种随时需用的东西。一张放着许多书籍和图纸的大桌子，几个高高的玻璃书橱，橱门上插着钥匙，一张站着写字的高书桌，桌上摆着一本打开的笔记本，还有几样工具，一台车床，周围撒满刨花——这一切表明主人经常有条不紊地从事各种活动。从公爵穿绣银线鞑靼式靴子的小脚的动作上，从他筋脉毕露的瘦手的手劲上，都可以看出老公爵精神矍铄，体力还很健旺。他在车床上又踏了几转，才从踏板上挪开脚，拭了拭凿子，把它放到挂在车床上的皮口袋里，接着走到桌旁，叫女儿过去。他从来不为自己的子女祝福，只伸出今天还没刮过的长着硬胡子茬儿的脸给女儿亲，严厉而又关注地瞧了她一下，说:

“身体好吗?……好，坐吧！”

他拿起自编的几何学讲义，用脚把椅子钩到身边。

“这些明天教！”他说着，用硬指甲从一节到另一节画了个记号。

公爵小姐低下头看桌上的讲义。

“等一下，你有一封信。”老头儿忽然说，从挂在桌子上面的信插里取出一封女人笔迹的信，扔在桌上。

公爵小姐一见信，脸就红了。她连忙拿起信，低下头看。

“是爱洛绮丝[①]写来的吧？”公爵问，冷笑时露出还很坚固的发黄的牙齿。

“是的，是裘丽写来的。”公爵小姐说，怯生生地望着父亲，怯生生地微笑着。

“再放过两封，到第三封我可要看一看了，”公爵严厉地说，“我怕你们在信里胡说八道。第三封我要看一看。”

“这一封您也可以看，爸爸。”公爵小姐说，脸涨得越发红了，把信递给父亲。

“第三封，我说过，看第三封。”公爵斩钉截铁地大声说，把信推开，接着把臂肘搁在桌上，拉过画有几何图形的讲义。

“喂，小姐，”老头儿说，挨着女儿俯身在讲义上，一只手臂搁在公爵小姐座椅的椅背上，这样，公爵小姐就处在她所熟悉的父亲的烟草味和浓郁的老人气的氛围中，“你看，小姐，这几个三角形都是相等的；请看角 A B C ……”

公爵小姐恐惧地看看父亲逼近的目光炯炯的眼睛，脸上一阵红，一阵白。她显然一点也不懂。她心里十分害怕，越怕越听不懂父亲的讲解，尽管他讲解得十分清楚。不知这事得怪教师还是得怪学生，但情况天天相同：公爵小姐眼睛模糊了，什么也看不见，什么也听不进，只觉得严父的瘦脸靠得很近，感觉到他的呼吸和气味。她一心巴望尽快离开书房，到自己房间里自由自在地思考习题。老头儿按捺不住，嘎的一声推开坐着的椅子，接着又把它拉拢。他竭力克制怒火，但几乎每次都发脾气，骂人，有时还扔讲义。

公爵小姐回答错了。

“哼，真笨！”公爵推开讲义，猛地转过身去，大声骂道，但接着站起来，来回走了一阵，双手摸摸公爵小姐的头发，又坐下来。

公爵把椅子挪拢一点，继续讲课。

---

① 法国启蒙思想家卢梭（1712—1778）写有小说《裘丽或者新爱洛绮丝》，内容宣扬个性解放，爱情自由。裘丽是小说的女主人公。公爵爱好讽刺，也不赞成这部小说的思想。他知道信是裘丽写的，就故意把她说成爱洛绮丝。

"不行，公爵小姐，不行，"他看见公爵小姐拿起笔记本要走，就说，"数学可是门大学问，我的小姐。我不希望看到你像我们那些笨姑娘那样。多学学，就来劲了，"他拍拍女儿的脸颊，"头脑就不会糊涂了。"

女儿要走，他做了个手势拦住她，从高桌子上拿下一本未裁开的新书。

"这又是你的爱洛绮丝寄给你的什么《奥秘解答》[①]。一本宗教书。但我不干涉任何人的信仰……我翻了一下。你拿去。好，去吧，去吧！"

他拍拍女儿的肩膀，等她一出去，就亲自关上门。

玛丽雅公爵小姐带着难得消失的忧郁恐惧的表情——这种表情使她病态的丑脸更丑——回到自己房间里，在摆满微型肖像画、堆满书本和笔记的写字台旁坐下来。公爵小姐生活习惯上的杂乱无章同她父亲的有条不紊正好达到同样程度。她放下几何笔记本，迫不及待地拆开信。这封信是公爵小姐从小的好友，也就是那天参加罗斯托夫家命名日的裘丽写来的。

裘丽用法文写道：

> 亲爱的无价的朋友：别离是多么可怕多么痛苦的事啊！我常常想，我的一半生命和幸福都在您身上，尽管我们分隔两地，我们的心却紧紧相连。我恨命运，尽管我过着温饱懒散的生活，却无法克制我们分别以后内心的悲愁。为什么我们不能像去年夏天那样，一起坐在您那大书房的蓝沙发上互诉衷肠？为什么我不能像三个月前那样，从您那温柔娴静、洞察一切的眼神中汲取新的精神力量？啊，我多么喜欢您的眼神，而此刻在给您写信的时候，我仿佛又看到了您的眼神。

玛丽雅公爵小姐读到这里，叹了一口气，回头向右边的穿衣镜望了望。镜子映出她那衰弱难看的身子和瘦削的脸。她的眼睛一向忧郁，这会儿格外颓丧地瞧着镜子里自己的模样。"她这是在恭维我。"公爵小姐

---

① 指德国作家艾卡尔豪森（1752—1803）的作品《自然奥秘解答》，1805年译成俄语，在共济会会员中特别流行。

想，转过身来继续看信。不过裘丽并不是在恭维朋友，公爵小姐的眼睛生得又大又深邃又明亮，有时射出温暖的光芒，确实很美丽。她的脸虽长得不好看，眼睛却富有魅力。可惜公爵小姐从未看到过自己美丽的眼睛，因为她的眼睛只有在她没想到自己时最美丽。她也像一般人那样，照镜子的时候脸部绷紧，不自然，显得难看。她继续看信：

在莫斯科，大家谈的无非是战争。我的两个哥哥，一个已经在国外，另一个参加近卫军，正向边境开拔。我们仁慈的皇上离开彼得堡，听说陛下将不惜冒枪林弹雨之险，御驾亲征。全能的上帝恩赐一位天使当我们的君主，但愿他能降服这个破坏欧洲安宁的科西嘉怪物[①]。且不说我的两个哥哥，这场战争还使我失去一个最亲近的朋友，我指的是年轻的尼古拉伯爵。他满腔热情，不甘心碌碌无为，离开大学从军去了。不瞒您说，亲爱的玛丽雅，尽管他年纪轻轻，他这次离家从军使我感到无限悲伤。去年夏天我同您谈到，在我们的时代二十岁的青年往往就暮气沉沉，而他却品德高尚，朝气蓬勃，这是十分罕见的！他为人坦率热情，而且纯洁无瑕，富有诗意，我们的交往虽然短暂，却使我这颗饱尝痛苦的可怜的心感到甜蜜和欢乐。以后我将告诉您我们分别的情景和说过的话，此情此景都历历在目……唉，亲爱的朋友！您是幸福的，因为您没有体验过那种烈火般的欢乐，也没有体验过那种烈火般的痛苦。您是幸福的，因为痛苦通常总比欢乐更强烈。我很清楚，尼古拉伯爵太年轻了，我同他不可能有超越朋友的关系。但这种甜蜜的友谊，这种如此富有诗意而纯洁的关系，正是我心灵所需要的。好了，这事谈得够了。近来轰动全莫斯科的新闻是老别祖霍夫伯爵的去世和他的遗产继承问题。您真不会想到，三位公爵小姐所得无几，华西里公爵一无所得，皮埃尔却继承了全部遗产，并被立为后嗣而获得别祖霍夫伯爵封号，拥有俄国最大的财产。据说，华西里公爵在这件事上扮演了卑劣的角色，最后狼狈不堪

① 指拿破仑。他是科西嘉岛人。

地回彼得堡去了。说实在的，遗嘱之类的事我所知甚少；我只知道，自从我们认识的那个叫皮埃尔的青年成为别祖霍夫伯爵和俄国首富后，我有趣地发现，那些有待字闺女的母亲和姑娘本人对他的语气和态度都忽然变了。顺便说一句，我一向认为这人毫无出息。两年来他们一直兴致勃勃地替我物色对象（其中大部分我不认识），莫斯科的婚事新闻就认定我将成为别祖霍夫伯爵夫人。但您知道，我对此毫无兴趣。谈到婚事，不瞒您说，前不久**我们共同的姨妈**德鲁别茨基公爵夫人极其秘密地告诉我，有人在安排您的婚事。对象不是别人，就是华西里公爵的儿子阿纳托里。他们要替他物色一位有钱的名门闺秀，他父母就选中了您。我不知道您对这事有什么看法，但我觉得有责任事先告诉您。据说，他长得很俊，是个出格的浪子。关于他的情况我就知道这些。

好吧，扯得够多的了。第二张信纸快完了，妈妈派人来找我去阿普拉克辛家吃饭。

我寄给您的那本神秘的书，您可以看看。这本书在我们这里很流行。虽然书里有些地方不是凡人简单的头脑所能理解的，但这是一本出色的书。看这本书能使人心平气和，灵魂高尚。再见了。谨向令尊大人请安，并向布莉恩小姐致意。衷心拥抱您。

裘　丽

又及：请把令兄和他可爱的夫人的情况告诉我。

公爵小姐沉吟了一下，若有所思地微微一笑，她的眼睛闪闪发亮，模样完全变了。她忽然站起来，迈着沉重的步子走到桌前。她拿起信纸，迅速地在纸上书写起来。她用法文写了下面的回信：

亲爱的无价的朋友：您十三日的信给我带来极大的快乐。您依旧爱我，我的诗一般美的裘丽。您痛恨别离，但别离显然并没有影响您的精神。您抱怨别离，那么我失去了一切亲近的人又该——要是我敢的话——说些什么呢？唉，我们要是不能从宗教上得到慰藉，人生将是多么悲惨哪！您说到对那个青年的感情，为什么认为我会责备您呢？这方面我只是严于律己。但别人的这种感情我是能理解的。我没有体验过这种感情，即使不能赞成，也不会加以指摘。我只觉得，基督徒对亲人的爱，对敌人的爱，比小伙子美丽的眼睛在您这样诗意盎然的多情少女的心中引起的感情更加可贵，更加快乐，更加美好。

别祖霍夫伯爵去世的消息在您来信以前我们已听到了，家父为此感到很难过。他说，伯爵是我们这个伟大时代倒数第二个代表，接下去该轮到他了，但他要尽量使这事晚些轮到。但愿上帝别让我们遭到这样的不幸！

我不能同意您对皮埃尔的看法，因为我从小就认识他。我认为他有一颗美好的心，而这种品德我认为是最可贵的。他继承遗产一事和华西里公爵在这方面所扮演的角色，我认为对他们两人都是可悲的。哦，亲爱的朋友！我们的救世主说，骆驼穿过针的眼比财主进神的国还容易，这真是至理名言！我可怜华西里公爵，但更可怜皮埃尔。他年纪轻轻接受这样一大笔财产，将要受到多少诱惑啊！要是有人问我，我活在世上最大的愿望是什么，我会回答说，我愿意做个最穷的穷人。亲爱的朋友，万分感谢您给我寄来那本在你们那里十分轰动的书。不过，既然您对我说，书里除了精彩之处还有凡人简单的头脑无法理解的东西，那么，我认为阅读无法理解的东西是多余的，因为不能给人带来任何益处。我一向不能理解有些人的嗜好，他们热衷于阅读神秘的书籍而把自己的思想搞乱。这种书籍只会增加他们的猜疑，激发他们的幻想，培养他们违反基督徒朴实本性的浮夸作风。我们最好还是读读《使徒行传》和《福音书》。我们不要到那些书里去寻找神秘的东西，因为我们的肉体同永生之间还隔着无法穿透的帘幕，我们这些可怜的罪人又怎能理解上帝神圣而庄严的秘密呢？我们还是研究研究救世主指导我们在人间行动的伟大教义吧。让我们努力遵守这些教义，并相信，我们越少胡思乱想，就越能获得上帝的欢心，上帝否定一切不是他所给予的知识；我们越少钻研他不愿让我们知道的东西，他就会越快地用他圣灵的智慧启示我们。

父亲没有同我谈起过婚事，他只说接到华西里公爵的信，等候他来访。至于我的婚姻问题，亲爱的无价的朋友，我可以告诉您，我认为结婚是我们必须服从的神圣规定。假如全能的上帝要我负起做妻子和母亲的责任，无论这对我来说有多么艰难，我也将忠实履行而决不自寻烦恼，去考虑我对上帝赐予我做丈夫的人的感情。

我接到家兄来信，他说将同嫂子一起来童山。这只是一次短暂的欢聚，因为他将撇下我们去参战，而这场战争只有上帝知道我们为什么要卷入，以及怎样卷入。不仅在你们那里，在政治事件和社交活动的中心，而且在这里，在城市居民通常想象为一派田园风光的乡下，也听到了战争的回声，使人感到心情沉重。家父老是说到进军和调动，但我对这些事一窍不通。前天，我照例在村道上散步，看到一个撕裂肝肠的场面。我们这里有一队新兵应征入伍。真不忍看到那些离家出征的人的母亲、妻子和孩子，听到生离死别的人的啼哭！请想一想，人类竟把救世主要我们相亲相爱和互相宽恕的教义忘记了，而把互相残杀当作主要美德。

再见，亲爱的善良的朋友。但愿我们的救主和圣母把您置于他们神圣而万能的庇护之下。

玛　丽

"哦，您要寄信吗，公爵小姐？我已寄过信了。我给我可怜的母亲写了信。"布莉恩小姐满脸笑容，声音悦耳地匆匆说。她使玛丽雅公爵小姐心事重重、郁郁寡欢的情绪增添了轻松愉快、无忧无虑的因素。

"公爵小姐，我应该告诉你，"布莉恩小姐压低声音添加说，"公爵把米哈伊尔·伊凡内奇大骂了一顿，"她说的时候喉音特别重，有点自我欣赏，"他情绪很坏，很不高兴，您可得当心……"

"哦，我亲爱的朋友，"玛丽雅公爵小姐回答，"我请求过您永远别提我爹的情绪。我自己不能批评他，也不希望别人批评他。"

公爵小姐看了看钟，发觉练钢琴的时间已过了五分钟，就慌忙向起居室走去。按照规定的作息时间，每天十二点到两点，公爵休息，公爵小姐弹琴。

23

一个白发苍苍的老仆坐在前厅，听着大书房里公爵的鼾声，自己也昏昏欲睡。从房子深处，隔着一道道关着的门，传来丢赛克[①]奏鸣曲，其中难弹的乐句重复了二十来遍。

这时，一辆轿车和一辆篷车来到大门口。安德烈公爵从轿车上下来，把娇小的妻子扶下车，让她走在前面。头发花白的季洪戴着假发，从前厅探出头来，低声报告说老公爵正在睡午觉，又连忙把门关上。季洪知道，即使少爷回家或其他特殊事情都不该破坏作息秩序。这一点，安德烈公爵显然知道得不比季洪差。他看了看表，似乎要核对一下，他离家以来父亲的习惯有没有改变。当他证实没有改变后，就转身对妻子说：

"他还要过二十分钟起来。我们先去看看玛丽雅公爵小姐吧。"

小公爵夫人近来发胖了，但说话时，眼睛依旧喜气洋洋，含笑的生有毫毛的嘴唇依旧快乐动人地翘起来。

"哦，简直是一座皇宫。"她环顾四周，带着人们一般称赞舞会主人的神气对丈夫说，"走吧，快点儿，快点儿！……"她继续环顾四周，同时对李洪、丈夫和陪送他们的仆人微笑着。

"这是玛丽雅在练琴吧？我们悄悄走过去，别让她看见我们。"小公爵夫人说。

安德烈公爵带着谦恭而忧郁的神情跟在她后面。

"你老了一点，季洪。"安德烈公爵一面走，一面向吻过他手的老头儿说。

从传出钢琴声的房间边门里，一个漂亮的金发法国女人跑出来。布莉恩小姐显得兴高采烈。

"哦，公爵小姐这下子可高兴了，"布莉恩小姐说，"到底来了！我

---

① 丢赛克（1761—1812），著名钢琴家，作曲家。生于波希米亚扎斯拉夫尔。

去告诉她。”

“不，不，请您不要……您是布莉恩小姐吧，您是我小姑的朋友，我早就知道您了，”小公爵夫人说，同法国女人接吻，“她一定没料到我们今天来！”

他们走到起居室门口，不断听到里面传出来重复的乐句。安德烈公爵站住，皱了皱眉，仿佛料到会发生什么不愉快的事。

小公爵夫人走进屋去。乐句弹到一半停下来；传来惊呼声、玛丽雅公爵小姐沉重的脚步声和接吻声。安德烈公爵进去时，只在安德烈公爵结婚时见过一面的公爵小姐和小公爵夫人还拥抱在一起，互相亲吻着在对方身上碰到的任何地方。布莉恩小姐站在她们旁边，双手按着胸口，露出虔诚的笑容，显然是又想哭又想笑，而且哭笑的愿望一样强。安德烈公爵耸耸肩膀，皱了皱眉头，好像一个爱好音乐的人听到弹错了音。两个女人同时松开手，但立刻又像怕错过机会似的，抓住对方的手，吻起手来，然后又互相吻脸；接着又完全出乎安德烈公爵的意料，两个女人都哭起来，哭着哭着又接吻。布莉恩小姐也哭了。安德烈公爵有点不自在，但两个女人都觉得，她们见面，哭是再自然不过的事，不可能有其他方式。

“哦，亲爱的！……哦，玛丽雅！……”两个女人又说又笑，“我梦见过您……”“您没想到我们今天会来吧？……哦，玛丽雅，您瘦了……”“您可胖了……”

“我立刻认出这位是公爵夫人。”布莉恩小姐插嘴说。

“可我压根儿没想到！……”玛丽雅公爵小姐大声说，“哦，安德烈，我还没看到你呢。”

安德烈公爵同妹妹手拉手互相吻了吻，说她依旧是个哭娃娃。玛丽雅公爵小姐向哥哥转过身来，她那双美丽而明亮的眼睛含着泪水，向哥哥射出亲切、温柔而驯顺的目光。

小公爵夫人不停地说着话。她的嘴时而闭一下，那带着毫毛的短上唇稍稍触到鲜红的下唇，接着嘴又张开，绽开闪耀着牙齿和目光的笑容。小公爵夫人讲到他们在救主山上遇到意外，使她怀孕的身子险遭不测。接着她立刻又谈到她把所有的衣服都留在彼得堡，在这里真不知道穿什么好，又说安德烈完全变了，又说吉蒂·奥登卓娃嫁了个老头子，还说有个体面的男人要向玛丽雅公爵小姐求婚，但又说这事以后再谈。玛丽雅公爵小姐仍旧默默地望着哥哥，她那双美丽的眼睛却是含爱带愁。她此刻思绪万千，但同嫂嫂的话毫无关系。嫂嫂谈着上次彼得堡过节的情况，她就同哥哥说话。

“你一定要去打仗吗，安德烈？”玛丽雅公爵小姐叹了口气问。

丽莎也叹了口气。

“而且明天就走。”哥哥回答。

“他本可以升官，可他却把我丢在这里不管，真是天知道……”

玛丽雅公爵小姐没有听完她的话，径自想心事，同时亲切地望望嫂子的肚子。

“真的有了吗？”她问。

小公爵夫人的脸色变了。她叹了一口气。

“是的，真的有了，”她说，“哦！这太可怕了……”

丽莎的嘴唇挂下来。她把脸贴在小姑脸上，突然又哭起来。

“她需要休息一下，”安德烈公爵皱起眉头说，“是吗，丽莎？把她领到你屋里去，我去看爹。爹怎么样，还是那样吗？”

“还是那样，还是那样。我不知道你看了觉得怎么样。”玛丽雅公爵小姐快乐地回答。

“还是老时候到花园里散步？在车床上干活吗？”安德烈公爵问，脸上露出一丝笑意，表示他虽敬爱父亲，但也知道父亲的毛病。

“还是老时候上车床，做数学题，教我几何。”玛丽雅公爵小姐快乐地回答，仿佛上几何课是她生活中的一大乐事。

老公爵起床通常需要二十分钟。过了这段时间，季洪过来叫小公爵去见父亲。老公爵破例改变了一下生活习惯以欢迎儿子：他吩咐在他饭前更衣时就让儿子进屋来。老公爵穿一件乡下长袍，头发上扑了粉，一副老式打扮。安德烈公爵（他的神态不像在交际场上那样傲慢，却像同皮埃尔谈话时那样兴奋）走进父亲房里时，老头子正坐在梳妆室那张宽大的山羊皮安乐椅上，披着梳头罩衫，把头伸给季洪扑粉。

“啊！军人来了！你想去打败拿破仑吗？”老头儿说，由于季洪手里握住他的发辫，他只能在一定范围内摇动扑过粉的头，“你得好好收拾他，不然他就要逼着我们做他的顺民了。你好！”他把自己的脸颊凑给儿子吻。

老头儿在午饭前睡了一会儿，情绪很好（他常说，饭后睡觉赛过银子，饭前睡觉赛过金子）。他从倒挂的浓眉下高兴地斜睨了一下儿子。安德烈公爵上前一步，吻了吻父亲让他吻的地方。他不理父亲所喜欢的话题——嘲笑当代军人，特别是嘲笑拿破仑。

“爹，我来看看您，把怀孕的媳妇也带来了。”安德烈公爵说，兴奋而恭敬地注视着父亲脸上每块肌肉的活动，“您身体好吗？”

“老弟，只有傻子和浪子才会生病。你知道，我从早忙到晚，生活有节制，身体当然健康了。”

“感谢上帝！”儿子含笑说。

“这与上帝不相干。哦，你说说，”他又回到他心爱的话题上，“德国人怎样教你们用新科学，就是用所谓战略，同拿破仑作战的。”

安德烈公爵微微一笑。

“您让我想想，爹，”安德烈说时的笑容表示，父亲的毛病并不妨碍他对他的敬爱，“我还没安置好呢。”

“胡说，胡说，”老头儿摇摇发辫，看编得结实不结实，接着抓住儿子的手，大声说，“你媳妇的房间已准备好了。玛丽雅公爵小姐会领她去看的，她们会啰唆个没完。这是她们娘儿们的事。她来，我很高兴。你坐下来谈吧。米海逊的军队我是知道的，托尔斯泰的军队我也知道……同时登陆……南方的军队将做什么呢？普鲁士，守中立……这我知道。奥地利怎么样？”他从椅子上站起来，一面说，一面来回踱步，季洪跟在后面一面走，一面把一件件衣服递给他，“瑞典怎么样？他们怎样越过波美拉尼亚[①]？”

安德烈公爵看到父亲一定要他谈，就讲起当前战役的作战计划来，起初有点勉强，但越说越起劲，而且习惯成自然地从俄语改为法语。他说，要使普鲁士放弃中立，必须用九万军队对它施加压力，还说这支

① 波罗的海沿岸的公国（自1170年起）。

军队一部分要在施特拉尔松同瑞典军队会师，又说二十二万奥军要会同十万俄军在意大利和莱茵河流域作战，五万俄军和五万英军要在那不勒斯登陆，总共要有五十万军队从四面八方围攻法军。老公爵对儿子讲的事毫无兴趣，仿佛根本没听，继续边走边穿衣服，有三次突然打断儿子的话。有一次他让儿子停住，大声叫道：

“白的！白的！”

这是说季洪递给他的背心不是他要的那一件。另一次他站住，问：

“她快分娩啦？”接着责怪似的摇摇头说，“不好！说下去，说下去。”

第三次是当安德烈公爵快讲完时，老头子竟用年老走腔的嗓子唱起来：“马伯禄去从军，天知道几时才归来。”①

儿子只微微一笑。

“我并没说我赞成这个计划，”儿子说，“我只告诉您有这么一回事。拿破仑已制订好计划，不会比这个差。”

“唔，你并没告诉我什么新东西。”接着老头儿又像说绕口令似的哼着，“天知道几时才归来。你到餐厅去吧。”

24

公爵扑过发粉，刮过胡子，在规定时间走进餐厅。在餐厅里，他的儿媳妇、玛丽雅公爵小姐、布莉恩小姐和公爵的建筑师都在等他。由于老公爵的怪癖，建筑师被准许和公爵一家人同桌吃饭，虽然就身份来说，像他这样的小人物是不能享受这种荣幸的。公爵家里平时等级森严，连省里的各级官吏也难得获准跟他同席，可就是对那在角落里用方格手绢擤鼻涕的建筑师米哈伊尔·伊凡内奇另眼相看，并拿他做例子证明人人都是平等的。他屡次教导女儿说，米哈伊尔·伊凡内奇一点也不比你我差。在饭桌上，最喜欢同这位沉默寡言的建筑师闲谈。

餐厅同住宅里其他房间一样极其高大，家属和仆人都站在每把椅

① 法国民歌的开头两句。

子后面，恭候公爵出来。管家臂上搭着餐巾，检查着桌上的餐具，向听差们使眼色，不安地时而看看挂钟，时而望望公爵将要进来的门。安德烈公爵望着一个他以前没见过的大金框，框里装着保尔康斯基公爵家谱，家谱对面挂着一个同样大小的镜框，里面装着戴冕的当权公爵的粗劣画像（显然出自家庭画工之手）。那个公爵一定是留里克的后代，也就是保尔康斯基家族的始祖。安德烈公爵望望家谱，摇摇头，好像看到一张逼真得可笑的画像，忍不住笑了。

“我看他真是一成不变哪！”他对走拢来的玛丽雅公爵小姐说。

玛丽雅公爵小姐惊奇地望望哥哥。她不明白他在笑什么。父亲的一举一动都使她肃然起敬，无可非议。

“人人天生都有弱点，”安德烈公爵继续说，“以他那样的大智大慧，竟委身于这些琐事之中！”

玛丽雅公爵小姐无法理解哥哥竟会说出这样大胆的话来，她正准备反驳，忽然听见书房里传出大家所期待的脚步声：老公爵照例迅速而轻快地走进来，仿佛有意用匆忙的行动来打破严格的家庭秩序。这时，大钟敲了两下，客厅里另一台钟也发出清脆的声音响应。老公爵停住脚步，他那双灵活、明亮而严厉的眼睛从下垂的浓眉下把所有的人扫视了一遍，然后停留在小公爵夫人身上。小公爵夫人这时就像臣子看到皇帝上朝那样诚惶诚恐，老人身边其他人的感觉也是一样。老公爵摸摸小公爵夫人的头，又笨拙地拍拍她的后脑勺。

“你来，我很高兴，很高兴，”他说，又注视了一下她的眼睛，迅速地走到自己的位子上坐下，“坐吧，坐吧！米哈伊尔·伊凡内奇，坐吧！”

老公爵叫儿媳妇坐在自己旁边。仆人替她拉开椅子。

“嘀嘀！”老头儿望望她圆圆的腰部说，“真性急，不好！”

他不高兴地冷冷笑了笑，就像平时一样，眼睛不笑，只有嘴笑。

“要散步，尽量多散步，尽量多散步。”他说。

小公爵夫人没听见或者不愿听他的话。她没作声，有点局促不安。老公爵问起她的父亲，小公爵夫人才说话，还微微一笑。他又问到一些共同的熟人，小公爵夫人更活泼了，滔滔不绝地说起来，替人家向老公爵问好，又讲了城里的流言蜚语。

“阿普拉克辛伯爵夫人死了丈夫，可怜的人把眼睛都哭坏了。”她越说越兴奋。

她越兴奋，公爵越严厉地望着她。然后，仿佛把她研究透了，对她有了清楚的理解，就转身同建筑师说话。

“哦，米哈伊尔·伊凡内奇，我们的拿破仑要倒霉了。安德烈公爵，”他总是用第三人称称呼儿子，“告诉我，集中了多少兵力来对付他！可我们总是把他看作窝囊废。”

米哈伊尔·伊凡内奇实在不记得，“我们”什么时候说过拿破仑这样的话，但他知道这样可以转到老公爵喜爱的话题上来。他惊奇地瞧瞧小公爵，不知道这样谈下去会有什么结果。

“他是个大策略家！”公爵指着建筑师对儿子说。

谈话又回到了战争、拿破仑、当代将军和官员身上。老公爵似乎不仅相信，当代官员都是些对军事和政治一窍不通的娃娃，拿破仑是个微不足道的法国佬，他能取胜，只因为现在没有波将金和苏沃洛夫那样的人物去同他抗衡。老公爵甚至认为，欧洲没有什么政治纠纷，也没有战争，现在人人都装作在干事业，实际上却在演傀儡戏。安德烈公爵听着父亲对新派人物的嘲笑，逗他说话，感到挺有趣。

“照您说，过去什么都好，”安德烈公爵说，“难道苏沃洛夫没有掉进莫罗[①]的圈套而不能脱身吗？”

“这是谁对你说的？谁对你说的？”老公爵嚷道，“苏沃洛夫！”他把一个盘子扔掉，季洪连忙把它接住，“苏沃洛夫！……你倒想想，安德烈公爵。只有腓特烈和苏沃洛夫两个人物……莫罗算得了什么！苏沃洛夫要是能放开手脚，莫罗早就当上俘虏了；可是御前军事香肠烧酒参议院[②]掣他的肘。他真倒霉。哼，您到了那里，就会尝到那御前军事香肠烧酒的滋味了！连苏沃洛夫都对付不了他们，库图佐夫又怎么对付得了？！不，朋友，”他说下去，“你和你们那些将军是对付不

① 莫罗（1763—1813），拿破仑手下名将，后因拿破仑忌才而遭放逐。1799 年几次惨败于苏沃洛夫。事实上，落入圈套的不是苏沃洛夫，而是莫罗。

② 这是老公爵对奥国军事参议院的蔑称。

了拿破仑的；必须利用法国人，让他们自相残杀。他们派德国人巴仑[①]到美国纽约去找法国人莫罗，”他说，指的是今年曾邀请莫罗参加俄军一事，“真是咄咄怪事！！！……难道波将金、苏沃洛夫、奥尔洛夫都是德国人吗？不，老弟，如今不是你们发了疯，就是我老糊涂了。但愿上帝保佑你们，我们等着瞧吧。拿破仑居然当上了他们的伟大统帅！哼……”

“我并没说所有的计划都很好，”安德烈公爵说，“我只是不明白，您怎么能这样评论拿破仑。您要怎么取笑都行，但拿破仑毕竟是个伟大的统帅！”

“米哈伊尔·伊凡内奇！”老公爵对建筑师大声说，而建筑师正在吃热菜，希望人家能暂时把他忘记，“我不是对您说过，拿破仑是个伟大的策略家吗？瞧，现在他也这样说。”

“可不是，大人！”建筑师回答。

老公爵又发出一声冷笑。

“拿破仑生来就是个幸运儿。他的军队很出色。而且他首先攻打德国人。只有懒鬼才不打德国人。开天辟地以来，德国人一直挨打。可是德国人不打别人，他们只会自相残杀。拿破仑就是靠他们获得荣誉的。”

于是老公爵开始分析他认为拿破仑在军事上和政治上所犯的种种错误。儿子没有反驳，但看得出，不论人家向他提什么论据，他也像老公爵一样固执己见。安德烈公爵听着，克制着不去反驳他，同时不由得不感到惊奇，老人家长期隐居乡下，对近年来欧洲发生的一切军政大事，却了如指掌，而且评论精当。

“你以为我这个老头子不了解当前形势吗？”他结束说，“我可是挺关心的！我晚上睡不着觉。那么，你那个伟大的统帅，他在什么地方显过本领？”

“这可说来话长了。”儿子回答。

“你还是到你的拿破仑那里去吧。布莉恩小姐，这里又有一个你们

① 巴仑是保罗时期的德国总督，曾参与暗杀保罗事件。老公爵说这话带有讽刺意味。

流氓皇帝的崇拜者！”他用漂亮的法语大声说。

“公爵，您知道，我不是拿破仑派。”布莉恩说。

“天知道几时才归来……”老公爵不自然地哼着，又更不自然地笑了笑，然后离开餐桌。

小公爵夫人在他们争论和吃饭时一直不作声，恐惧地时而望望玛丽雅公爵小姐，时而望望公公。离开餐桌时，她抓住小姑的手，把她拉到另一个屋里。

“你们爹真是个聪明人，”小公爵夫人说，“也许我因此有点怕他。”

“哦，老人家心地真好！”玛丽雅公爵小姐说。

25

安德烈公爵第二天傍晚动身。老公爵没有改变生活秩序，饭后回到书房。小公爵夫人在小姑房里。安德烈公爵身穿旅行装，不戴肩章，同跟班一起在屋里收拾行李。他亲自检查了马车，监督跟班装好行李，然后吩咐套马。房间里只剩下安德烈公爵的随身行李：一只手提箱、一个大银餐具箱、两把土耳其手枪和一柄马刀——父亲从奥恰科夫[①]带回来的礼物。安德烈公爵的随身行李很整齐：崭新，干净，套着呢套子，还用带子仔细捆住。

在动身远行、改变生活的时刻，凡是对自己的行为深思熟虑的人，总是心情严肃。在这种时刻，人们总是回顾过去，展望未来。安德烈公爵现出沉思和温柔的神色。他背着双手，在房间里迅速地走来走去，从这个角落走到那个角落，眼睛望着前方，若有所思地摇摇头。不知他是害怕去打仗呢，还是舍不得离开妻子？也许两者都是，但他显然不愿让人家看出他的心情。他听见门廊里有脚步声，连忙放下手，站到桌旁，装作在捆绑箱子套，脸上又现出平常那种镇定自若而又难以捉摸的表情。原来是玛丽雅公爵小姐的沉重脚步声。

“我听说你已吩咐人套马，”玛丽雅公爵小姐气喘吁吁地说（她显然

---

① 土耳其城市，1788年被俄将苏沃洛夫攻克。

是跑来的），“可我还想同你单独再谈一谈。天知道咱们这一别几时才能再见。我来，你不生气吧？我的好安德烈，你变得多了。”她补了一句，仿佛说明为什么她要这样说。

她说“我的好安德烈”时，微微一笑。这个严肃的美男子就是从前那个瘦小淘气的孩子，也是她童年的玩伴。想到这一点，她觉得挺好玩。

“丽莎在哪里？”安德烈问，对她的问题只用微笑来回答。

“她累坏了，在我房里沙发上睡着了。哦，安德烈！你太太真是太好了，”玛丽雅公爵小姐说着，在哥哥对面沙发上坐下，“她完全像个孩子，那么快乐，那么可爱。我真喜欢她。”

安德烈公爵没作声，但公爵小姐发觉他脸上现出嘲弄和轻蔑的神气。

“不要计较小的缺点，谁没有缺点哪？安德烈！你别忘了，她是在上流社会长大的。再说，她现在的处境也不太如意。我们应该设身处地替人家想想。谁了解人，谁就能原谅人。你应该想想，她这个可怜的人离开了过惯的生活，现在又要和丈夫分离，孤零零待在乡下，又怀了孩子，这是什么滋味？她一定很痛苦。”

安德烈公爵望着妹妹微笑着，就像我们听知心朋友说话时那样。

“你住在乡下，可你并没觉得乡下的生活很可怕。”安德烈公爵说。

“我又当别论。提我干什么！我不想改变生活，我也想不出怎么改变，因为不知道另一种生活是怎样的。可是你得替她想想，安德烈，她年纪轻轻，过惯社交生活，现在却要她把最好的年华埋葬在乡下，又是孤零零一个人，因为爸爸总是忙，我呢……你也知道，过惯社交生活的女人会觉得我这人枯燥乏味。只有布莉恩小姐……”

“我很不喜欢她，你们那位布莉恩。”安德烈公爵说。

“哦，你别这样说！她这姑娘很善良，很可爱，而且挺可怜。她没有亲人，一个也没有。说实在的，我不需要她，同她也合不来。你知道，我这人一向孤僻，这毛病现在更厉害了。我爱孤独……爸爸很喜欢她。爸爸对她和米哈伊尔·伊凡内奇两人总是很亲切，很和气，因为他是他们的恩人。斯特恩[1]说得好：'我们爱那些给过我们好处的人，不如爱那些受过我们好处的人。'爸爸从街上领来她这个孤女。她心地很好。爸爸喜欢听她朗诵。她天天晚上读书给他听。她朗诵得很好。"

"哦，说实在的，玛丽雅，爸爸的脾气有时使你难堪，是吗？"安德烈公爵突然问。

玛丽雅公爵小姐听到这问题，吃了一惊，接着又感到害怕。

"使我？……使我？！……使我难堪？！"她说。

"他一向很严厉，我觉得现在他变得越发叫人受不了。"安德烈公爵稍稍指责父亲，显然有意使妹妹为难，或者看看她的反应。

"安德烈，你这人什么都好，就是有点自命不凡，"玛丽雅公爵小姐说，她说话不是根据谈话的逻辑，而是按照自己的思路，"这是一大罪过。我们怎么可以评论父亲呢？就算可以，那么，对爸爸这样的人，除了崇拜还能有什么别的感情呢？同他在一起，我感到十分满足，十分幸福。我衷心希望你们大家都和我一样幸福。"

哥哥怀疑地摇摇头。

"只有一件事使我难过，安德烈，我对你实说，就是父亲对宗教的看法。我真不懂，像他这样大智大慧的人竟会看不到光天化日般清楚的道理，执迷不悟，只有这件事使我感到难过。不过这方面近来他也有所改进。近来他的冷嘲热讽已不那么尖刻了，最近他还接见了一位修士，同他作了一次长谈。"

"哦，我的朋友，我怕你和修士都白费力气。"安德烈公爵嘲弄而亲切地说。

"啊，我亲爱的哥哥！我只是祈祷上帝，希望他能听到我的祷告。安德烈，"玛丽雅公爵小姐停了停，怯生生地说，"我对你有一个要求。"

"什么要求，我的朋友？"

"是这样的，你先答应我你不会拒绝。这事不会给你添一点麻烦，也不会使你失面子。你就让我放心吧。答应我，我的好安德烈。"玛丽雅公爵小姐说，一只手伸到提包里，握住一样东西，但不拿出来，仿佛

---

① 斯特恩（1713—1768），英国感伤主义小说家，主要作品有《特利斯拉姆·项狄》和《感伤的旅行》。

这东西就是她所要求的，而在他没有答应之前不能把它拿出来。

她用恳求的目光怯生生地望着哥哥。

“如果这事将给我添很大的麻烦……”安德烈公爵仿佛猜到是怎么一回事，回答说。

“你爱怎么想就怎么想吧！我知道你这人跟爸爸一样。不管你怎么想，这事你就答应我吧。你就答应我吧！这东西还是爸爸的爸爸，我们的祖父，每次上战场都带在身上的……”玛丽雅公爵小姐还是没把手提包里的东西拿出来，“那么，你答应我吗？”

“好吧，究竟什么事？”

“安德烈，我用这圣像替你祝福。你要答应我永远不把它摘下……你答应吗？”

“如果它没有两普特[①]重，不会拖断脖子的话……为了使你满意……”安德烈公爵说，但看到妹妹听了这玩笑脸色阴沉，他感到后悔，“我很乐意，真的很乐意，我的朋友。”他添加说。

“不管你信不信，上帝都会拯救你，保佑你，使你相信他，因为只有在他身上才有真理和平安。”玛丽雅公爵小姐激动得声音打战说，神情庄严地把一个用精致的银链系着的椭圆形黑脸银袍古圣像捧到哥哥面前。

玛丽雅公爵小姐画了十字，吻了吻圣像，把它递给安德烈公爵。

“安德烈，你就为了我……”

她那双大眼睛闪耀善良而羞怯的光芒。这双眼睛使她清瘦的病容焕发光辉，变得美丽。哥哥伸手去接圣像，但被她拦住了。安德烈会意，就画了个十字，吻了吻圣像。他脸上露出亲切（他被感动了）而又嘲弄的神色。

“谢谢你，我的朋友！”

玛丽雅公爵小姐吻了吻哥哥的前额，又在沙发上坐下。他们都默不作声。

“我对你说过，安德烈，你一向忠厚宽容，现在对丽莎也不要太苛

---

① 1普特合16.38公斤。

求，”玛丽雅公爵小姐说，“她那么善良，那么可爱，现在的处境又那么痛苦。”

“玛丽雅，我好像没对你说过，我为什么事责备过我妻子，或者对她表示不满。你为什么老对我说这种话？”

玛丽雅公爵小姐脸上泛出红斑，没有作声，仿佛自己犯了什么过错。

“我没对你说什么，但**有人**对你说过什么了。这使我很难过。”

玛丽雅公爵小姐的前额、颈子和双颊上的红斑显得更红了。她想说些什么，但说不出来。哥哥猜到：小公爵夫人饭后向小姑哭诉过，她预感会是难产，心里害怕，怪命不好，怪公公和丈夫不管她。她哭过以后睡着了。安德烈公爵有点可怜妹妹。

“你听我说，玛丽雅，我没责备**我的妻子**，以前没责备过，今后也永远不会责备她。我待她，也没什么可责备自己的。不论我处境怎样，这种情况都不会改变。但你要是想知道真相……你要是问，我是不是幸福？不。她是不是幸福？也不。怎么会这样？我不知道……”

安德烈公爵说着站起来，走到妹妹面前，低下头，吻了吻她的前额。他那双漂亮的眼睛闪耀出聪明、善良和异样的光芒，但他没有看妹妹，却从她头上望着门外的一片黑暗。

“我们到她那里去吧，该同她告别了。或者你先去把她叫醒，我这就来！”接着安德烈公爵唤听差：“彼得鲁施卡，来搬行李。这个放在座位上，这个放在右边。”

玛丽雅公爵小姐向门口走去。她站住了。

“安德烈，你要是有信心，你就祷告上帝吧，求他赐给你你所缺乏的爱心。上帝会听见你的祷告的。”

“哦，真的吗？”安德烈公爵说，“去吧，玛丽雅，我这就来。”

安德烈公爵在去妹妹房间的途中，在连接两座房子的走廊里遇见了满脸笑容的布莉恩小姐。这天他已第三次在无人的过道里遇见这位带着兴奋而天真的笑容的小姐了。

“哦！我还以为您在自己屋里呢！”她说，不知怎的涨红了脸，垂下眼睛。

安德烈公爵严厉地看了她一眼，脸上突然现出愤怒的神色。他没有搭理她，却避开她的眼睛，轻蔑地望望她的前额和头发，弄得法国女人脸涨得更红，一言不发地走了。他走到妹妹房间门口，小公爵夫人已经醒了，她那愉快的声音连续不断地从敞开的门里传出来。她说得很急，仿佛要补偿长久沉默失去的时间。

“哈，您想想，祖波夫老伯爵夫人戴了一头假发，装了一口假牙，好像不肯服老……哈，哈，哈，玛丽雅！”

安德烈公爵听到妻子在别人面前这样议论和嘲笑祖波夫伯爵夫人恐怕已有五六次了。他悄悄走进屋里。小公爵夫人身体微胖，脸色红润，手拿针线活，坐在安乐椅上，滔滔不绝地讲彼得堡的往事和当时的谈话。安德烈公爵走到她跟前，摸摸她的头，问她是否从旅途劳顿中休息过来了。她回答了一声，继续讲她的话。

一辆六驾马车停在大门口。屋外是漆黑的秋夜。车夫连车杠都看不见。几个仆人拿着灯笼在台阶上忙碌着。巨大的邸宅灯火辉煌，高大的窗子亮着灯光。家奴们聚集在前厅，准备给小公爵送行。全家人都站在大厅里，包括米哈伊尔·伊凡内奇、布莉恩小姐、玛丽雅公爵小姐和小公爵夫人。安德烈公爵被召到父亲书房里，老头子想单独同儿子话别。大家都在等他们出来。

安德烈公爵走进书房，老公爵正戴着老花眼镜，穿着白睡袍（他穿着这种衣服，除了儿子，是谁也不接见的），坐在桌旁写字。他回头看了一眼。

“你要走了？”他说着，继续写字。

“来向您辞行。”

“吻这里，”老公爵指指一边脸颊，“谢谢，谢谢！”

“您谢我什么？”

“因为你没有耽搁，没有被娘儿们的裙带绊住。公务至上。谢谢，谢谢！”老公爵继续使劲写字，墨水从沙沙响的笔尖溅开来，“你有什么话要说，尽管说好了。我可以一边写，一边听。”他补充说。

“我媳妇……留下来请您照顾，真是过意不去……”

“说什么废话？你要说什么就说吧。”

“我媳妇临产时，请您派人到莫斯科请个产科医生来……让他照看一下。”

老公爵停下笔，好像不明白儿子的话，目光严厉地盯住他。

“我知道，要是老天爷不帮忙，谁也帮不了忙。”安德烈公爵说，显然有点不知所措，“当然，事故的可能性只是百万分之一。但她和我都有点提心吊胆。有人对她说了些什么，她自己也做过梦，她有点害怕。”

“哼……哼……”老公爵嘟囔着，继续写字，“我会办的。”

他签上名，突然向儿子转过身笑起来。

“事情有点麻烦，是吗？”

“什么事麻烦，爸爸？”

“媳妇！”老公爵简短而意味深长地说。

“我不明白。”安德烈公爵说。

“这是没办法的事，我的朋友，”老公爵说，“女人都是这样的，你不可能离婚。你不用怕，我不会对别人说，可你自己要明白。”

他用骨瘦如柴的小手抓住儿子的手，摇了摇，同时用一双洞察人心的锐利眼睛对直瞧了瞧儿子的脸，又发出冷冷的笑声。

儿子叹了一口气，算是承认父亲了解他。老头儿继续把信折好，封好，敏捷地拿起火漆、封印和纸，又把它们放下。

“有什么办法呢？她长得美！事情我都会办的，你放心好了。”老公爵一面封信，一面断断续续地说。

安德烈不作声：父亲了解他，这使他又高兴又不高兴。老头子站起来，把信交给儿子。

“听我说，”他说，“不用牵挂媳妇：凡是办得到的，我都会办。现在听我说：你把这信交给库图佐夫。我在信里写了，要他派给你一个适当的差事，副官别当得太久，这是没出息的！你对他说，我想念他，喜欢他。以后来信告诉我，他待你怎么样。要是他待你好，你就干。我尼古拉·保尔康斯基的儿子决不看人脸色办事。好，现在你过来。”

老公爵说得很急，话常常只说半句，但儿子听惯了，能懂得他的意思。他把儿子带到写字台前，打开盖子，拉出抽屉，取出一个他用粗犷笔迹写的稿本。

“当然，我会死在你的前头。记住，这是我写的备忘录，我死后你把它交给皇上。这是当铺证券[①]和信：谁写成苏沃洛夫战史，就把这作为奖金发给谁。你把它转送到科学院。这是我的笔记，等我死后，你读一下，对你会有用处的。”

安德烈没对父亲说，他一定还能活很久。他知道，不用说这种话。

“一切都会照您的吩咐办的，爸爸。”安德烈说。

“好，那么再见了！”他把手伸给儿子亲吻，又拥抱了他，“记住，安德烈公爵：你要是被打死，我老头子会觉得伤心……”他突然停住，接着厉声说：“但我要是知道你的行为不像尼古拉·保尔康斯基的儿子，我会感到……羞耻！”他大声说。

“您不必对我说这话，爸爸！”儿子微笑着说。

老头子不作声了。

“我还想求您一件事，”安德烈公爵继续说，“要是我被打死了，要是我有个儿子，您别让他离开，像我昨天对您说的，让他在您身边长大……拜托了。”

“不让他跟你媳妇过吗？”老头儿说着笑起来。

他们默默地面对面站着。老头儿锐利的目光直视着儿子的眼睛。老公爵的下半部脸颤动了一下。

“告别完了……走吧！”老公爵忽然说，“走吧！”他愤怒地大声嚷着，打开书房的门。

“什么事？什么事？”小公爵夫人和公爵小姐看见安德烈和探出身来的身穿白睡袍、戴老花眼镜、不戴假发、愤怒地叫嚷的老头子，连忙问。

安德烈公爵叹了一口气，什么也没回答。

“好了。”他对妻子说。这一声“好了”带有冷嘲的意味，仿佛说：“如今要看您的了。”

“安德烈，你要走了！”小公爵夫人说，她脸色发白，恐惧地望着丈夫。

---

① 当铺当时由俄国国家设立，并发行有利息的证券。

安德烈公爵拥抱了她。她大叫一声，昏倒在他的肩上。

安德烈公爵小心地移开她靠着的肩膀，看了看她的脸，留神地扶她坐到安乐椅上。

“再见，玛丽雅！”他悄悄地对妹妹说，手拉着手同她接了吻，快步走出屋子。

小公爵夫人躺在安乐椅上，布莉恩小姐揉着她的太阳穴。玛丽雅公爵小姐扶着嫂嫂，她那双哭肿的美丽眼睛一直望着安德烈公爵走出去的门，为他画着十字。书房里一再传来老头子像开枪一样愤怒地擤鼻涕的声音。安德烈公爵一出去，书房门就立刻打开，穿白睡袍的老头子又从门里探出身来。

“走了吗？走了就好！”老公爵生气地望望晕过去的小公爵夫人，带着责备意味摇摇头，砰的一声把门关上。

第 二 部

1

一八〇五年十月，俄国军队进驻奥地利大公国许多城乡，后面还有部队从俄国源源开来，驻扎在布劳瑙要塞附近，给当地居民添了不少麻烦。库图佐夫总司令的总部就设在这里。

一八〇五年十月十一日，一个刚开到布劳瑙的步兵团在离城半英里处安了营，等候总司令检阅。这个团虽然不在俄国，周围的环境跟俄国也不同（到处是果园、石墙、瓦屋顶、远远的群山），许多非俄罗斯老百姓好奇地打量着俄国士兵，他们却像俄国军队在俄国本土准备接受检阅一样整洁。

在行军最后一站的那天傍晚，团里接到命令，总司令要检阅行军中的部队。团长觉得命令行文不清楚，不知道要不要穿着行军服装接受检阅。但在营长会议上做出决定，全团穿上阅兵服，理由是礼多人不怪，过头总比不足好。于是全团士兵在行军三十俄里后，没有闭一下眼睛，就通夜缝补，洗刷；副官和连长一再清点人数，剔除一些不合格的人。到了早晨，这个团已不是昨天最后一程行军时那样零零落落，而整理成两千人的整齐队伍，人人知道自己的位置，个个懂得自己的职责，他们身上的每个纽扣和每条皮带都整洁光亮。不仅外表整洁，而且，总司令若要检查里面的衣服，那他将看到人人身上穿着同样洁净的衬衣，个个背囊里装着规定的物品，就像士兵们说的那样，“锥子肥皂，一应俱全”。只有一样东西使大家不放心，那就是靴子。半数以上人的靴子都已穿破。但这个缺点不能怪罪团长，因为虽经一再要求，奥国当局也没有发给他们靴子，尽管他们已走了一千俄里路。

团长是个上了年纪、须眉斑白的多血质将军，身体结实，胸背厚度超过肩膀宽度。他穿着一套烫得笔挺的崭新军服，厚实的金肩章仿佛不是压低而是加高他那肥胖的肩膀。团长的神气好像在参加一次生平最隆重的仪式。他微微躬着背，在队列前走来走去，每走一步，身子就抖动一下。团长显然很欣赏他的团，为他的团感到得意，而他的全部心血确实也都灌注在部队上。虽然如此，他那抖动的步伐仿佛说明，除了军事之外，他对社交活动和女人同样很感兴趣。

"哦，米哈依洛老弟，"他对一位营长说（营长笑眯眯地走上前来，显然两人都很高兴），"我们忙了一个通宵。但我们这个团看来还不错……是吗？"

营长懂得团长的风趣，笑起来。

"就是在皇家草场[①]上受检阅也不会被撵走的。"

"什么？"团长问。

这时，在布有信号兵的进城大路上出现了两个骑马的人。这是副官，后面跟着一名哥萨克。

副官是总司令部派来向团长说明昨天命令里没说清楚的问题的，那就是总司令希望看到他们的团保持行军状态，穿军大衣，背行军囊，事先不作任何准备。

库图佐夫那里，昨晚来了个维也纳御前军事参事，带来奥国建议，要求库图佐夫尽快同斐迪南大公和马克[②]的军队会师。而库图佐夫则认为这种会师没有好处，除了竭力说明理由外，还想让奥国将军看看俄国军队的狼狈相。他要来检阅这个团就是带着这样的目的，因此部队的情况越糟，总司令就越高兴。副官虽不懂得个中奥妙，但向团长传达了总司令不容违抗的命令，要士兵一律穿军大衣，背行军囊，否则总司令就会不高兴。

团长听了这番话，垂下头，默默地耸耸肩膀，情绪激动地把两手一摊。

"糟透了！"他说，"唉，米哈依洛老弟，我对您说过，保持行军状

---

① 皇家草场在彼得堡涅瓦河畔，是沙皇阅兵的地方。

② 马克（1752—1828），奥地利将军，曾在乌尔姆指挥奥军。

态，穿军大衣，”他责备营长说，“啊，天哪！”他添上一句，断然向前走去。“各位连长！”他像发号施令似的叫道，“各位司务长！……他驾到了吗？”他问刚来的副官，现出肃然起敬的神情，这显然和他提到的人有关。

“我看，还得一个小时。”

“我们来得及换衣服吗？”

“我不知道，将军……”

团长亲自走到行列前，下令重新穿上军大衣。连长们跑回各连，司务长们也忙碌起来（军大衣都破旧了）。原来整齐肃静的四方形队列顿时骚动起来，分散开，发出喧闹声。士兵跑来跑去，抬起一个肩膀，从头上卸下背包，取出军大衣，高举双臂伸进袖筒里。

半小时以后，一切又恢复原状，只是四方形的队列已经由黑色变成灰色。团长又蹒跚地走到全团人前面，远远地观察着他们。

“这是怎么一回事？这算什么！”团长站住，吆喝道，“三连连长！……”

“三连连长去见将军！连长去见将军！……”队列里不断传出喊叫声，副官也跑去找寻那个迟到的军官。

等热烈的叫声传到目的地，这句话已变成“将军去见第三连”，这时被召唤的连长从连队里走出来。他虽然上了年纪，已不习惯于跑步，但还是跌跌绊绊地向将军那里小步跑去。大尉脸上现出不安的神色，好像小学生被叫起来回答没有温习好的功课。他那红红的脸上（显然由于纵酒）出现了斑点，嘴也紧张地抽动起来。团长从脚到头打量着大尉，看他气喘吁吁地跑过来，逐渐收住脚步。

“您快要给弟兄们穿萨拉方[①]了！这算什么？”团长嚷道，他抬抬下巴指着三连一个身穿颜色与众不同的军大衣的士兵，“您到哪里去了？大家都在恭候总司令驾临，可您却离开岗位，啊？……您让弟兄们穿着婆娘的衣服来受检阅，我要教训教训您！……怎么样？……”

连长眼睛盯住长官，拼命把两个手指靠紧帽檐，仿佛现在只有这样

① 俄国乡下女人穿的无袖长衣。

才能得救。

“喂，您怎么不吭声？你们那里那个穿匈牙利人衣服的是谁？”团长严厉地挖苦说。

“大人……”

“哼，什么‘大人，大人’的？大人！大人！谁知道‘大人’是什么人。”

“大人，这是陶洛霍夫，是个降为士兵的军官……”大尉低声说。

“他究竟是降为元帅还是降为士兵？要是降为士兵，那就应该和大家穿得一样。”

“大人，是您自己准许他在行军途中这样穿戴的。”

“我准许过？我准许过？嗐，你们年轻人总是这样，”团长稍微冷静了一下，说，“我准许过？有人向你们说点什么，你们就……”团长停了停，“有人向你们说点什么，你们就……什么？”他说着又发火了，“请让士兵穿得像样点……”

团长回头瞧瞧副官，蹒跚地向队伍走去。显然，发火使他满足，因此当他在队伍前面走过时，还想找借口发火。他骂一个军官没有把徽章擦亮，骂另一个军官没有把队伍排齐，然后走到三连前面。

“你是怎——么站的？腿摆在哪里？腿摆在哪里？”团长离穿蓝大衣的陶洛霍夫还有五个人，就恼怒地吆喝道。

陶洛霍夫慢慢地站直弯曲的腿，用明亮而傲慢的目光直视着将军的脸。

“为什么穿蓝大衣？脱下！……司务长！给他换一件……坏……”他来不及把话说完。

“将军，我有义务执行命令，但没有义务忍受……”陶洛霍夫连忙说。

“立正不许说话！……不许说话，不许说话！……”

“我没有义务忍受侮辱。”陶洛霍夫响亮地大声说。

将军和士兵的目光相遇了。将军不作声，愤怒地向下拉着绷紧的武装带。

“对不起，请您换一下衣服。”他一边走开去，一边说。

2

“来了！”这时信号兵叫起来。

团长涨红了脸，跑到马旁，双手哆嗦地拉住马镫，翻身上马，摆正姿势，拔出军刀，脸上现出幸福而果断的神气，咧开嘴准备喊口令。全团士兵像梳理羽毛的小鸟，振作精神，接着就肃静了。

“立——正！”团长发出一声惊心动魄的口令。这声音流露出他内心的快乐，但对全团弟兄显得严厉，对即将光临的总司令则表示欢迎。

在宽阔的没有铺砌的林荫道上，一辆高大的蓝色维也纳六驾马车发出弹簧轻微的响声，急急地驰来。马车后面跟着一批骑马的随从和克罗地亚[①]卫兵。库图佐夫同一个奥国将军并排坐在车上。那奥国将军身穿白军服，在穿黑军服的俄国人中间显得有点异样。马车在部队前面停下来。库图佐夫和奥国将军低声交谈着。接着，库图佐夫身子笨重地从马车踏脚上下来，微微一笑，仿佛前面根本不存在屏息凝望着他和团长的两千名士兵。

团长喊了声口令，全团士兵唰的一声举枪致敬。在一片寂静中可以听见总司令微弱的声音。全团高呼：“祝大——大——大人健康！”接着又鸦雀无声。在一团人尚未安静时，库图佐夫站在原地不动。然后他和白衣将军由随从护送着走过行列。

从团长挺直身子、瞪着眼睛、悄悄走近向总司令敬礼的神态上，从他向前俯着身子、跟在将军们后面、勉强克制身子抖动的姿势上，从他遇到总司令一言一行就凑上前去的动作上都可以看出，他履行下属的职责比履行指挥官的职责更加轻松愉快。由于团长的认真和勤勉，这个团比同时到达布劳瑙的其他团情况要好。掉队和害病的只有二百一十七人。除了靴子以外，其他一切都完好无损。

库图佐夫从队伍前面走过，有时同他在土耳其战争中认识的军官说几句亲切的话，有时同士兵说上几句。他注视着他们的靴子，几次伤心地摇摇头，并示意奥国将军看看这些靴子，脸上的神态仿佛向奥

---

① 当时奥地利轻骑兵多从克罗地亚（今克罗地亚共和国的一部）雇用。

国将军表示，他不责备任何人，但不能不看到这种情况是多么糟。遇到这种时候，团长总是赶到前面，唯恐漏掉总司令谈到他的团的任何一句话。库图佐夫后面走着二十来个随从，他们跟得很紧，即使总司令的话说得很轻，他们也能听见。这些随从彼此交谈着，有时发出笑声。最靠近总司令的是一个面目俊美的副官。他就是安德烈·保尔康斯基公爵。他旁边走着他的同事聂斯维茨基校官。聂斯维茨基身材魁伟，相貌英俊，眼睛有神，脸上挂着笑容。他被旁边那个黑脸膛的骠骑兵军官逗得忍俊不禁。骠骑兵军官板着脸，眼睛呆呆地望着团长的脊背，模仿团长的每个动作。团长每次打战，哈腰，骠骑兵军官也打战，哈腰。聂斯维茨基一面笑，一面捅捅别人，要他们也看看这个滑稽的家伙。

库图佐夫没精打采地在几千双眼睛前慢慢走过。这些眼睛都睁得老大，对长官行着注目礼。他走到三连前面，突然站住。随从们没料到他会停下来，收不住脚步，都往前直冲。

"喂，基莫兴！"总司令认出那个为蓝大衣而挨过骂的红鼻子大尉，叫道。

团长刚才训斥基莫兴时，基莫兴的身子已挺得不能再直。此刻总司令对他说话，他的身子就挺得更直，仿佛总司令再对他看上几眼，他就会支持不住。库图佐夫似乎了解他的心情，不忍使他过分紧张，连忙转过身去。库图佐夫带有伤疤的胖脸上掠过一丝隐约的微笑。

"又一个伊兹梅尔战役[①]的战友，"他说，"是个勇敢的军官！你对他满意吗？"库图佐夫问团长。

团长没察觉骠骑兵军官亦步亦趋地模仿他的举动，浑身打了个哆嗦，上前回答说：

"很满意，大人。"

"我们谁也不是完人，"库图佐夫说，笑着走开去，"他崇拜酒神。"

团长害怕了，不知道这是不是他的过错，不敢吭声。骠骑兵军官这时发现红鼻子、大肚子大尉脸上的表情，就十分逼真地模仿他的神态和

---

① 伊兹梅尔是乌克兰黑海沿岸城市。十六世纪为土耳其要塞。1787—1791 年俄土战争中为苏沃洛夫率领的俄军攻占，1812 年起归属俄国。

姿势，使聂斯维茨基忍不住笑了。库图佐夫转过身去。骠骑兵军官显然能随心所欲地控制表情：在库图佐夫转身的一刹那，他扮了个鬼脸，接着立刻摆出极其严肃、恭敬和天真的神态。

三连是最后一个连。库图佐夫沉吟起来，显然想起了什么事。安德烈公爵从随从中走出来，用法语低声说：

"您吩咐我提醒您这个团里降职的军官陶洛霍夫。"

"陶洛霍夫在哪里？"库图佐夫问。

陶洛霍夫已换上灰色士兵大衣，正迫不及待地等待传唤。这个身材端正、头发淡黄、生有一双明亮蓝眼睛的士兵从队列里走出来。他走到总司令面前，举枪致敬。

"有什么要求吗？"库图佐夫微微皱起眉头，问。

"他就是陶洛霍夫。"安德烈公爵说。

"噢！"库图佐夫说，"我希望这次教训能使你改过自新，你要好好干。皇帝是仁慈的。只要你好好干，我不会忘记你的。"

那双明亮的蓝眼睛大胆地望着总司令，就像望着团长那样。他仿佛要用这种神态撕破把总司令同士兵远远隔开的无形帘幕。

"我只有一个要求，大人，"陶洛霍夫用响亮、坚决而从容的声音说，"请给我一个将功赎罪的机会，证明我对皇上和俄国的忠诚。"

库图佐夫转过身去。他也像刚才离开基莫兴时那样，眼睛里掠过一丝笑意。他转过身去，皱了皱眉，仿佛表示，陶洛霍夫对他所说的一切，陶洛霍夫能对他说的一切，他老早就知道了，这一切都使他厌烦，这些话都是多余的。库图佐夫转身向马车走去。

这个团以连队为单位，向布劳瑙附近指定的宿营地开去。他们希望在这里获得靴子和衣服，在艰苦的行军之后休息一下。

"您不会怪我吧，基莫兴？"团长骑马赶上向宿营地开拔的三连，跑到领队的基莫兴大尉跟前说。在顺利检阅完毕后，团长不禁喜形于色，"为皇上服务……不能不……有时在检阅时冲口而出……我先向您道歉，您知道我这人……他很高兴！"团长说着向连长伸出手去。

"哪儿的话，将军，我怎么敢怪您！"大尉回答，鼻子涨得更红，咧开嘴笑，露出在伊兹梅尔被枪托打掉两颗门牙的缺口。

“您转告陶洛霍夫先生，我不会忘记他的，叫他放心好了。但我还是想问一下，近来他的行为怎样？究竟……”

“他干得很不错，大人……可是他的脾气……”基莫兴说。

“脾气，什么脾气？”团长问。

“一天一个样，大人，”大尉说，“今天他聪明，和善，有教养；明天又变成一头野兽。在波兰，不瞒您说，他差一点打死一个犹太人……”

“对了，对了，”团长说，“还得照顾这个不幸的年轻人。要知道，他的来头不小……所以您……”

“是，大人！”基莫兴说，微微一笑，表示他懂得长官的意思。

“对了，对了。”

团长在队伍里找到陶洛霍夫，勒住马。

“一打仗，你就有肩章了。”他对陶洛霍夫说。

陶洛霍夫回过头来，一言不发，也没改变嘴上嘲笑的神态。

“嗯，这就好了，”团长继续说，“我请弟兄们每人喝一杯伏特加，”他大声添加说，好让士兵们都听见，“我感谢大家！赞美上帝！”他越过三连，向另一个连驰去。

“哦，说真的，他是个好人，可以跟他相处。”基莫兴对旁边一个下级军官说。

“总之，他是红心老K嘛！（团长的绰号叫红心老K）”下级军官笑着说。

检阅后，长官们的快乐心情也感染了士兵们。全连人高高兴兴地前进着。到处都是士兵们的谈话声。

“据说库图佐夫是个独眼龙，是吗？”

“可不是！是个十足的独眼龙。”

“不……老弟，他眼睛比你的还尖呢。连靴子和包脚布他都看到了……”

“哦，老兄，当他往我腿上瞧的时候……哦，我想……”

“同他一起来的是个奥地利人，皮肤白得就像刷过石灰。白得就像面粉。我说，简直像枪炮一样擦得干干净净！”

“费迪绍！他有没有说，什么时候开战？你当时不是站得很近吗？都说拿破仑本人就在布劳瑙。”

“拿破仑本人在那里！胡说八道，傻瓜！他什么事不知道！如今普鲁士人造反了。奥国人知道这事，正在镇压他们。等到把他们镇压了，就要同拿破仑开战了。说什么拿破仑在布劳瑙！你一看就是个傻瓜，还是多听听别人的话吧。”

“我们那些军需官真窝囊！瞧，人家五连已拐到村里煮粥了，可我们还没到达宿营地。”

“给我一点面包干，小鬼。”

“你昨天给过我烟草吗？好吧，老兄。喂，拿去，上帝保佑你。”

“能让我们休息一下就好了，要不还得饿着肚子走五六俄里路呢。”

“要是德国人给我们马车坐就好了。坐马车多神气！”

“可这儿，老兄，老百姓都穷得要命。那边好像都是波兰人，都是俄罗斯帝国的天下，可这儿，老兄，全是德国佬。”

“歌手们上前！”大尉喊道。

大约有二十个人从行列中跑到连队前面。领唱的鼓手向歌手们转过脸来，挥动一只手，唱起拖长音的士兵歌曲来，开头是：“天色黎明，旭日东升……”结尾是：“光荣啊，弟兄们，我们在卡敏斯基大人带领下前进……”这首歌原是在土耳其时编的，如今可是在奥地利唱了，因此就把“卡敏斯基大人”改成“库图佐夫大人”。

鼓手是个瘦削而俊俏的汉子，四十上下。他像士兵那样唱完最后一句，挥了挥手，仿佛把什么东西扔在地上，又严厉地瞧了一眼歌手，皱起眉头。然后，确信所有的眼睛都集中在他身上，他两手仿佛把一件宝贝高举到头上，举了几秒钟，又拼命把它一扔：

唉，我的门廊，我的门廊！

“我的新门廊……”二十个声音接着唱起来。那个打响板的士兵，不顾身上背着沉重的武器，敏捷地跳到前面，脸对全连人倒走几步，摇动肩膀，用响板威胁着什么人。士兵们都按歌曲节拍挥动手臂，大踏步前进，脚步自然而然地合上拍子。连队后面传来车轮声、弹簧声和马蹄声。库图佐夫正带着随从回城去。总司令示意让大家便步走。听到士兵们的歌声，看到士兵们的舞蹈和全连精神抖擞地前进的模样，他和随从们个个脸上现出满意的神色。马车经过连队右翼，第二行里有个蓝眼睛士兵很引人注目。那就是陶洛霍夫。他生气勃勃、姿势优美地按节拍行走着，脸上的神态仿佛对骑马和坐车的人没能跟连队一起走表示惋惜。库图佐夫随从中刚才模仿团长的骠骑兵少尉落在马车后面，这时驰到陶洛霍夫跟前。

热尔科夫骠骑兵少尉在彼得堡时一度曾是陶洛霍夫流氓集团的一员。到了国外，热尔科夫发现陶洛霍夫已降级当兵，就认为没有必要去认他。现在，库图佐夫同陶洛霍夫说了话，他又像老朋友那样高兴地招呼陶洛霍夫。

“亲爱的朋友，你怎么样？”热尔科夫在一片歌声中说，使马的步子合着连队的步伐。

“我怎么样？”陶洛霍夫冷冷地回答，“就像你看见的那样。”

雄壮的歌声使热尔科夫轻快的语气和陶洛霍夫冷淡的回答增添一种特别的意味。

“那么，你同长官相处得怎么样？”热尔科夫问。

“不错，都是些好人。你怎么钻到司令部去的？”

“临时调来做随从，值班嘛。”

他们沉默了一下。

“她伸开右手，从衣袖里放出一头雄鹰。”——这歌词不由得使大家心情快乐起来。要是没听到这歌声，他们就会谈些别的话了。

“奥国人吃了败仗，这是真的吗？”陶洛霍夫问。

“鬼知道，有人这么说。”

“我很高兴。”陶洛霍夫简单地回答，在一片歌声中只能这样回答。

“那么，哪天晚上你到我们那儿去打打法拉昂[①]吧！”热尔科夫说。

“你们的钱是不是太多了？”

---

① 一种牌戏。

“来吧。”

“不行，我起过誓了。不复职，就不喝酒，不赌钱。”

“那么，只要一打仗就……”

“到那时再说。”

他们又不作声了。

“你要是有什么需要，就到司令部来，司令部里总有办法……”热尔科夫说。

陶洛霍夫冷笑了一声。

“不用你费心。我需要什么，不会去求人，我自己有办法。”

“没什么，我不过是……”

“哦，我也不过是说说。”

“再见。”

“再见……”

……飞得又高又远，

飞回老家……

热尔科夫刺了一下马，马暴跳起来，原地踏了三四步，不知先迈哪一条腿。它定了定神，就迈开步子，越过连队，合着拍子去追赶马车。

3

检阅完毕后，库图佐夫陪同奥国将军走进办公室，叫来副官，命令他把有关到达部队情况的报告和指挥先头部队的斐迪南大公的信件拿来。安德烈公爵就拿着这些文件走进总司令办公室。库图佐夫和奥国御前军事参事一起坐在桌旁，桌上摊着作战地图。

“噢！……”库图佐夫回头望望安德烈说，好像用这个叫声要副官等一下，自己继续用法语谈话。

“我只想说一句，将军，”库图佐夫带着优美的表情和愉快的音调说，使人不由得仔细倾听他从容不迫说出来的每句话，库图佐夫听自己说话显然也很得意，“我只想说一句，将军，要是事情可以凭我个人的愿望决定的话，那么，弗朗茨陛下的旨意早已实现，我早就跟大公会师了。说实话，要是把最高军事指挥权从我手里移交给比我更有学问更有本领的将军——这样的人在奥国有的是——让我卸下这副重担，我个人是只会感到高兴的。可是形势逼人，我们无可奈何啊，将军。”

库图佐夫微微一笑，脸上的表情仿佛说：“您有充分的权利不相信我的话，但相信也罢，不相信也罢，我都无所谓，不过您没有理由对我这样说。全部问题就在这里。”

奥国将军脸上露出不快的神色，但他不得不用同样的语气回答库图佐夫。

“正好相反，”他用埋怨和愤怒的语气说，这语气同他那阿谀奉承的话很不协调，“正好相反，陛下极其重视阁下参与我们共同的战斗；但我们认为，目前的缓慢行动会使光荣的俄军及其总司令丧失他们在历次战争中获得的荣誉。”他用事先准备好的措辞结束说。

库图佐夫鞠了一躬，没有改变笑容。

“可我充分相信，根据斐迪南大公殿下的来示，我相信，像马克将军这样干练的副总司令所指挥的奥军现已获得决定性胜利，不再需要我们的帮助了。”库图佐夫说。

将军皱了皱眉头。虽然还没有奥军失利的正式消息，但有许多情况证实这种传闻，因此库图佐夫说奥军获胜的话，听来就像是一种讽刺。但库图佐夫温和地微笑着，脸上的表情仿佛说，他有理由作这样的假定。的确，他最近收到马克部队来信，向他送来捷报，并报告最有利的战略形势。

“把那封信拿来。”库图佐夫对安德烈公爵说。“请看！”于是库图佐夫嘴角露出微笑，用德语向奥国将军念了斐迪南大公来信中的一段话：

我们已集中将近七万兵力，敌人如强渡莱希河，我们就进攻，并把他们击败。既然我们已控制乌尔姆，我们就具有控制多瑙河两岸的优势；敌人如不强渡莱希河，我们就可随时渡过多瑙河，冲破他们的交通线，再从下游班师回防；敌人如妄想全力攻打我们忠实的盟友，那就不让他们的企图得逞。这样，我们就可以安然等待俄皇军队准备就绪，然后两军会师，轻而易举地给敌人以应得的可悲下场。

库图佐夫读完这一段信，长叹一声，然后亲切而留神地望望皇家军事参议。

“但我想，大人，您一定知道‘多往坏处想没有坏处’这个格言吧！”奥国将军说，显然想结束玩笑，言归正传。

他不以为然地回头看了一眼副官。

“对不起，将军！”库图佐夫打断他的话，向安德烈公爵回过头去，“听我说，我的好孩子，你到科兹洛夫斯基那里去把我们侦察员获得的情报都拿来，这两封信是诺斯基茨伯爵寄来的，这封信是斐迪南大公殿下寄来的，还有，”库图佐夫把信件交给安德烈，说，“然后根据这些材料用法文写个简要的备忘录，说明我们获得的有关奥军行动的全部情况。写好后就交给这位大人。”

安德烈公爵点点头，表示他一开始就不仅明白库图佐夫说的话，而且知道他想说而没有说出来的话。他收起文件，向两人鞠了一躬，悄悄地从地毯上走到接待室。

安德烈公爵离开俄国还没多久，但他在这段时间里起了很大变化。从他的表情、举动和步态上几乎已看不出原来那种做作、疲倦和懒散的样子。他无暇考虑他会给别人什么印象，一心忙着一件愉快而有趣的事。他的神色表示他对自己和周围的人都很满意；他的微笑和眼神快乐而迷人。

安德烈公爵在波兰赶上库图佐夫。库图佐夫很亲切地接待他，答应照顾他，在副官中特别器重他，把他带到维也纳，不断委以重任。库图佐夫在维也纳时写了封信给他的老同事，也就是安德烈的父亲。

“令郎，”他写道，“能干、坚毅、勤奋，可望成为一名出色的军官。我有如此助手，深感幸运。”

在库图佐夫司令部里，也像在彼得堡社交界那样，安德烈公爵在同事中和军队中享有两种截然相反的名声。有些人，那是少数，认为安德烈公爵比自己优越，也比其他人高明，他的前程远大，因此听从他，钦佩他，模仿他。对这些人，安德烈公爵和蔼可亲，毫无架子。另外有些人，那是多数，不喜欢安德烈公爵，认为他高傲、冷淡，使人反感。但安德烈公爵也能应付这些人，使他们又尊敬他又怕他。

安德烈公爵拿着文件从库图佐夫房里走到接待室，值日副官科兹洛夫斯基正坐在窗口看书。

"哦，公爵，有什么事？"科兹洛夫斯基问。

"奉命写个备忘录，说明为什么我们不能前进。"

"做什么呀？"

安德烈公爵耸耸肩膀。

"马克没有消息吗？"科兹洛夫斯基问。

"没有。"

"他要是真的被打败了，那就应该有消息。"

"应该有消息。"安德烈公爵说着，朝门口走去。但就在这时，一个高个子奥国将军迎着他快步走进接待室，砰的一声关上门。这位将军身穿礼服，头扎黑布，颈上挂着玛丽·泰利撒勋章，显然是新来的。安德烈公爵站住了。

"库图佐夫元帅吗？"新来的奥国将军带着很重的德国腔急急地问，眼睛朝两边看，一起向办公室走去。

"元帅有事。"科兹洛夫斯基说，连忙走到陌生的将军面前，拦住他的去路，"请问将军贵姓？"

陌生的将军轻蔑地从上到下打量了一下身材不高的科兹洛夫斯基，弄不懂他怎么会不认识他。

"元帅有事。"科兹洛夫斯基镇定地又说了一遍。

将军沉下脸，嘴唇抖动起来。他拿出笔记本，用铅笔迅速地写了些什么，撕下一页，交给科兹洛夫斯基。接着快步走到窗前，一屁股在椅子上坐下来，扫视了一下屋里的人，仿佛在问：大家为什么这样望着他？然后，他抬起头，伸长脖子，似乎想说话，但只漫不经心地低声哼了些什么，嘴里发出古怪的声音，接着又停止了。这时办公室的门开了，库图佐夫出现在门口，头扎黑布的将军好像逃避危险，弯着身子，迈开瘦腿快步走到库图佐夫面前。

“我是不幸的马克。”他断断续续地说。

库图佐夫站在房门口，他的脸好一阵毫无表情。然后他的脸上出现了一道道波浪似的皱纹，前额舒展开了。他恭敬地低下头，闭上眼睛，默默地让马克先进去，然后关上门。

有关奥军失利和全军在乌尔姆投降的消息如今得到了证实。半小时后，几个副官分头到各方传达命令，说明至今尚未打过仗的俄军不久将同敌人交手。

安德烈公爵是司令部里少数几个真正关心战争大局的军官之一。他一看见马克，听了他覆没的详细情况，知道这次战役已输掉一半，俄军处境十分困难。他清楚地想象着俄军的前途，以及他在军中应起的作用。他想到高傲自大的奥地利遭到可耻的失败，想到也许一星期后他将看到并参与苏沃洛夫以后俄法两军的第一次对垒，不禁心潮澎湃。他担心拿破仑的天才会胜过俄军的高昂士气，同时他又不愿看到他心目中的英雄丢脸。

安德烈公爵因为想到这些事而心情激动，不能平静。他回到自己屋里给父亲写信——他每天都要写一封信给父亲。他在走廊里遇到同室的聂斯维茨基和爱开玩笑的热尔科夫。他们照例笑容满面。

“什么事这样不高兴？”聂斯维茨基发现安德烈公爵脸色苍白、眼睛发亮，问道。

“没有什么可高兴的。”安德烈回答。

当安德烈公爵同聂斯维茨基和热尔科夫相遇时，从走廊另一端迎面走来库图佐夫司令部里掌管俄军给养的奥国将军施特劳赫和昨天刚到的奥国皇家军事参议。走廊很宽，两个奥国将军可以从容地从三个俄国军官旁边走过去，但热尔科夫用胳膊肘推推聂斯维茨基，上气不接下气地说：

“来了！……来了！……让开，让路！请让路！”

两个将军走过来，他们的神态似乎希望避免麻烦的礼节。爱开玩笑的热尔科夫脸上突然现出无法克制的快乐蠢笑。

“大人，”热尔科夫上前一步，用德语对奥国将军说，“我谨向您祝贺。”

他低下头，像孩子学跳舞那样，忽而并起左脚，忽而并起右脚。

那位皇家军事参议严厉地瞧了他一眼，发现对方一本正经地傻笑着，不禁注意了一下。他眯缝起眼睛，表示正在听。

“我谨向您祝贺，马克将军回来了，安然无恙，只是这里稍微碰伤了一点。”热尔科夫添上说，脸上露出微笑，指指自己的头。

将军皱起眉头，转身走开了。

“天哪，多么幼稚！”他说着，怒气冲冲地走了几步。

聂斯维茨基呵呵笑着搂住安德烈公爵。安德烈脸色更白，愤怒地把他推开，转身对热尔科夫说话。马克的出现、他失败的消息、对俄军前途的估计，使他心里烦躁。这会儿，他就把火气发泄在热尔科夫头上，因为他开了不合时宜的玩笑。

“阁下，您要是想当**小丑**，”他下巴颏微微抖动，尖声说，“我无权阻止您；但我警告您，您要是再**敢**在我面前装疯卖傻，我就要教您放规矩些。”

聂斯维茨基和热尔科夫看到安德烈发火，大为吃惊，都默默地瞪着他。

“怎么了，我只不过向他祝贺一下罢了。”热尔科夫说。

“我不跟您开玩笑，请您闭嘴！”安德烈嚷道，挽住聂斯维茨基的手臂，离开热尔科夫；热尔科夫不知道回答什么好。

“哦，老弟，你这是怎么了？”聂斯维茨基劝慰他说。

“这是怎么了？”安德烈公爵激动得停下脚步，说，“你该明白，我们是效忠皇上和祖国的军官，因共同胜利而高兴，为共同失败而难过，可不是对主人的事漠不关心的仆人。四万人牺牲了，我们的盟军全军覆没，在这样的时候您还开玩笑，”安德烈公爵用法语说，似乎以此来加强这几句话的语气，“对您朋友那种小人还情有可原，可是对您就不能原谅，不能原谅。只有**毛孩子**才开那种玩笑。”安德烈公爵发现热尔科夫还听得见他说话，就用带法国腔的俄语补了一句。

他等了一会儿，看这个骑兵少尉有没有回答。但骑兵少尉转身走出了走廊。

4

保罗格勒骠骑兵团驻扎在离布劳瑙两英里的地方。士官生尼古拉服役的骑兵连驻扎在一个叫扎尔采聂克的德国村庄里。骑兵连长杰尼索夫大尉，以华西卡·杰尼索夫闻名全骑兵师，派到了全村最好的住处。士官生尼古拉在波兰赶上骠骑兵团后，就同连长住在一起。

十月八日，就是马克失败的消息使总司令部震惊的那一天，骑兵连的行军生活一切如旧。清晨，尼古拉骑马采办粮草回来，通宵打牌一直输钱的杰尼索夫还没有回营。尼古拉身穿士官生制服，跑到台阶前，踢了踢马，一条腿轻盈地跨过鞍子，在马镫上站了一会儿，仿佛不愿跟马分离。最后跳下来，召唤勤务兵。

“啊，邦达连科，亲爱的朋友，”尼古拉对匆匆赶到马匹旁的勤务兵说，“带去溜一溜，老兄。”他说，带着善良的年轻人得意时招呼人的那种快乐腔调。

“是，老爷。”乌克兰骠骑兵快乐地抖动脑袋回答。

“注意了，带它好好溜一溜！”

另一个骠骑兵也向马匹跑来，但邦达连科已接过缰绳。显然，这位士官生一向不吝惜酒钱，侍候他是有好处的。尼古拉摸摸马颈，又摸摸它的臀部，然后站在台阶上。

“真漂亮！它会成为一匹好马的！”尼古拉自言自语，笑眯眯地摁着军刀，跑上台阶，弄得踢马刺丁丁发响。德国房东身穿羊毛衫，头戴尖顶帽，手拿清扫厩肥的耙子，从牛棚里向外张望。他一看见尼古拉就容光焕发，快乐地笑了笑，向他挤挤眼，用德语说：“您早！您早！”他反复说，显然乐于招呼这位年轻人。

“已经在干活啦！”尼古拉说，生气勃勃的脸上始终挂着欢快的微笑，“奥国人万岁！俄国人万岁！亚历山大皇帝万岁！”尼古拉用德国房东常说的话对他反复说。

德国人笑了，从牛棚里走出来，摘下帽子在头上挥了挥，喊道："全世界万岁！"

尼古拉也像德国人那样在头上挥挥帽子，笑着喊道："全世界万岁！"尽管打扫牛棚的德国人和带着一排人采办粮草回来的尼古拉都没有什么值得特别高兴的理由，两人却高兴而亲切地对望了一下，点点头表示友好，又笑着分手：德国人回牛棚，尼古拉去杰尼索夫借住的小屋。

"老爷怎么样？"尼古拉问杰尼索夫的勤务兵拉夫鲁施卡。拉夫鲁施卡是全团出名的滑头。

"昨晚出去没回来，准是输了钱，"拉夫鲁施卡回答，"他要是赢了钱，早就回来吹牛了。要是到天亮还不回来，就是输了钱，回来就会大发脾气。我算是摸透了他的脾气。您要咖啡吗？"

"好，来一杯。"

十分钟后，拉夫鲁施卡送来了咖啡。

"他来了！"拉夫鲁施卡说，"这下子可糟了。"

尼古拉望了一下窗口，看见杰尼索夫正走回来。杰尼索夫个儿矮小，脸色红润，眼睛乌亮，黑胡子和黑头发蓬乱。他身披敞开的骠骑兵外套，下穿宽松打褶的马裤，后脑勺上扣着一顶皱巴巴的骠骑兵帽。他闷闷不乐地垂着头，走近台阶。

"拉夫鲁施卡！"杰尼索夫怒气冲冲、口齿不清地大声叫道，"快来帮我脱衣服，蠢货！"

"我这不是在脱吗！"拉夫鲁施卡回答。

"哦！你已经起来了。"杰尼索夫走进屋里，说。

"早就起来了，"尼古拉说，"我已办好草料，还看见过马蒂尔达小姐。"

"真的吗？！老弟，昨晚我输得精光，简直像只狗崽子！"杰尼索夫叫道，"真倒霉！真倒霉！……你一走，我就输了。喂，拿茶来！"

杰尼索夫皱起眉头，带着苦笑，露出一排短而结实的牙齿，手指很短的双手乱抓着又硬又密的黑发。

"鬼把我拉到耗子（一个军官的绰号）那里，"杰尼索夫双手擦擦前额和脸说，"你倒想想，他一张好牌也不给我，一张好牌也不给我。"

杰尼索夫接过递给他的烟管，用拳头握着，又拿它在地板上敲敲，敲得火星乱迸，继续叫道：

“他见小注就让，见大注就吃。见小注就让，见大注就吃。”

杰尼索夫敲得火星飞溅，把烟管敲断，扔到一边。他不作声，突然又用乌黑发亮的眼睛快乐地瞧了一下尼古拉。

“要是有女人就好了。可这儿除了喝酒，什么玩儿的也没有。但愿早一点打仗……”

“喂，是谁？”他听见门外有沉重的靴子声、响亮的马刺声和谨慎的咳嗽声，问。

“是司务长！”拉夫鲁施卡说。

杰尼索夫眉头皱得更紧了。

“糟了，”杰尼索夫说，把一只装有几枚金币的钱包扔给尼古拉，“尼古拉，好兄弟，数一下，还剩多少，数好把钱包藏到枕头底下。”他说着向司务长走去。

尼古拉拿了钱，机械地把新币和旧币分开，动手数钱。

“啊！吉梁宁！你好，我昨天被刮得精光。”杰尼索夫在隔壁屋里说。

“在谁那里？在耗子贝科夫那里吗？……我知道。”另一个人尖声说，接着同连的矮小军官，吉梁宁中尉，走进屋来。

尼古拉把钱包塞到枕头底下，握住向他伸来的潮湿小手。吉梁宁不知为什么在行军前从近卫军里调了来。他在团里表现很好，但大家都不喜欢他，尤其是尼古拉，无法克制也无法掩饰对他说不出的憎恶。

“哦，年轻的骑兵，您觉得我那匹白嘴鸦怎么样？”吉梁宁问。白嘴鸦是吉梁宁卖给尼古拉的一匹小马。

中尉说话时从来不看对方的眼睛，他总是不停地东张西望。

“我看见您今天骑马来了……”

“不错，是匹好马。”尼古拉回答，尽管他用七百卢布买的马连一半价钱都不值。

“就是左前腿有点瘸……”他补充说。

“蹄子裂了！这没关系。我来教您，打个掌子上去就行。”

“好的，请您指教！”尼古拉说。

“我来教您，我来教您，这不是什么秘密。可是您会为这匹马感谢我的。”

“那我叫人去把马牵来。”尼古拉说，一心想摆脱吉梁宁，就出去叫人牵马。

在门廊里，杰尼索夫衔着烟管弯腰坐在门槛上，司务长站在他前面，正向他报告着什么。杰尼索夫一看见尼古拉就板起脸，用拇指指指背后吉梁宁坐着的房间，皱了皱眉头，不胜厌恶地打了个哆嗦。

“啊，我不喜欢那家伙！”杰尼索夫说，也不管司务长在场。

尼古拉耸耸肩膀，仿佛说：“我也不喜欢他，可是有什么办法！”尼古拉吩咐勤务兵牵马，又回到吉梁宁那里。

吉梁宁仍像尼古拉离开他时那样懒洋洋地坐着，搓着白净的小手。

“天下竟有这样讨厌的人！”尼古拉走进屋时想。

“那么，您吩咐过人把马牵来吗？”吉梁宁问，站起来，漫不经心地环顾着。

“吩咐过了。”

“那我们自己去吧。我只是来向杰尼索夫问问昨天的命令。您收到命令了，杰尼索夫？”

“还没有。您上哪儿去？”

“我要教教年轻人怎样打马掌。”吉梁宁说。

他们走出大门，进了马厩。中尉教好他怎样打马掌，就回自己屋里去了。

尼古拉回来，看见桌上放着一瓶伏特加和香肠。杰尼索夫坐在桌前沙沙地写字。他抬起头来，闷闷不乐地望望尼古拉的脸。

“我在给她写信。”杰尼索夫说。

他手里拿着笔，双肘搁在桌上，显然因为能把信的内容先告诉尼古拉而感到高兴。

“你要知道，老弟，”杰尼索夫说，“我们没谈恋爱的时候，就等于在睡觉。我们是尘世的女儿……一旦恋爱，我们就成了神，就同创世第一天一样纯洁……又是谁来了？叫他滚蛋。我没有工夫！”杰尼索夫对无所畏惧地走到他旁边的拉夫鲁施卡嚷道。

“谁吗？是您自己吩咐的。司务长要钱来了。”

杰尼索夫皱起眉头，想大声吆喝，但又住口了。

“真糟糕，”他自言自语，“钱包里还剩多少钱？”他问尼古拉。

“七枚新币，三枚旧币。”

“唉，真糟糕！你站着干什么，木头人，快把司务长找来！”杰尼索夫对拉夫鲁施卡嚷道。

“哦，杰尼索夫，你先把我的钱拿去，反正我有钱。”尼古拉红着脸说。

“我不喜欢向朋友借钱，不喜欢。”杰尼索夫说。

“你要是不肯接受我的钱，就是见外。真的，我有钱。”尼古拉重复说。

“不，不。”

杰尼索夫走到床边，往枕头底下取钱包。

“你放到哪里去啦，尼古拉？”

“在下面枕头底下。”

“没有啊。”

杰尼索夫把两个枕头都扔在地上，没有找到钱包。

“真是怪事！”

“等一下，你没有弄丢吧？”尼古拉说，把枕头一个个捡起来抖着。

他拿起被褥抖了抖。还是没有钱包。

“会不会是我忘了？不会的，我心里还想，你总是把它当宝贝似的枕在头底下，”尼古拉说，“我是把钱包放在这儿的。弄到哪儿去了？”他问拉夫鲁施卡。

“我没有进来过。你放在哪里，就一定在哪里。”

“可是没有啊……”

“您总是这样，到处乱扔，记性又不好。您摸摸口袋看。”

“不会，我要是没把它当宝贝，也许会忘，”尼古拉说，“我明明记得放在那里。”

拉夫鲁施卡翻遍床铺，又往床底下、桌子底下看了看，把整个屋子都搜遍，然后在屋子中央站住。杰尼索夫默默地注视着拉夫鲁施卡的一举一动。看到拉夫鲁施卡惊奇地摊开双手，说哪儿也没有，杰尼索夫回头瞧了瞧尼古拉。

“尼古拉，你别耍孩子脾气……”

尼古拉感觉到杰尼索夫射来的目光，抬起眼睛，接着又垂下来。他全身的血原来被压在喉咙底下，这会儿都涌上来，涌到他的脸上和眼睛里。他激动得喘不过气来。

“屋里除了中尉和您，没有别的人。一定在这屋里。”拉夫鲁施卡说。

“哼，你这个死人，好好找找，”杰尼索夫涨红了脸，摆出威胁的姿势冲到勤务兵面前，“一定得把钱包找到，要不我就揍你，个个都得挨揍！”

尼古拉避开杰尼索夫的目光，扣上外衣，佩上军刀，戴上帽子。

“我对你说，一定得把钱包找到！”杰尼索夫摇摇勤务兵的肩膀，把他推到墙上，嚷道。

“杰尼索夫，放开他；我知道是谁拿的。”尼古拉说，没有抬起眼睛，向门口走去。

杰尼索夫站住，想了想，显然明白尼古拉指的是谁，就抓住他的手臂。

“胡说！”杰尼索夫大声叫嚷，叫得脖子上和前额上的青筋都暴起来，“我说你这是疯了，我可不答应。钱包准在这里；我要剥掉这混蛋的皮，钱包准能找到。”

“我知道是谁拿的。”尼古拉用发颤的声音说，向门口走去。

“我对你说，不许这样做。”杰尼索夫叫道，向士官生扑去，拦住他的去路。

但尼古拉怒气冲天地抽出手臂，恶狠狠地盯住杰尼索夫的眼睛，仿佛杰尼索夫是他不共戴天的仇人。

“你知道你在说些什么吗？”尼古拉声音哆嗦地说，“这屋里除了我没有人来过，所以，要不是……”

尼古拉没有把话说完，就从屋里直奔出去。

“哼，你们都给我去见鬼。”这是尼古拉听见的杰尼索夫最后一句话。

尼古拉走到吉梁宁的住所。

“老爷不在家，他到司令部去了，”吉梁宁的勤务兵对他说，“出什么事了？”吉梁宁的勤务兵看到士官生的阴沉脸色，惊讶地问。

“不，没什么。”

“您来晚了一步。”勤务兵说。

司令部离扎尔采聂克只有三俄里。尼古拉没回家，骑上马到司令部去。司令部所在的村子里有一家小酒店，军官们常去光顾。尼古拉来到这家酒店，看见吉梁宁的马拴在门口。

吉梁宁中尉坐在酒店第二间屋里，面前摆着一盘香肠和一瓶酒。

“啊，年轻人，您也来了。”吉梁宁高高地扬起眉毛，微笑着说。

“是的。”尼古拉说，好容易才说出这句话来，随即在邻桌坐下。

两人都不作声，屋里坐着两个德国人和一名俄国军官。大家都不作声，只听得刀叉碰击盘子的声音和中尉的咀嚼声。吉梁宁吃完早餐，从口袋里摸出双层的钱包，翘起又白又小的手指拉开钱包，掏出一枚金币，扬起眉毛，把钱交给侍者。

“请快一点！”吉梁宁说。

金币是新的。尼古拉站起来，走到吉梁宁面前。

“请让我看看您的钱包。”尼古拉用轻得几乎听不见的声音说。

吉梁宁避开对方的目光，但仍扬着眉毛，把钱包交给尼古拉。

“是的，钱包挺不错……是的……是的……”吉梁宁说，脸色突然发白，“您瞧瞧吧，年轻人！”他添加说。

尼古拉接过钱包瞧了瞧，又瞧了瞧里面的钱，瞧了瞧吉梁宁。中尉习惯成自然地环顾了一下。心情突然变得很快活。

“要是到维也纳，我就会把钱花光，可是在这种鬼地方，有钱也没处花，”吉梁宁说，“好，年轻人，给我吧，我要走了。”

尼古拉不作声。

“您怎么？也来吃饭吗？这里的饭菜挺不错，”吉梁宁继续说，“给我吧。”

吉梁宁伸手去拿钱包。尼古拉松了手。吉梁宁拿过钱包，放进马裤袋里，漫不经心地扬起眉毛，嘴巴微微张开，仿佛在说："是的，是的，我的钱包放到口袋里。这事很简单，跟谁都不相干。"

"喂，怎么样，年轻人？"吉梁宁叹了口气，从扬起的眉毛下瞧了瞧尼古拉的眼睛，说。突然，一道电光从吉梁宁的眼睛射向尼古拉的眼睛，又从尼古拉的眼睛射回吉梁宁的眼睛，但这样一来一往，只是一刹那的事。

"您过来，"尼古拉抓住吉梁宁的手说，几乎把他拉到窗口，"这是杰尼索夫的钱，被您拿去了……"尼古拉对着吉梁宁的耳朵低声说。

"什么？……什么？……您怎么敢？什么？……"吉梁宁说。

但这话听来像是绝望的诉怨和求饶。尼古拉一听见这声音，心里的疑团就像一块石头似的落下了。他感到轻松，同时很可怜这个站在他面前的人；但事情既然开了头，就得做到底。

"这里有人，天知道人家会怎么想，"吉梁宁喃喃地说，抓起帽子，向一个不大的空屋走去，"得说个明白……"

"这我认得，我可以证明。"尼古拉说。

"我……"

吉梁宁吓得脸色发白，脸上的肌肉都抽搐起来，他的目光仍躲躲闪闪，但是往下望，而不敢看尼古拉的脸。他哽咽起来。

"伯爵！……别把一个年轻人给毁了……喏，这些该死的钱，您拿去……"吉梁宁把钱扔在桌上，"我上有老父老母！……"

尼古拉拿了钱，避开吉梁宁的目光，一言不发，走出屋去。他在门口站住，又转回来。

"天哪！"尼古拉含着眼泪说，"您怎么干出这种事来？"

"伯爵。"吉梁宁挨近士官生，说。

"别碰我，"尼古拉退避着说，"您要是缺钱用，就把这钱拿去。"他把钱包扔给他，跑出酒店。

5

当天晚上，骑兵连军官在杰尼索夫住所进行了一场热烈的谈话。

“我对您说，尼古拉，您得向团长道歉。”一个身材高大、头发花白、胡子浓密、阔脸上满是皱纹的骑兵大尉对激动得面红耳赤的尼古拉说。

这位骑兵大尉姓吉尔斯顿，两次因与人决斗而降级当兵，两次都恢复了原职。

“不管谁说我撒谎，我都不答应！”尼古拉嚷道，“他说我撒谎，我说他撒谎。就是这么一回事。他可以派我天天值班，可以拘捕我，但不能强迫我道歉。如果他身为团长，觉得满足我的要求[①]有损他的名誉，那么……”

“等一下，老弟。您听我说，”骑兵大尉镇定地捋捋长胡子，声音低沉地说，“您就当着军官们的面对团长说，是一个军官偷了……”

“当着其他军官的面说这件事，我并没有错。也许不该当着他们的面说，可我不是外交家。我参加骠骑兵，原以为这里不用要手腕，可他竟说我撒谎……因此他得赔偿我的名誉……”

“这一切都很好，谁也不会说您是胆小鬼，问题不在这里。您问问杰尼索夫，一个士官生要团长赔偿名誉，这像话吗？”

杰尼索夫咬咬胡子，板着脸听他们谈话，显然不想加入。对于骑兵大尉提出的问题，他否定地摇摇头。

“您当着军官们的面对团长讲这种丑事，”骑兵大尉继续说，“波格丹内奇（他直呼团长的名字）就制止您。”

“不是制止我，是说我撒谎。”

“是啊，您对他说了些蠢话，您得向他道歉。”

“绝对办不到！”尼古拉嚷道。

“我没想到您会这样，”骑兵大尉板着面孔厉声说，“您不愿道歉，可是老弟，您不仅对不起他，而且对不起全团，对不起我们大家。本来嘛，您应该想一想，同大家商量商量，这事该怎么办，可是您不，您当着军官们的面把事都抖了出来。现在叫团长怎么办？把那个军官送交法庭审判，玷污全团的名誉吗？为了一个无赖而让全团丢脸吗？您认为应

---

① 指决斗。

该这样做吗？可我们认为不应该这样做。波格丹内奇说您撒谎，他做得对。这事挺不痛快，但是有什么办法呢，老弟，是您自己找的呀！现在大家想了结这件事，可您自尊心太强，不肯道歉，还把事情都抖了出来。叫您值班，您感到委屈；要您向一位正直的老军官道歉，您又不肯！不管波格丹内奇怎么样，他毕竟是个正直勇敢的老上校，可是玷污全团的名誉，您就无所谓！”骑兵大尉的声音开始发抖，“老弟，您来到团里还没几天；您今天在这里，明天就会调到别处去当副官；要是人家说‘保罗格勒团里有贼！’您不在乎，可我们在乎。是不是，杰尼索夫？我们在乎，是吗？”

杰尼索夫一直不作声，身体一动不动，只偶尔用乌黑发亮的眼睛瞧瞧尼古拉。

“您要顾全您的面子，不肯道歉，”骑兵大尉继续说，“可我们这些上了年纪的人都是在团里成长的，说不定将来还会死在团里，我们重视团的名誉。这一层波格丹内奇是知道的。哦，我们可重视了，老弟！您这样不好，不好！不管您是不是生气，我可要说实话。这样不好！”

骑兵大尉站起来，转过脸去不看尼古拉。

“说得对，对极了！”杰尼索夫跳起来嚷道，“怎么样，尼古拉，你说！”

尼古拉脸上一阵红，一阵白，一会儿瞧瞧这个军官，一会儿望望那个军官。

“不，诸位，不……你们别以为……我完全明白，你们可不要把我想成这样……我……对我来说……我重视团的名誉……什么？我要以实际行动来证明，对我来说团旗的名誉……但不论怎么说，确实是我错了！……”尼古拉眼睛里含着泪水，“我错了，完全错了！……哦，你们还要怎么样？……”

“哦，这就对了，伯爵！”骑兵大尉转过身来，用手拍拍尼古拉的肩膀，叫道。

“我对你说嘛，”杰尼索夫叫道，“他是个好小子。”

“这样就好了，伯爵，”骑兵大尉反复说，仿佛因为他认了错，就称呼他的封号，“那您就去道歉一下，阁下，去吧。”

“诸位，我一切都可以照办，谁也听不见我的话，”尼古拉用恳求的语气说，“但我不能道歉，真的，不论怎么说，我不能！我怎么能像孩子那样讨饶呢？”

杰尼索夫笑起来。

“这样对您更糟。波格丹内奇爱记仇，您这样固执会吃苦的。”吉尔斯顿说。

“说真的，我并不固执！我没法向您说明我的心情，没法……”

“那就随您的便，”骑兵大尉说，“那死鬼躲到哪儿去了？”他问杰尼索夫。

“他说他有病，那么明天就开除他。”杰尼索夫说。

“只能说是他有病，不然就无法解释。”骑兵大尉说。

“不管他有病没病，他可别让我碰见，我要毙了他！”杰尼索夫恶狠狠地叫道。

热尔科夫走进屋里。

“你怎么啦？”军官们问热尔科夫。

“要打仗了，诸位。马克率领他的全部军队投降了。”

“胡说！”

“我亲眼看见他了。”

“怎么？你看见马克还活着吗？有手有脚吗？”

“打仗！打仗！他带来这消息，给他一瓶酒喝。你是怎么来到这儿的？”

“为了马克那个鬼东西，又把我派到团里来了。奥国将军控告了我。我向他祝贺马克驾临……你怎么了，尼古拉，怎么像刚从澡堂子里出来一样？”

“哦，老兄，这样的局面我们这里已有两天了。”

团副官走进来，证实了热尔科夫的消息。已下令明天进攻。

“打仗了，诸位！”

“哦，谢天谢地，我们可待腻了。”

6

库图佐夫向维也纳撤退，一路破坏身后的印河（在布劳瑙）和特劳恩河（在林茨）上的桥梁。十月二十三日俄国军队渡过恩斯河。当天中午，俄军辎重、炮兵和各纵队分两路从桥上穿过恩斯城。

这是一个温暖多雨的秋天。小高地上驻扎着守桥的俄国炮兵连，高地前是一片辽阔的旷野，时而被斜雨的纱幕遮住，时而豁露出来，远处景物在阳光下就像涂过油漆一样闪闪发亮。高地下是一个小镇，镇里有红顶的白色小屋、教堂和桥梁，桥两边都是流动的俄军。多瑙河河湾里有许多船只、一个岛屿和带花园的城堡，城堡四周围绕着从恩斯河注入多瑙河的流水。还看到多瑙河松林覆盖、岩石累累的左岸，以及布满绿色树梢和蓝色峡谷的神秘远方。还有修道院的尖塔，高耸在人迹不到的原始松林里。前面的远山上，在恩斯河那一边看得见敌人的侦察骑兵。

在高地上的大炮中间，一个指挥后卫部队的将军带着一名随从，站在那里用望远镜观察地形。稍后一点是聂斯维茨基，他被总司令派到后卫部队，这会儿坐在炮尾上。跟随聂斯维茨基的哥萨克把背囊和酒瓶递给他。聂斯维茨基请军官们吃油炸包子和喝真正的茴香酒。军官们快乐地围着他，有的跪着，有的盘腿坐在潮湿的草地上。

“是的，那个奥国公爵真不傻，在这里修了一座城堡。真是个好地方。诸位，你们怎么不吃啊？”聂斯维茨基说。

“多谢，多谢，公爵，”一个军官回答，能和这样重要的参谋官谈话，觉得挺有面子，“这地方真是太好了。我们经过花园，看见两头鹿。那座房子真漂亮！”

“您瞧，公爵，”另一个军官说，他显得很想再吃一个包子，但有点不好意思，因此装作在观察地形，“您瞧，我们的步兵已经到达那里了。瞧，那边树后面的草地上有三个人在拖什么东西。他们快把那座宫殿抢光了。”他很赞同地说。

“是啊，是啊！”聂斯维茨基说，“不过，我倒希望，”他那好看的嘴津津有味地吃着包子，添上说，“上那儿去一下。”

他指指山上那座带尖塔的修道院，眯缝着眼睛，眼珠发亮。

“那里面一定很妙，诸位！”

军官们笑起来。

“就是吓唬吓唬那些修女也好。据说，那里有年轻的意大利姑娘呢。哦，我情愿少活五年也要去一下！”

“她们一定挺寂寞。”一个更大胆的军官笑着说。

这时，站在前面的随从军官指着什么东西请将军看；将军拿起望远镜看了看。

“对了，对了，”将军放下望远镜，耸耸肩膀，愤怒地说，“敌人要炮击渡口了。他们还在那边磨蹭什么呀？”

河对岸的敌人和他们的炮垒肉眼都可以看见，还看得见炮垒里冒出乳白色的烟。接着，远远地传来炮声。看得见我们的军队正赶着过河。

聂斯维茨基鼓起双颊，站起来，含笑走到将军跟前。

“大人要不要吃点东西？”他问。

“事情坏了，”将军说，没有回答他的问题，“我们的军队动作太慢了。”

“我去一下好不好，大人？”聂斯维茨基问。

“好的，您去一下，”将军说，重复着已经详细发布的命令，“告诉骠骑兵，叫他们按照我的命令最后过桥，并把桥烧掉，再检查一下烧桥的引火材料。”

“很好！”聂斯维茨基回答。

他喊来看马的哥萨克，吩咐他收拾好背囊和酒瓶，自己轻松地把沉重的身子翻上马鞍。

“我真的要找修女去了。”聂斯维茨基对微笑地望着他的军官们说，然后沿着曲曲弯弯的小径往山下驰去。

“喂，大尉，开一炮试试能打多远，”将军对炮兵军官说，“给大家解解闷。”

“炮手各就各位！”军官命令道。炮手们顿时快乐地离开篝火去装炮弹。

"一号，放！"军官喊了一声口令。

一炮手勇敢地跳开去。大炮发出震耳欲聋的金属声，榴弹嘘溜溜地从山下我军头上飞过，但远没有打到敌人那里。一团白烟显示出它落下和爆炸的地方。

士兵和军官听到这声音，都眉飞色舞；大家站起来，眺望着底下我军的行动和前面迫近的敌军的行动，一切都了如指掌。这时，太阳已从乌云后面豁露出来。这悦耳的炮声和灿烂的阳光使人感到雄壮而欢乐。

7

敌人的两颗炮弹飞过桥顶。桥上拥挤不堪。聂斯维茨基公爵下了马，站在桥中央，肥胖的身子紧靠着栏杆。他笑着回顾哥萨克随从，那随从牵着两匹马站在他后面几步的地方。聂斯维茨基公爵刚想往前走，就被士兵们和辎重车挡住，把他挤回栏杆。他无可奈何，只是苦笑。

"老兄，你这人真是！"哥萨克对一个从步兵车马中硬挤过去的辎重兵说，"你这人真是！你好不好等一等，没看见将军要过桥吗？"

但辎重兵根本不理什么将军，对挡住他去路的士兵吆喝道：

"喂，老乡们！向左靠，等一下！"

但老乡们肩膀碰着肩膀，刺刀撞着刺刀，密密地挤成一片从桥上走过。聂斯维茨基公爵凭栏俯视，只见恩斯河喧闹的急流在桥桩周围起伏旋转，奔腾前进。他望望桥上，看见士兵、肩章，带布罩的高筒军帽、背囊、刺刀、长枪和军帽下宽颧骨、凹脸颊、没精打采的脸和在桥板的烂泥上移动的脚，这一切也像单调的河水那样流动着。有时，在单调的人流里，一个身穿外套、脸型跟士兵不同的军官，像恩斯河波浪上的浪花那样，挤过桥去。有时，一个步行的骠骑兵、勤务兵或者市民，像河里的一小片木头那样，走过桥去。有时，一辆装得很高的连队的或军官的皮篷大车，像在河上漂流的一段大木头那样，从桥上漂过。

"你瞧，简直像决了堤一样，"哥萨克无可奈何地站住，说，"后面还有好多吗？”

“差不多有一百万！”一个穿破大衣的士兵快乐地挤挤眼说，接着就不见了；后面是一个上了年纪的士兵。

“他们（指敌人）这会儿要是向桥上轰，”一个老兵忧愁地对同伴说，“你就顾不上搔痒了。”

这个老兵也过去了。后面是另一个坐在行李车上的大兵。

“喂，鬼东西，你把包脚布弄到哪儿去了？”一个勤务兵一边说，一边跑，伸手在车子后面摸索着。

这个兵也随着大车过去了。

后面是几个喝过酒的快乐的士兵。

“哈，老朋友，他们抡起枪托对准门牙打……”一个军大衣高高掖起的士兵，挥动着双臂，高兴地说。

“对了，这可是一客好吃的火腿。”另一个士兵呵呵笑着回答。

他们说着走过去了，因此聂斯维茨基没听懂，谁的门牙被打落，这跟火腿又有什么关系。

“哼，看他们慌成这个样子！敌人只打了一发炮，可他们以为都没命了！”一个军士气愤地责备说。

“那家伙在我旁边飞过，大叔，我是说炮弹，”一个大嘴巴的年轻士兵勉强忍住笑，说，“简直把我吓死了。真的，把我吓坏了，活见鬼！”那个兵说，好像在夸耀他的胆怯。

这个兵也过去了。他后面是一辆大车，这辆车同前面过去的大车都不一样。这是一辆双套德式大车，上面装着一个人家的全部家私。一个德国人在前头拉着牲口，车后拴着一头乳房很大的好看的花牛。大车羽绒褥垫上坐着一个手抱婴儿的老妇人和一个双颊绯红的强壮的德国少女。显然，这些人持有特别通行证。士兵们的目光全集中在女人身上。当那辆车慢慢地从旁边经过时，士兵们的谈话都离不开这两个女人。个个脸上浮起色眯眯的微笑。

“你瞧，德国佬也逃难了！”

“把小娘儿们卖给我吧！”另一个士兵怪腔怪调地对那个又气又怕、垂下眼睛、大踏步走着的德国人说。

“哦，瞧她打扮得多迷人！这妖精！”

“你最好住到她们家去，费多托夫！”

“我见得多了，老兄！”

“你们上哪儿去？”一个步兵军官嘴里吃着苹果，也似笑非笑地瞧着那个漂亮的姑娘。

德国人闭上眼睛表示听不懂。

“你要，就给你一个！”军官把一个苹果递给姑娘，说。

姑娘嫣然一笑，接过苹果。聂斯维茨基也像桥上所有的人那样，眼睛盯住这两个女人，直到她们过去。她们过去后，又是同样的士兵，同样的谈话，最后全都站住了。连队辎重车把桥头堵住，这是常有的事，大家只得等待。

“怎么站住了？一点秩序也没有！”士兵们说，“你往哪儿挤？鬼东西！不能等一下吗？要是敌人轰桥，那就糟了。瞧，把军官都挡住了。”停住的人群你看看我，我看看你，从四面八方向桥头挤去。

聂斯维茨基望了望桥下的恩斯河，忽然听见一个从未听到过的声音迅速逼近，有样大东西轰的一声落到水里。

“好家伙，打到那里去了！”旁边一个士兵回头向发出响声的方向望去，愤愤地说。

“这是他们要咱们加油，赶快过桥。”另一个士兵不安地说。

人群又朝前涌去。聂斯维茨基明白这是炮弹。

“喂，哥萨克，牵马来！”他说，“大家让开！让开！让一条路出来！”

聂斯维茨基好容易才挤到马跟前。他不停地叫嚷，催动了马。士兵们挤在一起给他让路，但他们又挤过来，把他的腿挤痛。这不能怪旁边的人，因为他们被别人挤得更厉害。

“聂斯维茨基！聂斯维茨基！你这个丑八怪！”这时后面传来一个沙哑的声音。

聂斯维茨基回头看了一下，看见杰尼索夫在十五步外的地方。杰尼索夫被移动的步兵隔开，黑发蓬乱，脸色涨红，军帽歪到脑后，肩上威风凛凛地披着斗篷。

“叫这些魔鬼让路！”杰尼索夫嚷道，显然怒气冲天，他的眼白冲血，像煤一样乌黑发亮的眼珠不停地转动着，一只跟脸颊一样红的小手挥动着没有出鞘的军刀。

“啊，杰尼索夫！”聂斯维茨基快乐地招呼他，“你这是怎么了？”

“骑兵连过不去！”杰尼索夫嚷道，恶狠狠地露出雪白的牙齿，刺了刺跨下漂亮的黑马贝督因。贝督因被刺刀碰得竖起耳朵，喷着鼻子，衔铁四周溅着白沫，震响铃铛，蹄子嘚嘚地踩着桥板，仿佛只要骑的人允许，就往桥栏外冲去。

“这是怎么啦？简直像一群羊！活像一群羊！滚开……让路！……站住！你这该死的大车！我要宰了你！”杰尼索夫叫着，真的拔出军刀，挥舞起来。

士兵们惊惶失色地挤在一起让路。杰尼索夫就向聂斯维茨基走去。

“你今天怎么没有喝酒啊？”杰尼索夫走到聂斯维茨基跟前时，聂斯维茨基问他。

“连喝酒的工夫都没有！”杰尼索夫回答，“他们把一团人整天拉来拉去。要打就痛痛快快地打。鬼知道是怎么一回事！”

“你今天打扮得好漂亮！”聂斯维茨基瞧瞧杰尼索夫的新斗篷和鞍韂，说。

杰尼索夫微微一笑，从佩囊里掏出一块香喷喷的手绢，送到聂斯维茨基鼻子底下。

“可不是，今天要打仗了！我刮过脸，刷过牙，洒过香水了。”

聂斯维茨基带着随从哥萨克的那副威风凛凛的模样和杰尼索夫手挥大刀、放声叫喊的刚毅神气很有作用，他们冲到桥的另一头，叫步兵停下来。聂斯维茨基在桥头找到要传达命令的上校，完成了任务，就往回跑。

杰尼索夫开了道，站在桥头。他漫不经心地勒住嘶叫着要向别的马冲去的公马，望着迎面奔来的骑兵连。桥板上驰过几匹马，响起了清脆的马蹄声。骑兵连由军官带领，四人一排，在桥上走过，排头已到了桥的那一头。

步兵被拦住了，聚集在桥头附近的泥泞里。他们带着特别嫌恶的冷淡和嘲弄的神气望着从旁边走过的整洁漂亮的骠骑兵。不同兵种相遇往往有这样的情况。

“小伙子们穿得真漂亮！像要去逛波德诺文斯克集市！”

“他们有什么用！只配拉出来摆摆样子！”另一个步兵说。

“步兵，别扬土！”一个骠骑兵挖苦说，故意让身下的马跳跃一下，溅了步兵一身泥。

“要你背着背囊行两次军，准会磨破你的背带，”一个步兵用袖子擦去脸上的泥，说，“那时你就不像人而像一只鸟了！”

“齐金，要是让你骑马，你就神气了。”上等兵对一个被背囊压得弯下腰的瘦兵说。

“拿根棍子夹在裤裆里，你就有马骑了。”骠骑兵还嘴说。

8

其余的步兵匆匆过桥，人多拥挤，就像通过一个漏斗。大车终于都过去了，桥上不再那么拥挤，最后一个营也上了桥。只有杰尼索夫的骠骑兵连留在桥那一边阻击敌人。从对面山上可以望见的敌人，从桥上还看不见，因为从河水流过的谷地往前不到半俄里路有一个高地遮住地平线。前面是一片旷野，我们的几队哥萨克侦察兵在那里活动。突然对面山坡上出现了穿蓝外套的步兵和炮兵。这是法军。哥萨克侦察兵飞快地骑马下山。杰尼索夫骑兵连全体官兵，尽管嘴里说着别的事，眼睛望着别的地方，心里却一直想着那边山上的情况，不时瞧瞧地平线上的黑点，认出那就是敌人的军队。午后天气又放晴了，太阳明亮地照耀着多瑙河和周围苍茫的群山。四外一片寂静，只偶尔从那边山上传来敌军的号角声和呐喊声。在骑兵连和敌军之间，除了零星几个侦察兵，已看不到一个人了。一片三百丈[①]左右的空地把双方军队隔开。敌人停止了射击，而那条把敌对两军分开的严酷、恐怖、不可逾越和难以捉摸的界线却越发清楚了。

---

① 指俄丈，1 俄丈等于 2.134 米。

"只要越过那条生死界一步，就是不可知的痛苦和死亡。过了那片田野、那棵树、那个阳光照耀下的屋顶是什么地方？那里有什么人？谁也不知道，但谁都想知道。越过这条界线很可怕，但谁都想越过它。你也知道早晚要越过它，并且一定会知道界线那边是什么地方，就像一定会知道死亡那边是什么一样。可现在你身强力壮，生气蓬勃，而周围的人也同样健康，快乐，充满生气。"凡是面临敌军的人，即使不这样想，至少也会有这样的感觉，由于有了这种感觉，当前所发生的一切便给人以特别光明、快乐和强烈的印象。

敌军山头上腾起一团硝烟，接着就有一颗炮弹呼啸着从骠骑兵连头上飞过。聚集在一起的军官散开来，各就各位。骠骑兵竭力把马排齐。骑兵连里鸦雀无声。大家望望前面的敌人，望望连长，等候命令。飞来了一颗又一颗炮弹。敌人显然在向骠骑兵射击，但炮弹带着急促而均匀的啸声从骠骑兵头上飞过，落到他们后面去了。骠骑兵没有回顾，但每次听到炮弹呼啸声，全连队就像听到命令一样，现出又相同又不相同的脸色，屏住呼吸，在马镫上抬抬身子，然后又坐下来。士兵们头也不回，好奇地斜眼打量伙伴脸上的反应。从杰尼索夫到号手，人人嘴角和下巴上都现出内心斗争、愤怒和激动的神色。司务长皱起眉头，扫视着士兵，仿佛要处分他们。士官生米罗诺夫每次听见炮弹飞过都弯下腰。尼古拉骑着他那匹腿有点瘸但不失威严的白嘴鸦站在左翼，好像一个得意的小学生被召到大庭广众前应试，而且自信准能取得好成绩。他神采奕奕地环顾着所有的人，仿佛要大家注意他在炮弹下多么镇定自若。但在他的嘴角上却不由得现出平时所没有的严峻表情。

"谁在那里哈腰鞠躬啊？士官生米罗诺夫！这样不好，您瞧瞧我！"杰尼索夫嚷道，他在一个地方待不住，骑着马在连队前打转。

杰尼索夫脸上黑胡子蓬松，狮子鼻，身材矮小结实，手上汗毛丛生，筋脉毕露，手指短小，手里抓着刀把子，他这副模样同平时一样，特别是晚上喝了两瓶酒以后。这会儿他只是脸色比平时更红，像鸟儿饮水那样仰起须发蓬乱的头，他用短小的腿猛刺骏马贝督因的两侧，身子往后一倒，驰到骑兵连另一翼，哑着嗓子大声叫嚷，要大家检查一下手枪。

他跑到吉尔斯顿跟前。吉尔斯顿骑一匹宽大端庄的母马，迎着杰尼索夫跨出一大步。骑兵上尉留着长长的八字胡须，神态像平时一样严肃，只是眼睛比平时更亮。

“怎么样？”吉尔斯顿对杰尼索夫说，“根本打不起来。你看吧，咱们又得后退了。”

“鬼知道他们在干什么！”杰尼索夫嚷道，“啊！尼古拉！”他发现士官生脸上喜气洋洋，叫道，“是啊，这回可被你等到了。”

杰尼索夫赞许地微微一笑，显然很喜欢这个士官生。尼古拉心里暖乎乎的。这当儿，团长在桥上出现了。杰尼索夫向他跑去。

“大人！请下进攻令！我要把他们打个落花流水。”

“这里怎么能进攻？”团长闷闷不乐地说，仿佛被一只苍蝇纠缠得皱起眉头，“您站在这儿干什么？您瞧，两翼都在撤退。把骑兵连带回去！”

骑兵连过了桥，退到射程以外，没有损失一个人。原来展开散兵线的第二骑兵连也过了桥，最后一批哥萨克也从对岸撤回来。

保罗格勒团的两个骑兵连过了桥，先后向山上撤退。波格丹内奇团长骑马赶上杰尼索夫连长，离尼古拉不远慢慢地走着，完全不理他，尽管他们为吉梁宁的事发生冲突以来这还是第一次见面。尼古拉眼睛盯住团长运动员般强壮的脊背、金发覆盖的后脑和红色的脖子，心里明白自己在前线是受他支配的，但此刻觉得对不起他。尼古拉时而觉得波格丹内奇只是假装不注意他，目的是要看看他的勇气，他就挺起胸膛，快乐地东张西望。他时而觉得波格丹内奇故意骑马接近他，向他显示自己的勇气。他时而想，他的对头现在有意派骑兵连去冲锋，以惩罚他尼古拉。他时而想，等进攻结束后，波格丹内奇会走到他面前，宽宏大量地向他这个负了伤的人伸出和解的手。

保罗格勒骠骑兵所熟悉的肩膀高耸的热尔科夫（他离团没多久）骑马跑到团长跟前。热尔科夫从司令部被赶出后，没有在团里待下去，他说他不是在前线做苦工的傻瓜，在司令部不做事，领到的饷银反而更多。于是他就在巴格拉基昂公爵手下当上了传令官。现在他带着后卫司令官的命令来见老上司。

“上校，”热尔科夫神情忧郁而严肃地对尼古拉的对头说，同时顾盼着同事们，“命令停下来，把桥烧掉。”

“命令谁呀？”上校闷闷不乐地问。

“上校，我也不知道**命令谁**，”骑兵少尉严肃地回答，“不过公爵命令我：‘你去告诉上校，叫骠骑兵赶快回来烧桥。’”

紧接着热尔科夫之后，有一名随从军官带着同样的命令来见骠骑兵上校。在随从军官之后，肥胖的聂斯维茨基骑一匹哥萨克马驰来。那匹马驮着他跑确实很费力。

“喂，上校，”聂斯维茨基边跑边喊，“我早就对您说过要烧桥，可是不知谁把话传错了；他们在那边都急疯了，弄不懂是怎么一回事。”

上校从容不迫地命令他的团停下来，转身对聂斯维茨基说话。

“您跟我说起过引火材料，”他说，“至于烧桥，您可没对我说过。”

“怎么没说过，老兄，”聂斯维茨基站住说，脱下帽子，用胖手抚摩着汗湿的头发，“引火材料都放好了，怎么会没说到烧桥？”

“我不是您的‘老兄’，校官先生，您并没对我说过要烧桥！我懂得职守，一向严格执行命令。您说烧桥，可是由谁来烧，我确实不知道……”

“哼，老是这样。”聂斯维茨基把手一挥说，“你怎么在这里？”他问热尔科夫。

“也是为了这件事。你浑身湿透了，让我来替你拧干。”

“您说，校官先生……”上校气愤地继续说。

“上校，”随从军官插嘴说，“得快一点，不然敌人要打霰弹了。”

上校默默地望望随从军官，望望胖校官，望望热尔科夫，皱起眉头。

“我要烧桥了。”他神态庄重地说，仿佛表示他虽遇到种种不快，还是要尽到他的责任。

上校用强壮的长腿踢了踢马，好像一切罪过全在马身上。他跑到前面，命令第二连，就是尼古拉在杰尼索夫手下服务的那个连，回到桥上去。

“哼，果然，”尼古拉想，“他想考验考验我！”他的心收紧了，血往脸上直涌。“让他瞧瞧我是不是个胆小鬼！”他想。

骑兵连一张张快乐的脸，又变得像刚才在炮弹下那样严肃了。尼古拉盯着他的对头团长，想从他脸上证实自己的猜测，但团长一眼也没看尼古拉，而像平时在前线那样严肃而端庄。口令发出了。

“快！快！”他旁边有几个声音叫道。

骠骑兵的马刀绊住缰绳，踢马刺叮叮作响。他们急忙下马，自己也不知道要干什么。骠骑兵都画着十字。尼古拉已不再望着团长，他没有工夫。他怕落在骠骑兵后面，怕得心都停止跳动了。他把马交给马夫，一只手发抖，他觉得血在嘟嘟地往心脏里涌。杰尼索夫身子往后仰，嘴里叫着什么，从他旁边驰过。尼古拉只看见从他周围驰过的踢马刺和军刀铿锵发响的骠骑兵，此外什么也没看见。

“担架！”后面有人喊道。

尼古拉想也不想为什么要叫担架。他急急地跑着，只想跑在所有人的前面。但跑到桥头，他没有留意脚下，踩在黏滑的泥泞里，绊了一下，他就双手着地倒下来。别人跑到他前面去了。

“靠两边跑，大尉！”尼古拉听见团长的声音。团长骑马跑在前面，这时脸上露出得意的神色，在离桥不远的地方勒住马。

尼古拉在马裤上擦擦沾泥的双手，回头望望自己的对头，想往前跑，以为跑得越远越好。但波格丹内奇虽然没有注意也没有认出尼古拉，却喝住了他：

“谁在桥中央乱跑？靠右走！士官生，回来！”波格丹内奇怒气冲冲地嚷道，又回头对跑到桥上逞勇的杰尼索夫说：

“您冒什么险，大尉！还是下马吧！”

“哦，炮弹是长眼睛的！”杰尼索夫在马鞍上转身回答。

这时，聂斯维茨基、热尔科夫和随从武官一起站在射程之外，一会儿望望聚集在桥边一小撮头戴黄色高筒军帽、身穿镶条墨绿军装和蓝色马裤的人，一会儿望望从远处走来的身穿蓝外套的牵马的人，他们很容易被看作炮队。

“他们会不会烧桥？谁先到那里？是他们先跑到，把桥烧掉，还是法国人冒着霰弹先把他们打死？”每个士兵都不由得提心吊胆地想着这个问题。他们在明亮的夕阳下眺望着桥梁和骠骑兵，眺望着对岸渐渐移动过来的带刺刀和大炮、身穿蓝外套的人。

“啊！骠骑兵要挨揍了！”聂斯维茨基说，“现在他们在霰弹射程之内了。”

“他不该带那么多人去。”随从武官说。

“真的，”聂斯维茨基说，“只要派两名勇敢的小伙子去就行了。”

“哦，大人！”热尔科夫插嘴说，眼睛没离开骠骑兵，但仍带着天真的神气，使人摸不透，他这是说正经话还是开玩笑，“啊，大人！您这是怎么啦！只派两个人去，那谁还会给我们符拉基米尔勋章？像现在这样，他们虽然挨揍，还是可以替骑兵连请赏，他本人也可以获得勋章。我们的波格丹内奇懂得该怎么办。”

“哦，”随从武官说，“这是霰弹炮！”

他指指从炮架上卸下来急急移开的法国大炮。

法军那边，在炮兵中间冒起一团硝烟，然后又是一团，又是一团，而在第一声炮响传到的时候，又冒起了第四团硝烟，两声炮响，一声接着一声，然后是第三声。

“哎哟！”聂斯维茨基好像因为剧痛而抓住随从武官的手臂，“您瞧，有一个倒下去了，倒下去了！”

“好像有两个吧？”

“我要是沙皇，就再也不打仗了。”聂斯维茨基转过身去说。

法军的炮又匆匆装上炮弹。穿蓝外套的步兵向桥上冲去。又冒起了硝烟，但间隔时间不一样，接着霰弹又在桥上爆炸了。不过聂斯维茨基此刻无法看清桥上的情况。桥上升起了浓烟。骠骑兵已把桥烧着，而法国炮兵现在开炮已不是为了拦阻他们，而只是因为炮已拖到，总得轰击一番。

骠骑兵还没回到马夫那里，法军已打了三发霰弹。两发没有打中，霰弹飞得太远了，但最后一发炮弹正好落在骠骑兵中间，把三个人打倒了。

尼古拉一心想着他同波格丹内奇的关系，站在桥上，不知道做什么好。没有人可供他砍杀（他一向认为打仗就是砍杀），也无法帮他们烧桥，因为他不像别的士兵那样随身带着干草。他站在那里向周围观望，突然桥上像撒核桃似的发出一片响声，离他最近的一个骠骑兵哎哟一声倒在桥栏杆上。尼古拉同另外一些人跑到他跟前。又有人叫道："担架！"四个人抓住骠骑兵，把他抬起来。

"哦哦哦！……看在基督分上，放开我！"负伤的人叫起来，但人家还是把他抬起来放到担架上。

尼古拉转过身去，仿佛在找寻什么东西，眺望着远方，眺望着多瑙河的河水，仰望着天空、太阳。天空多么美，多么蓝，多么静，多么远！夕阳多么灿烂，多么壮丽！远方多瑙河的流水迷人地闪闪发亮！而更美丽的是多瑙河后面苍翠的群山、修道院、神秘的峡谷、雾气弥漫的松林……那里一片宁静，幸福……"我什么也不需要，什么也不需要，我只要到那里去，"尼古拉想，"在我心里，在太阳光里，有那么多幸福，可是这里……只有呻吟、苦难、恐惧，以及提心吊胆，一片混乱……哦，他们又在那边叫喊了，大家又在往回跑，我也跟他们一起跑，哦，死神，死神就在我头上，就在我身边……只要一转眼工夫，我就再也看不见太阳，看不见河水，看不见峡谷了……"

这时，太阳藏到乌云后面；尼古拉前面又出现了几副担架。于是对死亡和担架的恐惧、对太阳和生活的眷恋，这一切汇合成一个揪心的痛苦印象。

"上帝啊！天上的父啊，你拯救我，饶恕我，保护我吧！"尼古拉喃喃地说。

骠骑兵们跑到马夫那里，声音变得响亮而镇定，担架从眼前消失了。

"怎么样，老弟，闻到火药味了？……"杰尼索夫的声音在他耳边响着。

"一切都完了，我是个胆小鬼，是的，是个胆小鬼。"尼古拉想。他长叹一声，从马夫手里接过瘸腿的白嘴鸦，骑了上去。

"那是什么？是霰弹吗？"他问杰尼索夫。

"还能是什么呢！"杰尼索夫叫道。"小伙子们干得漂亮！可是干这种活真没劲！冲锋才有意思，把狗娘养的砍个痛快，可现在鬼知道是怎么一回事，人家把我们当靶子打。"

团长、聂斯维茨基、热尔科夫和随从武官等人站在离尼古拉不远的地方，杰尼索夫就向他们走去。

“好像谁也没注意到我。”尼古拉暗自想。的确谁也没注意到他，因为谁都知道这个初次上火线的士官生的心情。

“我看，您的事迹会上报的，”热尔科夫说，“我也可能升为少尉。”

“报告公爵，我把桥烧了。”上校得意扬扬地说。

“要是问到损失呢？”

“微不足道！”上校声音低沉地说，“两名骠骑兵负伤，一名**阵亡**。”他兴高采烈地说，响亮地说出“阵亡”两个字，脸上克制不住幸福的微笑。

9

库图佐夫统率的三万五千俄军，遭到拿破仑所指挥的十万法军的追击，所到之处又受到各地居民的敌视。俄军给养不足，对盟军丧失信心，而且被迫在没料到的恶劣条件下作战，不得不沿多瑙河仓皇退却，只有在被敌人追上的地方才停下来，为保卫辎重进行后卫战。在兰巴赫、阿姆希特顿和莫尔克都有战事，尽管俄军的勇敢坚定连敌人也不得不承认，但战斗结果只是加速退却。奥军在乌尔姆城下免于被俘而在布劳瑙和库图佐夫会师，现在也离开了俄军。这样，库图佐夫手下就只剩下一支精疲力竭的军队。保卫维也纳根本谈不上。库图佐夫在维也纳的时候，奥国皇家军事参议曾给他一份考虑周密、按照现代战略拟定的进攻计划，但现在库图佐夫只剩下一个几乎是达不到的奋斗目标，那就是避免像马克在乌尔姆城下那样全军覆没，而同俄国新调来的军队会师。

十月二十八日，库图佐夫率领军队渡过多瑙河到达左岸，同法军主力隔河对峙，这才第一次停下来。三十日，他攻击多瑙河左岸的莫尔吉耶师，把它击溃。在这个战役中俄军第一次缴获战利品：军旗、大炮和两名敌将。在两周节节败退之后，俄军第一次站住脚跟。经过战斗不仅守住阵地，而且打退了法军。虽然俄军衣衫褴褛，筋疲力尽，又因掉队、伤亡、疾病而减员三分之一；虽然留在多瑙河彼岸的伤病员带着库图佐夫的信，要敌人以人道精神对待他们；虽然克雷姆斯的大医院和大住宅都改为野战医院，还是容纳不了全部伤病员；虽然有这些情况，俄军在克雷姆斯站住脚跟并在莫尔吉耶取得胜利这件事，还是大大鼓舞了士气。在全军，在总司令部里，都流传着种种可喜而不可靠的消息，说什么俄军增援部队快到了，奥军打了胜仗，拿破仑惊慌退却。

这次会战，安德烈公爵跟随着后来阵亡的奥国将军施密特。他的坐骑受了伤，他的手臂也被子弹擦伤。总司令为了表示对他特别器重，特派他前往奥国宫廷递送捷报。当时奥国宫廷已离开受法军威胁的维也纳，迁往布尔诺。会战之夜，安德烈公爵兴奋得不觉疲劳（安德烈公爵看上去很文弱，其实他比一般身强力壮的人更能吃苦耐劳），他带着陶霍杜罗夫的报告骑马到克雷姆斯来见库图佐夫。当天夜里安德烈公爵就作为信使被派到布尔诺。被任命为信使，不仅是一种奖励，而且是晋升的重要一步。

夜色昏暗，但繁星满天。昨天会战时下过一场雪，这会儿在白皑皑的积雪中道路显得格外乌黑。安德烈公爵坐在飞驰的驿车里，时而回味昨天的战斗，时而快乐地想象着他去报捷的情景，同时想起总司令和同伴们送别的场面，他的心情就像一个人初步尝到盼望已久的幸福。他一闭上眼，耳朵里就响起枪炮声，而枪炮声又同车轮声以及胜利的印象融成一片。他时而想象，俄军跑了，自己也被打死了；但他立刻清醒过来，高兴地意识到，根本没有那回事，相反，是法军跑了。他又回想打胜仗的前前后后，想到自己在战斗中沉着勇敢，觉得心安理得，就打起盹来……星光闪烁的夜晚过去了，明媚快乐的早晨降临了。积雪在阳光下融化，马匹飞驰，道路两边不断掠过各种树林、田野和村庄。

在一个驿站上，他赶上一队俄国伤兵车。负责运送的俄国军官伸开手脚躺在第一辆马车上，大声叫嚷，用粗话骂着士兵。一队德国长马车在石子路上剧烈地颠簸着，每辆车上坐着六七名脸色苍白、扎着绷带、满身肮脏的伤兵。伤兵中有人在说话（他听到在说俄语），有人在吃面包，伤得最重的不作声，带着病孩般可怜的老实相望着旁边飞驰而过的信使。

安德烈公爵吩咐停车，问一个士兵在哪次战役中负的伤。

“前天在多瑙河上。”士兵回答。安德烈公爵掏出钱包，给了他三枚金币。

“给大家的。”他向走过来的军官说，“弟兄们，祝大家早日康复，”他对士兵们说，“往后还有很多仗要打呢。”

“哦，副官先生，有什么消息吗？”那军官问，显然想攀谈几句。

“消息很好！走吧！”他对马车夫大声说，马车就继续前进。

安德烈公爵到达布尔诺的时候，天色已经黑了。他看见四周高楼大厦林立，商店和住宅里灯火辉煌，街上路灯明亮，漂亮的马车辘辘驶过，以及大都市的一派繁华气象。这种气象对于刚离开军营的人特别富有魅力。安德烈公爵虽然经历了高速驰行和不眠之夜，他到达皇宫时，却觉得精神比昨天更加焕发。他的眼睛像发烧一般明亮，思绪清楚而瞬息万变。他历历在目地回想着战斗的前后经过，心里扼要地向弗朗茨皇帝作着报告。他还生动地猜想着他们可能向他提出什么问题，以及他应该怎样回答。他以为他们会立刻引他去觐见皇帝。但这时一名官员从皇宫大门口跑来迎接他，知道他是信使，就把他带到另一个门口。

“穿过走廊向右；在那里，大人[①]，您可以找到值班的侍从武官，”官员对他说，“他会领您去见陆军大臣的。”

值班的侍从武官迎接安德烈公爵，要他等一下，然后进去向陆军大臣通报。过了五分钟，侍从武官回来，十分恭敬地鞠了一躬，让安德烈公爵走在前面，陪他穿过走廊，来到陆军大臣的办公室。侍从武官显得特别彬彬有礼，仿佛唯恐俄国副官对他过分亲昵。安德烈公爵向陆军大臣办公室走去，他那高兴的心情顿时低落下来。他觉得受到了怠慢。他这种被怠慢的感觉立刻又变成对一切毫无根据的蔑视。他聪颖过人，立刻想到，他也可以蔑视侍从武官和陆军大臣。他想：“他们闻不到火药味，还以为胜利得来全不费工夫呢！”他轻蔑地眯缝起眼睛，有意慢吞吞地走进陆军大臣的办公室。他看见陆军大臣端坐在

① 原文为德语。

一张大桌子前，有两分钟没理会进来的人，他这种蔑视的心情就更增强了。陆军大臣两鬓斑白的秃头埋在两支蜡烛中间，阅读着文件，用铅笔做着记号。他听见开门声和脚步声，但没有抬起头来，直到把文件看完。

“把这拿去发掉。”陆军大臣把公文交给副官说，仍没理睬信使。

安德烈公爵觉得，陆军大臣要么是公务繁忙，对库图佐夫军队的行动最不感兴趣，要么就是有意让俄国信使感觉到这一点。“我倒是完全无所谓的。”安德烈公爵想。陆军大臣把余下的公文理齐，这才抬起头来。他的头显得聪明而很有个性。但在招呼安德烈公爵的一瞬间，陆军大臣聪明而果断的表情一半出于习惯一半出于有意起了变化：他脸上现出愚蠢虚假而对这种虚假又不加掩饰的笑容，这是那些接见川流不息的来访者的人所常有的表情。

“是库图佐夫大元帅派来的吗？”陆军大臣问，“一定有好消息吧？有没有同莫尔吉耶打过仗？打了胜仗？是时候了！”

陆军大臣接过写给他的紧急文书，神情忧郁地阅读起来。

“啊，我的上帝！我的上帝！施密特！”他用德语说，“多么不幸啊！多么不幸啊！”

陆军大臣看完紧急文书，把它放在桌上，对安德烈公爵瞧了一眼，显然在思考什么事。

“唉，多么不幸啊！您说这个战役有决定意义吗？可是没有捉住莫尔吉耶。”陆军大臣想了一下，“您带来了好消息，我很高兴，虽然拿施密特的死换得胜利，代价太大。陛下一定愿意接见您，但今天不行。谢谢您，您去休息一下。明天检阅后朝觐，您再来吧。到时候我会通知您的。”

陆军大臣脸上又现出谈话时消失的蠢笑。

“再见，非常感谢您。皇帝陛下一定愿意接见您。”陆军大臣一再说，然后点点头。

安德烈公爵走出皇宫时，觉得胜利给他带来的全部兴致和幸福如今都落到冷淡的陆军大臣和恭敬的副官的手里。他的全部思绪顿时变了：战斗仿佛已成为遥远的往事。

10

在布尔诺，安德烈公爵住在他的朋友俄国外交官比利平那里。

"哦，亲爱的公爵，再没有比您更受欢迎的客人了，"比利平说着出来迎接安德烈公爵，"弗朗茨，把公爵的行李放到我的卧室里去！"他对领安德烈公爵进来的仆人说，"怎么，您来报捷吗？太好了。可您瞧，我病了。"

安德烈公爵盥洗毕，换了衣服，走进外交官的豪华书房，坐下来吃专为他准备的晚餐。比利平悠闲地坐在壁炉旁。

安德烈公爵离家以来，特别是在行军过程中，一直没有过过从小过惯的清洁舒服的生活。这会儿，在奢华的生活环境中，重新获得了愉快的休息。此外，在受到奥国人冷淡的接待以后，能同一个俄国人说说话，即使不用俄语（他们说法语），他也觉得很愉快。何况这个俄国人也像一般俄国人那样对奥国人深感嫌恶，而在他心里这样的感觉现在特别强烈。

比利平今年三十五六岁，独身，跟安德烈公爵属于同一个阶层。他们在彼得堡就认识，但自从安德烈公爵随同库图佐夫来到维也纳后，他们的关系变得更密切了。安德烈公爵年轻有为，在军界很有前程；比利平同样年轻有为，在外交界的前程更加远大。别看他年纪轻轻，从事外交工作的资历可不浅了，因为他从十六岁起任职，在巴黎、哥本哈根等地待过，现在又在维也纳担任要职。奥国首相和俄国驻维也纳公使都认识他，而且很器重他。他不像多数外交官那样只有表面的优点，只知道遵守外交官纪律，说说法语。他是那种热爱本职工作而又有能力的外交官，虽然平时也有点懒散，但一旦需要，却能伏案工作，通宵不眠。不论什么工作，他都做得十分地道。遇到事情，他关心的不是"为什么要做"，而是"怎样把它做好"。不论什么外交工作，他做起来都同样认真。他起草通告、备忘录或报告，总是巧妙、恰当而漂亮，并且感到其乐无穷。比利平受到重视，不仅因为他擅长起草文件，还因为他在上层待人接物落落大方，谈吐应对彬彬有礼。

比利平爱说话也像爱工作一样，但一定要表现他的修养和风趣。在社交场中，他总是待机说几句俏皮话，而一旦有了机会，就加入谈话。比利平说话总是妙语如珠，别具一格，引人入胜。这些妙语都是比利平头脑里编造出来的，简短而生动，便于社交界凡夫俗子记忆，并从一个客厅搬到另一个客厅。真的，比利平的妙语风靡维也纳客厅，而且据说，往往能影响大局。

他形容消瘦、憔悴、枯黄，脸上皱纹很深，但总是洗得干干净净，好像沐浴后的手指尖一样。脸部皱纹的活动是他的主要表情。一会儿，他额上出现宽阔的皱纹，眉毛高高扬起；一会儿，眉毛低垂，两颊形成粗大的皱纹。他那双不大的凹陷眼睛总是快乐地对直望着人。

"那么，现在给我们讲讲你们的丰功伟绩吧。"比利平说。

安德烈非常谦逊地讲了那个战役和陆军大臣的接待，只字不提自己的功劳。

"我送去捷报，他们对待我，就像人们玩九柱戏时对待狗那样[①]。"他结束说。

比利平嗨地笑了一声，舒展开脸上的皱纹。

"不过，老朋友，"比利平说，远远地察看着自己的指甲，皱起左眼皮，"尽管我对东正教俄国的军队非常尊敬，但我认为你们这次胜利并不太辉煌。"

比利平仍旧说着法语，只有在他要蔑视什么时，才用俄语。

"可不是？你们把全部力量压在可怜的莫尔吉耶和他一师人身上，结果还是被他溜掉了，是不是？还谈得上什么胜利？"

"不过，说句正经的，"安德烈公爵回答说，"无论如何，我们可以毫不夸张地说，这总比乌尔姆的情况好些吧……"

"为什么你们不替我们抓个把元帅来呢？哪怕抓一个也好！"

"因为凡事很难预料，也不可能像检阅那样正规。我刚才对您说了，我们预定早晨七点钟以前包抄敌人后方，结果到傍晚五点还没到达。"

"那么你们为什么早晨七点钟还没赶到呢？你们应该早晨七点钟赶

① 法国成语，意思是很冷淡。

到，”比利平笑眯眯地说，“应该早晨七点钟赶到。”

“为什么你们不通过外交途径说服拿破仑放弃热那亚呢？”安德烈公爵用同样的口气说。

“我知道，”比利平插嘴说，“您坐在壁炉前的沙发上觉得抓个把元帅很容易。不错，是这样的，可是你们为什么不抓呢？您也不必大惊小怪，事实上，不仅陆军大臣，就是至尊的皇帝兼国王弗朗茨陛下对你们的胜利也不会觉得太高兴。就连我这个俄国使馆的倒霉秘书也并不太兴奋呢……”

比利平对直望了望安德烈公爵，突然舒展开额上的皱纹。

“现在可轮到我来问您‘为什么’了，老朋友！”安德烈说，“我得向您承认，我不明白，也许是外交的奥妙，不是我这简单的头脑所能理解的，但我确实弄不懂：马克全军覆没，斐迪南大公和卡尔大公[①]毫无生气，连犯错误，到头来只有库图佐夫一人真正打了一次胜仗，打破了法军所向无敌的神话，可是陆军大臣连详细情况都不想知道！”

“是这样的，老朋友。您要知道，老朋友，这是为沙皇，为俄罗斯，为信仰欢呼！这一切都挺好，但你们的胜利对我们，我是说对奥国宫廷，又有什么关系呢？您要是给我们带来卡尔大公或者斐迪南大公（这两位大公的地位不相上下）的捷报，哪怕只打败拿破仑一个消防连，情况也就不同了，我们就要鸣炮庆祝。现在你们的捷报就像有意要取笑我们。卡尔大公一事无成，斐迪南大公名誉扫地。你们放弃维也纳，不再保卫它，你们好像在对我们说，我们走运，你们和你们的京城就听天由命吧。你们听凭大家所爱戴的施密特将军饮弹而亡，还要来向我们祝贺胜利！……您得承认，再也想不出比您带来的消息更惹人生气的了。简直是有意捣蛋，有意捣蛋。再说，就算你们取得了辉煌的胜利，就算卡尔大公也取得了胜利，能扭转大局吗？如今维也纳已被法军占领，大势已去了。”

“怎么被占领了？维也纳被占领了？”

---

① 卡尔大公（1771—1847），奥地利元帅。1793—1809 年曾参加对法战争，是拿破仑一世的劲敌。1809 年任总司令，五月在阿斯波恩战胜法军，七月在瓦格拉姆被法军击败。

“不但被占领了，拿破仑都已到了申勃隆[①]，而且，伯爵，我们亲爱的符尔勃拿伯爵，要到他那里去听命了。”

安德烈旅途劳顿，一路上见闻又不少，在被接见之后，特别是饭后感到头脑昏昏沉沉，不明白他听到的话的意思。

“今天早晨李赫顿费尔斯伯爵来过了，”比利平继续说，“他给我看了一封信，信里详细描写法军在维也纳的检阅。缪拉亲王之流……您瞧，你们的胜利并不怎么使人高兴，您也不会被人家当作救世主的……”

“这我不在乎，真的，完全不在乎！”安德烈公爵说，开始懂得，他那克雷姆斯战斗的消息，跟奥国京城陷落这样的大事比起来，确实无足轻重。“维也纳究竟是怎么被占领的？那座桥，还有那个著名的桥头堡，还有奥古斯滕堡公爵怎样了？我们听说奥古斯滕堡公爵在守卫维也纳。”他说。

“奥古斯滕堡公爵在河这一边，在保卫我们呢。我认为他保卫得很差，但毕竟在保卫。而维也纳在河那一边。不，桥还没被占领，我想它不会被占领，因为那里埋了地雷，并且下了炸桥的命令。要不然，我们早就到波希米亚山里去，而你们的军队也要尝尝腹背受敌的滋味了。”

“但现在还不能说战事已经结束了。”安德烈公爵说。

“我看是已经结束了。这里，头脑简单的大人物都这么想，可是不敢这么说。我在战事开始时就说过，战争不是由你们在杜仑斯坦交锋决定的，或者说，不是由火药决定，而是由制造火药的人决定的，”比利平说，一再重复他的妙语，舒展开额上的皱纹，停顿了一下，“事情要看亚历山大皇帝和普鲁士国王在柏林会谈的结果。要是普鲁士加入联盟，他们就会对奥地利施加压力，仗就会打起来。要不然，事情就只是商量在哪里签订新的康坡·福米奥[②]和约的初步条款了。”

“真是位出色的天才！”安德烈公爵突然握紧小手，往桌上敲了一拳，“这家伙真走运！”

“您是说白拿伯吗？”比利平问道，皱起眉头，使人觉得他马上又

① 奥国皇帝在维也纳的夏宫。

② 意大利村庄。1797 年在这里签订法奥和约。

要说出什么妙语来，“是说白拿伯吗？”他把白字说得特别重，“但我想，他现在在申勃隆为奥国制定法律，那我们就不再称他白拿伯。我当然要改革一番，从此称他波拿巴了。”[①]

“好了，别开玩笑了，”安德烈公爵说，“您真的以为战事结束了吗？”

“我是这样想的。奥国吃了亏，但它不会甘心。它要报复。它之所以吃亏，因为第一，几个省都遭到抢劫（据说正教徒抢劫得很凶[②]），军队溃败，京城沦陷，而这一切都是为了萨丁尼亚陛下那双漂亮的眼睛[③]。因此，老朋友，咱们私下说一句，我凭本能感觉到，我们要受骗了，我凭本能感觉到，他们正在同法国拉拉扯扯，打算缔结和约，秘密缔结和约。”

“这不可能！”安德烈公爵说，“要不真是太卑鄙了。”

“那就等着瞧吧！”比利平说，舒展开额上的皱纹，表示谈话已告结束。

安德烈公爵走进为他预备的房间，穿上洁净的衬衣，躺到羽绒床垫上，枕着又香又暖的枕头，觉得他来报捷的那场战事离他已很远了。现在萦回在他头脑里的是：普鲁士加入联盟，奥地利背叛，波拿巴取得新胜利，弗朗茨皇帝明天上朝、检阅和接见。

他闭上眼睛，但耳边立刻响起炮声、枪声和车轮的辘辘声，火枪手又成单行从山上冲下来，法军又在射击，他觉得心在颤抖，他跟施密特一起骑马走在前头，子弹在他们周围欢快地呼啸，他十倍地体验到生的欢乐，那是他自小从未体验过的。

他醒了……

“是的，这一切都发生过了！……”他说，像孩子般幸福地微笑着，随即进入年轻人的酣梦中。

---

① 这里是文字游戏，指的是拿破仑。

② 正教徒指俄军。

③ 萨丁尼亚陛下指拿破仑。在波茨坦会议上，普鲁士坚持向拿破仑下最后通牒，要他赔偿萨丁尼亚，但遭拿破仑拒绝。

11

第二天安德烈公爵醒得很迟。他回顾这几天的事，首先想到今天要去觐见弗朗茨皇帝，又想到陆军大臣、彬彬有礼的奥国御前侍从武官、比利平和昨晚的谈话。为了觐见皇帝，他穿上好久没穿的全套礼服，容光焕发，精神奕奕，一只手扎着绷带，走进比利平的书房。书房里有四位外交使团的官员。安德烈跟使馆秘书伊波利特公爵本来就认识；其他三位比利平替他作了介绍。

聚集在比利平书房里的都是快乐有钱的上流社会青年。他们在维也纳和在这里形成独立的圈子，比利平是他们的领袖。他称他们为咱们自己人。这个圈子几乎全是外交官，他们对战争和政治毫不关心，但对上流社会、某些女人和官样文章却很感兴趣。这些老爷显然愿意把安德烈公爵看作**自己人**——这种荣誉他们是难得给人的。他们出于礼貌，也为了展开话题，先问他一些军队和战斗的情况，接着就东拉西扯地说些笑话，发些不着边际的议论。

"但最妙的是，"有人讲到一个外交官的不幸遭遇，"最妙的是，奥国首相竟公然对他说，他被调往伦敦是升官，并希望他这样看待这件事。你们能想象他当时那副神态吗？……"

"但最恶劣的是，诸位，我要向你们揭发伊波利特：人家倒了霉，可是这个唐璜[①]，这个魔鬼，还要趁火打劫！"

伊波利特公爵躺在一张高背安乐椅上，双腿跷到扶手上，放声笑起来。

"讲下去，讲下去！"他说。

"啊，你这个唐璜！你这条毒蛇！"有几个人说。

"您不知道，安德烈，"比利平对安德烈公爵说，"法军（我差一点说俄军）的罪行加在一起，都抵不上这个人在女人中间造的孽。"

"女人是男人的伴侣嘛！"伊波利特公爵说，用带柄眼镜望望自己跷起的双腿。

---

① 这里指好色之徒。

比利平和**自己人**瞧着伊波利特的眼睛，都哈哈大笑。安德烈公爵看出，伊波利特是这群人中的小丑，他得承认，以前他为了妻子差点吃他的醋。

"哦，我得让您欣赏欣赏伊波利特，"比利平悄悄地对安德烈说，"他谈起政治来真是妙不可言，您应该看看他那副自命不凡的神气。"

比利平坐到伊波利特旁边，额上现出皱纹，同他谈起政治来。安德烈公爵和别的人围住他们。

"柏林内阁不能就联盟问题发表意见，"伊波利特煞有介事地环顾着所有的人，说，"不能发表意见……就像最近照会中所说的……你们明白……你们明白……除非皇帝陛下改变联盟的性质……"

"等一下，我还没说完……"伊波利特抓住安德烈公爵的手臂，对他说，"我认为干涉比不干涉妥当。最后……我们十一月二十八日的通牒遭到拒绝，不能认为事情就此了结。"

他松开安德烈的手，表示他的话完了。

"德摩斯梯尼[①]，我从你金口里的石子就认出你来了！"比利平说，高兴得把他那头浓密的头发往后一甩。

大家都笑了。伊波利特笑得比谁都响。他笑得上气不接下气，但还是忍不住狂笑，他那张绷紧的脸也因此放松了。

"好吧，诸位，"比利平说，"安德烈不论在我家里还是在布尔诺这里都是我的客人。我要好好招待他，让他好好尝尝这里的各种乐事。我们要是在维也纳，这事好办，可是在这里，在这个讨厌的摩拉维亚山洞[②]里，就困难得多。所以要请大家帮忙。我们应当尽布尔诺地主之谊。你们陪他看戏，我负责社交，您，伊波利特，当然是应该给他介绍女人了。"

"得让他看看阿美丽，嘿，真迷人！"一个**自己人**吻吻手指尖，说。

"总之，得让这位杀气腾腾的大兵多尝尝人情味！"比利平说。

---

① 德摩斯梯尼（约前 384—前 322），古希腊演说家。

② 布尔诺在摩拉维亚。

“诸位，你们的盛情我只能心领，现在我得走了。”安德烈看看表，说。

“上哪儿去？”

“去觐见皇帝。”

“哦！哦！哦！”

“那好，再见，安德烈！”“再见，公爵，到我们这儿来吃饭。”几个人说，“我们会照顾您的。”

“您在皇帝面前要多称赞称赞军需供应及时，行军路上安排得好。”比利平把安德烈送到前厅，说。

“我很想称赞几句，但我知道实际情况，所以办不到。”安德烈笑着回答。

“好吧，总之您尽量多说说。他喜欢接见人，但他自己不爱说话，也不会说话。回头您会知道的。”

12

朝觐时，安德烈公爵被指定站在奥国军官中间。弗朗茨皇帝只是凝视着他的脸，长脑袋向他点了点。等朝觐结束后，昨天那个御前侍从武官恭敬地告诉安德烈，说皇帝要单独召见他。弗朗茨皇帝站在房间中央接见他。在谈话前，安德烈公爵看见皇帝似乎有点手足无措，涨红了脸，不知说什么好，他感到有点纳闷。

“请问，战斗是什么时候开始的？”皇帝慌张地问。

安德烈公爵作了回答。接着皇帝又提了些类似的简单问题：“库图佐夫身体好吗？他离开克雷姆斯多久了？”等等。皇帝说话的神情仿佛表示，他的唯一目的就是提出一定数量的问题，而这些问题的答案他并不感兴趣。

“战斗是几点钟开始的？”皇帝问。

“我无法向陛下报告前线战斗在什么时候开始，当时我在杜仑斯坦，那里的军队是傍晚五点多钟开始进攻的。”安德烈说着兴奋起来，以为可以把预先考虑好的见闻如实报告一下。

可是皇帝笑了笑打断他的话。

"有多少英里？"

"从哪里到哪里，陛下？"

"从杜仑斯坦到克雷姆斯？"

"三英里半，陛下。"

"法军放弃左岸了？"

"据侦察兵报告，最后一批法军是夜间乘木筏过河的。"

"克雷姆斯的草料够不够？"

"草料供应不足……"

皇帝打断他的话。

"施密特将军是几点钟阵亡的？"

"大概七点钟。"

"七点钟吗？太惨了！太惨了！"

皇帝说他很感谢他，然后点了点头。安德烈公爵一出来，立刻被文武百官团团围住。他到处都看到亲切友好的眼神，听见亲切友好的话语。昨天那个御前侍从武官责怪他为什么不住在宫里，并且愿意把自己的房子让给他住。陆军大臣过来向他祝贺，因为皇帝授予他三级玛丽·泰利撒勋章。皇后的侍从请他去见皇后陛下。大公夫人也想见见他。他不知道回答谁好，便定了定神。俄国公使搂住他的肩膀，把他拉到窗口，同他交谈起来。

同比利平的预料相反，安德烈带来的消息受到热烈欢迎。皇上下旨举行感恩礼拜。库图佐夫被授予玛丽·泰利撒大十字勋章，全军获得奖赏。安德烈收到各方面邀请，不得不整个上午都去拜会奥国的达官贵人。下午四点多钟，安德烈公爵拜会完毕，回比利平住所，途中考虑着怎样向父亲报告战斗和布尔诺之行的情况。比利平家大门口停着一辆装了半车东西的篷车，比利平的仆人弗朗茨费力地拖着一个皮箱从门里出来。（在回比利平寓所前，安德烈公爵到书店买了几本行军中要读的书，在那里待了一会儿。）

"这是怎么回事？"安德烈问。

"哦，大人！"弗朗茨好容易把皮箱拖上车，用德语回答说，"我们要搬到更远的地方去。那强盗又追上来了。”

“你说什么？什么？”安德烈公爵问。

比利平出来迎接安德烈。他那一向镇静的脸上现出紧张的神色。

“哦，哦，你得承认，这仗实在打得太漂亮了，”比利平说，“我是说泰波桥事件。他们没遇到任何抵抗就过来了。”

安德烈公爵完全摸不着头脑。

“您到哪儿去了？城里马车夫都知道的事，您怎么还不知道？”

“我从大公夫人那里来。我在那里什么也没听到。”

“您没看见到处都在收拾行李吗？”

“没看见……究竟出了什么事？”安德烈公爵焦急地问。

“出了什么事？哼，法军已过了奥古斯滕堡守卫的那座桥，桥没有炸掉，缪拉现在正顺着大路向布尔诺跑来，不是今天就是明天要到这里了。”

“怎么到这里？桥上既然埋了地雷，怎么没有炸掉？”

“这事我正要问您哪。这一点谁也不知道，连拿破仑都不知道。”

安德烈耸耸肩膀。

“既然敌人过了桥，军队也就完了，它会被切断的。”安德烈说。

“问题就在这里，”比利平回答，“您听我说。我刚才对您说过，法军已进入维也纳。他们一帆风顺。第二天，也就是昨天，几位元帅大人：缪拉、兰纳、裴里亚骑马来到桥上（注意：三人都是牛皮大王），其中一个说：‘诸位，你们要知道，泰波桥埋了地雷和排雷装置，前面有可怕的桥头堡，还有一万五千名军人奉命炸桥，不让我们通过。但我们要是拿下这座桥，拿破仑皇帝陛下会高兴的。咱们三个去把这座桥拿下来！’另外两个也说：‘咱们去吧！’他们果然拿下桥，从桥上通过，他们的全部军队就来到多瑙河这一边，向我们，也向你们，向你们的交通线进攻。”

“别开玩笑了！”安德烈公爵忧郁而严肃地说。

这个消息使他又伤心又高兴。他一听说俄国军队处于绝境，就想到他是唯一能替这支军队解围的人，而这个地方也就是能使他一举成名的土伦[①]！他一面听比利平讲，一面心里琢磨着，他回到部队后将在军事会议上提出唯一能挽救军队的计划，然后他将奉命单独执行这项计划。

“别再开玩笑了！”安德烈公爵说。

“我不是开玩笑，”比利平继续说，“没有比这事更真实更可悲的了。这几位老爷不带随从，骑马来到桥上，挥动白手绢，使人相信已经停战，他们几位元帅是来同奥古斯滕堡公爵谈判的。值班军官就放他们进入桥头堡。他们向他天花乱坠地胡扯一通，说什么战争结束了，弗朗茨皇帝约见拿破仑，他们想见见奥古斯滕堡公爵，等等。值班军官派人去找奥古斯滕堡。这几位老爷拥抱军官，说笑话，坐到大炮上。就在这时，一营法军悄悄来到桥上，把装着引火物的口袋扔到河里，向桥头堡逼近。最后，陆军中将，我们亲爱的奥古斯滕堡公爵来了。‘亲爱的敌人！奥国军队的精英，土耳其战争的英雄！战争结束了，我们可以握手言欢……拿破仑皇帝急于想认识奥古斯滕堡公爵’，总而言之，这帮老爷真是名副其实的骗子手，他们对奥古斯滕堡公爵花言巧语一通，奥古斯滕堡公爵被法国元帅们一见如故的情谊所迷惑，又被缪拉的外套和鸵鸟翎毛弄得眼花缭乱，结果只看到他们热情如火而忘记应该向他们开火。”比利平尽管说得有声有色，却没忘记停顿一下，好让大家有时间体味一下他的妙语。“一营法国兵进入桥头堡，堵住炮口，把桥占领了。不过，最妙的是，”他讲得有声有色，十分兴奋，这时他镇定一下，又继续说，“看守这门炮的中士负责发信号炸桥，这会儿正要开炮，但手被兰纳拉住。这个中士显然比他们的将军聪明些，他走到奥古斯滕堡面前说：‘公爵，您受骗了，您瞧，法国人冲过来了！’缪拉看出，要是让那中士再说下去，诡计就要被拆穿。他假装惊讶（真是个十足的骗子手），对奥古斯滕堡说：‘您要是允许下级这样对您说话，那我真看不出举世闻名的奥军纪律在哪里啦！’真是妙极了。奥古斯滕堡公爵觉得有失体面，就下令拘押那个中士。哦，您不能不承认，这泰波桥上的一幕真是太精彩了。这不能算愚蠢，也不能算卑劣……”

---

① 1793 年法国共和党人进攻土伦，拿破仑在这里初露头角，大显身手。

“也许是叛变吧。”安德烈公爵说，生动地想象着灰外套、伤兵、硝烟、炮声和等待着他的荣誉。

“也不是。这把朝廷弄得太难堪了。这不是叛变，也不是卑劣，也不是愚蠢；这情况有点像乌尔姆……”比利平沉思起来，搜索着适当的词句，“这有点马克作风。我们都变成马克了。”比利平结束说，觉得自己又说了一句妙语，一句新鲜的妙语，它又会传诵一时。

比利平额上紧蹙着的皱纹迅速地舒展开来，脸上现出高兴的神色。他微微一笑，仔细察看着自己的指甲。

“您上哪儿去？”比利平看见安德烈公爵站起来向自己房间走去，连忙问。

“我走了。”

“上哪儿去？”

“回部队。”

“您不是还要待两天吗？”

“我现在马上就要走了。”

安德烈公爵吩咐手下人准备动身，就回到自己屋里。

“听我说，老朋友，”比利平跟着他走进房间，说，“我替您想了想。您何必走呢？”

为了表示他的意见完全正确，比利平脸上的皱纹完全消失了。

安德烈公爵疑惑地对他望望，什么也没回答。

“您何必走呢？我知道，部队处境危险，您觉得有责任赶回去。这一点我懂，老朋友，这是英雄本色。”

“完全不是。”安德烈公爵说。

“既然您是个哲学家，那就该做个彻底的哲学家。您得看看问题的另一个方面。您要明白，您的责任正好是保重自己。这事可以让那些别无用处的人去做……上面没有要您回去，这里也不放您走；所以您可以留下来，跟我们一起到命里注定要去的地方。据说，要我们到奥洛莫乌茨去。奥洛莫乌茨这个城不错。我们可以一起舒舒服服坐我的马车去。”

“别开玩笑了，比利平。”安德烈说。

"我说这话，可是出于对朋友的一片好心。您考虑一下吧！既然可以留在这里，您又何必走呢？您的面前有两种可能性，"比利平左鬓角上的皮肤又皱起来，"一种是不等您回到部队，和约就签订了；另一种是跟库图佐夫一起全军覆没，丢尽面子。"

比利平觉得他的论点是驳不倒的，脸上的皱纹就又消失了。

"这个我不能考虑。"安德烈公爵冷冷地说，心里却想："我要去救我们的部队。"

"老朋友，您真是位英雄！"比利平说。

13

当天晚上，安德烈辞别陆军大臣回去找部队，但不知道部队在哪里，又怕在去克雷姆斯途中被法军俘虏。

在布尔诺，皇亲国戚都在收拾行李，并把笨重的东西先送往奥洛莫乌茨。在埃萨斯多夫附近，安德烈公爵上了大路。俄军正沿这条大路撤退，慌慌张张，一片混乱。路上塞满大车，马车简直无法通行。安德烈公爵又饿又乏，向哥萨克军官要了一匹马和一名哥萨克兵，穿过辎重车，去找总司令和他的行李车。他在路上听说军队处境险恶，而官兵仓皇逃跑的景象证实了这样的消息。

"英国的黄金从天涯海角把俄国军队运来，我们要让他们尝尝同样的命运（指乌尔姆全军覆没）。"安德烈公爵想起拿破仑出征前对军队的命令，这些话使他赞叹这位天才的英雄，同时也伤了他的自尊心，使他渴望取得荣誉。"万一只剩下死路一条怎么办？"他想，"如果这样，那也没有关系！我决不会做得比别人差。"

安德烈公爵轻蔑地望着这没完没了的混乱队伍、行李车、辎重车、大炮，接着又是行李车。各种各样的车辆争先恐后，三四辆并进，阻塞了泥泞的道路。四面八方，前前后后，耳朵里听到的都是车轮的辘辘声，马车、大车和炮车的隆隆声，马蹄的嘚嘚声，马鞭的呼啸声，车夫的吆喝声，以及士兵、勤务兵和军官的咒骂声。道路两旁，到处都是剥去皮的和没有剥皮的死马，损坏的大车，车旁坐着一堆堆散兵游勇，在等待着什么。还有一些掉队的士兵，他们成群结队涌到附近村庄，从那里捉鸡牵羊，拿走干草和装满东西的袋子。在上下坡的地方，人群更密，闹声更加不绝于耳。士兵们陷在没膝的泥泞中，双手推着炮车和大车；鞭子噼啪作响，马蹄打滑，挽索绷断，人们都声嘶力竭地叫着。指挥行军的军官忽前忽后在车辆中间穿来穿去。在一片喧闹声中，他们的声音几乎听不见；从脸上的表情可以看出，他们对制止混乱已经感到绝望。

“哦，这就是我们亲爱的正教军队。”安德烈想起比利平的话来。

安德烈想向他们打听总司令的行踪，就骑马向车队跑去。迎面驰来一辆样子古怪的单马马车，又像大车，又像轻便马车，又像四轮马车，显然是由士兵们胡乱拼凑起来的。一个士兵赶着车，车上挂着皮帘子，里面坐着一个裹着围巾的女人。安德烈公爵骑马过去，正要问那个兵，忽然听见车里的女人发出一声绝望的尖叫。负责辎重队的军官举起鞭子抽打驾车的兵，因为那驾车的兵想抢档赶过别的车辆，而鞭子正好打在车帘上。女人发出刺耳的尖叫。她一看见安德烈公爵，便从车帘下探出头来，又从羊毛围巾里伸出两只瘦手，不断挥动，嘴里叫道：

“副官！副官先生！……看在上帝分上……帮帮忙吧……叫我们怎么办哪？……我是第七猎骑兵军医家眷……他们不让我们过去，我们落后了，同亲人失散了……”

“我要把你轧成肉酱，快回去！”军官怒气冲天地大声喝道，“快带着你那个臭娘儿们滚回去！”

“副官先生，帮帮忙吧。这是怎么回事啊？”军医太太叫道。

“让这辆车过去。您没看见上面坐着一位太太吗？”安德烈公爵骑马跑到那军官跟前，说。

军官对他瞧了一眼，没有搭理，又转身对那士兵喝道：“我让你往前赶……回去！……”

“我对您说，放他们过去！”安德烈公爵咬咬嘴唇，又说。

“你是什么人？”军官突然酒意十足地对他说，“你算老几？你（他特别刺耳地说你字）是长官吗？这里我是长官，不是你。你回去，要不我把你轧成肉酱。”军官又说了一遍，显然很欣赏这句话。

“这下给小副官厉害瞧了。”后面有人说。

安德烈公爵看出，这个军官怒气冲天，简直忘乎所以。他明白他庇护军医太太，可能成为笑柄，而这是他最害怕的，但本能鼓励他这样做。不等那军官说完话，安德烈公爵气歪了脸，骑马冲到他面前，举起鞭子：

“请——放——她——过——去！”

军官摆摆手，连忙走开了。

“这种混乱的局面都是你们参谋官造成的，”那军官嘀咕说，“您瞧着办吧！”

安德烈公爵没抬起眼睛，匆匆离开那个称他为救命恩人的军医太太，嫌恶地详细回忆着刚才屈辱的一幕，就向据说是总司令所在的村庄跑去。

安德烈公爵跑进乡村，下了马，走到最近一所房子，想悄悄休息一下，吃点东西，好好思考一下刚才所受的屈辱。“这是一群无赖，不是军队。”他一面想，一面走近那所房子，忽然听见一个熟悉的声音在叫他的名字。

安德烈转过身去。从一个小窗子里探出聂斯维茨基英俊的脸。聂斯维茨基鲜红的嘴嚼着东西，招招手叫他进去。

“安德烈，安德烈！你没听见吗？快来呀！”他叫道。

安德烈公爵走进屋里，看见聂斯维茨基和另一个副官在吃东西。他们立刻问安德烈有没有什么消息。安德烈公爵看见他所熟识的脸上都现出惊惶的神色。这种表情在聂斯维茨基一向笑眯眯的脸上特别显眼。

“总司令在哪里？”安德烈问。

“在这里，在那座房子里。”副官回答。

“听说讲和了，投降了，这是真的吗？”聂斯维茨基问。

“我正要问你们哪。我好容易才跑到你们这里，我也一无所知。”

“我们这里啊，老兄，别提了！糟透了！对不起，老兄，我们以前嘲笑马克，如今自己可落得比他还糟的地步，”聂斯维茨基说，“请坐，来吃点东西。”

“现在啊，公爵，行李车找不着，什么也找不着，您的彼得也不知去向。”另一个副官说。

“大本营在哪里？”

“我们要在茨那依姆过夜。”

“我把要用的东西都打了包，驮在两匹马上，”聂斯维茨基说，“他们给我打了两个很好的包，就是爬波希米亚山也不怕了。老兄，情况不妙哇。您怎么啦？身子哆嗦，是不是病了？”聂斯维茨基发现安德烈公爵像触电似的浑身发抖，问道。

“没什么。”安德烈公爵回答。

他忽然想起跟军医太太与辎重军官的冲突。

“总司令在这里做什么？”安德烈公爵问。

“我一点也不知道。”聂斯维茨基说。

“我只知道一点，一切都很糟，很糟，很糟！”安德烈公爵说着向总司令那儿走去。

安德烈公爵经过库图佐夫的马车，经过侍从们疲乏的坐骑和大声谈话的哥萨克，走进门廊。他听说，库图佐夫跟巴格拉基昂公爵和威罗特在屋子里。威罗特是奥国将军，前来接替阵亡的施密特。在门廊里，身材矮小的科兹洛夫斯基蹲在文书前面。文书卷起制服翻袖，趴在一个倒放的桶上，急急地书写文件。科兹洛夫斯基脸色疲倦，他显然也一宵没睡。他瞧了一眼安德烈公爵，没向他点一下头。

“另起一行……写完了吗？”科兹洛夫斯基继续向文书口授，“基辅掷弹兵，波多尔斯克……”

“慢一点，大人！”文书粗暴无礼地回答，望望科兹洛夫斯基。

这时门里传来库图佐夫愤激的声音，它不时被一个陌生的声音打断。从他们说话的语气，从科兹洛夫斯基轻蔑地瞧他一眼的神色，从疲劳的文书的不恭敬态度，从文书和科兹洛夫斯基蹲在总司令身边一个木桶旁的景象，以及从牵马的哥萨克在窗外高声说笑的样子，安德烈公爵看出来，准是出了大事。

安德烈公爵迫不及待地向科兹洛夫斯基提了些问题。

“等一下，公爵，”科兹洛夫斯基说，“在给巴格拉基昂下书面命令呢。”

“要投降吗？”

“根本没有这回事，战斗部署都发出了。”

安德烈公爵向传出说话声的门走去。他正要开门，屋里的说话声停止了。门打开，门口出现了胖脸膛、鹰钩鼻的库图佐夫。安德烈公爵面对库图佐夫站着，但从总司令独眼的眼神上可以看出，他忧心忡忡，正在苦苦思索什么，以致视而不见。他面对面看着自己副官的脸，但没认出他来。

“怎么样，写好了？”库图佐夫问科兹洛夫斯基。

“马上就好，大人。”

巴格拉基昂个儿不高，身材瘦削，样子不老，生有一张刚毅呆板的东方人的脸，跟着总司令出来。

“报告大人。”安德烈公爵大声说，把信递给库图佐夫。

“哦，你从维也纳来吗？好的。等一下，等一下！”

库图佐夫跟巴格拉基昂一起走到台阶上。

“啊，公爵，再见了，”库图佐夫对巴格拉基昂说，“基督保佑你。祝福你去建立丰功伟绩。”

库图佐夫的脸色突然变得温和，眼睛里涌出泪水。他用左手把巴格拉基昂拉过来，戴戒指的右手习惯性地给他画了个十字，同时把他的胖脸凑过去，但巴格拉基昂没吻他的脸，却吻了他的脖子。

“基督保佑你！”库图佐夫又说了一遍，然后向马车走去。“跟我来！”他对安德烈说。

“大人，我希望留在这里效劳。请准许我留在巴格拉基昂公爵的部队里。”

“上车，”库图佐夫发现安德烈犹豫不决，说，“好军官我自己也需要，我自己也需要。”

他们上了马车，默默地走了几分钟。

“以后要做的事多着呢！”库图佐夫脸上现出老年人洞察一切的神情，似乎一眼看出了安德烈的内心活动，说，“他的部队明天能有十分之一活着回来，我就要感谢上帝了。”库图佐夫仿佛自言自语地补充说。

安德烈公爵望了一眼库图佐夫，无意中看见一步以外库图佐夫鬓角上洗得干干净净的疤痕（一颗伊兹梅尔子弹在这里穿过他的头）和那个空眼窝，“是的，他有权这样平静地谈到别人的死亡！”安德烈想。

“所以我要求把我派到那个部队去。”安德烈说。

库图佐夫没有回答。他似乎已经忘了刚才说过的话，坐在车上沉思。过了五分钟，库图佐夫摇摇晃晃地坐在柔软的弹簧车垫上，又向安德烈公爵转过身来。他的脸上已没有一丝激动。他以略带嘲弄的口吻向安德烈公爵打听觐见奥皇的详细经过，又问他宫廷对克雷姆斯战事有什么反应，还问起几个他们都认识的女人。

14

十一月一日，库图佐夫从侦察兵那里获悉，他的军队濒临绝境。侦察兵报告说，法军大量兵力通过维也纳桥，正向库图佐夫和从俄国开来的援兵之间的交通线推进。库图佐夫要是决定留在克雷姆斯，拿破仑的十五万大军就将切断所有的交通线，包围他的四万精疲力竭的军队，而他就会落到像马克在乌尔姆那样的下场。库图佐夫要是决定放弃那条连接俄国援兵的交通线，他就得挡住敌人的优势兵力，离开大路，进入陌生的波希米亚山区，失去同布克斯赫弗登会师的希望。库图佐夫要是决定沿大路从克雷姆斯退向奥洛莫乌茨，同俄国来的援兵会师，那他就得冒这样的风险：过维也纳桥的法军抢先到达这条大路，这样，他就要带着辎重同强大三倍的敌人作战，并且两面受敌。

库图佐夫选择了后一种方案。

据侦察兵报告，法军过了维也纳桥，正以急行军向茨那依姆推进。茨那依姆位于库图佐夫撤退的路上，离他还有一百多俄里。库图佐夫要是赶在法军之前到达茨那依姆，那么，军队得救就大有希望；要是让法军抢先到达茨那依姆，那么，他们将蒙受类似乌尔姆那样的奇耻大辱，甚至全军覆没。但要带着全军赶在法军之前到达是不可能的。法军从维也纳到茨那依姆的路，比俄军从克雷姆斯到茨那依姆的路，又近又好走。

接到消息的当天夜里，库图佐夫派巴格拉基昂四千人的前卫沿着山脉的右边从克雷姆斯—茨那依姆大道向维也纳—茨那依姆大道进发。巴格拉基昂必须马不停蹄地行军，到面向维也纳、背对茨那依姆的地方扎营。他若能抢在法军之前赶到，还得竭力阻止他们前进。库图佐夫亲自带着辎重向茨那依姆推进。

巴格拉基昂带着饥饿的赤脚士兵，在暴风雨之夜，沿着没有道路的山地行军四十五俄里，路上丢失三分之一的士兵，比从维也纳来的法军早几小时到达维也纳—茨那依姆大道上的霍拉勃隆。库图佐夫带着辎重还要走一天一夜才能到达茨那依姆。因此，要拯救俄军，巴格拉基昂还得用他那四千又饥又乏的士兵和在霍拉勃隆相遇的法军周旋一个昼夜，而这显然是不可能的。但奇怪的好运使不可能的事成为可能。法军兵不血刃取得维也纳桥，这次骗术的成功使缪拉想用同样方式欺骗库图佐夫。缪拉在茨那依姆路上遇见巴格拉基昂力量薄弱的队伍，还以为这就是库图佐夫的全部军队。为了彻底消灭这支军队，他等待从维也纳开拔出来落在后面的部队，并因此建议休战三天，条件是双方军队停留原地不动。缪拉宣称，和谈已在进行，为了避免无谓的流血，他建议休战。据守前哨的奥国将军诺斯基茨伯爵听信了缪拉信使的话后撤，这样就暴露了巴格拉基昂的部队。另一个信使骑马来到俄军散兵线，也宣布和谈消息，建议俄军休战三天。巴格拉基昂回答说，他无权接受或拒绝休战，就派副官去向库图佐夫请示。

休战是库图佐夫赢得时间的唯一办法，可以让巴格拉基昂困乏的队伍休整一下，并使辎重队继续推进（对法军保守秘密），哪怕向茨那依姆再前进一站也好。休战的建议是挽救军队的唯一意外机会。库图佐夫一接到消息，立刻派侍从武官长文森海罗德到敌营去。文森海罗德不仅去接受休战，还要提出投降条件。同时库图佐夫还派几名副官去催促全军辎重队，要他们尽快沿克雷姆斯—茨那依姆大道前进。巴格拉基昂又饥又乏的队伍为了掩护辎重和全军行动，必须单独面对八倍于它的敌军而屹立不动。

果然不出库图佐夫所料，投降的建议没有任何约束力，却为部分辎重的通过争取了时间，而缪拉的错误很快就会被发觉。当时拿破仑驻在离霍拉勃隆二十五俄里的申勃隆，一接到缪拉的报告以及休战和投降的草案，立刻看出其中有诈，就给缪拉写了下面这封信：

致缪拉亲王，申勃隆，一八〇五年雾月[①]二十五日，上午八时。

我找不到适当词句来表示对你的不满。你只不过负责指挥我的前卫部队，没有我的命令无权决定休战。你使我丧失全部战果。立即撕毁停战协议，向敌人进攻。你告诉他们，签署投降书的将军无权这样做，除了俄国皇帝，谁也没有权力这样做。

不过，俄国皇帝若批准那个协议，我也可以同意；但这只是个诡计。前进，去消灭俄国军队……你们定能夺取他们的辎重和大炮。

俄国皇帝的侍从武官是个骗子……军官如没有得到授权，就什么事也不能做；他也没有这种权力……奥国人在过维也纳桥时上了当，你也上了俄皇侍从武官的当。

拿破仑

拿破仑的副官带着这封措辞严厉的信，策马赶往缪拉那里。拿破仑不信任他的将军们，亲自率领近卫军直奔战场，唯恐放过已落网的猎物。而巴格拉基昂的四千士兵却愉快地升起篝火，把衣服烘干，把身子烤暖，三天来第一次煮了粥。他们中间谁也不知道，也没有想到，即将落到他们头上的灾难。

15

安德烈公爵坚决要求库图佐夫让他下部队，得到了批准。下午三点

① 雾月相当于公历10月20日到11月19日。

多钟，他来到格仑特，见到了巴格拉基昂。拿破仑的副官还没到达缪拉那里，所以战斗还没有开始。在巴格拉基昂部队里，大家对全局一无所知，嘴里谈论和平，但不相信有讲和的可能。大家谈论战斗，但也不相信战事已经临近。

巴格拉基昂知道安德烈是个得宠的副官，对他特别优待，并告诉他这一两天内将有战事，给了他充分自由，使他在战斗中可以留在他那里，也可以到后卫部队观察退却的情况，“那事也很重要”。

“不过今天大概不会有战事。”巴格拉基昂说，仿佛宽慰安德烈公爵似的。

“如果他是司令部里普通的公子哥儿，被派到这里来捞取十字勋章，那他留在后卫部队也可以得到。如果他要待在我身边，那就让他……如果是个勇敢的军官，倒是有用的。”巴格拉基昂想。安德烈公爵什么也没回答，只要求让他去巡视阵地，了解军队的部署，以便一旦接到任务，认识道路。值班军官是个美男子，衣着讲究，食指上戴着钻石戒指，喜欢说法语，但说得很糟。他自愿为安德烈公爵带路。

神色忧伤、浑身湿透的军官到处可见。他们仿佛在找寻什么东西，士兵则从村子里拖来门板、板凳和围墙板。

“您瞧，公爵，拿这批人真没办法，”校官指指这些人说，“指挥官把他们惯坏了。您再瞧瞧，”他指指随军商贩的帐篷，“他们都聚集在这儿。今天早晨才把他们撵走，可是一转眼，他们又来了。公爵，我得去吓唬吓唬他们。一会儿就来。”

“好，我们一起去。我也要去向他们买点干酪和面包。”安德烈公爵说，他还没吃过东西呢。

“您怎么不早说，公爵？不然我早就招待您了。”

他们下了马，走进商贩的帐篷。几个军官满面倦容，脸色通红，坐在桌旁吃喝。

“哼，这是怎么回事，诸位！”校官斥责道，他的语气表示这事已说过几次了，“这样擅离职守是不允许的！公爵有过命令，谁也不准这样做。可是瞧您，大尉先生！”他对一个瘦小而肮脏的炮兵军官说。这个炮兵军官没穿靴子（他叫随军商贩拿去烘干），只穿袜子，看见有人进门就站起来，尴尬地傻笑着。

“啊，土申大尉，您怎么不害臊？”校官继续说，“您身为炮兵军官，应该做个榜样，可您没穿靴子。一旦拉警报，没穿靴子就要您好看了。”校官微微一笑，“都给我回到各自的岗位上去，诸位，都回去，都回去！”他用长官的口气补充说。

安德烈公爵望了望土申大尉，不由得微微一笑。土申默默地微笑着，倒换着两只没穿靴子的脚，用他那双聪明善良的大眼睛询问似的一会儿望望安德烈公爵，一会儿望望校官。

“士兵们说，不穿靴子方便些。”土申大尉说，怯生生地微笑着，显然想用玩笑来摆脱尴尬的处境。

但他还没说完，就发觉他的笑话不受欢迎，没起作用。他有点发窘。

“请大家回去！”校官竭力装出严肃的神气说。

安德烈公爵又瞧了一眼矮小的炮兵军官。他身上有一种同军人格格不入的特点，有点滑稽，但非常讨人喜欢。

校官和安德烈公爵上马继续前进。

他们出了村子，不断赶上和遇见各种部队的士兵和军官，看见左边有露出红土的新筑的防御工事。几营士兵不管寒风，只穿一件衬衫，像白蚁似的在工事上挖土。一铲铲红土不断从土堤后面抛出来。他们骑马跑近工事，观察了一下，又跑开了。他们看见几十个士兵在工事里进进出出。他们不得不掩住鼻子，纵马奔驰，尽快离开这臭气熏天的地方。

“这就是兵营生活的乐趣，公爵。”值班军官说。

他们跑到对面山上。从这座山上已看得见法国人了。安德烈公爵停下来观察。

“我们的炮兵连就在那里，”校官指指最高点，说，“就是归那个没穿靴子的怪物指挥的；从那里什么都望得见，我们去吧，公爵。”

“多谢，多谢！现在我一个人去就行了，”安德烈公爵说，想摆脱这个校官，“不麻烦您了。”

校官留在后面。安德烈公爵独自骑马走了。

安德烈公爵越往前走，越接近敌人，军队的秩序就越好，士气就越旺盛。最混乱、士气最低落的是早晨他在茨那依姆附近看到的辎重队，那里离法军只有十俄里。在格仑特，人们也有点惊惶不安。但安德烈公爵越接近法军散兵线，我们的军队也越充满信心。穿军大衣的士兵列队站在那里，司务长和连长点着人数，指指每行最末一个兵的胸部，命令他举起一只手来，分散在场地上的士兵拖着木柴和树枝搭棚子，快乐地说笑着。篝火旁坐着一些兵，有的穿着衣服，有的光着膀子，他们在烘烤衬衣和包脚布，或者在修补靴子和大衣，都围着烧水和煮饭的锅子。一个连队已做好饭，士兵们都垂涎欲滴地望着热气腾腾的锅子，等司务员拿一木碗食物，让坐在棚子前木头上的军官检验。

在另一个特别走运的连里（因为不是所有的连都有伏特加），士兵们围着宽肩的麻脸司务长。那司务长举着酒桶逐个倒满向他伸来的水壶盖。士兵都神态庄重地把水壶盖送到嘴边，一饮而尽，然后舔舔嘴唇，用大衣袖子擦擦嘴，心满意足地离开司务长。人人脸上都很平静，仿佛此刻是在国内什么地方准备扎营，而不是面对敌人准备战斗，而且至少有半数人将倒在战场上。安德烈公爵经过一个猎骑兵团，来到雄赳赳的基辅掷弹兵队伍里，看见他们正忙着日常的活动。他从团长的高大棚子里来到掷弹兵排前，那里躺着一个光着身子的人。两个士兵按住他，另外两个士兵挥动柔软的树枝往他光脊背上抽打。挨打的人尖声狂叫。一个胖少校在队列前面走来走去，不理会他的狂叫，反复说：

"士兵偷东西是耻辱，当兵应该诚实、高尚、勇敢。既然他偷自己弟兄的东西，他就不诚实，就是无赖。再打！再打！"

于是鞭子的抽打声和假装的狂叫声又继续下去。

"再打！再打！"少校说。

一个青年军官脸上带着困惑和痛苦的神色，离开受罚的人，用疑问的目光回头望望过路的副官。

安德烈公爵骑马来到前沿阵地，沿阵地走去。左右两翼，我军散兵线和敌军散兵线相距很远，但在当中，在早晨使者往来的地方，散兵线相距很近，双方士兵可以看见对方的脸，甚至可以彼此交谈。这里，除了散兵线上的士兵，两边还有不少好奇的看热闹的人，他们嘲笑着打量古怪的陌生敌人。

从清早起，虽然下令禁止接近散兵线，长官们还是无法驱散好奇的人们。散兵线上的士兵像展览什么宝贝似的，不再眺望法军，而观察着看热闹的人们，不耐烦地等待着换班。安德烈公爵停下来观察法军。

“你瞧，你瞧！”一个士兵指给同伴看，有个俄国火枪兵跟军官走近散兵线，急促而热情地同一个法国掷弹兵谈话，“瞧他说得多么快！那法国佬都要跟不上他了。你瞧，西多罗夫！”

“等一下，你听。讲得多流利！”西多罗夫回答，大家都认为他法国话说得好。

他们指的那个兵就是陶洛霍夫。安德烈公爵认识他，就停下来听他说些什么。陶洛霍夫是跟他的连长一起从他们团的左翼来到散兵线的。

“啊，说下去，说下去！”连长鼓励他说，弯下身子竭力不漏掉每一句他听不懂的话，“请你再讲讲。他在说什么？”

陶洛霍夫没回答连长。他一个劲儿同法国兵争论着。他们谈的当然是那场战争。法国人把奥国人和俄国人弄混了，说什么俄军投降了，从乌尔姆逃跑了。陶洛霍夫坚持说，俄军不但没有投降，而且揍了法国人一顿。

“我们奉命要在这里把你们赶走，我们一定会把你们赶走的！”陶洛霍夫说。

“当心你们自己和你们的哥萨克，别统统被活捉了！”法国掷弹兵说。

旁观者和旁听的法国人都笑起来。

“我们要打得你们团团转，就像苏沃洛夫时代那样……我们要打得你们团团转！”陶洛霍夫说。

“他在吹什么牛呀？”一个法国人问。

“翻陈年老账，”另一个法国人猜到是在谈过去的战争，说，“我们皇上要给你们的苏沃洛夫之流一点厉害看……”

"拿破仑……"陶洛霍夫刚开口，就被法国人打断了。

"不是拿破仑。是皇上！活见鬼……"法国人怒气冲冲地骂道。

"让你们的皇上见他妈的鬼去吧！"

陶洛霍夫用士兵的粗野俄语骂了一句，然后背起枪走了。

"咱们走吧，伊凡·鲁基奇。"陶洛霍夫对连长说。

"瞧，法国话就是要这样说，"散兵线上的士兵们说，"你也试试，西多罗夫！"

西多罗夫挤挤眼，转身对着法国人，很快地说了些谁也听不懂的话。

"卡里，马拉，塔发，萨斐，缪特，卡斯加。"西多罗夫急急地说，竭力说得抑扬顿挫，有声有色。

"呵，呵，呵！哈，哈，哈，哈！哦，哦！"士兵们发出健康的快乐笑声，不由得传染给了战线对面的法国人，仿佛从此以后大家都应该卸去枪弹，销毁弹药，赶快回家。

但枪弹并没有卸掉，房子和工事里的枪眼仍旧威严地望着前方，卸去前车的大炮仍旧互相瞄准着。

16

安德烈公爵从右翼到左翼走遍全线，登上炮垒。据校官说，从那里可以望见整个战场。他在这里下了马，在四尊卸去前车的大炮中最边上那一尊的旁边站住。一个放哨的炮兵在大炮前来回踱步，看见军官，刚要立正，但安德烈公爵向他示意免礼，他就继续他那均匀而单调的踱步。大炮后面停着前车，再后面是拴马桩和炮兵的营火。左边，离边上那尊炮不远有一座新搭的树枝棚，从那里传来军官们热烈的谈话声。

果然，从炮垒上望得见几乎全部俄军阵地和大部分敌军阵地。炮垒正前方的丘陵顶上是申格拉本村；左边和右边，通过对方营火的烟气，有三处可以望见法国兵，其中大部分在村里和山后。村子左边，在烟雾迷蒙中有个地方好像炮垒，但肉眼看不清楚。我们的右翼驻扎在俯临法军阵地的陡峭高地上。我们的步兵就在那里，右翼边缘看得出是龙骑兵。中央是土申的炮兵连，也就是安德烈公爵视察阵地的地方，这里有一处极为平缓的上下坡，通向把我们和申格拉本隔开的小河。左边，我们的军队深入树林，那里有我们砍柴的步兵升起的营火。法军阵地比我们宽，他们要从两边包围我们，显然易如反掌。我方阵地后面是一个又陡又深的峡谷，炮兵和骑兵很难从那里退却。安德烈公爵掏出笔记本，臂肘支在大炮上，在本子上画了个军队部署草图。他在两处用铅笔做了记号，准备向巴格拉基昂报告。他建议两点：第一，把全部炮兵集中到当中；第二，把骑兵后撤到峡谷那一边。安德烈公爵待在总司令身边，经常留意军队的行动和总的部署，并研究战争历史。他思考着当前这场战斗的前景。他想象着最可能发生的几种情况："要是敌人进攻右翼，"他自言自语，"基辅掷弹兵和波多尔斯克猎骑兵应该在中央援兵到达前坚守阵地。这样，龙骑兵就可以从侧翼袭击，把他们打退。要是他们攻击我们的中央阵地，我们就把炮垒安置在这个高地上，并在炮垒掩护下撤退左翼，成梯队退到峡谷。"他独自考虑着……

他待在大炮旁边，一直听到军官们在棚子里说话，但照例没听清他们说的话。突然棚子里传出一个亲切的声音，他不由得留神细听起来。

"不对，老兄，"安德烈公爵熟识的一个愉快声音说，"我说，要是能知道死后的情况，那我们谁也不会怕死了。就是这样，老兄。"

另一个年轻点的声音打断他的话：

"怕也好，不怕也好，都一样，在劫难逃哇。"

"到头来还是怕！嗨，你们这些人真聪明，"第三个人的声音浑厚，打断了前两人的声音，"你们炮兵真聪明，随身带了各种东西：又是伏特加，又是下酒菜，什么都有。"

声音浑厚的人，听口气是个步兵军官，笑起来。

"到头来还是怕！"第一个熟识的声音继续说，"怕就怕不知道来世怎么样。不论怎么说，灵魂上天……可我们知道，没有什么天，只有大气。"

那个浑厚的声音又打断炮兵的话。

“喂，土申，请我喝点药酒吧！”他说。

“哦，原来是在商贩那里遇到的没穿靴子的大尉。”安德烈公爵想，高兴地听出那个充满哲理的愉快声音。

“要药酒，行，”土申说，“不过要弄明白来世……”他没把话说完。

这时候，空中传来一个呼啸声，越来越近，越来越快，越来越清楚。接着一颗炮弹砰的一声落在棚子附近的地上，以超人的力量爆炸开来。地面受到沉重的轰击，呻吟了一下。

身材矮小的土申顿时从棚子里蹿出来。他嘴里衔着烟斗，聪明善良的脸有点发白，接着跑出来的是那个声音浑厚的雄赳赳的步兵军官。他向自己的连队跑去，一面跑，一面扣衣服。

17

安德烈公爵骑马站在炮垒上，望着那尊刚刚射击过的古炮冒出的硝烟。他的目光扫过辽阔的原野。他只看见木然不动的法军活动起来，他们左边果然也有个炮垒。炮垒上的硝烟还没有散开。有两个法国人，大概是副官，骑马在山上奔驰。敌军一个小纵队向山下移动，大概是去增援散兵线。第一团硝烟还没消散，又出现另一团硝烟，传来了炮声。战斗开始了。安德烈公爵拨转马头，驰回格仑特去找巴格拉基昂公爵。他听见背后的炮声越来越密，越来越响。我们的炮开始还击。山下，在早先信使们驰过的地方传来了枪声。

勒马拉带着拿破仑那封措辞严厉的信刚赶到缪拉那里。缪拉十分惶恐，急于补过，立即把军队调到中央阵地，并包抄俄军两翼，企图在天黑以前，不等皇帝驾临，就消灭面前那支力量薄弱的部队。

“哦，这下子开始了！打起来了！”安德烈公爵想，觉得血往心脏里直涌，“但我的土伦在哪里？怎样才能达到目的？”他想。

他走过一刻钟前还在吃粥喝酒的几个连队，看见处处都在同样迅速地排队和拿枪，人人脸上洋溢着他所感到的兴奋情绪。“战斗开始了！您瞧！又可怕又有趣！”每个士兵和军官的脸上都这样表示。

他还没到达构筑工事的地方，就在秋天苍茫的暮色中看见几个人骑马跑来。领头的一个身披毡斗篷，头戴羔皮帽，骑一匹白马。这是巴格拉基昂公爵。安德烈公爵停下来等他。巴格拉基昂公爵勒住马，认出是安德烈公爵，向他点点头。安德烈公爵把看到的情况告诉他，他一面听，一面仍旧望着前方。

“战斗开始了！你瞧！”这种神情甚至表现在巴格拉基昂公爵刚毅的褐色脸上，表现在他那半开半闭、仿佛没有睡醒的浑浊眼睛里。安德烈公爵焦虑而又好奇地凝视着他那木然不动的脸，想知道他这时是不是在思想，有没有感觉，他在想些什么，有些什么感觉，“在这个毫无表情的面孔里面究竟有没有东西？”安德烈公爵瞧着他，暗自问。巴格拉基昂公爵低下头，表示同意安德烈公爵的话，嘴里说：“很好！”而脸上的神情仿佛表示，所有发生的事和向他报告的一切，都不出他所料。安德烈公爵骑马跑得上气不接下气，但话还是说得很快。巴格拉基昂公爵带着东方口音，话说得特别慢，仿佛表示不用着急。不过，他还是催动坐骑，向土申的炮垒跑去。安德烈公爵和侍从跟在后面。跟在巴格拉基昂公爵后面的还有：侍从武官，公爵的私人副官热尔科夫，传令官，骑短尾骏马的值日校官，出于好奇心要求上战场的军法官。军法官是个脸圆圆的胖子，带着天真的快乐微笑环顾四周。他身穿粗呢外套，摇摇晃晃地骑着辎重队的马，夹在骠骑兵、哥萨克和副官们中间，显得怪模怪样。

“他要来看看打仗，”热尔科夫指指军法官，对安德烈说，“可是胸口已在作痛。”

“哦，您别说了！”军法官带着天真而又调皮的开朗微笑说，仿佛为被热尔科夫嘲笑感到荣幸，故意装得傻头傻脑。

“真好玩，公爵先生。”值日官说。他记得法语**公爵**有一个专门用语，但他记不清楚了。

这时，他们来到土申的炮垒附近，正好有一颗炮弹在他们前面落地。

“落下个什么来啦？”军法官天真地笑着问。

“法国薄饼。”热尔科夫说。

“他们用这东西打人，是吗？”军法官问，“真可怕！”

他乐得心花怒放。他的话音刚落，突然又响起一个可怕的啸声，砰的一声落到一件软东西上——军法官右后方一个哥萨克连人带马摔倒在地上。热尔科夫和值日官伏在马鞍上，拨转马头跑了。军法官在哥萨克前面停下来，好奇地仔细打量着他。哥萨克死了，那匹马还在挣扎。

巴格拉基昂公爵眯起眼睛，回头看了一下，看见发生混乱的原因，又平静地转过身去，仿佛说：“小事一桩，也值得大惊小怪！”他以好骑手的洒脱姿势勒住马，身子略向前俯，把挂住斗篷的佩剑解开。这是一把老式长剑，和现在军官佩带的不同。安德烈公爵想起苏沃洛夫在意大利赠剑给巴格拉基昂的传说，心里感到特别亲切。他们来到安德烈公爵刚才观察战场形势的炮兵连。

“这是谁的连队？”巴格拉基昂公爵问站在弹药箱旁的炮兵。

他问“这是谁的连队”，其实他要问的是：“你们在这里怕不怕？”那炮兵明白了他的意思。

“土申大尉的，大人。”红头发雀斑脸的炮兵立正，快乐地说。

“噢，噢！”巴格拉基昂一边说，一边想着心事。他走过一排前车，向边上一尊炮走去。

他刚走过去，那尊炮就发出一声巨响，震得他和他的随从耳朵发聋，硝烟一下子笼罩住大炮，从硝烟里可以看见炮手们扶住炮，急急地把它推回原位。身高肩宽的一炮手拿着炮刷，宽宽地叉开两腿，跳到轮子旁。二炮手双手哆嗦，把炮弹装进炮口。矮小而略显佝偻的军官土申在炮尾上绊了一下，向前跑去，没注意将军来到，只管用小手遮着眼睛向前眺望。

“再高两分就行了。”土申尖着嗓子叫喊，竭力想摆出雄赳赳的样子，但那模样同他的个子不相称。“二炮手，”他命令道，“狠狠地打，梅德维杰夫！”

巴格拉基昂把他叫过来。土申怯生生地把三个手指举到帽边，不像在行军礼，倒像牧师在祝福，走到将军面前。虽然土申的几尊炮受命射击谷地，他却用烧夷弹轰击前方看得见的申格拉本村，因为大批法军正在村庄前推进。

谁也没命令土申向哪里射击和用什么射击。他同他器重的司务长扎哈尔谦科商量后，断定最好把村庄夷为平地。“好！”巴格拉基昂听了连长的报告说，环视着他面前的战场，仿佛在思考什么。法军右翼最逼近我们的阵地。在基辅团驻扎的高地下方，在小河流过的洼地里传来惊心动魄的步枪对射声。更右一点，在龙骑兵后面，随从军官指给巴格拉基昂公爵看一个正在包抄我们右翼的法军纵队。左边的地平线被近处一片树林遮没。巴格拉基昂公爵命令从中央抽调两营兵力去增援右翼。随从军官大胆对公爵说，若调开这两个营，那几尊炮就失去了掩护。巴格拉基昂公爵向随从军官转过身来，默默地用暗淡的目光向他瞧瞧。安德烈公爵觉得随从军官的意见是对的，确实无可指责。但这时一个副官从据守谷地的团长那里骑马跑来，说大量法军从山下涌来，我们的团溃不成军，正向基辅掷弹兵那里后撤。巴格拉基昂公爵低下头，表示同意和赞许。他骑马一步步向右方走去，派副官传令龙骑兵向法军进攻。但被派去的副官过半小时回来说，龙骑兵团长已经撤退到山谷后面，因为炮火向他猛轰，他徒然牺牲人员，因此下令狙击兵进入树林。

“好！”巴格拉基昂说。

他离开炮垒的时候，左边树林里也响起了炮声。因为左翼太远，巴格拉基昂公爵来不及亲自赶到，他就派热尔科夫去给老将军（他的团在布劳瑙受过库图佐夫的检阅）传达命令，要他尽快撤退到峡谷后面，因为估计右翼不可能长时间挡住敌人的进攻。关于土申和掩护他的那个营却被忘记了。安德烈公爵留神倾听巴格拉基昂公爵同指挥官们的谈话和他所发的命令，但惊奇地发现其实并没有什么指导性的意见，巴格拉基昂公爵只是装模作样，仿佛这一切不论由于必然、偶然或长官们的意志，虽然不是出于他的命令，但是符合他的心意。安德烈公爵发现，凭着巴格拉基昂公爵的巧妙手腕，尽管这些情况出于偶然，同这位长官的意志无关，但他的亲临战场，作用还是很大。指挥官们神色慌张地来到巴格拉基昂公爵面前，但此刻都定了心，士兵和军官愉快地向他致敬，在他面前变得更活跃了，并且炫耀自己的胆量。

18

巴格拉基昂公爵骑马来到我军右翼的制高点，然后往下走，那里传来砰砰的枪声，但硝烟弥漫，什么也看不见。他们越接近谷地，前面的景物越看不清，但越感觉到接近战场。他们开始见到伤员。一个伤兵，没戴帽子，头上直流血，被两个兵架着走。他喉咙里咕噜咕噜直响，嘴里吐着血。看样子，子弹不是打在他的嘴里就是喉咙里。他们还遇见一个伤兵，没带枪，嘴里大声呻吟，挥动一条刚受伤的手臂，血汩汩地从手臂里流到他的军大衣上，但他倔强地独自走着。他脸上的表情是恐惧超过痛苦。他刚刚负伤。他们穿过大路，走下陡坡，看见坡上躺着几个人。他们还遇见一群士兵，其中有几个没负伤。士兵们喘着粗气往山上走，也不管将军在场，继续大声说话，做着手势。前面，透过硝烟可以看见一排排灰色军大衣。军官一看见巴格拉基昂，便追上去喝令那群退却的士兵，要他们回来。巴格拉基昂策马向队伍走去。队伍里时而这里时而那里不断发出枪声，压倒说话声和口令声。空气里弥漫着硝烟。士兵们的脸都被火药熏黑，但很兴奋。他们有的在捅枪筒，有的在药池里加火药，从火药盒里取火药，有的在射击。但他们在向谁射击，看不清楚，因为硝烟没有消散。枪弹悦耳的飕飕声和嘘溜声频频传来。“这算是什么？”安德烈公爵跑近那群士兵，想。“这不是散兵线，因为他们挤在一起！不是冲锋，因为他们不在跑；不是方阵，因为他们没有排列整齐。”

身体瘦弱的老团长，脸上挂着愉快的笑容，他那双老眼一半被眼皮遮住，使他显得格外和蔼可亲。他骑马跑到巴格拉基昂公爵面前，像欢迎贵宾那样欢迎他。他向巴格拉基昂公爵报告说，法国骑兵向他们进攻，虽然进攻已被打退，但他们的团伤亡过半。团长想了想他们团所遭遇的事该用什么军事术语，就说进攻被打退了，其实连他自己也弄不清楚，半小时里所遭遇的究竟是进攻被打退了呢，还是他的团被对手的进攻击溃了。他只知道，战斗一开始，炮弹和榴弹向他的团飞来，打死了人，后来有人大叫“骑兵”，我方就开始射击。我们的士兵至今还在打枪，但不是打已消失的骑兵，而是打谷地里向我们开枪的法国步兵。巴格拉基昂公爵点点头，表示这一切都不出他所料，都是他所希望的。他转身命令副官，叫他把他们刚才遇见的第六猎骑兵的两个营从山上拉下来。这时，安德烈公爵看到巴格拉基昂公爵脸上的变化，感到很惊讶。巴格拉基昂公爵脸上现出快乐专注的决心，好像一个人在大热天跳入水中前跑最后几步时的神态。那种睡意未消的暗淡眼神没有了，那种做作的沉思神色也没有了，只有一双圆睁的刚毅的鹰眼兴奋而傲慢地望着前方，但并没有停留在一点上，虽然他的动作仍旧慢条斯理，从容不迫。

团长转身请求巴格拉基昂公爵回去，因为待在这里太危险。“大人，请您看在上帝分上！”他一面说，一面用目光向随从军官求援，那随从军官正转过身去。“喏，请您看看！”他要他注意周围不断呼啸和尖叫的子弹。他的口气又是恳求又是责备，好像一个木匠对手拿斧头的老爷说：“这活我们干惯了，可您干，手上会磨出泡来的。”他说这话，仿佛子弹不可能打死他自己，而他那半开半闭的眼睛使他的话更有说服力。校官附和团长的规劝，但巴格拉基昂公爵没理会他们，只命令停止射击，改变队形，以便给开来的两个营腾出地方。他说话的时候，风从右向左刮来，好像一只无形的手把遮住谷地的烟幕拉开。于是对面山上移动着的法军就呈现在他们面前。一双双眼睛都不由自主地盯住斜坡上向他们蜿蜒行进的法国纵队。已经看得见士兵毛茸茸的帽子，分辨得出士兵和军官，还可以看见旗杆上招展的军旗。

“走得倒挺神气！”巴格拉基昂的一个随从说。

法军纵队的头已走下谷地。战斗将在这边山坡上发生……

我们团的残部连忙列队向右移动。第六猎骑兵的两个营冲开掉队的士兵，从后面跑来。他们还没来到巴格拉基昂这里，但已可听到他们整齐沉重的脚步声。左翼，离巴格拉基昂最近走着一个体格匀称、圆脸、表情快活而愚蠢的汉子，那就是刚才从棚子里跑出来的连长。这时，他显然什么也不想，只想从长官面前雄赳赳地走过去。

他像受检阅一样得意扬扬，毫不费力地挺直身子，像游泳一般轻快地迈着肌肉发达的两腿。他这种轻快的步伐，同合着他步子走着的士兵们沉重的步伐形成鲜明的对照。他佩着一把出鞘的长剑（一把不像武器的长剑），一会儿看看长官，一会儿望望士兵，灵活地转动强壮的身体，但脚步没有错乱。他竭力想以最威武的姿态从长官面前走过。他自以为做得很好，因此很得意。“一……二……一……”——他每走一步，心里仿佛都在叫着。按着这个拍子，几百名士兵带着各不相同的严肃脸色，背着背囊和步枪，像一堵墙似的行进着。每个人每走一步都在心里数着：“一……二……一……”胖少校气喘吁吁，脚步错乱，绕着路旁一丛灌木走着。一个掉队的士兵现出惶恐的神色，上气不接下气地追赶着他的连队。一颗炮弹劈开空气，从巴格拉基昂公爵和随从的头上飞过，合着“一……一”的拍子落在纵队里。“靠拢！”连长神气活现地叫道。士兵们绕过炮弹落下的地方排成弧形走去。侧翼，骑兵连的一个老军士在阵亡的士兵旁边停留了一下，又去追赶自己的队伍。他跳了跳，改正脚步，怒气冲冲地回顾了一下。在一片肃穆的沉默中，在单调而整齐的脚步声中，仿佛又听到“一……二……一……”的叫声。

“好样的，弟兄们！”巴格拉基昂公爵叫道。

“为大——人——效——劳！……”左边，一个脸色阴沉的士兵，一边叫喊，一边双目注视巴格拉基昂，那副神气仿佛在说“我们自己知道”；另一个士兵没有回顾，好像怕分散注意力，张大嘴叫着走过去。

下了立定和放下背囊的口令。

巴格拉基昂绕过旁边走着的队伍，下了马。他把缰绳交给哥萨克，把脱下的斗篷也递给他，伸了伸腿，戴正头上的帽子。由几名军官带领的法军纵队的头已出现在山下。

“上帝保佑！”巴格拉基昂声音坚决而洪亮地叫道，他转身向前线看了看，微微摆动双手，迈着骑惯马的人的笨拙步伐，沿着高低不平的田野向前走去。安德烈公爵觉得有一种无法克制的力量在引导他前进，他感到很幸福。①

---

① 这里发生的攻击，梯也尔（法国史学家）说：“俄国人表现得很英勇，这在战争中是少见的，两群步兵坚决地互相迎战，在交锋前各不相让。”而拿破仑在圣赫勒拿岛上说：“几营俄国兵显得英勇无畏。”——作者原注

法军已经逼近。安德烈公爵走在巴格拉基昂旁边，已能看清法军的背带、红肩章，甚至他们的脸。（他清楚地看见一个年老的法国军官，穿半筒皮靴，迈着八字脚，攀着灌木，困难地爬上山。）巴格拉基昂公爵没发新的命令，一直默默地在队伍前面走着。突然从法军那里传出来接二连三的枪声，从他们散乱的队伍里冒出来一片硝烟，响起了炮声。我方有几个人倒下，其中包括那个生气勃勃地走着的圆脸军官。但就在听到第一枪的时候，巴格拉基昂回头喊道："冲啊！"

"冲啊！"我军队伍呐喊着。士兵们越过巴格拉基昂公爵，你追我赶，散乱而兴奋地向山下混乱的法军冲去。

19

第六猎骑兵团的进攻掩护了右翼的撤退。在中央，被遗忘的土申炮兵连轰得申格拉本起了火，阻挡了法军的进攻。法军扑灭被风扇旺的大火，给了俄军撤退的时间。中央地段俄军经过峡谷撤退，虽很喧闹，但很顺利，队形也没有打乱。然而由亚速步兵团、波多尔斯克步兵团和保罗格勒骠骑兵团组成的左翼，同时受到兰纳指挥的法军优势兵力的攻击和包围，陷入一片混乱。巴格拉基昂派热尔科夫到指挥左翼的将军那儿，命令将军立刻撤退。

热尔科夫举手敬礼，敏捷地策马前进。但他一离开巴格拉基昂，就浑身瘫软。他难以克服心中的恐惧，不敢到危险地区去。

他来到左翼军队附近，没向前朝子弹横飞的地方跑，却到将军和他的参谋官不可能待的地方去找他们，因此没把命令传达到。

左翼凭资历由曾在布劳瑙受库图佐夫检阅的团长指挥，而陶洛霍夫就在那个团里当兵。极左翼由保罗格勒骠骑兵团长指挥——尼古拉就在那个团里服务——因此发生了误会。两个指挥官各不相让，彼此怄气，当时右翼早已开火，法军已开始进攻，而两个指挥官却忙于谈判，目的是要侮辱对方。他们的两个团，骠骑兵团也好，步兵团也好，对当前的战斗都准备不足。两团的人，从士兵到将军，都没做好战斗准备，若无其事地干着日常工作：骑兵喂马，步兵拾柴。

“既然他的官阶比我高，”德国血统的骠骑兵上校涨红脸，对骑马过来的副官说，“他高兴怎么办就怎么办好啦。我可不能让我的骠骑兵去送死。号手！吹撤退号！”

但是情况紧急。在右边和中央，炮声和枪声混成一片，不绝于耳。兰纳指挥的穿法军外套的射击兵已越过磨坊堤坝，在两个步枪射程的地方列成队形。步兵上校脚步哆嗦地走到马前，上了马，挺直身子，跑到保罗格勒指挥官那里。两个团长见了面，表面上客客气气鞠躬，心里却满怀着怨恨。

“我再说一遍，上校，”将军说，“我不能把一半人马留在树林里。我**请求**您，我**请求**您，”他一再说，“占领**阵地**。准备进攻。”

“可我请求您不要干涉别人的事，”上校暴躁地回答，“既然您是骑兵……”

“我不是骑兵，上校，我是俄国将军。您要是不知道这一点……”

“我很清楚，阁下，”上校突然叫起来，策动了马，脸涨得通红，“您最好上前沿阵地去看看，那里的阵地可说毫无用处。我可不愿糟蹋自己的人马来让您开心。”

“您太放肆了，上校。我不是来寻开心的，不许您说这种话。”

将军把上校的邀请看作对他勇气的挑战，挺起胸膛，皱起眉头，跟他一起骑马向前沿阵地跑去，仿佛他们的意见分歧只能在前沿阵地枪林弹雨下得到解决。他们来到前沿，有几颗子弹从他们头上飞过。他们默默地停下来。其实在前沿没什么可看的，因为从他们原来站立的地方也能看清，骑兵在灌木丛和峡谷里无法作战，而法军正在包抄左翼。将军和上校像两只准备相斗的公鸡，恶狠狠而又意味深长地对视着，徒然想在对方身上找寻怯懦的迹象。双方都经受了考验。因为无话可说，而且谁也不愿让对方说他首先离开火线。要不是这时他们后面的树林里突然响起枪声和混杂的呐喊声，他们原会长久停留在那里，相互考验对方的胆量。法军攻击在树林里拾柴的士兵。骠骑兵已无法跟步兵一起撤退。他们已被法军切断了左边的退路。现在不论地形多么不利，他们都得进攻，以打开一条道路。

尼古拉所服务的骑兵连刚上马，就被敌军迎面堵住。又像在恩斯河桥上那样，骑兵连和敌军之间一无所有，他们中间只隔着一条未知与恐惧的可怕界线，好像是一条生与死的界线。人人都感觉到这条界线，但要不要跨过去以及怎样跨过去，这问题却使大家忐忑不安。

上校骑马来到前线，怒气冲冲地回答了军官们提出的问题，但他是个固执己见的人，也发了一道命令。谁也没明确地说什么，但骑兵连却在传说要冲锋。指挥官发出列队的口令，马刀铿锵地出了鞘。但还没有人移动一步，左翼的军队，步兵也好，骠骑兵也好，都感到连长官自己也不知道该怎么办，而长官的迟疑不决也传染给了士兵们。

“赶快行动，赶快行动！”尼古拉想，觉得进攻的时机终于来到，他可以尝到常从骠骑兵伙伴那儿听到的冲锋的欢乐了。

“弟兄们，前进，上帝保佑，”杰尼索夫声音洪亮地喊道，“跑步——走！”

前排马匹的臀部波动起来。白嘴鸦扯动缰绳，自动往前走去。

尼古拉从右边看见我方最前面几排骠骑兵，更远一点，有一道黑压压的影子，但看不清楚，他以为那是敌人。枪声听得见，但很遥远。

“快点跑！”传出了口令声。尼古拉感觉到，他的白嘴鸦摆动屁股，大跑起来。

尼古拉料到马会这样飞驰，越来越高兴。他发现前面有一棵孤零零的树，这棵树本来在那条可怕的线的中央。如今他们越过了这条线，不仅不觉得有什么可怕，而且感到越来越高兴。“哼，我要把他们砍个落花流水！”尼古拉紧握着刀柄，想。

“冲——啊——啊！”响起一片呐喊声。

“哼，现在不管谁落到我手里……”尼古拉想，刺了刺白嘴鸦，跑到所有的人前面，一个劲儿往前猛冲。前面已看得见敌人。突然好像有一把大扫帚从骑兵连头上扫过。尼古拉举起马刀准备砍杀，但就在这时，在他前面奔驰的士兵尼基京科撇下了他。尼古拉觉得就像在做梦一样继续飞驰着，而同时又停在原地不动。他认识的骠骑兵邦达尔丘克从后面赶上他，愤怒地对他瞧了瞧。邦达尔丘克的马猛地一闪，从他旁边跑过去。

“这是怎么一回事？我怎么不会动了？我倒下了，我被打死了……”

有那么一瞬间尼古拉自问自答。他已单独躺在原野上。他看不见跑动的马匹和骠骑兵的脊背，只看见周围一片一动不动的土地和残留的禾茬。他身下是一摊温暖的血。“哦，我负伤了，马被打死了。”白嘴鸦想用前腿撑起来，但倒下了，把骑马人的一条腿压在下面。血从马头里流出来。马挣扎着，但站不起来。尼古拉想站起来，但也倒下了：他的背囊挂住了鞍子。自己人在哪里，法国人在哪里，他都不知道。周围没有一个人影。

尼古拉抽出脚站起来。“清楚地划分开两军的那条界线在哪里？在哪个方向？”他问自己，但回答不出，“我是不是已遭到了不幸？有这样的事吗？遇到这种情况该怎么办？”他一面站起来，一面问自己，同时觉得他那麻木的左臂上挂着一样多余的东西。他的手臂好像已不属于他自己。他看看自己的手，上面没有血迹。“哦，有人来了，”他看见几个人向他跑来，高兴地想，“他们来救我了！”跑在前面的那个人戴着古怪的高筒帽，穿着蓝色的大衣，脸色黧黑，长着鹰钩鼻。后面还有两个人跑来，接着还有许多人跑来。其中一个说着古怪的话，不像俄语。在后面戴高筒帽的人中间，有一个俄国骠骑兵。他被人捉住两臂，他的马在后面被人牵着。

“这一定是我们的人被俘了……是的，难道我也要被俘吗？这是些什么人？”尼古拉一直想着，简直不相信自己的眼睛，“难道真是法国人吗？”他望着那些渐渐逼近的法国人，尽管刚才他还在向法国人冲锋，要把他们一个个砍死，可这会儿他们那么逼近，使他害怕得简直不相信自己的眼睛。“他们是什么人？他们跑来干什么？难道他们是来找我的吗？他们想干什么？要杀死我吗？要杀死**我**这个被大家钟爱的人吗？”他想起母亲、家人、朋友对他的疼爱，觉得敌人是不可能杀死他的。“但也许会杀的！”他一动不动地站了十几秒钟，不明白自己的处境。领头的鹰钩鼻法国人跑得那么近，连他脸上的表情都看得清了。这人端着刺刀，屏住呼吸，轻快地向他跑来，他那激动的陌生的相貌使尼古拉害怕。尼古拉抓住手枪没有开，却拿它向法国人掷去，接着就竭尽全力向灌木丛跑去。现在他不像过恩斯河桥时那样怀着疑虑和斗争，却像一只逃避猎狗的兔子。他的整个身心就是为自己年轻而幸福的生命担忧。他像玩追逃游戏那样穿过田埂飞跑，偶然转过他那苍白的年轻善良的脸往回瞧，他的背上不禁掠过一阵阵寒战。“不，还是不要回头看。”他想，但跑近灌木丛又回头望了望。法国人已落在后面。就在他回顾的一刹那，领头的法国人由奔跑改为行走，并且回头向后面的同伴大声叫嚷。尼古拉停住脚步。“不对，”他想，“他们不会杀死我的。”就在这时，他感到左臂十分沉重，仿佛上面挂着一个两普特重的铁锤。他再也跑不动。法国人也站住了，并且向他瞄准。尼古拉眯缝起眼睛，弯下身子。一颗子弹，又是一颗子弹从他旁边嘘溜溜地飞过。他竭尽全力用右手握住左臂，跑进灌木丛里。灌木丛里有几名俄国射手。

20

几个步兵团在树林里突然受到袭击，从那里跑出来。几个连队互相混杂，乱成一片，往后退却。一个士兵惊慌失措，喊出了在战争中可怕而毫无意义的话：“我们被切断了！”这喊声和恐惧感顿时传染给了所有的人。

“我们被包围了！被切断了！我们完了！”人们一面跑，一面嚷。

团长一听到射击声和后面的呐喊声，立刻明白他的团遭了殃。他想到，他这个供职多年、从无过错的模范军官，可能被司令部斥为玩忽职守和指挥无方，不禁大惊失色。他忘记了那个桀骜不驯的骑兵上校和自己身为将军的尊严，尤其忘记了当前的危险和自卫的本领。他抓住鞍桥，刺动坐骑，冒着四周纷纷落下的弹雨，向他的团飞奔而去。他只有一个愿望：弄明白是怎么一回事，要是他犯了什么错误，那就千方百计加以纠正，免得他这个供职二十二年从未受过批评的模范军官被迫承认错误。

团长好不容易穿过法国军队，驰到树林外面的田野里。我们的士兵不听命令，正通过树林，跑下山去。精神状态决定战斗的胜负，而现在已到了决定的时刻：我们的士兵是听从团长的命令呢，还是回头看他一下继续往前跑？不管士兵们一向觉得十分威严的团长怎样声嘶力竭地叫喊，也不管他怎样气得脸色发紫，拼命挥动长剑，士兵们还是一个劲儿地逃跑，互相说着话，向空中开枪，不听他的命令。在决定胜负的精神状态中，恐惧显然占了上风。

将军由于叫喊和硝烟而咳嗽起来，绝望地站住了。战斗似乎已经输定，但就在这时，向我军进攻的法军突然无缘无故往回跑，从林边消失，树林里出现了俄国射手。这是基莫兴的连队。只有这个连队遵守纪律，埋伏在林中沟渠里，这时突然向法军进攻。基莫兴狂叫着向法军扑去，不顾死活地对敌人挥舞长剑。法国人猝不及防，只好丢下武器逃跑，陶洛霍夫在基莫兴旁边跑着，打死一个迎面跑来的法国兵，最先抓住一个投降军官的领子。逃跑的俄军回来了，几个营重新集合在一起。原先把左翼俄军切成两半的法军一下子被击退了。后援部队会合了，逃跑的士兵停下来。团长和埃科诺莫夫少校站在桥旁，让退却的几个连从身边走过。这时有个士兵走到他跟前，抓住他的马镫，几乎靠在他身上。这个兵身穿蓝呢大衣，没挂背囊，也没戴帽子，头上扎着绷带，肩上挎着法军弹药盒。他手里拿着一把军官长剑。这兵脸色苍白，一双蓝眼睛大胆地直视着团长的脸，嘴角含着微笑。团长虽忙于向埃科诺莫夫少校发命令，也不由得注意起这个士兵来。

“大人，这里有两件战利品，”陶洛霍夫指指法国长剑和弹药盒，说，“我俘虏了一个军官。我拦住了一个连。”陶洛霍夫累得气喘吁吁，说话断断续续，“全连都可以做证。请您记住，大人！”

“好，好！”团长回答，继续对埃科诺莫夫少校说话。

但陶洛霍夫没有走开；他解开头上的手绢，拉下来，让团长看头发上的凝血。

“这是被刺刀刺伤的，但我没下火线。请您记住，大人。”

土申的炮兵连被遗忘了，直到战斗结束还听见中央阵地的炮声，巴格拉基昂公爵这时才派值班校官，接着又派安德烈公爵命令炮兵连尽速撤退。掩护土申炮兵连的部队不知根据谁的命令中途撤退了，但炮兵连仍继续开炮，而它之所以没有被法军攻下，只因为敌人不信四门毫无掩护的大炮能那么大胆地进行射击。相反，由于这个炮兵连的猛烈射击，敌人以为中央阵地集中了俄军主力。他们两次进攻这个据点，但两次都被单独留在高地上的四门大炮用霰弹击退。

巴格拉基昂公爵撤退不久，土申就把申格拉本轰得起火。

“看，他们乱成一团了！起火了！看那烟！太棒啦！妙极啦！好大的烟，好大的烟！”炮手们欢腾起来。

门门大炮都自动对准起火的地方射击。每发一炮，士兵们就仿佛互相鼓励似的叫道：“妙极啦！打得好！你看……太棒啦！”火借风势迅速蔓延开来。开到村外的法军纵队这时都回去了。敌人为了报复这次失利，在村庄右边架起十门大炮，向土申的炮兵连射击。

我们的炮兵沉浸在大火引起的天真的快乐和向法军射击成功的兴奋中，没有发现敌军的这个大炮阵地。直到两颗炮弹，接着又是四颗炮弹落在大炮中间，一颗打倒两匹马，另一颗打掉弹药车车夫的一条腿，才发现它。大家的兴奋劲儿并没减退，只是表现的方式变了。拉后备炮车的马匹被换上去，伤员被抬走，四门大炮掉过头来对付敌军大炮阵地的十门炮。土申的助手军官战斗一开始就阵亡了。一小时里，四十名炮手中伤亡十七名，但炮兵们还是那么兴高采烈。他们两次看见法军出现在离他们很近的下方，就用霰弹轰击。

个儿矮小的土申，动作软弱笨拙，要勤务兵“**为此再装一斗烟**”。他从烟斗里敲落火星，跑到前面，用小手搭起凉棚观察法军。

“打，弟兄们！”他说，亲自抓住方向盘转动着。

在一片硝烟中，在每次都震得身子颤动、耳朵发聋的炮轰声中，土申没有放下他的短烟斗。他从这门炮跑到那门炮，时而瞄准，时而数炮弹，时而下令调换死伤的马匹，并用他那微弱尖锐和迟疑不决的声音叫喊着。他的脸色越来越兴奋了。只在有人负伤或被打死的时候，他才皱皱眉头，转过脸去，愤怒地斥责照例迟迟没把伤员和尸体搬走的人。士兵多半是英俊的小伙子（在炮兵连里他们照例总是比他们的长官高两个头，身体宽一倍），他们都像孩子遇到困难似的望着连长，而连长脸上的表情总是一成不变地反映到他们的脸上。

尽管有这种可怕的轰鸣，土申因为要集中精神，紧张行动，丝毫不感到恐惧，也根本没想到他可能被打死或者受重伤。相反，他变得越来越兴奋。他觉得，他发现敌人和打第一炮即使不是昨天，也是好久以前的事，他站着的地面也是他早就熟识的亲切的地方。尽管他记得一切，考虑过各种问题，并且做过一个最优秀的军官处于他的地位所能做的一切，他始终处于狂热或陶醉的状态。

由于周围我方几门炮发出震耳欲聋的声音，由于敌人炮弹的呼啸声和爆炸声，由于炮手们满头大汗、满脸通红、围着大炮忙碌的情景，由于人马血流成河的景象，由于敌军方面不时冒起一团团硝烟（每次冒烟后就有一颗炮弹飞过来，落在地上打中人、炮或者马匹）——由于这种种景象，他的头脑里出现一个光怪陆离的世界，使他陶醉。在他的幻想中，敌人的大炮不是大炮，而是烟斗，有一个看不见的吸烟者正断断续续地喷出一口口烟来。

“看，又冒烟了，”土申低声自言自语，这时从山上飘下一团烟，被风吹成一长条，向左边飘去，“这下子炮弹就要来了，我们把它扔回去。”

“您有什么吩咐，大人？”一个炮兵军士站在他旁边，听见他在嘟囔着什么，问道。

“没什么，一颗榴弹……”他回答。

“来吧，我们的马特维夫娜。”他自言自语。在他的想象中，最靠边那门老式大炮就是马特维夫娜。他觉得聚集在大炮周围的法国人好像一群蚂蚁。在他看来，第二尊炮的一炮手，美男子和酒鬼是位**叔叔**，土申对他看得最多，欣赏着他的每个动作。山下步枪对射，时起时伏，他觉得好像是什么人的呼吸。他倾听着这时起时落的枪声。

“听，又喘气了，又喘气了。”他自言自语。

他想象自己是个魁梧强壮的汉子，双手能把炮弹掷到法国人那里。

“喂，马特维夫娜，老姑娘，别丢我的脸！”他从大炮旁边走开去说，这时有个陌生的声音在他头上叫道：

“土申大尉！大尉！”

土申惊恐地回头一看。原来就是那个把他从格仑特酒店里赶出来的校官。校官气喘吁吁地对他嚷道：

“您怎么，疯了吗？两次命令您撤退，可您……”

“哦，他们干吗老跟我过不去？……”土申怯生生地望着长官，心里想。

“我……没什么……”他把两个手指举到军帽旁说，“我……”

但上校来不及把话说完。一颗炮弹贴近他飞过，他赶快低下头，趴在马背上。他停顿了一下，刚想说下去，另一颗炮弹又阻止了他。他拨转马头跑开了。

“撤退！全体撤退！”他从远处叫道。

士兵都笑起来。过了一分钟，副官骑马带来同样的命令。

这是安德烈公爵。他来到土申炮兵连阵地，首先看到一匹卸套的断腿马。它在一群套马具的马匹旁嘶鸣着。血从它的腿里像泉水般汩汩流出来。炮车之间躺着几个死人。安德烈公爵跑近他们的时候，炮弹接二连三地从他头上飞过，他觉得脊梁上一阵寒战。但一想到他不该害怕，就又鼓起勇气来。“我不能害怕。”他想，在大炮中间不慌不忙地下了马。他传达了命令，但没离开炮兵连。他决定当场撤下大炮，立即撤离阵地。他跟土申一起在尸体中间走着，在法军猛烈炮火下撤走大炮。

“刚才来了一位长官，一来就溜了，”一个炮兵军士对安德烈公爵说，“他和您大人不一样。”

安德烈公爵没有跟土申说一句话。他们两人都很忙碌，彼此好像没看见。炮兵们把四门炮中两门完好的套上前车，弃下一门被打坏的炮和一门独角兽炮，向山下移动。这时安德烈公爵骑马来到土申跟前。

“嗯，再见了。”安德烈公爵同土申握手，说。

“再见，好朋友！”十申说，“可爱的人！再见，好朋友！”上申不知怎的突然热泪盈眶。

21

风停了，乌云低垂在战场上空，同地平线上的硝烟混成一片。天色黑了，两处大火显得格外明亮。炮声渐渐稀疏了，但后边和右边的步枪声却越来越密、越来越近。土申带着大炮从伤员旁边和中间经过，刚刚出了火线，退到峡谷，就遇到几名长官和副官，其中包括值日校官和两次奉派到土申炮兵连却没有到达的热尔科夫。他们争先恐后地向他传达命令，往何处去，怎样去，并且责备他，批评他。土申没有发布任何命令，也没作声。他怕说话，因为一开口，他自己也不知道为什么，总是想哭，就默默地骑着炮兵连的一匹驽马跟在后面走。虽然有命令把伤员丢下，许多伤员还是勉强跟在军队后面，要求让他们坐炮车走。那个开火前从土申棚子里蹿出来的雄赳赳的步兵军官，腹部中了枪弹，被放到“马特维夫娜”上面。山下一个脸色苍白的骠骑兵士官生，一只手托着另一只手，走到土申跟前，要求搭炮车。

“上尉，看在上帝分上，我胳膊扭伤了，”他怯生生地说，“看在上帝分上，我走不动了。看在上帝分上！”

显然，这个士官生要求搭车已不止一次，但都遭到拒绝。他用一种迟疑的可怜声音要求道：

“看在上帝分上，让我搭搭车吧。”

“让他坐上，让他坐上！”土申说，“老弟，你把大衣给他铺上，”他对他所喜欢的一个士兵说，“那个负伤的军官呢？”

“抬下去了，完蛋了。”有人回答。

“坐吧！坐吧，兄弟，坐吧！安东诺夫，把大衣铺上。”

这个士官生就是尼古拉。他一手托住另一只手，脸色苍白，下巴颏因发烧不断颤动。他们让他坐在“马特维夫娜”也就是刚才载过阵亡军官的那辆炮车上。垫在下面的大衣血迹斑斑，尼古拉的马裤和手臂上也沾满了血。

“怎么，您负伤了，兄弟？”土申走到尼古拉躺着的炮车前，说。

“没什么，有点擦伤。”

“怎么炮车上都是血？”土申问。

“大人，这是那位军官流的血。”一个炮兵回答，用军大衣袖子擦着血，仿佛因为炮车肮脏而感到负疚。

他们在步兵帮助下好容易把大炮拖上山，到根特斯陶夫村停下来。天色黑了，十步之外都看不清士兵的服装，枪声也停了。突然右边不远处又响起呐喊声和炮击声。在黑暗中大炮发出闪光。这是法军最后一次进攻，驻在村子里的士兵在还击。大家又都冲出村庄，但土申的大炮无法移动。炮兵、土申和士官生都面面相觑，在那里听天由命。射击声停止了，从横街里涌出来一批兴奋地说话的士兵。

“你没事吗，彼得罗夫？”一个士兵问。

“老兄，狠狠地给了他们一家伙。他们再也不敢来了。”另一个士兵说。

“什么也看不见。他们打起自己人来了！看不清楚，一片漆黑，老兄。有没有喝的？”

法军最后一次进攻被打退了。在一片漆黑中，土申的两门炮被喧闹的步兵团团围住，向前移动。

在黑暗中，低语声、说话声、马蹄声和车轮声汇成一片，好像一条看不见的昏暗的河在朝一个方向流动。在漆黑的夜里，伤员的呻吟声和说话声比其他喧闹声更清晰。他们的呻吟充满了这包围军队的黑暗，同夜色融成一片。过了一会儿，移动的人群中发生了骚动。一个骑白马的人带着随从跑来，一边跑，一边嘴里说着什么。

“他说了什么？现在去哪里？停下来不走了吗？他感谢我们，是吗？”四面八方急切地传来各种问题。移动的人群突然挤在一起（前面的人显然站住了），传说有命令叫站住。大家都在泥泞的道路中间停下来。

篝火升起来，说话声听得更清楚了。土申大尉向全连发了命令，派一个兵去为士官生找救护站或军医，然后在路边士兵们生起的篝火旁坐下来。尼古拉也瘸着腿走到篝火旁。他由于疼痛、寒冷和潮湿，像发高烧一样浑身哆嗦。他困得要命，但手臂上的剧痛使他辗转不安，难以入眠。他时而闭上眼睛，时而瞧瞧红得耀眼的篝火，时而望望佝偻着虚弱的身体、盘腿坐在旁边的土申。土申那双善良聪明的大眼睛充满同情和怜悯注视着他。他看到，土申满心想帮助他，但爱莫能助。

四面八方传来过路步兵的脚步声和散坐在周围的人们的说话声。说话声、脚步声、在泥地里行进的马蹄声和远近各处柴火的噼啪声，汇成一片此起彼伏的喧闹。

原来黑暗中那条看不见的河流，如今变得像暴风雨后渐趋平静的昏暗海洋。尼古拉茫然望着和听着他面前和周围所发生的一切。一个步兵走到篝火旁，蹲下来伸手烤火，又转过脸去。

“可以烤烤吗，大人？”他问土申，“我掉队了，大人。我自己也不知道来到哪里了。真倒霉！”

一个脸上扎绷带的步兵连长带着一个士兵走到篝火跟前，请土申吩咐把炮稍微移开一点，好让大车过去。连长之后，又有两个兵跑到篝火旁。他们两人破口大骂，互相扭打，争夺着一只靴子。

“怎么是你捡的！哼，真狡猾！”一个士兵哑着嗓子叫道。

随后来了一个瘦削苍白的士兵，他脖子上扎着一条染血的包脚布，怒气冲冲地问炮兵要水喝。

“难道要我像条狗那样死掉吗？”他说。

土申吩咐给他一点水。后来又跑来一个快乐的士兵，为步兵讨个火。

“给步兵一个火种！祝你们走运，老乡，谢谢你们，我们以后加倍奉还。”他说，拿着一块烧红的木柴隐没在黑暗中。

在这个士兵之后又来了四个士兵。他们用军大衣兜着一样重东西，从篝火旁走过。其中一个被绊了一跤。

“哼，真见鬼，把劈柴放在路上。”那个兵嘀咕道。

“人已经死了，还抬着他做什么？”其中一个说。

“去你的！”

他们兜着那个东西在黑暗中消失了。

“怎么？疼吗？”土申低声问尼古拉。

“疼。”

“大人，将军要见您。他在这里农民家里。”一个炮兵走到土申跟前，说。

“我这就去，老弟。”

土申站起来，扣上军大衣，理理衣服，离开篝火……

离炮兵篝火不远，巴格拉基昂公爵坐在为他准备的农舍里吃饭，同聚集在那里的几个指挥官谈话：一个小老头半闭着眼睛，贪馋地啃着一块羊骨头；一个供职二十二年无差错的将军，酒醉饭饱，红光满面；手上戴着有图章的指环的校官热尔科夫惊惶不安地环顾着所有的人；还有安德烈公爵，他脸色苍白，嘴唇紧闭，眼睛像发烧似的闪动着。

屋角靠着一面缴获的法国军旗，军法官带着天真的神气摸摸军旗，困惑地摇摇头，也许他真的对军旗感兴趣，也许因为他饿着肚子看人家吃饭而没有自己的份感到难受。隔壁小屋里关着一个被龙骑兵俘虏的法国上校。几名俄国军官聚集在他周围打量着他。巴格拉基昂公爵向指挥官一一道谢，询问战斗和伤亡的详细情况。在布劳瑙受过检阅的团长向巴格拉基昂公爵报告，说战事一开始，他就从树林里撤退，把砍柴的士兵集合在一起，让法军从旁边经过，然后用两营人拼刺刀，把法军击溃。

"大人，我看见一营已乱了阵脚，我就站在路上想：'让他们撤走，然后迎头痛击法国人。'我就这样做了。"

团长心里很想这样做，又惋惜没来得及这样做，但他讲得似乎真有其事。是啊，也许真的发生过这样的事吧。在这一场混战中，谁能说得清什么事发生过，什么事没发生过?

"大人，我还应该向您报告，"团长想起陶洛霍夫同库图佐夫的谈话，以及他同这个降职的人的最后一次见面，说，"我亲眼看见降职当兵的陶洛霍夫俘虏了一名法国军官，他表现得特别勇敢。"

"大人，我在这里看见保罗格勒骠骑兵冲锋，"热尔科夫神色慌张地环顾着，插嘴说，其实这天他根本没看见骠骑兵，只听一个步兵军官说到他们，"他们冲破了两个方阵，大人。"

有几个人听了热尔科夫的话微微一笑，照例把它当作笑话，但发现他的话会使我军增光，就现出严肃的神态，虽然许多人都清楚，热尔科夫说的是一派谎言。巴格拉基昂公爵向老上校转过身去。

"诸位，我感谢大家，步兵、骑兵和炮兵作战都很勇敢。中央阵地怎么扔掉了两门大炮？"他问，用眼睛找寻着什么人。(巴格拉基昂公爵没问到左翼的大炮，因为他知道，战事一开始，那里所有的炮都被扔下了。)"我好像是请您去的。"他对值班的校官说。

"有一门炮被打坏了，"值班校官回答，"另外一门，我可不知道，我一直在那里照管，刚刚离开……确实打得很厉害。"值班校官恭敬地补充说。

有人说，土申大尉就在这个村里，已派人去找了。

“您不是到过那里吗？”巴格拉基昂公爵问安德烈公爵说。

“是啊，我们刚好错过。”值班校官对安德烈公爵愉快地微笑着说。

“我没有福气遇见您。”安德烈公爵冷冷地说。

大家都没作声。土申怯生生地从将军们背后挤出来，出现在门口。他看见长官照例有点窘，在狭窄的农舍里绕过将军们，没注意旗杆，被绊了一跤。有几个人笑起来。

“一门大炮怎么扔掉的？”巴格拉基昂皱起眉头问。他并不是对大尉，而是对发笑的人皱眉头，在发笑的人当中，笑得最响的是热尔科夫。

此刻当着严厉的长官的面，土申才恐惧地意识到自己活着丢了两门大炮是一种失职和耻辱。他情绪非常激动，因为以前一直没想到这一层。军官们的笑声弄得他更加狼狈。他站在巴格拉基昂面前，下巴颏发抖，好容易说：

“我不知道…… 大人…… 当时没有人，大人。”

“您可以向掩护部队要人！”

当时并没有掩护部队，但土申没有说。他怕因此**连累**别的军官，没有作声，眼睛呆呆地盯着巴格拉基昂的脸，好像一个答错考题的小学生望着主考人。

沉默持续了好一阵。巴格拉基昂公爵显然不愿使人觉得严厉，但又找不出话说；其他的人又不敢插嘴。安德烈公爵皱着眉头望着土申，手指神经质地抖动着。

“大人，”安德烈公爵用尖锐的声音打破了沉默，“您派我去土申大尉的炮兵连。我到了那里，发现丢了三分之二人马，两门大炮也打坏了，根本没有什么掩护部队。”

这时巴格拉基昂公爵和土申都盯着激动而又克制地说话的安德烈。

“大人，您要是允许我发表意见，”安德烈公爵继续说，“那么我想说，我们今天的胜利首先应归功于这个炮兵连的行动和土申大尉跟他连队的勇敢坚定。”安德烈公爵说完，不等人家回答，就离开餐桌。

巴格拉基昂公爵望望土申，显然不愿意表示自己不相信安德烈的尖锐批评，同时又觉得不能完全相信他的话，就向土申点点头，告诉他可以走了。安德烈公爵跟着他走出来。

“哦，谢谢，好人，您救了我。”土申对他说。

安德烈公爵觉得又伤心又痛苦。一切都是那么古怪，出乎他的意料。

“他们是什么人？他们到这里来做什么？他们要什么？这一切什么时候才会了结？”尼古拉望着面前交替出现的人影，想。手臂上的疼痛越来越厉害。他无法克服睡意，眼前出现一个个红圈，那些声音和那些人的脸、孤独感和疼痛交织在一起。这是他们，这些兵，负伤的和没负伤的兵，是他们在挤他，压他，抽他的筋，烧他的断臂和肩膀。为了摆脱这一切，他闭上了眼睛。

尼古拉迷糊了一会儿，在这短暂的昏迷中，他梦见了许多景象：他看见他的母亲和母亲又白又大的手，看见宋尼雅瘦削的肩膀，娜塔莎的眼睛和笑声，还有杰尼索夫和他的声音与小胡子，还有吉梁宁，以及他跟吉梁宁和波格丹内奇的事。这件事和那个尖嗓子的兵原来是一回事。这件事和那个兵那么痛苦、那么执拗地抓住和挤压他的手臂并且向一边拉也是一回事。他想从他们手里挣脱，但他们紧紧抓住他的肩膀，连一秒钟也不放松。要不是他们硬拉他的肩膀，他也不会感到疼痛，可是他无法摆脱他们。

尼古拉睁开眼睛望望天空。黑色的夜幕悬在篝火上空一码的地方。在这条火光中，飘飘悠悠地下着细雪。土申没有回来，军医也没有来。尼古拉孤零零独自一人，只有一个兵光着身子坐在篝火前，烘着他那又瘦又黄的身体。

“谁也不需要我了！”尼古拉想，“没有人帮助我，没有人可怜我。可从前我在家里多么强壮，快乐，招人喜爱。”他叹了一口气，随即又情不自禁地呻吟起来。

“很痛吗？”那个兵在篝火上方抖动衬衫问，接着不等回答，干咳了一声，添加说，“今天一天伤了多少人，真是可怕！”

尼古拉没听那兵说话。他望望在篝火上飞舞的雪花，想起俄罗斯的冬天，想起明亮温暖的家，想起厚厚的皮大衣、飞驰的雪橇、健康的身体，以及家里人对他的爱护和关怀。“我到这里来干什么呀！”尼古拉想。

第二天，法军没有再发动进攻，巴格拉基昂的残部同库图佐夫的军队会师了。

第 三 部

1

华西里公爵对自己的计划从来不多加考虑，对损人利己的行为考虑得更少。他老于世故，在社交界长袖善舞，惯于从中弄到好处。他总是根据不同环境，根据不同对象，决定不同的计划和打算。尽管他对自己的计划和打算从不深思熟虑，但制订计划却是他生活的全部乐趣。在他的头脑里，计划和打算不是一个两个，而是一打两打，其中有的刚刚形成，有的已经实现，有的已自行消亡。他从不预先考虑好，例如："这人现在得势，我要取得他的信任和交情，并通过他获得一笔特别津贴。"或者："现在皮埃尔有钱了，我要吸引他娶我的女儿，然后向他借我所需要的四万卢布。"华西里公爵一遇见有权有势的人物，本能就会立刻提醒他，这人可能有用，应该同他接近，一有机会他就会不假思索地去奉承他，亲近他，说出要说的话来。

皮埃尔在莫斯科受到他的笼络。华西里公爵替他谋得宫内侍从一职，相当于五等文官。他要皮埃尔陪他去彼得堡，并住到他家里。华西里公爵仿佛不是有心，但满怀信心，竭力要使皮埃尔娶他的女儿。华西里公爵要是事先反复考虑他的计划，患得患失，在和地位不同的各种人交往中，他就不可能那么大方那么亲热了。他善于趋炎附势，还有一种抓住有利时机利用各种人物的罕见本领。

皮埃尔不久前还独自过着无忧无虑的生活，如今突然成了富翁和别祖霍夫伯爵，每天要和各种人打交道，要处理各种事务，一直要到晚上上床才得清静。他要签署文件，出入官府（他不明白那种地方在干什么），要向总管了解各种家务，视察莫斯科郊区庄园，接见许多人。这些人以前根本不把他放在眼里，如今他要是不愿接见他们，他们就会觉得十分委屈。商人、亲戚、熟人等形形色色的人物对这位年轻的继承人都十分和蔼可亲，深信他品德高尚。他不断听到“以您的仁爱胸怀”，或者“凭您的善良心肠”，或者“您是那么纯洁，伯爵……”，或者“要是他能像您那样英明”这一类话，以致他真的相信自己非常仁爱非常英明，再说，他内心一向认为自己是很仁爱很英明的。就连过去待他粗暴无礼、抱有敌意的人现在也变得和蔼可亲了。那个腰身很长、头发梳得像布娃娃、脾气很坏的大公爵小姐在办完丧事后来到皮埃尔房里。她垂下眼睛，脸上一阵红一阵白，对他说，她为过去他们之间的误会感到遗憾，现在她知道自己无权要求什么，只请求在她受了这次重大打击后再在这家里逗留几星期，因为她那么热爱这个家，并曾为它作了那么多牺牲。她说这话时忍不住哭起来。皮埃尔被这个像石像一般冷冰冰的公爵小姐的转变所感动，抓住她的手请求原谅，虽然自己也不知道要她原谅什么。公爵小姐从那天起动手替皮埃尔织条纹围巾，完全改变了对他的态度。

“你为她做件好事吧，*老弟*，她毕竟为已故的伯爵吃了不少苦。”华西里公爵对皮埃尔说，让他在一张对公爵小姐有利的文件上签字。

华西里公爵认定得把这块大骨头（三万卢布支票）扔给可怜的公爵小姐，免得她说出他曾参与抢夺镶花文件夹的事。皮埃尔签了字，从此公爵小姐就变得越发和蔼可亲了。两个小表妹对他也很亲热，特别是那个脸上有痣、相貌好看的最小的公爵小姐，看见他总是羞答答地微微一笑，弄得他有点尴尬。

皮埃尔觉得人人喜欢他是理所当然的。要是有人不喜欢，那就有悖情理，而他不能不相信周围的人待他是一片诚意。再说，他也没时间去考虑他们有没有诚意。他总是忙忙碌碌，总是陶醉在亲切愉快的气氛中。他觉得自己是某种重大运动的中心，人家对他总是有所期待；某件事他要是不做，就会使许多人痛苦失望；他要是做了，就会使大家高兴。于是他就有求必应，但结果并不美满。

最初，华西里公爵对皮埃尔的行动控制得比谁都严。自从别祖霍夫伯爵去世后，他就没放松过皮埃尔。华西里公爵那副神气仿佛表示，尽管他事务繁忙，疲劳不堪，但出于同情心，不能眼看这个无依无靠的青年听凭命运和骗子们的摆布，因为他毕竟是他老朋友的儿子，而且有这么一大笔财产。别祖霍夫伯爵去世后，华西里公爵留在莫斯科的日子里，他几次把皮埃尔叫到跟前，或者亲自去找他，指点他事情该怎么办。他用疲倦而肯定的语气说话，仿佛还对他说：

“你知道我忙得不可开交；但我要是不管你，于心不安；你要知道，我对你说的是唯一可行的办法。”

“我说，老弟，明天我们非走不可了。”有一天华西里公爵闭上眼睛，抚摸着皮埃尔的臂肘，对他说，那语气仿佛在说一种他们早已商定而不能改变的事。

“我们明天就动身，我在马车里给你留个位子。我很高兴，这里的重要事情都办好了。我早就该走了。我从大臣那里收到一封信。我向他推荐你。你的名字已列入外交使团，你已当上宫内侍从。现在，外交官的路已在你面前展开了。”

虽然华西里公爵说话疲惫而又肯定，长期考虑自己前途的皮埃尔却很想表示异议。但华西里公爵用低沉的温柔语气抢在前头，使他无法插嘴，而且觉得非服从不可。

“不过，老弟，我这样做是为了自己，为了自己的良心，你可不用谢我。天下没有人会因为人家太爱他而诉苦的。再说，你享有自由，即使你明天辞职不干也行。你到了彼得堡就会明白。你早就该把那些可怕的往事给忘了。”华西里公爵叹了一口气，“就是这样，老弟。让我的跟班也搭你的马车走吧。哦，对了，我差点儿忘了，”华西里公爵又添加说，“不瞒你说，老弟，你父亲同我还有点账目未清，所以我收到梁赞田庄的款子就收下了，反正你也不需要钱用。咱们的账好算。”

华西里公爵所谓“梁赞田庄的款子”是指农民缴纳的几千卢布代役租，他早就把这笔钱扣下了。

在彼得堡，也像在莫斯科那样，皮埃尔被热情友好的气氛所包围。他无法推辞华西里公爵为他谋得的职位，或者毋宁说头衔（因为他什么事也不用做），而交际、邀请和社会活动是那么多，以致皮埃尔觉得比在莫斯科更加使他陶醉、忙碌和幸福。这种幸福，永无止境。

皮埃尔原来的单身汉朋友，很多都不在彼得堡。近卫军上了前线，陶洛霍夫降为士兵，阿纳托里在外省军队里，安德烈公爵在国外，因此皮埃尔不能像以前所喜爱的那样消磨夜晚，也无法同他所尊敬的老朋友促膝谈心。他把全部时间都花在宴会、舞会上，主要是在华西里公爵家里，同肥胖的公爵夫人和他们美丽的女儿海伦待在一起。

安娜·舍勒也跟社交场所别的人一样，改变了对皮埃尔的态度。

以前，安娜·舍勒在场，皮埃尔总觉得自己说话没有礼貌，没有分寸，很不得体。他的话没说出口似乎很聪明，一旦说出来就显得很愚蠢。相反，伊波利特最愚蠢的话说出来也显得聪明、讨人喜欢。现在呢，皮埃尔不论说什么都是动听的。即使安娜·舍勒没开口，他也看出她想这么说，只因为对他的谦逊表示尊重，才克制着没有说出来。

从一八〇五年初冬到一八〇六年，皮埃尔经常收到安娜·舍勒惯用的粉红色请帖，请帖上还加了一句："在我这里你能看到百看不厌的美丽的海伦。"

皮埃尔看到这里，第一次感到在他和海伦之间形成了一种公认的关系。这个想法使他害怕，仿佛给了他一种他无力承担的义务，但同时又使他高兴，因为这是一种有趣的设想。

安娜·舍勒的晚会仍同第一次一样，所不同的只是现在安娜·舍勒用来款待客人的不是莫特玛，而是从柏林来的一位外交官。这位外交官带来亚历山大皇帝到达波茨坦的最新详情，还介绍了两位君主怎样在那里宣誓结成牢不可破的同盟，来保卫正义的事业，反对人类的公敌。安娜·舍勒带着哀伤的神情接待皮埃尔。她这种神情显然是由于这个青年新近丧父，由于别祖霍夫伯爵的去世而引起的（大家都认为必须让皮埃尔明白，他那几乎不认识的父亲的去世应该使他很伤心）。她这种哀伤的神情就像提到至尊的玛丽太后时一样。皮埃尔因此感到荣幸。安娜·舍勒以她娴熟的手腕把客人分成几组。华西里公爵和将军们的大组分到了那位外交官。另一个组围着茶桌。皮埃尔想加入第一组，但安娜·舍勒好像一个战地司令官，头脑里有无数高明主意还没来得及实行，因此心情很紧张。她一看见皮埃尔，就用一个手指碰碰他的衣袖说：

“等一下，今晚我有件事要同你谈。”她说着瞟了一眼海伦，对她微微一笑。

“我亲爱的海伦，请你对我那位崇拜你的姑妈发发善心，去陪她十来分钟吧。为了不让你太无聊，我们这里来了一位可爱的伯爵，他是不会拒绝同你做伴的。”

美人向老姑妈走去。安娜·舍勒仍把皮埃尔留在身边，她的神态表示，她还得再叮嘱他一点事。

“她真迷人，是不是？”安娜·舍勒指着轻盈地飘走的绝色美人对皮埃尔说，“真是仪态万方！这样年轻的姑娘就有这样端庄的仪态，真是雍容华贵！这是出于她的心灵！她嫁给谁，谁就有福了！跟她在一起，一个最不擅长交际的丈夫也会在社交界大放异彩。您说是吗？我只想知道您的想法。”安娜·舍勒说到这里才放了皮埃尔。

对安娜·舍勒谈到的海伦仪态端庄的问题，皮埃尔衷心表示同意。要是他曾经想到过海伦，那想到的就是她的美丽，就是她在交际场所很自然地表现出来的文静优雅的风度。

姑妈在她的角落里接待这两个年轻人，但似乎不愿流露她对海伦的崇拜，而宁愿表示她对安娜·舍勒的敬畏。她瞧瞧侄女，仿佛问她该怎样对待他们。安娜·舍勒离开他们的时候，又用手指碰碰皮埃尔的衣袖说：

“我希望您再也不会说在我家里无聊了。”安娜·舍勒瞧了瞧海伦。

海伦傲然一笑，仿佛表示，她不容许有人见了她而不着迷。姑妈咳嗽了几声，咽下一口唾沫，用法语说，她看到海伦很高兴；然后用同样的神态同样的措辞对皮埃尔也说了一遍。在断断续续的沉闷谈话中，海伦瞧了瞧皮埃尔，并且像对一切人那样，迷人地粲然一笑。皮埃尔已看惯这种微笑，不觉得有什么特殊含义，因此对它毫不在意。姑妈谈到皮埃尔亡父别祖霍夫伯爵酷爱收藏鼻烟壶，并拿出她的一个鼻烟壶给他们看。海伦公爵小姐要求看看鼻烟壶上姑父的画像。

“这大概是维奈斯的作品。”皮埃尔说出著名微型画家的名字，从桌上探身去取鼻烟壶，同时听着另外一桌上的谈话。

他欠起身来，想绕过去，但姑妈从海伦背后把鼻烟壶直接递给他。海伦把身子闪开，含笑回头看了看。她像平时参加晚会那样，穿着当时流行的袒胸露背的晚礼服。她的上半身（皮埃尔一向觉得它像大理石雕成的）离开他的眼睛那么近，连他这样的近视眼都能看清她那富有魅力的肩膀和脖子，而离开他的嘴唇又是那么近，他只要稍稍低下头，就能碰到她。他感到她肉体的温暖，闻到香水的芬芳，听到她呼吸时胸衣的窸窣声。他看到的不是同她衣服组成一个整体的大理石般的美，他看到和感觉到的是她那只隔着一层衣服的肉体的魅力。一旦发现了这点，他就再不能像原来那样看她，就像我们不能再相信已经揭穿的骗局那样。

"难道您到现在还没注意到我是多么美吗？"海伦仿佛这样说，"您没注意到我是个女人吗？是的，我是个女人，我可以属于任何男人，也可以属于您。"海伦的眼神在这么说。就在这一刹那，皮埃尔觉得海伦不仅可能而且应该做他的妻子。他觉得非如此不可。

就在这一刹那，他确信她会做他的妻子，好像他已同她站在一起举行婚礼。但这事怎样实现，什么时候实现，他却不知道。他甚至不知道这是不是好事（不知怎的，他甚至觉得这是件坏事），但他知道这事一定会成为现实。

皮埃尔垂下眼睛，又抬起来。他仍希望他看到的只是一个陌生的与他无关的美人，就像以前每天看到她的时候那样，但这已经办不到了，好像一个人原来在迷雾中把一棵草看成一棵树，一旦认出这是一棵草，就再也不能把它当作一棵树了。她挨得他太近了。她可以牢牢地控制他。他们之间，除了他自己的意志，已没有任何障碍了。

"好吧，我把你们留在你们的角落里。我看出，你们在那里挺快活。"传来安娜·舍勒的声音。

皮埃尔恐惧地回想他有没有做出什么不体面的行为，涨红了脸，向周围环顾着。他觉得人人都像他一样知道他出了什么事。

过了一会儿，皮埃尔走到大组客人那里，安娜·舍勒对他说：

"听说您在装修您在彼得堡的公馆，是吗？"

这是事实：建筑师说，需要这样做。于是皮埃尔就糊里糊涂地装修起他彼得堡的邸宅来。

“这很好，但您不要从华西里公爵家搬走。有他这样一个朋友是不错的，”安娜·舍勒说到这里，向华西里公爵微微一笑，“这方面的事我懂得一点。是不是？您还这么年轻，需要听听别人的忠告。您别以为我倚老卖老，生我的气。”安娜·舍勒沉默了一会儿，就像一般女人说到自己年纪时默默地等待别人开口那样，“您要是结婚，那可是另一回事了。”接着她一眼同时看了看他们两人。皮埃尔没看海伦，海伦也没看皮埃尔。但她依旧紧挨着他。他嘟囔了一句，脸红了。

皮埃尔回到家里，回想刚才发生的事，久久不能入睡。他出了什么事啦？什么也没有。他只明白一点：他从小就认识的那个女人（以前人家对他说起海伦是个美人，他总是漫不经心地回答：“是的，她长得很美。”），如今可能属于他了。

“但她很愚蠢，我说过她很愚蠢，”皮埃尔想，“她在我身上引起的不是爱情，而是一种丑恶的、卑劣的感情。我听说，她哥哥阿纳托里爱过她，她也爱过他，他们之间有过一段丑闻，因此阿纳托里从家里被打发走了。她的哥哥伊波利特……她父亲华西里公爵……这样不好。”皮埃尔想，但就在他这么考虑的时候（这种考虑还没结束），他又情不自禁地产生另一种想法。他一方面觉得她庸俗浅薄，另一方面又梦想她将成为他的妻子，她会爱他，她会完全改变，而他所想到和听到的有关她的一切可能都是假的。皮埃尔又看到她不是什么华西里公爵的女儿，而只是被灰色衣服所遮盖的一身肉体。“不过，以前我怎么从没有产生过这样的念头？”皮埃尔又对自己说，这不可能，这样的婚姻有点丑恶，不自然，不正当。皮埃尔回想她说过的话和她的眼神，回想人们看见他们两人在一起时的眼神。他想起安娜·舍勒对他说到房子时的话和眼神，想起华西里公爵和别人所做的成千次暗示。他感到心惊胆战，他怕他已不得不做一件显然是不好而又不该做的事。但就在他这么想的时候，他心中又浮现出她那富有女性魅力的形象。

2

一八〇五年十一月，华西里公爵要到四个省视察。他谋得这个差事，就可以顺便看看他那破落的田庄。他把儿子阿纳托里从部队营地找来，带他一起到保尔康斯基公爵家，目的是要让儿子娶这个老财主的女儿。不过在动身去处理这些新事之前，华西里公爵必须先解决皮埃尔的问题。不错，皮埃尔近来整天都待在他家里，并且像一般恋爱中的人那样，一看到海伦就神魂颠倒，手足无措，但还没向她开口求婚。

“这一切都很好，但总得有个结果啊。”一天早晨，华西里公爵闷闷不乐地暗自叹息说，他觉得皮埃尔欠了他那么多情（哦，但愿上帝保佑他！），在这件事上也做得不够漂亮。“年纪轻……轻浮……唉，但愿上帝保佑他！”华西里公爵想，自以为很厚道，“总得有个结果啊。后天是海伦的命名日，我要请几个人来。要是他还不懂应该怎么办，那就让我来。对，让我来办。我可是她的父亲啊！”

皮埃尔参加了安娜·舍勒的晚会，激动得通宵失眠，但断定同海伦结婚是不会幸福的，他得避开她。从那天起，一个半月过去了，可是皮埃尔还没离开华西里公爵家。他恐惧地感觉到，在人们的眼里他同她的关系一天比一天密切，他再也无法恢复以前对她的看法，他无法离开她。这很可怕，因为他不得不把自己的命运同她结合在一起。他本来还可能克制自己的感情，但华西里公爵家没有一天没有晚会（以前他很少请客），皮埃尔要是不愿扫大家的兴，不愿使大家失望，就只好参加。华西里公爵难得在家，他只要从皮埃尔身旁走过，就拉拉他的手，漫不经心地把自己刮得精光的皱脸凑过去让他吻，或者说“明天见”，或者说“来吃饭，不然我就看不见你了”，或者说“我是为了你才留下来的”，等等。尽管华西里公爵为了皮埃尔而留下来（他是这么说的），他同皮埃尔却说不上两句话，而皮埃尔却觉得不能使他失望。皮埃尔天天对自己说：“我一定要了解她，弄明白她究竟是个怎样的人。我是以前错了，还是现在错了？是啊，她并不愚蠢，她是个好姑娘！”皮埃尔有时这样自言自语：“她从没做过什么错事，从没说过一句蠢话。她话不多，但说起来总是简单明了。她确实不蠢。她从来没发过窘，现在也很大方。她确实不是个坏女人！”他同她谈论各种问题，说出自己的想法。每次她不是用简短而适当的话回答他，表示她对此不感兴趣，就是只用默默的微笑和眼神来回答，但皮埃尔却觉得她超群脱俗，不同凡响。她这样一笑，一切议论就都显得荒谬，只有她才是对的。

海伦一看见他，总是快乐而信任地对他嫣然一笑。她只对他一人才这样笑，比她平时挂在脸上的微笑含义深长得多。皮埃尔知道，大家都期待他越过界线，说出一句明确的话。他知道他早晚得越过这条界线，但一想到这可怕的一步，他就感到莫名的恐惧。在这一个半月里，他觉得越来越被拉近那个可怕的深渊，他成千次问自己："这是怎么一回事？我要下定决心！难道我没有决心吗？"

皮埃尔想下决心，但恐怖地感到，他在这件事上缺乏平时具有的决心。有些人只在自以为纯洁无瑕的时候才显得坚强，而皮埃尔就是这种人。那天，他在安娜·舍勒家观看鼻烟壶时被一种欲望所支配，从此他就产生了犯罪感，使他下不了决心。

在海伦命名日，华西里公爵家举行了一次由至亲好友（照公爵夫人的说法）参加的小型宴会。赴宴的亲友都预感到，这天将决定命名人的命运。客人们入席了。华西里公爵夫人当年是个美丽端庄的女人，如今身体发胖，她坐了主位。她的两边坐着贵宾：一位老将军和他的夫人、安娜·舍勒，餐桌末端是年纪轻轻的贵宾，还有家里人，皮埃尔同海伦就并肩坐在那里。华西里公爵没有入席，他围着桌子转，心情愉快，时而在这个客人旁边坐坐，时而在那个客人旁边坐坐。他对每个人都随便说几句愉快的话，唯有对皮埃尔和海伦例外，仿佛根本没注意到他们也在场。华西里公爵在场使大家都很快活。灯烛辉煌，银器和玻璃器闪闪发亮，妇女们打扮得光艳照人，肩章上的金饰和银饰相互辉映。穿红制服的仆人围着桌子奔走忙碌。桌上刀叉和杯盘叮当作响，桌旁有几处在热烈谈话。在餐桌一端，一位年老的宫廷侍从正在向一个上了年纪的男爵夫人表白热烈的爱情，使她不断发出笑声。另一端，有人在讲一个叫玛丽雅·维克多罗夫娜的不幸遭遇。桌子中间，华西里公爵吸引了一批听众。他嘴上挂着诙谐的微笑，给太太们讲最近一次（星期三）枢密会议的情况。会上，新任彼得堡军事总督维亚兹米金诺夫接到并宣读了亚历山大皇帝从军中寄来的著名诏书。皇帝对维亚兹米金诺夫说，他从四面八方接到民众的效忠信，其中彼得堡的声明尤其使他高兴，他以担任这个国家的元首为荣，并竭力做到不负众望。诏书是这样开始的："**尊敬的维亚兹米金诺夫！据各方消息……**"

"那么，除了尊敬的维亚兹米金诺夫就没有别的了？"一位太太问。

"是的，是的，什么也没有了，"华西里公爵笑着回答，"'尊敬的维亚兹米金诺夫……据各方消息。据各方消息，尊敬的维亚兹米金诺夫……'可怜的维亚兹米金诺夫怎么也读不下去了，他几次从头读起，但一读到**尊敬的**……就呜咽……**维——亚——兹——米**……他就流泪……**据各方消息**……他就痛哭起来，再也念不下去。他拿出手帕，又念'尊敬的维亚兹米金诺夫，据各方消息'，眼泪又涌出来……结果只好请别人代念。"

"维亚兹米金诺夫……据各方消息……眼泪又流出来……"有人笑着模仿说。

"您别挖苦了，"安娜·舍勒从桌子另一端伸出一个手指威吓说，"人家维亚兹米金诺夫可是个好人……"

大家都笑得很痛快。餐桌上首的贵宾个个都很快活，很兴奋。只有皮埃尔和海伦并排坐在下座，一直没说话。两人脸上都保持着欢乐的笑容，但这同维亚兹米金诺夫的笑话无关，而是为自己的感情害羞。尽管别人有说有笑，相互打趣，尽管大家津津有味地喝莱茵葡萄酒，吃加调料的菜肴和冰淇淋，目光有意避开这对青年，仿佛对他们漠不关心，但从偶尔投向他们的目光中，不知怎的使人感到，关于维亚兹米金诺夫的笑话也好，笑语声也好，美味的食物也好，这一切都是无关紧要的，大家的注意力其实都集中在他们两人身上。华西里公爵模仿维亚兹米金诺夫的呜咽，眼睛却瞟着女儿。他笑的时候，脸上的表情仿佛在说："对了，对了，一切顺利，这事今天就可以定局。"安娜·舍勒威吓他不要取笑善良的维亚兹米金诺夫，华西里公爵却在她瞟着皮埃尔的眼神里看出，她在为他得到未来的快婿和女儿的幸福祝贺他。老公爵夫人忧郁地叹息着向旁边的女宾敬酒，同时生气地望了望女儿。她这声叹息仿佛在说："是啊，老朋友，现在除了喝杯甜酒之外就没有咱们的事了；眼下的时势，年轻人都会毫无顾忌地为自己的幸福谋算。"外交官望着这对恋人幸福的脸，想："我讲的这一切多么无聊，仿佛我真的对此感兴趣似的。其实只有他们才幸福呢！"

在这群上流社会矫揉造作、琐碎无聊的趣味中，融入了一对漂亮健康的青年男女相互倾慕的真挚感情。这种感情压倒一切，远比那些装腔作势的闲谈高尚。笑话并不可笑，新闻并不有趣，兴致显然是装出来的。不仅老爷太太们，就连桌旁侍候的仆人们也有这样的感觉。他们望着美人海伦和她那容光焕发的脸，望着皮埃尔肥胖红润、幸福而激动的脸，竟忘了自己的职务。就连烛光似乎也只照在这两张幸福的脸上。

皮埃尔觉得他是宴会的中心。这种地位使他又高兴又拘束。他好像在专心从事什么工作，看不清、听不见也不明白任何事。他的心里只偶尔掠过一些零星的思想和现实生活的片段印象。

"那么，一切都完了！"他想，"怎么会弄出这样的局面来？而且这么快！现在我明白了，不是为了她一个人，也不是为了我自己，而是为了大家，**这件事**无法避免。他们都等待着**这件事**，都相信它一定会发生，因此我不能，我不能使他们失望。但究竟怎样发生呢？我不知道；但一定会发生，一定会发生！"皮埃尔望着眼前耀眼的光肩膀，想。

不知怎的他忽然害臊起来。他感到害臊，因为他一个人吸引了所有人的注意，他在别人心目中是个幸运儿，他这个其貌不扬的帕里斯[①]竟占有了美人海伦。"不过这种事向来如此，"他安慰自己说，"但话又得说回来，我为此做过什么啦？这事是什么时候开始的？我是跟华西里公爵一起从莫斯科来到这里的。那时还什么事也没有。再说，我为什么不可以住在他家里？后来我同她一起打牌，我捡起她的手提包，跟她一起坐

① 希腊神话中的特洛伊王子，因诱走斯巴达王墨涅拉俄斯的王后海伦而引起特洛伊战争。

车兜风。这一切是什么时候开始的？这一切是什么时候发生的？”皮埃尔俨然以未婚夫身份坐在她旁边，听到、看到和感觉到她就在旁边，闻到她的呼吸，看到她的动作，欣赏着她的美貌。他忽然觉得，这不是她，而是他自己长得异常俊美，因此大家都这样看他。皮埃尔由于大家的赞赏而感到高兴。他挺起胸膛，抬起头，感到十分幸福。他忽然听见有个熟识的声音反复对他说着什么。但他专心致志地沉思着，不知道人家在对他说些什么。

“我问你，你什么时候收到安德烈公爵的信的？”华西里公爵第三次问他，“你怎么这样心神不定，老弟。”

华西里公爵微微一笑。皮埃尔看到所有的人都向他和海伦微笑。“你们知道就知道吧，”皮埃尔自言自语，“那又有什么关系？这是事实。”皮埃尔现出温和而天真的微笑。海伦也笑了。

“你究竟什么时候收到他的信的？是从奥洛莫乌茨寄来的吗？”华西里公爵又问了一遍，仿佛要解决争论，他非知道这事不可。

“这种小事值得谈值得放在心上吗？”皮埃尔想。

“是的，从奥洛莫乌茨寄来的。”他叹了口气回答。

饭后皮埃尔带着女伴跟其他人走进客厅。客人们纷纷走散，有的没跟海伦告辞就走了。有的仿佛不愿妨碍她的正事，只走过来向她告别一下就走，而且不让她送。那位外交官闷闷不乐地走出客厅，没说一句话。他觉得他的外交官身份同皮埃尔的幸福比起来一文不值。老将军当妻子问他的腿怎样时，竟对她大发脾气。他心里想：“哼，傻婆娘，人家海伦即使到五十岁也还是个美人。”

“看来我可以向您祝贺了，”安娜·舍勒对公爵夫人低声说，使劲吻了吻她，“要不是偏头痛，我真愿意留下来呢。”

公爵夫人什么也没回答，她十分妒忌女儿的幸福。

皮埃尔同海伦送走客人，两人在小客厅里又待了好一阵。最近一个半月来，他常常单独同海伦在一起，但从没同她谈情说爱。现在他觉得必须这样做，但又下不了决心跨出这最后一步。他感到不好意思，仿佛他待在海伦旁边是占了别人的位子。“这种幸福不是你配享受的，”皮埃尔心里有个声音这样说，“只有那些跟你气质不同的人才能享受这种幸福。”但总得说些什么，他就开口了。他问她对今天的宴会是不是满意；她照例直爽地回答，今天的命名日她过得非常愉快。

有几个近亲还没走。他们坐在大客厅里。华西里公爵懒洋洋地走到皮埃尔面前。皮埃尔站起来，说时间不早了。华西里公爵带着疑问恶狠狠瞪了他一眼，仿佛他的话说得太奇怪，简直叫人听不进去。但华西里公爵严厉的神气一下子就变了，他抓住皮埃尔的手臂让他坐下，亲切地微微一笑。

“喂，怎么样，小海伦？”他随即对女儿说，用的是父母对宠儿惯用的亲昵语气，不过这种语气华西里公爵是从别人那里学来的。

他又转身对皮埃尔说话。

“**尊敬的维亚兹米金诺夫，据各方消息**……”华西里公爵解开背心最上面的一颗纽扣，说。

皮埃尔微微一笑，但从他的笑容上可以看出，他明白华西里公爵这时感兴趣的，不是维亚兹米金诺夫的笑话。而华西里公爵也知道，皮埃尔明白这一点。华西里公爵突然嘟囔了一句什么，走出去了。皮埃尔觉得连华西里公爵也有点窘。这个老于世故的人的窘态感动了皮埃尔。皮埃尔回顾了一下海伦。海伦似乎也有点窘，她的眼神仿佛在说：“有什么办法，还不是您自己不好。”

“非得跨出这一步不可了，可是我不能，我不能。”皮埃尔想，于是又谈旁的事，谈维亚兹米金诺夫，问这个笑话的详细情况，因为他没有听清。海伦含笑回答说她也不知道。

华西里公爵走进客厅的时候，公爵夫人正同一位上了年纪的太太谈皮埃尔的事。

“当然，这是出色的一对，老大姐，但幸福……”

“婚姻是天定的。”上了年纪的太太回答。

华西里公爵似乎不想听这两个女人的谈话，走到客厅另一角，在沙发上坐下。他闭上眼睛，像在打瞌睡。他的头往前一冲，随即清醒过来。

“阿林娜，”华西里公爵对妻子说，“去看看他们在干什么。”

公爵夫人走到门口，装出一副若无其事的神气走过去，向客厅瞥了一眼。皮埃尔和海伦仍坐在那里谈话。

“还是那样。”公爵夫人回答丈夫说。

华西里公爵皱起眉头，撇撇嘴，双颊跳动起来，露出不高兴的粗鲁表情。他打起精神站起来，头往后一仰，迈着坚定的步子，从太太们面前走进小客厅。他高兴地快步走到皮埃尔面前。公爵的脸色十分得意，以致皮埃尔一看见他，就惶恐地站起来。

“感谢上帝！”华西里公爵说，“太太全告诉我了！”他一手搂住皮埃尔，一手搂住女儿，“我的孩子海伦！我非常非常高兴。”华西里公爵的声音发抖，“我一向敬爱你的父亲……她会成为你的好妻子的……上帝保佑你们！……”

华西里公爵拥抱女儿，然后又拥抱皮埃尔，用他那老年人的嘴吻皮埃尔。眼泪沾湿了他的双颊。

“公爵夫人，到这儿来。”华西里公爵叫道。

公爵夫人走进来，她也哭了。那位上了年纪的太太也用手帕擦着眼泪。她们吻皮埃尔，皮埃尔反复吻美丽的海伦的手。过了一会儿，又只剩下他们两人了。

“这事只好这样，非这样不可，”皮埃尔想，“因此不必问这是好事还是坏事。也好，因为事情定下来了，用不着再像原来那样举棋不定。”皮埃尔默默地握住未婚妻的手，望着她那起伏不停的美丽胸脯。

“海伦！”皮埃尔大声叫道，没再说下去。

“在这种场合应该说些什么特别的话？”皮埃尔想，但怎么也想不出究竟应该说什么。他瞧了瞧海伦的脸。海伦向他挨紧了一点。她脸上泛出一片红晕。

“啊，把这个拿掉……拿掉……”海伦指指他的眼镜。

皮埃尔摘下眼镜。他的眼睛不仅现出一般人刚摘去眼镜时的怪相，而且带着惊疑的神色。他想弯下腰去吻海伦的手；但海伦敏捷而粗鲁地一仰头，让他的嘴唇贴住自己的嘴唇。海伦脸上那种慌张难看的样子使皮埃尔大为吃惊。

“现在为时已晚，一切都完了；但我是爱她的。”皮埃尔想。

“我爱你！”皮埃尔想起在这种场合应该说的话，就脱口而出，但说得干巴巴，连他自己都觉得害臊。

一个半月后，皮埃尔结了婚，住进彼得堡装修一新的别祖霍夫伯爵大邸宅里，并且像大家所说的那样，成了个娶上娇妻又得到百万家产的幸运儿。

3

一八〇五年十二月，老保尔康斯基公爵接到华西里公爵来信，说他将带着儿子前来拜访。“我外出视察，为了拜访您，我尊敬的恩人，多走一百里路算不了什么，”华西里公爵写道，“小儿阿纳托里前去参军，将顺道陪送我。他同我一样对您深怀敬意。我希望您能允许他当面向您请安。”

“哦，看来不用带玛丽雅出去交际，未婚的小伙子自动找上门来了。”小公爵夫人听到这消息，脱口而出。

保尔康斯基公爵皱起眉头，一言不发。

接到信两星期后，一天晚上华西里公爵的仆人先期到达，第二天公爵父子俩也来了。

保尔康斯基老头一向瞧不起华西里公爵的人品，近年来华西里公爵在保罗和亚历山大宫廷飞黄腾达，他就更加瞧不起他了。现在，从来信和小公爵夫人的暗示中，他明白是怎么一回事，心里对华西里公爵的蔑视就变成憎恨了。一谈到华西里公爵，他总是嗤之以鼻。华西里公爵到达那天，保尔康斯基公爵特别不高兴，心情特别恶劣。不知是因为华西里公爵的到来使他不高兴呢，还是华西里公爵正巧遇到他不高兴，总之，他情绪很坏。那天早晨，季洪就告诫建筑师别带报告去见公爵。

“您听他怎样走路，”季洪说，提醒建筑师注意他的脚步声，“用脚跟走路，我就知道……”

不过，八点多钟，公爵还是身穿貂皮领丝绒大衣，头戴貂皮帽，照例出来散步。头天晚上下过雪。公爵平时散步的通向暖房的甬道已打扫过，扫过的雪地上看得出扫帚的痕迹。一把铁铲插在路边松软的雪堆上。

公爵皱着眉头默默地穿过花房、下房和披屋。

“雪橇过得来吗？”他问陪同他回家的总管。总管彬彬有礼，他的相貌和举动都有点像主人。

“雪很深，老爷。我已叫人把大道扫干净了。”

公爵点点头，走到台阶旁。“感谢上帝，”总管想，“乌云总算过去了！”

“雪橇很难通过，老爷，”总管补充说，“听说，有位大臣要求拜访老爷，是吗？”

公爵向总管转过脸来，皱着眉头盯住他。

“什么？大臣？什么大臣？谁吩咐你的？”保尔康斯基公爵声音尖锐地喝道，“你们不为我的女儿公爵小姐扫清道路，却为一个大臣扫路！我这里没有什么大臣！”

“老爷，我以为……”

“你以为！”公爵叫道，话越说越急，越急越不连贯，“你以为……强盗！混蛋！……我这就来教你怎样以为！”公爵举起手杖朝总管挥去，总管要不是躲得快，就挨打了，“你以为！……混蛋！……”公爵急急地嚷道。总管虽然斗胆躲开了手杖，但不免还有点提心吊胆。他走到公爵面前，恭顺地垂下秃头。也许正因为如此，公爵继续嚷道：“混蛋！……把雪扫回路上去！……”但他没有再举起手杖，就快步走进屋里。

午饭前，公爵小姐和布莉恩小姐知道公爵心情不好，就站在餐厅里等他。布莉恩小姐容光焕发，仿佛在说：“我什么也不知道，我跟往常一样。”玛丽雅公爵小姐吓得脸色煞白，垂下眼睛。玛丽雅公爵小姐感到最痛苦的是，她知道在这种时候应该做得像布莉恩小姐一样，但她办不到。她想：“我要是装得若无其事，他会以为我一点不同情他。我要是也闷闷不乐，他就会说我没精打采（这是常有的事）。”

公爵瞧了一下女儿恐惧的脸色，哼了一声。

“哼……傻丫头！……”公爵喃喃地说。

“那一个没有来！准是她们向她说过什么坏话了。”公爵想到此刻不在餐厅里的小公爵夫人。

“公爵夫人呢？”他问，“藏起来了？……”

“她身子不太舒服，”布莉恩小姐快乐地微笑说，“她不出来。在这种时候，她这样是可以理解的。”

“哼！哼！嘿！嘿！”公爵哼哼着，在桌旁坐下。

他发现盘子不干净，指指上面的污点，把它扔了。季洪一把接住，交给餐厅侍仆。小公爵夫人身体并没不舒服，但她无法克服对公爵的极度恐惧。一听到他心情不好，就吓得不敢出来。

“我是为孩子担忧，”小公爵夫人对布莉恩小姐说，“天知道受惊吓对胎儿会产生什么影响。”

总之，小公爵夫人住在童山，对老公爵经常感到害怕和憎恶，但她没意识到憎恶，因为害怕得太厉害，她就没有感觉到这种憎恶。公爵对她也有点憎恶，但他的轻蔑超过憎恶。小公爵夫人在童山住惯了，特别喜欢布莉恩小姐，整天同她在一起，晚上同她一起睡，常常同她谈起公公，议论他的短长。

“有客人要到我们这儿来，公爵，”布莉恩小姐说，用粉红的手指展开白餐巾，“我听说华西里公爵大人要带儿子来，是吗？”她问道。

“哼，这个大人是个毛孩子……他的差事是我替他谋得的，”公爵气愤地说，“他儿子来干什么，我真不明白，也许公爵夫人和玛丽雅公爵小姐知道；可我不知道他把儿子带来干什么。我不需要他。”公爵望望脸涨得通红的女儿。

“你不舒服吗？还是害怕我们那个蠢货总管所说的大臣？”

“不是的，爸爸。”

尽管布莉恩小姐的话题选得不合适，她还是侃侃而谈。她谈到花房，谈到一朵刚开的花有多美。因此公爵在喝过汤以后情绪有所好转。

饭后公爵去看儿媳妇。小公爵夫人正坐在一张小桌旁同使女玛莎闲谈。她一看见公公就脸色发白。

小公爵夫人的样子完全变了。她不是变得好看，而是变得难看了。她两颊凹陷，嘴唇翘起，眼皮下垂。

“是的，有点不舒服。”公公问她觉得怎样，她这样回答。

“您需要点什么吗？”

“不需要什么，谢谢，爸爸。”

“那么好，好。”

公爵说完走到侍仆室里。总管阿尔巴端奇低着头站在那里。

“把路填上了吗？”

“填上了，老爷；看在上帝分上请您原谅，是我一时糊涂。”

公爵打断他的话，勉强笑了。

“唔，好了，好了。”

公爵伸手让阿尔巴端奇吻了吻，向书房走去。

当天傍晚，华西里公爵到了。车夫和仆人在**大路**上迎接他，吆喝着把他的雪橇从故意撒上雪的路上拉到厢房近旁。

华西里公爵和阿纳托里被分别安排在两个房间里。

阿纳托里脱了斗篷，双手叉腰坐在桌旁，脸上挂着微笑，那双漂亮的大眼睛漫不经心地凝视着屋角。他玩世不恭，认为生活是一场连续不断的儿戏，是有人特地为他安排的。现在，他把访问凶恶的老头和有钱而难看的女继承人也看成这样的一出戏。照他看来，这事一定会圆满结束，皆大欢喜。“既然她很有钱，为什么不娶她呢？又坏不了事。”阿纳托里想。

他照例用心刮了脸，洒了香水，带着天生和善而傲慢的神气，高昂起漂亮的头，走进父亲房间。两个侍仆正在替华西里公爵穿衣打扮。华西里公爵兴奋地左顾右盼，快乐地向进来的儿子点点头，仿佛说：“对了，我就是要你打扮成这样！”

“哦，说正经的，爸爸，她长得很丑，是吗？”阿纳托里用法语问，仿佛在继续谈论旅途中谈过不止一次的话题。

“得了，别说蠢话！主要是对老公爵要尽量表示尊敬，要显得懂事。”

“他要是骂人，我就走，”阿纳托里说，“我不能受这种老头子的气。呃？”

“记住，这事关系到你的一生。”

这时，下房里不仅知道大臣带着儿子来访的消息，而且还在详细描述两人的相貌。玛丽雅公爵小姐独自坐在房里，怎么也控制不住内心的激动。

“他们为什么要写信来？丽莎为什么要对我说这件事？这明明是不可能的！”玛丽雅公爵小姐照照镜子，自言自语，“我怎样走进客厅？即使他招我喜欢，我现在单独同他在一起也会感到不自在的。”一想到父亲的眼神，她就不寒而栗。

小公爵夫人和布莉恩小姐已从使女玛莎那里得到必要的消息：大臣的儿子是个脸色红润、眉毛乌黑的美男子，他父亲上楼梯都很勉强，而他却像一头鹰，一步三级在他后面跑上楼。小公爵夫人和布莉恩小姐得到这些消息，还在走廊里就热烈地交谈着，走进玛丽雅公爵小姐的房间。

“玛丽雅，他们来了，您知道吗？”小公爵夫人说，摆动着大肚子，在扶手椅上沉重地坐下。

她已不穿平时早晨常穿的那件上装，而穿了一件十分漂亮的连衣裙。她的头发精心梳过，脸上神采飞扬，但仍掩饰不了憔悴苍白的脸色。她穿上这件参加彼得堡社交活动的衣裳，使她难看的容貌更加显眼。布莉恩小姐淡妆素抹，却使她清秀艳丽的容貌更加妩媚动人。

“哦，您还是这副打扮吗？亲爱的公爵小姐！”她说，“客人来了，马上就会来通报。我们就得下楼去，您多少也该打扮一下啊！”

小公爵夫人从椅子上站起来，打铃叫了使女，兴致勃勃地急忙考虑玛丽雅公爵小姐的装束，并且动手替她打扮。玛丽雅公爵小姐因求婚者到来而生气。这事伤了她的自尊心，而尤其使她难堪的是，她的两位同伴都认为势在必行。要是告诉她们，她为自己也为她们感到羞愧，这样就更暴露她内心的气愤。要是拒绝打扮，她们就会更加一味取笑她，同她纠缠个没完。她满脸通红，那双美丽的眼睛暗淡无光，脸上现出红斑以及常常在她脸上出现的那种殉道者的难看表情。她听任布莉恩小姐和丽莎摆布。这两个女人都**诚心诚意**要把她打扮得漂漂亮亮。她长得那么丑，她们谁也不会把她看作敌手。女人们往往天真而固执地认为服装能使脸变得漂亮，布莉恩小姐和玛莎就动手替她换衣服。

“不行，真的不行，我的朋友，这件衣服不好看，”丽莎老远从侧面望着公爵小姐，说，“你不是有件紫红色衣服吗？对了！这件事可能关系到你一生的命运啊！这件颜色太淡了，不好看，不好看！”

不好看的不是衣服，而是公爵小姐的脸和整个身材，但布莉恩小姐和小公爵夫人没感觉到这一点。她们总以为只要头上扎一条浅蓝色缎带，头发梳得高一点，放下浅蓝色围巾，再配上棕色连衣裙，等等，这样就会使她变得好看。她们忘记了，丑陋的相貌和难看的身材是无法改变的，因此不论她们怎样改变衣服和装饰，这张脸仍然显得可怜而难看。玛丽雅公爵小姐听任她们几次三番给她换装，她的头发被梳得很高（这种发式完全改变了她的相貌，使她显得更难看），再系上浅蓝色围巾，穿上紫红连衣裙。小公爵夫人围着她转了两圈，用小手理理衣褶，拉拉围巾，低下头从这边看看，又从那边望望。

"不，这样不行，"她双手一拍，断然说，"不，玛丽雅，您穿这件衣服实在不合适。我宁愿您穿平常穿的那件灰色连衣裙，看在我面上，您就换一换吧。卡嘉，"她对使女说，"你把公爵小姐那件灰色连衣裙拿来，布莉恩小姐，您等着瞧我怎样安排吧！"小公爵夫人带着一种艺术家的得意微笑说。

但当卡嘉把衣服拿来时，玛丽雅公爵小姐仍呆坐在镜前，瞧着自己的脸。在镜子里可以看到，她的眼睛里含着泪水，她的嘴在颤动，好像要哭出声来。

"哦，亲爱的公爵小姐，"布莉恩小姐说，"您再努力一下吧。"

小公爵夫人从使女手里接过衣服，走到玛丽雅公爵小姐面前。

"好，这回我们一定要打扮得美观大方。"她说。

她的说话声、布莉恩小姐的笑声、卡嘉的笑声，三者汇合一起，像小鸟的鸣啭一般好听。

"算了，不要管我了。"玛丽雅公爵小姐说。

她的声音是那么严肃，那么伤心，小鸟的鸣啭立刻停止了。她们看见她那双好看的大眼睛充满泪水，饱含愁思，明亮而恳求似的望着她们。她们明白，再坚持下去不但无用，甚至是残酷的。

"至少得换一种发式。"小公爵夫人说，"我对您说过，"她带着责备的口气对布莉恩小姐说，"玛丽雅的脸型完全不适合梳这种发式。请您再换个样子。"

"别管我了，我反正都一样。"公爵小姐强忍着眼泪回答。

布莉恩小姐和小公爵夫人心里不得不承认，玛丽雅公爵小姐这样打扮是很丑的，比原来更丑，但已经晚了。她带着她们所熟识的沉思而悲伤的神情望着她们。这种神情并没有使她们害怕玛丽雅公爵小姐（这种神情不会使任何人害怕）。但她们知道，当她脸上现出这种神情时，她总是一声不吭，而她的决心也不会动摇。

“您会换个式样的，是不是？”丽莎说。玛丽雅公爵小姐什么也没有回答，丽莎就走出她的房间。

玛丽雅公爵小姐独自留在房里。她没有照丽莎的请求做，不仅没有改变发式，连镜子都没有再照一照。她颓然垂下眼睛和双手，默默地坐在那里沉思。她想象她有了丈夫，一个具有不可思议的特殊魅力的男人，突然把她带到一个截然不同的幸福世界。她想象她怀抱着**自己**的孩子，像她昨天在奶妈的女儿那里看到的那样。丈夫站在旁边，温柔地瞧着她和孩子。“哦，不，这不可能，我长得太丑了。”她想。

“请您用茶，公爵马上就出来。”门外传来使女的声音。

玛丽雅公爵小姐清醒过来，对自己的幻想吃了一惊。下楼之前她先走进圣像室，凝视着被神灯照亮的救世主巨像的黑脸。她在胸前叠着双手面对圣像站了几分钟。她心里充满痛苦的疑虑。她能获得爱情的欢乐吗？能获得钟情男子的尘世欢乐吗？在想到婚姻问题时，玛丽雅公爵小姐幻想着家庭幸福，幻想着有自己的孩子，但她最强烈的梦想却是获得尘世的爱。这种感情她越想瞒过别人，甚至瞒过自己，就越强烈。“上帝呀，”她说，“我怎样才能压下心中这种鬼念头呢？怎样才能永远摆脱这种罪恶的念头，无所欲求地奉行你的旨意呢？”玛丽雅公爵小姐刚提出这问题，上帝立刻在她心里回答说：“不要存什么个人的愿望，不要追求什么，不要激动，不要妒忌别人。人类的前途和你的命运不是你应该知道的，你活着，就要准备忍受一切。如果上帝要在婚姻义务上考验你，你要遵奉他的旨意。”玛丽雅公爵小姐带着这种宽慰的念头（但仍希望获得她那被禁锢的尘世的幸福），叹了一口气，画了十字，走下楼去，根本没想到她的服装、发式，也没想到她该怎样走进客厅，说些什么话。这一切同上帝的旨意比起来又算得了什么！我们都知道，没有上帝的旨意，人是连一根头发都掉不下来的。

4

玛丽雅公爵小姐进来的时候，华西里公爵父子俩已在客厅里同小公爵夫人和布莉恩小姐谈话了。她脚跟着地迈着沉重的步子走进来，两位男客和布莉恩小姐欠起身，小公爵夫人指着她向两位男客说："瞧，玛丽雅来了！"玛丽雅公爵小姐看见所有的人，而且看得很仔细。她看见了华西里公爵的脸。华西里公爵一看见公爵小姐就绷紧了脸，但又立刻露出微笑。接着她又看到小公爵夫人的脸。小公爵夫人好奇地观察着客人们的脸，看玛丽雅给了他们什么印象。玛丽雅公爵小姐也看见布莉恩小姐，她头上扎着缎带，脸蛋长得很美，目光熠熠地盯着**他**；但玛丽雅公爵小姐却无法看见**他**，她只看见进屋时有一个俊美的庞然大物向她逼近。华西里公爵先走过来，玛丽雅公爵小姐吻了吻俯向她手上的秃头，回答他说她不但没有忘记而且很记得他。然后阿纳托里走到她跟前，但她还是没有看见他。她只觉得有一只柔软的手紧握着她的手，她微微碰到他那覆盖着搽过油的亚麻色头发的白净前额。她对他望了一眼，他的俊美使她吃了一惊。阿纳托里把右手大拇指伸到制服纽扣下，挺起胸膛，轻轻晃动一条向后伸的腿，微微低下头，快乐地默默瞧着公爵小姐，其实心里根本不在想她。阿纳托里生得并不机灵，也不善于辞令，但具有上流社会所欣赏的那种镇定沉着、满怀信心的风度。一般自信心不强的人，初次同人见面往往想不出话来，但又觉得沉默是不礼貌的，就竭力找话说，结果往往弄巧成拙。但阿纳托里默不作声，只摇摇腿，快乐地察看着公爵小姐的发式。看样子，他能镇静地长久保持沉默。他的神气仿佛表示："要是有人觉得这样沉默很难受，那就请先开口吧，我可不愿意。"此外，阿纳托里在女人面前有一种特殊本领，他能激发她们的好奇、恐惧，甚至爱慕。这种本领就是目空一切的优越感。他的神气仿佛在说："我了解你们，了解你们，但我何必为你们费神呢？你们自己快乐就是了！"他遇到女人时也许并没这样想（多半不会这样想，因为他平常很少动脑筋），但他的神气、他的态度却给人这样的感觉。公爵小姐感觉到这一点，她仿佛要使他明白，她不敢奢望引起他的注意，就向华西里公爵转过身去。大家一起谈得很热闹，这得归功于小公爵夫人的清脆声音和露出雪白牙齿、长着毫毛的嘴唇。她对待华西里公爵，就像那些喜欢夸夸其谈的人，仿佛他们两人早就知道一些鲜为人知的趣闻和往事，其实却根本没有这样的事。现在，小公爵夫人和华西里公爵之间的情况就是这样，华西里公爵毫不犹豫地附和这种语气；小公爵夫人把她几乎不认识的阿纳托里也吸引过来回忆他一无所知的有趣往事。连布莉恩小姐和玛丽雅公爵小姐也高兴地被吸引来参加回忆。

“亲爱的公爵，现在我们可以趁机向您请教了，”小公爵夫人对华西里公爵说，当然用的是法语，“这里可不像安娜·舍勒家的晚会，您在那里常常溜掉。您记得那位可爱的安娜吗？”

“那还用说，但您可别像安娜那样**老跟我谈**政治！”

“那您喜不喜欢我们这里的茶会？”

“那还用说！”

“您为什么从不到安娜·舍勒家去呢？”小公爵夫人问阿纳托里，“啊！我知道，知道，”她挤挤眼说，“您哥哥伊波利特把你们的事全讲给我听了。哼！”她举起一个手指指指他，“您在巴黎的胡闹我也知道了！”

“那么，伊波利特有没有对你说过？”华西里公爵说。他转身对着儿子，同时抓住小公爵夫人的手臂，仿佛她要逃跑，而他好容易才把她捉住，“他没有告诉你，他伊波利特自己为了公爵夫人害相思病，她怎样把他轰出门吗？”

“哦！她真是女中豪杰，公爵小姐！”华西里公爵对公爵小姐说。

布莉恩小姐一听到巴黎两字，就抓住机会加入大家的回忆。

她冒昧地问阿纳托里离开巴黎有多久，他是否喜欢这个城市。阿纳托里高高兴兴地回答法国女人的问题，笑眯眯地望着她，同她谈她祖国的情况。阿纳托里一看见漂亮的布莉恩，就认定在童山这里也不会寂寞。“长得真不错！”他打量着布莉恩小姐，想，“这位女伴真不错。我希望玛丽雅嫁给我的时候把她一起带来。她长得不错，真不错。”

老公爵在书房里从容不迫地换衣服，皱起眉头，考虑他该怎么办。

这两个客人的到来使他生气。“华西里公爵父子同我有什么相干？华西里公爵是个牛皮大王，废料，儿子准也是个宝货。”他暗自嘟囔着。他生气的是，这两个客人的到来又勾起他一桩心事：是不是有一天他得跟玛丽雅公爵小姐分手，让她出嫁。老公爵一向把这问题压在心里，从来不敢正面提出，因为知道他得做出公正的解答，而公正的解答不仅违反他的心愿，而且会破坏他的生活。尽管保尔康斯基公爵似乎并不宝贝玛丽雅公爵小姐，但要是少了她，他的生活将不堪设想。“她为什么要出嫁？”老公爵想，“她出嫁准不会幸福，瞧丽莎嫁了安德烈（现在恐怕很难找到比他更好的丈夫了），难道她对她的命运感到满意吗？有谁会出于爱情娶她呢？她又丑又笨。人家娶她无非是为了地位和财产。不是有人一直不出嫁吗？她们反而过得幸福！”保尔康斯基公爵一面想，一面换衣服，而那个一再被耽搁的问题却要求他立刻做出决定。华西里公爵把儿子带来，显然是来求婚，不是今天就是明天他会要求当面答复的。论门第和地位还可以。“好吧，我不反对，”保尔康斯基公爵自言自语，“但他要配得上她。这一点我们要瞧瞧。”

“这一点我们要瞧瞧，”他出声说，“这一点我们要瞧瞧。”

老公爵照例健步走进客厅，对在座的人迅速地扫了一眼，发现小公爵夫人换了衣服，布莉恩小姐系了头带，玛丽雅公爵小姐梳了难看的发式，布莉恩和阿纳托里满面春风，女儿在大家谈话时被撇在一边。“打扮得像个傻瓜！”老公爵怒气冲冲地瞧了女儿一眼，想。“真不要脸！人家根本不愿理她！”

他走到华西里公爵面前。

“哦，你好！欢迎，欢迎！”

“友谊不怕走千里，”华西里公爵照例迅速、自信而亲昵地说，“这是我家老二，请多多关照。”

保尔康斯基公爵打量了一下阿纳托里。

“好样的，好样的！”他说，“喂，过来吻吻我。”他把自己的脸颊凑过去。

阿纳托里吻了吻老头儿，好奇而镇定地对他瞧瞧，看他会不会像他父亲所说的那样发怪脾气。

保尔康斯基公爵坐到他惯坐的沙发角里，替华西里公爵拉过一把扶手椅，请他坐下，接着就向他打听时局和新闻。他仿佛专心地听着华西里公爵讲话，眼睛却不停地望着玛丽雅公爵小姐。

“这么说，他们已从波茨坦来信了？”他重复着华西里公爵最后一句话，突然站起来走到女儿面前。

“你这是为客人才这样打扮的吗？”老公爵说，“好看，很好看。你在客人面前梳这种新式头，可我要当着客人的面对你说，以后没有我的许可不准改变打扮。”

“这是我的错，爸爸。”小公爵夫人红着脸结结巴巴地说。

“您完全可以自便，”保尔康斯基公爵姑息儿媳妇说，“可她不用丑化自己，她已经够丑的了。”

老公爵又在原位坐下，不再理睬被他弄得眼泪汪汪的女儿。

“我看公爵小姐梳这种发式倒挺合适。”华西里公爵说。

“喂，小公爵，老弟，你叫什么名字？”保尔康斯基问阿纳托里，“过来，咱们谈谈，认识认识。”

“啊，这下子好戏开场了。”阿纳托里想，笑嘻嘻地坐到老公爵旁边。

“哦，老弟，听说你留过学，不像我和你父亲是跟教会职员认的字。告诉我，老弟，你现在是不是在近卫骑兵队服务？”老头儿凑近阿纳托里，凝视着他问。

“不，我调到陆军了。”阿纳托里回答，好容易才忍住笑。

“啊！好事情。这么说，老弟，你愿意为沙皇和祖国服务？现在是战争年月，像你这样的小伙子应该服役，应该服役。那么，你上过前线吗？”

“不，公爵。我们的团已出发了，而我刚刚列入编制。我列入了什么编制，爸爸？”阿纳托里笑着问爸爸。

“太好了，太好了。‘我列入了什么编制？’哈，哈，哈！”保尔康斯基公爵说着笑起来。

阿纳托里笑得更加响亮。保尔康斯基公爵忽然皱起眉头。

“好，你去吧。”他对阿纳托里说。

阿纳托里笑着又走到女人群里。

“你把他送到国外去受了教育，是吗，华西里公爵？”老公爵问华西里公爵。

“我为他尽了我的力。老实对您说，那边的教育比我们这里好得多。”

“是啊，如今一切都变了样，一切都换了新花样。真是个好孩子！好孩子！怎么样，到我屋里去吧。”

保尔康斯基公爵挽住华西里公爵的手臂，领他到书房里。

华西里公爵跟老公爵单独在一起，立刻向他吐露了来意和希望。

“你想到哪儿去了，难道我会不放她，不让她离开我吗？”老公爵怒气冲冲地说，“亏你们想得出！她就是明天走，我也不在乎！我只是向你声明一点，我要好好了解了解我的女婿。你知道我的规矩：什么事都公开！我明天要当着你的面问问女儿：她要是愿意，就让阿纳托里住下来。让他住下来，我要看看。”老公爵哼了一声，“让她出嫁好了，我不在乎！”他用送别儿子时一样尖锐的声音嚷道。

“我坦白对您说，”华西里公爵说，语气就像一个狡猾的人，知道在一个明察秋毫的对手面前要不得花招，“我知道，您有本领一眼把人看透。阿纳托里不是天才，但是个诚实善良的小子，待家里人很亲切。”

“噢，噢，好的，我们等着瞧吧。”

就像长期不接触男性的女人那样，老公爵家的三个女人在阿纳托里来到后都感到她们以前的生活简直不是生活。她们思想、感觉和观察的能力一下子增强了十倍。她们仿佛长期生活在黑暗中，如今突然被一片全新的令人精神振奋的光辉照亮了。

玛丽雅公爵小姐把自己的相貌和发式抛诸脑后。那个可能成为她丈夫的男人英俊开朗的脸吸引了她的全部注意力。她觉得他善良、勇敢、刚毅、心胸开阔，有男子汉气概。她对此深信不疑。她的头脑里接二连三地出现未来家庭生活的种种幻象。她把它们一一驱散，竭力避开。

“我对他是不是太冷淡了？”玛丽雅公爵小姐想，“我竭力克制自己，因为觉得我内心同他已太接近了。但他不知道我对他的想法，也许还以为我讨厌他呢。”

于是玛丽雅公爵小姐竭力想对这位新客人表现得更殷勤亲切，可是她不会。

“可怜的姑娘！她丑得可怕。”阿纳托里暗自想。

布莉恩小姐也因阿纳托里的到来而感到极度兴奋。她有她的想法。这个没有社会地位、没有亲戚朋友，甚至没有祖国的年轻漂亮的姑娘，当然不想一辈子侍候老公爵，给他读书，充任玛丽雅公爵小姐的女伴。布莉恩小姐早就期待着遇到一位俄国公爵，这位公爵一眼就能看出她比那些面貌丑陋、服饰难看、举止笨拙的俄国公爵小姐优越得多，他会爱上她，并把她带走。现在，这位俄国公爵终于来了。布莉恩小姐记得一个故事，那是她从姑母那里听来而由她自己补充完整的。她喜欢反复想这个故事：一个姑娘受人诱骗，她那可怜的母亲忽然出现在她面前，母亲责备她不该没结婚就委身于人。布莉恩小姐常常在想象中向**他**，一个引诱她的人，讲这个故事，自己常常感动得流泪。现在，这个**他**，一位真正的俄国公爵，真的出现了。公爵把她带走，然后可怜的母亲来了，最后他同她结了婚。布莉恩小姐头脑里就这样编造着未来生活的故事，但嘴里却同他谈着巴黎。指导布莉恩小姐行动的不是什么计划和打算（她连一分钟也没想过她该做什么），一切办法在她心里早已酝酿成熟。现在阿纳托里一来，她的注意力自然集中在他身上，她竭力想讨他的喜欢。

小公爵夫人好像一匹老战马，一听见号声，就忘记自己已怀了孕，不由自主地想卖弄起风情来。她没有什么不可告人的动机或内心斗争，而只是出于天真轻佻的禀性。

尽管阿纳托里常感到被女人追求得有点腻烦，现在看到自己对这三个女人的影响，他的虚荣心还是得到了满足。此外，他对美丽撩人的布莉恩产生了强烈的兽性的情欲。这种情欲一旦出现，总是势如潮涌，促使他做出最粗野大胆的行动来。

喝过茶后，大家都来到起居室。大家要求公爵小姐弹古钢琴。阿纳托里臂肘支着钢琴，站在布莉恩小姐旁边，眼睛快乐地含笑瞧着玛丽雅公爵小姐。玛丽雅公爵小姐发觉他的目光，感到又难受又兴奋。心爱的奏鸣曲把她带到一个充满诗意的世界，而他的目光又使这个世界的诗意更浓。阿纳托里的目光虽然对着她，却不在注意她，而在注意布莉恩小姐一只小脚的动作——这时他正用自己的脚在钢琴下踢踢布莉恩小姐的脚。布莉恩小姐也瞧着公爵小姐，但在她美丽的眼睛里却出现了玛丽雅公爵小姐觉得陌生的又惊又喜、满怀希望的神情。

“她多么爱我！”玛丽雅公爵小姐想到布莉恩小姐，“我现在多么幸福，同这样的朋友和丈夫在一起将会多么幸福！难道他真的是我的丈夫吗？”她想，不敢看他的脸，但始终感觉到那向自己射来的目光。

晚饭后大家分散时，阿纳托里吻了吻玛丽雅公爵小姐的手。公爵小姐自己也不知道哪儿来的勇气，竟敢对直瞧了瞧那张在她近视眼旁的俊美的脸。接着阿纳托里走过去吻了吻布莉恩小姐的手（这是不合礼仪的，但他却做得若无其事）。布莉恩小姐的脸唰地红了，她惶恐地看了一下公爵小姐。

“礼貌真周到！”公爵小姐想，“难道艾米莉（布莉恩小姐的名字）以为我会吃她的醋而不珍重她对我的一片深情和忠诚吗？”她走到布莉恩小姐面前，使劲吻了吻她。阿纳托里走过去要吻小公爵夫人的手。

“不行，不行！等您爸爸来信告诉我，您是个正派人，我才让您吻我的手。这以前可不行。”小公爵夫人说着举起一个手指，笑眯眯地走出屋子。

5

大家都走散了，那天晚上，除了阿纳托里倒头就睡着外，个个都好久睡不着觉。

“难道这个陌生、漂亮和善良的男人真能成为我的丈夫吗？他主要的特点是善良。”玛丽雅公爵小姐想，心里感到从未有过的恐惧。她怕回过头去看，她觉得屏风后面的暗角里站着一个人。这人是个魔鬼，也就是那个额头白净、眉毛乌黑、嘴唇鲜红的漂亮男人。

玛丽雅公爵小姐打铃唤使女，叫她睡到屋里来。

布莉恩小姐这天晚上在花房里来回走了好久，等着什么人，但毫无结果。她一会儿对谁微笑，一会儿想象可怜的母亲责备她堕落而使她伤心得掉泪。

小公爵夫人埋怨使女床铺得不好，害得她侧卧也不是，俯卧也不是，浑身感到不舒服。她的肚子妨碍她睡觉。今天她感到特别难受，因为阿纳托里的出现使她顿时想起没有怀孕时轻松愉快的时光。她穿着短袄，戴着睡帽，坐在安乐椅上。卡嘉发辫松散，睡眼惺忪，第三次拍打和翻转沉重的羽绒褥子，嘴里嘀咕着。

“我跟你说过，床铺得坑坑洼洼的，”小公爵夫人一再说，“我倒是很想睡觉，因此不能怪我。”她声音发抖，好像一个要哭的孩子。

老公爵也没有睡。季洪在睡梦中听见他在生气地来回踱步，哼着鼻子。老公爵觉得他为女儿受了侮辱。他感到特别难受，因为不是他受了侮辱，是女儿受了侮辱，而他爱女儿超过爱自己。他对自己说，他要反复考虑这件事，找到合理的解决办法，但是找不到，因此更加恼火。

“第一次遇到个男人，就把父亲忘了，把什么都忘了，摇头摆尾上楼梳妆打扮，弄得简直不像个人样！心甘情愿把父亲抛下！她知道我看得出来。呸……呸……呸……难道我看不出那笨蛋眼睛只望着布莉恩（得把她撵走）？玛丽雅怎么这样没有自尊心，连这点都不懂！即使你没有自尊心，至少也得顾到我的面子啊。得向她指出，这混蛋心里根本没有她，一个劲地只瞧着布莉恩。她没有自尊心，可我得让她明白……”

老公爵知道，他只要对女儿说她看错人了，阿纳托里只想同布莉恩调情，这样就会激发女儿的自尊心，他不愿同女儿分离的目的也就可以达到，因此他也就安心了。他把季洪唤来，动手脱衣服。

“是鬼把他们带来的！”当季洪把睡衣套到他那年老干瘦、胸上长着灰毛的身体上时，他想，“我可没叫他们来。他们来扰乱我的生活，而我的日子已剩下不多了。”

“真见鬼！”当他的头被睡衣蒙上时，他骂道。

季洪知道老公爵有个习惯，喜欢自言自语，因此看到他那从睡衣下射出来的愤怒而疑惑的目光，并没有改变脸色。

"他们睡了吗？"老公爵问。

季洪也像一切好仆人那样，能敏锐地了解主人的思路。他知道，主人问的是华西里公爵父子俩。

"都睡了，灯也熄了，老爷。"

"没什么，没什么……"公爵急急地说，脚伸进拖鞋，手伸进睡袍，向他睡的长沙发走去。

尽管阿纳托里和布莉恩小姐还没说过一句话，在可怜的母亲没出现之前，他们在偷情这类事上早就心有灵犀一点通，他们有很多话要秘密地谈谈，因此一早就找单独见面的机会。当公爵小姐在规定时间到父亲房里去时，布莉恩小姐正在花房里跟阿纳托里幽会。

玛丽雅公爵小姐那天走到书房门口，心情特别紧张。她觉得，不仅人人知道她的命运今天将要决定，而且知道她正在考虑这件事。这一点她从季洪的脸上看出来，也从华西里公爵跟班的脸上看出来。那跟班提着热水在走廊里遇见玛丽雅公爵小姐，向她深深鞠了一躬。

老公爵这天早晨对女儿特别亲切，特别殷勤。这种表情玛丽雅公爵小姐是很熟识的。每当玛丽雅公爵小姐解不出算术题，老公爵恼恨得干瘦的双手握紧拳头，站起来从她身边走开去，嘴里不断嘀咕着同一句话的时候，他的脸上就会出现这样的表情。

老公爵开门见山，立刻谈到正题，并且对女儿用"您"来称呼。

"人家来向我提亲，"老公爵不自然地微笑着说，"我想您一定看出来了，华西里公爵到这儿来，还带着他的小辈（保尔康斯基公爵不知怎的把阿纳托里叫作小辈）一起来，可不是因为我的眼睛好看。昨天他们来向我提亲。您知道我的规矩，所以我要转告您。"

"爸爸，我该怎样理解您的意思？"公爵小姐说，脸上一阵红，一阵白。

"怎样理解？！"父亲怒气冲冲地嚷道，"华西里公爵看中你做他的儿媳妇，替他的小辈来向你求婚。就是这么一回事。哼，怎么理解？！……我就是来问你。"

"我不知道，爸爸，您怎么看……"公爵小姐喃喃地说。

"我？我？关我什么事？您不要管我。又不是我结婚。您怎么看？

这就是我想知道的。”

公爵小姐知道父亲不赞成这事，但她同时想到，她的前途现在不解决就永远没有机会解决。她垂下眼睛，避开父亲的目光。她觉得在父亲的注视下她无法思索，照例只能服从，于是就说：

“我只有一个愿望，遵从您的意志，”玛丽雅公爵小姐说，“但如果要我说出自己的愿望……”

她还没把话说完，老公爵就打断她的话。

“太好了！”他叫道，“他娶你还要索取一份陪嫁，就是把布莉恩小姐带走。布莉恩小姐做他的妻子，而你……”

公爵停住话头。他看出这两句话对女儿刺激太大。玛丽雅公爵小姐垂下头，要哭出来。

“好了，好了，我是说笑话，说笑话。”老公爵说，“你记住，公爵小姐，我的原则是：姑娘有择婿的充分权利。我给你这个权利。你记住：你的决定将关系到你一生的幸福，你不用管我。”

“我不知道……爸爸。”

“你不用管我！是他父亲要他这样做的，他可以娶你，也可以娶任何别的女人；但你可以自由选择……你回去考虑考虑，过一小时到我屋里来，当着他的面说：愿意还是不愿意。我知道你要去祷告。好，那就去祷告吧。不过要好好考虑一下。去吧。”

“愿意还是不愿意，愿意还是不愿意，愿意还是不愿意？”当公爵小姐神志恍惚，摇摇晃晃地走出书房的时候，老公爵还在那里嚷嚷着。

她的命运决定了，而且决定得很幸福。但父亲说到布莉恩小姐的话却是个可怕的暗示。不见得会有这样的事，但毕竟很可怕，她不能不考虑这问题。她穿过花房一直向前走，什么也没看见，什么也没听见。突然，布莉恩小姐熟悉的低语声使她吃了一惊。她抬起眼睛，看见两步外的地方阿纳托里搂着法国女人，正对她喁喁低语。阿纳托里回头看了看玛丽雅公爵小姐，俊俏的脸上露出吃惊的神色，但没有立刻放开布莉恩小姐的腰，而布莉恩小姐还没有看见她。

“那是谁呀？来干什么？等一下！”阿纳托里的神态仿佛这么说。玛丽雅公爵小姐默默地望着他们。她弄不懂这是怎么一回事。最后布莉恩小姐叫了一声，跑掉了。阿纳托里嬉皮笑脸地对玛丽雅公爵小姐鞠了一躬，仿佛在引她嘲笑这难以理解的一幕，接着耸耸肩向通往他住处的门走去。

一小时后，季洪来请玛丽雅公爵小姐。他请她到老公爵那里去，还说华西里公爵也在那里。季洪进来的时候，玛丽雅公爵小姐正坐在卧室长沙发上，手里搂着啼哭的布莉恩小姐。玛丽雅公爵小姐轻轻抚摩着她的头发。公爵小姐美丽的眼睛，带着素常平静的光芒，温柔而同情地望着布莉恩小姐美丽的脸蛋。

“唉，公爵小姐，您以后再不会喜欢我了！”布莉恩小姐说。

“为什么？我比过去更爱您了，”玛丽雅公爵小姐说，“我要竭力成全您的幸福。”

“可是您会瞧不起我的：您那么纯洁，您会瞧不起我。您永远不会理解这种感情的冲动。唉，我可怜的母亲……”

“我完全理解，”玛丽雅公爵小姐伤心地微笑说，“您放心好了，我的朋友。我要到父亲那儿去了。”她说着走了出去。

玛丽雅公爵小姐进去的时候，华西里公爵坐在那里，一条腿高高地架在另一条腿上，手里拿着鼻烟壶，脸上露出深受感动的笑容，又仿佛为自己易动感情表示歉意。他连忙捏了一撮鼻烟送进鼻子里。

“哦，我的好姑娘，我的好姑娘，”华西里公爵站起来，握住玛丽雅公爵小姐的双手说。接着叹了口气又说：“我儿子的命运就在您手里。您决定吧，我的好玛丽雅，我亲爱的玛丽雅，我一向把您看作自己的女儿。”

华西里公爵走到一旁。他的眼睛里真的涌出了泪水。

“哼……哼……”保尔康斯基公爵哼哼着。

“公爵代表他的小辈……代表他的儿子向你求婚。你愿不愿意做阿纳托里公爵的妻子？你说：愿意还是不愿意！”老公爵嚷道，“我保留发表自己意见的权利。当然，我的意见只是我的意见。”保尔康斯基公爵又补充了一句，并向华西里公爵转过身去，回答他那恳求的目光，“愿意还是不愿意？”

“爸爸，我的愿望是永远不离开您，永远不同您分开。我不想出嫁。”

玛丽雅公爵小姐用她那双美丽的眼睛瞧了瞧华西里公爵和父亲，断然说。

“荒唐，蠢话！荒唐，荒唐，荒唐！”保尔康斯基公爵皱起眉头叫道，拉起女儿的手，并没有吻她，只是把前额俯向她的前额碰了碰，又紧紧地握了握她的手，握得她皱起眉头，叫出声来。

华西里公爵站起来。

“我的好姑娘，不瞒您说，我永远不会忘记这个时刻，但是，最亲爱的姑娘，您就不能给我们留下一线希望，希望有朝一日能打动您那颗忠厚善良的心吗？您说：有可能……来日方长。您就说：有可能。”

“公爵，我说的全是我的心里话。我感谢您给我的荣幸，但我永远不会做令郎的妻子。”

“那么，就这样吧，我的朋友。你来，我很高兴，很高兴。公爵小姐，回你的房里去吧。”老公爵说。“你来，我很高兴，很高兴！”他搂着华西里公爵反复说。

“我的天职与人不同，”玛丽雅公爵小姐暗自想，“我的天职是以别人的幸福为幸福，以爱和自我牺牲为幸福。不论要我付出多大代价，我都要使可怜的艾米莉幸福。她多么爱他啊。她忏悔得多么沉痛啊。我要尽力促成他们两人的结合。他要是没有钱，我就给她钱。我要求父亲，要求安德烈拿出钱来。只要她能成为他的妻子，我就非常幸福。她孤苦伶仃，来到异国，无依无靠，真是可怜！天哪，她能这样不顾一切，说明她多么爱他。换了我，说不定也会这样做的！……”玛丽雅公爵小姐想。

6

罗斯托夫家好久没有得到尼古拉的消息了。直到仲冬，伯爵才收到儿子的一封亲笔信。伯爵一收到信，慌忙踮着脚尖悄悄跑进书房，关上门，看起信来。德鲁别茨基公爵夫人得知（她知道家里的一切事）有信来，就轻轻走进书房，看见伯爵手里拿着信又是哭又是笑。

德鲁别茨基公爵夫人虽然境况好转，但仍住在罗斯托夫家。

“是我们那个好孩子来的吗？”德鲁别茨基公爵夫人忧心忡忡地问，准备不论尼古拉的情况怎样都表示同情。

伯爵哭得更厉害了。

“我的尼古拉……来信……他负伤了……我的宝贝……负伤了……伯爵夫人……他升军官了……感谢上帝……怎么对伯爵夫人说呢？……”

德鲁别茨基公爵夫人在他身旁坐下，用手帕替他擦去眼泪和滴在信上的泪水，也擦去自己的泪水，看了信，安慰了一下伯爵，决定在午餐后晚茶前由她和伯爵夫人谈谈，使她思想有所准备，喝过茶以后，要是上帝保佑，再由她把这消息告诉伯爵夫人。

午餐时，德鲁别茨基公爵夫人一直谈论战事消息，谈论尼古拉。她两次问起他最后一封信是什么时候收到的，虽然这事她早就知道。她说今天很可能有信来。这种暗示每次都使伯爵夫人感到惴惴不安。她时而看看伯爵，时而望望德鲁别茨基公爵夫人。于是德鲁别茨基公爵夫人就以最巧妙的方式把话题转到琐事上去。娜塔莎在全家人中最善于察言观色。他们一开始吃饭，她就竖起耳朵，断定在父亲和德鲁别茨基公爵夫人之间有什么秘密，多半同哥哥有关，而德鲁别茨基公爵夫人正在让她妈有思想准备。娜塔莎知道她母亲对有关尼古拉的消息特别敏感，因此她胆子虽大，在吃饭时也不敢提任何问题，并且忧心忡忡，吃不下东西。家庭女教师提醒她，她在餐桌旁仍坐立不安。饭后她立刻跟踪德鲁别茨基公爵夫人，在起居室里扑上去抱住她的脖子。

“好姑妈，告诉我，出什么事啦？”

“没有什么，我的宝贝。”

“哦，好姑妈，亲爱的，您非告诉我不可，我知道您有消息。”

德鲁别茨基公爵夫人摇摇头。

“哼，你真是个机灵鬼！”她说。

“尼古拉有信来，是吗？一定是的！”娜塔莎看到德鲁别茨基公爵夫人脸上默认的表情，大声问。

“但看在上帝分上千万注意：你要知道，这事会把你妈吓坏的。”

“好的，好的，那么您讲给我听。您不肯讲吗？那我马上就去告诉妈。”

德鲁别茨基公爵夫人把信的内容扼要地告诉娜塔莎，附带条件是不许她告诉任何人。

“一言为定，”娜塔莎画着十字说，“对谁也不说。”说完她就跑去找宋尼雅。

“尼古拉……负伤了……有信来……”她兴冲冲地说。

“尼古拉！”宋尼雅刚说出名字，就顿时脸色发白。

娜塔莎看到哥哥负伤的消息竟使宋尼雅这样震动，这才感到这消息是多么可悲。

她扑到宋尼雅怀里，搂着宋尼雅哭起来。

“轻伤，已升军官了。现在伤好了，信是他自己写的。”娜塔莎含着眼泪说。

“哼，你们女人家都是哭娃娃！”彼嘉在房间里有力地迈着大步说，“哥哥真了不起，我很高兴，真高兴。可你们就知道哭！什么也不懂。”

娜塔莎含着眼泪微微一笑。

“你没有看过信吗？”宋尼雅问。

“没有看过，但德鲁别茨基公爵夫人说，一切都过去了，他现在已当上军官……”

“上帝保佑，”宋尼雅画着十字说，“但会不会是她骗你呢？我们去找妈妈。”

彼嘉默默地在房间里踱步。

“我要是尼古拉，我会杀死更多的法国佬，”彼嘉说，“这些家伙坏透了！我要杀得他们尸体堆成山。”彼嘉继续说。

“闭嘴，彼嘉，你这傻瓜！……”

“我一点不傻，只有动不动就哭的人才傻呢。”彼嘉说。

“你记得他吗？”沉默了片刻后，娜塔莎突然问。宋尼雅微微一笑。

“我记不记得尼古拉？”

“不，宋尼雅，你是不是完全记得他，清清楚楚记得他？”娜塔莎有力地做着手势，显然想以此来加强语气，“我也记得尼古拉，清清楚楚地记得，”娜塔莎说，“可是保里斯我不记得，一点也不记得……”

"怎么？你不记得保里斯了？"宋尼雅惊奇地问。

"不是不记得。我知道他是个怎样的人，但不像尼古拉那样记得清楚。尼古拉，我闭起眼睛来就想起他来，可是保里斯却想不起来（娜塔莎闭起眼睛），一点也想不起来！"

"哦，娜塔莎！"宋尼雅激动而严肃地瞧着女友说，仿佛娜塔莎不配听她要说的话，仿佛她在向一个不能与之说笑的人说话，"我既然爱上了你哥哥，不论他出了什么事，也不论我出了什么事，我都不会不爱他，我一辈子都爱他。"

娜塔莎惊讶而好奇地瞧着宋尼雅，一言不发。她觉得宋尼雅说的是实话，宋尼雅所说的爱情是存在的，但那种爱情她娜塔莎还没有体验过。她相信这种爱情是有的，但她无法理解。

"你要写信给他吗？"娜塔莎问。

宋尼雅沉思起来。给尼古拉写什么，要不要写信给他？这问题使她为难。现在他已当上军官，负了伤，成了英雄，让他想起她，想起他对她有什么义务，这样做是否合适？

"我不知道。我想，既然他有信来，那我也该写信去。"宋尼雅红着脸说。

"您写信给他不害臊吗？"

宋尼雅微微一笑。

"不。"

"可是叫我写信给保里斯，我觉得害臊，我不写。"

"有什么可害臊的？"

"我不知道。我觉得不好意思，难为情。"

"可我知道她为什么害臊，"彼嘉说，娜塔莎刚才的话使他生气，"因为她原来爱上戴眼镜的胖子（彼嘉这样称呼皮埃尔），现在又爱上那个歌唱家（彼嘉这样称呼教娜塔莎唱歌的意大利教师），所以她害臊了。"

"彼嘉，你是个傻瓜。"娜塔莎说。

"不会比你傻，小姐。"九岁的彼嘉说，口气好像一个老将军。

伯爵夫人吃饭时对德鲁别茨基公爵夫人的暗示心里就有点数。她回到房里，坐在扶手椅上，眼睛盯住鼻烟壶上儿子的画像，泪水不断涌上眼眶。德鲁别茨基公爵夫人手里拿着信，踮着脚尖走到伯爵夫人房门口站住。

“您别进来，”她对走过来的老伯爵说，“等一下。”说着随手关上门。

伯爵把耳朵贴在锁孔上，用心听里面的动静。

起初他只听见平静的说话声，然后是德鲁别茨基公爵夫人单独说了许多话，然后是一声叫喊，然后是一片肃静，然后是两人同时快乐地说话，然后是脚步声，接着德鲁别茨基公爵夫人给伯爵开了门。德鲁别茨基公爵夫人脸上现出得意的神色，好像一个外科医生做完大手术，让大家进去欣赏他的杰作。

“好了！”德鲁别茨基公爵夫人得意扬扬地指指伯爵夫人对伯爵说。伯爵夫人一只手拿着有画像的鼻烟壶，另一只手拿着信，一会儿吻吻鼻烟壶，一会儿吻吻信。

她一看见伯爵，伸出双臂搂住他的秃头，又从秃头上方看信和画像，并且为了再吻吻鼻烟壶和信，又稍稍把秃头推开。薇拉、娜塔莎、宋尼雅和彼嘉都走进屋来，伯爵夫人开始读信。尼古拉在信里扼要叙述行军和参加两次战斗的情况，说他被提升为军官，最后他吻妈妈和爸爸的手，要求他们为他祝福，他还吻薇拉、娜塔莎和彼嘉。此外，他问候舍林先生和肖斯夫人，问候老保姆；他还要求吻吻亲爱的宋尼雅，还说他仍旧那么爱她，那么想念她。宋尼雅一听见这话，脸上飞起一片红晕，泪水涌上眼眶。她受不了向她射来的目光，往大厅跑去，一边跑，一边旋转，转得衣服像气球一样鼓起来。她满面通红，笑盈盈地往地板上一坐。伯爵夫人哭了。

“您哭什么呀，妈妈？”薇拉说，“读了他的信，您应当高兴，不应当哭。”

这话说得很有道理，但伯爵也好，伯爵夫人也好，娜塔莎也好，大家都用责备的眼光对她瞧了瞧。“她变得像谁啊！”伯爵夫人想。

尼古拉的信被读了几百遍。凡自认为有资格听信的人都到伯爵夫人那里去听，而伯爵夫人手里一直拿着那封信。家庭教师、保姆、总管米嘉和几个熟人都走来，而伯爵夫人读一次信就感到一次快乐，而且每次都从信中发现尼古拉新的美德。想到二十年前儿子在她肚子里微微躁动，后来为了他常常同过分溺爱孩子的伯爵争吵，儿子先是学会说“梨子”，后来学会说“奶奶”，就是这个儿子如今在异国成了勇敢的战士。他在那里没有人帮助，没有人指挥，单枪匹马干着男子汉的事业，想到这些，她总觉得新奇和快乐。古往今来，所有的孩子都是从摇篮里不知不觉长大成为男子汉的。这个普通的道理伯爵夫人却不知道。她的儿子一年年长大，但在她看来这是件不寻常的事，尽管天下亿万人都是这样成长的。正像二十年前她不相信肚子里的那块肉有一天会哭，会吃奶，会说话一样，现在她也不相信信里所说的，这块肉已成为一名勇敢刚强的男子汉，一个模范儿子和优秀军人。

“文笔多优美，描写多动人！”伯爵夫人读着信中描写的段落说，“他的心灵多高尚！自己的事只字不提……只字不提！只说什么杰尼索夫，其实他自己一定比谁都勇敢。自己吃的苦也只字不提。心肠多好哇！连我都不认得他了！他总是记得大家！谁也没有忘记。我一向说，他还只有这么大的时候，我就说……”

全家人给尼古拉写信，从草稿到誊清，花了一个多星期。在伯爵夫人监督下，通过伯爵的张罗，准备了新提升军官所需的治装费和生活用品。德鲁别茨基公爵夫人是个能干的女人，她连跟儿子通信都能在军队里托到人情。她可以通过近卫军指挥官康斯坦丁亲王①转交书信。罗斯托夫一家人认为“国外俄国近卫军”是个固定的通信处，只要把信送到亲王手里，就没有理由不能转到料想在附近的保罗格勒团，因此决定通过亲王的信使把信和钱送给保里斯，而保里斯一定能转交给尼古拉。信是由老伯爵、伯爵夫人、彼嘉、薇拉、娜塔莎和宋尼雅联合署名的，写好后连同伯爵给儿子的六千卢布治装费和生活用品一起送去。

7

十一月十二日，驻扎在奥洛莫乌茨附近的库图佐夫野战军准备次日

---

① 康斯坦丁亲王（1779—1831）是俄皇亚历山大一世的胞弟。

接受俄国沙皇和奥国皇帝的检阅。刚从俄国调来的近卫军在离奥洛莫乌茨十五俄里的地方宿营，将于次日早晨十时开到奥洛莫乌茨郊外接受检阅。

就在这一天，尼古拉接到保里斯的信，信中告诉他伊兹梅尔团在离奥洛莫乌茨十五俄里的地方宿营，保里斯在那里等他去取信和钱。尼古拉现在特别需要钱，因为军队出征归来，驻扎在奥洛莫乌茨附近，营地充满随军商贩和奥籍犹太人，他们备有各种诱人的商品。保罗格勒团连日不断举行酒宴，庆祝他们出征得奖，并到匈牙利女人卡罗林娜在奥洛莫乌茨新开的有女招待的酒馆吃喝。尼古拉不久前庆祝过自己晋升为骑兵少尉，向杰尼索夫买了一匹叫贝督因的骏马，因此欠了同事和随军商贩一身债。尼古拉接到保里斯的信，和一个同事一起骑马来到奥洛莫乌茨。在那里吃了饭，喝了一瓶酒，然后独自到近卫军营地去找童年的朋友。尼古拉还没来得及购置军官服。他穿着一件带士兵十字章的旧士官生军服、一条被皮带磨损的马裤，佩着一把带穗子的马刀。他骑着一匹顿河马，那是行军途中向一个哥萨克买的。他头上豪气十足地歪戴着一顶压皱的骠骑兵军帽。他跑近伊兹梅尔团营地时想，他那副久经沙场的骠骑兵模样一定会使保里斯和近卫军同事们大吃一惊。

近卫军行军好像游山玩水，一路上炫耀着队伍的整洁和纪律。他们每天的行程不长，背囊由大车运送，奥国当局一路上还给军官们准备精美的伙食。部队出入城镇都有乐队奏乐，并且奉亲王命令，士兵一路正步前进，军官按照规定的位置步行。近卫军都以这种行军方式自豪。在行军过程中，保里斯一直同现已升任连长的别尔格同行同住。别尔格在行军中升任连长。他办事勤奋认真，得到上级信任，经济方面也安排得很得当。保里斯在行军中结识了许多可能对他有用的人，又凭皮埃尔的介绍信认识了安德烈公爵，并希望通过安德烈的关系在总司令部里谋得个位置。白天行军后，别尔格和保里斯在分配给他们的屋子里休息了一下，然后穿得整整齐齐，干干净净，坐在圆桌旁下棋。别尔格双膝夹着一根冒烟的烟管。保里斯一向喜欢整齐，他用又白又细的手指把棋子排成金字塔，等别尔格出棋。他瞧着对手的脸，显然在考虑棋局，因为他不论做什么事都很专心。

“走啊，看您怎样逃掉？”保里斯问。

“让我想想办法。”别尔格回答，摸了摸卒子，又把它放下。

这时门开了。

“哦，他到底来了！”尼古拉叫道，“别尔格也在这里！喂，孩子们，睡觉觉吧！”他学奶妈说话的腔调，对他们大声说。他同保里斯以前常嘲笑奶妈这种别扭的法语。

“哦，老弟！你可变得多了！”保里斯站起来迎接尼古拉，但站起来时没忘记把倒下的棋子扶起来放好。他想拥抱朋友，但尼古拉避开了他。尼古拉怀着青年人喜欢标新立异的心理，不愿按照长辈们装腔作势的姿态，而用独特的方式来表示同朋友重逢的喜悦：他想捏他一把，捅他一下，但决不像一般人那样吻他。保里斯正好相反，镇静而友好地搂抱尼古拉，吻了他三次。

他们差不多有半年没见面了。在这刚踏上人生道路的年纪，他们在对方身上都发现了巨大的变化。这些变化也就是他们刚踏进的社会的最新反映。自从上次见面以来，他们身上都有了许多变化，他们就想尽快让对方看到这些变化。

“啊，你们这些该死的公子哥儿！打扮得干干净净，白白嫩嫩，就像刚参加舞会回来，不像我们这些有罪的大兵。”尼古拉用保里斯觉得新鲜的上低音说，同时用军人的姿态指指自己沾泥的马裤。

德国女房东听见尼古拉的洪亮声音，从门后探出头来。

“哦，她挺漂亮，是吗？”尼古拉挤挤眼说。

“你怎么这样大声叫嚷！你会把她们吓坏的。”保里斯说，“我没想到你今天会来，”他添加说，“我昨天才通过一个熟人——库图佐夫的副官安德烈——寄给你一封信。我没想到他那么快就把信送到你手里……那么，你怎么样？已经上过阵了？”保里斯问。

尼古拉没有回答，只晃了晃挂在军服上的士兵圣乔治十字章，又指指自己扎着绷带的手臂，笑嘻嘻地瞧了瞧别尔格。

“你看！”尼古拉说。

“嚯，真了不起，真了不起！”保里斯笑眯眯地说，“我们这次行军也挺不错。不瞒你说，皇太子常常骑马同我们的团一起走，因此我们得到不少方便和照顾。在波兰为我们举行了出色的酒会、宴会和舞会，我简直无法对你形容。皇太子待我们全体军官很亲切。”

两个朋友互相讲述他们的情况：一个讲骠骑兵的饮酒作乐和战斗生活，另一个讲在达官贵人手下供职的乐趣和好处。

“哦，近卫军！”尼古拉说，“我说，派人去弄点酒来。”

保里斯皱起眉头。

“如果你一定要喝的话。”他说。

保里斯走到床边，从干净的枕头底下掏出钱包，派人去买酒。

“对了，让我把钱和信交给你。”保里斯又说。

尼古拉接过信，把钱扔在沙发上，双臂搁在桌上，开始看信。他看了几行，恶狠狠地瞅了别尔格一眼。尼古拉遇到别尔格的目光，就用信纸遮住脸。

“嚯，给您寄来的钱可不少哇，”别尔格望着沉甸甸压在沙发上的钱包，说，“可是，伯爵，我们就光靠干饷过日子。就拿我来说吧……”

“听我说，别尔格，”尼古拉说，“要是您接到家信，或者遇到一位亲人要向他打听情况，我要是在场，一定立刻走开，免得妨碍你们。听我说，现在请您走开，走开，到哪儿去都行……真见鬼！”尼古拉嚷道，但又马上抓住别尔格的肩膀，亲切地瞧着他的脸，显然想冲淡自己粗暴的口气，添加说：“我说，您不要生气！哦，宝贝，我是把您看作老朋友，才这样直说。”

“哦，对不起，伯爵，我很理解您。”别尔格站起来，用喉音低声说。

“到房东家去吧，他们请您去。”保里斯插嘴说。

别尔格穿上一尘不染的清洁礼服，对着镜子把鬓角梳得像亚历山大皇帝那样往上翘。他发觉尼古拉注意到他的礼服，就愉快地笑着走出屋去。

“唉，我简直是畜生！”尼古拉看着信，嘟囔道。

“怎么会？”

“唉，我简直是头猪！我从来不写信，一写信又把他们吓了一大跳。

唉，我简直是头猪！”尼古拉突然涨红脸，反复说。“好吧，派加夫利洛去买酒！行，我们来喝一点！”尼古拉说。

家信中还附了一封给巴格拉基昂公爵的推荐信。这是老伯爵夫人听从德鲁别茨基公爵夫人的劝告，通过熟人弄来的。她要尼古拉按址送去，好好利用这个关系。

“真无聊！我才不干呢！”尼古拉说着把信扔到桌子底下。

“您怎么把信扔掉？”保里斯问。

“一封推荐信，我要它屁用！”

“怎么说屁用？”保里斯拾起信，看了看收信人的名字，说，“这封信对你很有用。”

“我什么也不需要。我谁的副官也不当。”

“这是为什么呀？”保里斯问。

“这是侍候人的差事！”

“我看你仍旧是个幻想家。”保里斯摇摇头说。

“你仍旧是个外交家。但问题不在这里……那么，你怎么样？”尼古拉问。

“嗯，你不是看到了。到现在为止一切顺利；但说句实话，我倒很愿意当个副官，我不愿留在前线。”

“为什么？”

“因为既然进了军界，就该努力争取个光辉的前程。”

“哦，原来如此！”尼古拉嘴里这样说，心里显然在想别的事。

尼古拉用询问的目光凝视着朋友的眼睛，仿佛在寻求某种问题的答案，但是徒然。

加夫利洛老头拿来了酒。

“现在去把别尔格找来好吗？”保里斯说，“他可以陪你喝，我不行。”

“去把他找来，去把他找来！这个德国佬[1]怎么样？”尼古拉嘲笑着说。

“他是个非常、非常好的正派人。”保里斯说。

---

① 指别尔格。

尼古拉又凝神瞧了瞧保里斯的眼睛，叹了一口气。别尔格回来了。三个军官对着一瓶酒，谈话就热闹起来了。两个近卫军军官给尼古拉讲他们行军的情况，以及他们在俄国、波兰和国外受到的尊敬。他们还谈到担任指挥官的亲王，说他又仁慈又暴躁。别尔格在谈到与他无关的事时照例不吭声，但一谈到亲王的暴躁行为，他就津津有味地讲到，有一次亲王在加利西亚视察军队，发现他们有犯规行为而大发雷霆，那时他曾和亲王说过话。他笑容可掬地讲到，亲王怎样怒气冲天，骑马跑到他跟前叫道："阿尔巴尼亚佬！"（亲王发火时，喜欢用这个词骂人）并要传见连长。

"不瞒您说，伯爵，我一点也不害怕，因为我知道我没有错。老实说，伯爵，不是我吹牛，所有的军令我都能背诵，操典也知道得像'我们在天上的父'[①]一样熟。因此，伯爵，我的连里从来没有发生过一点差错。所以我心里很踏实。我就去见他。"别尔格站起来，当场表演他怎样举手敬礼。说真的，他的神态恭敬得不能再恭敬，自负得不能再自负了。"亲王果然破口大骂，破口大骂，骂得人灵魂出窍，又是'阿尔巴尼亚佬'，又是'活见鬼'，又是'把你流放到西伯利亚去'，"别尔格调皮地笑着说，"我知道我做得对，因此不作声。您说是不是，伯爵？他喊道：'你怎么啦，是哑巴吗？'我还是不说话。您猜怎么样，伯爵？第二天命令里也没有提这事，遇事冷静就有这样的好处。就是这样，伯爵。"别尔格抽着烟斗，吐着烟圈，说。

"是啊，真有两下子！"尼古拉微笑着说。

保里斯看出尼古拉要取笑别尔格，就巧妙地把话题岔开，他要尼古拉讲讲，他怎样负的伤，在哪里负的伤。尼古拉很高兴，就讲了起来，而且越讲越兴奋。他向他们讲他在申格拉本作战的情况，就像一般参加过战斗的人，信口开河，就像讲从别人那里听来的故事那样，竭力讲得有声有色，但与事实完全不符。尼古拉是个正派的青年，绝不是存心撒谎。他开头想讲实话，但不知不觉说溜了嘴。要是他对他们说实话，那么他们（他们和他自己都听过许多类似的冲锋故事，明白冲锋是怎么一

① 基督教主祷文的第一句。

回事，此刻也准备听这种故事）就会或者不相信他，或者，更糟糕，认为他没有遇到一般骑兵冲锋时常遇到的事，还得怪他自己不好。他不能那样平平淡淡地对他们讲，当时大家都纵马狂奔，他从马背上摔下来，手臂脱了臼，并且为了逃避一个法国兵的追击拼命向树林里跑。此外，要把全部真相讲出来，就必须控制自己只讲实话。讲实话是很困难的，青年人难以做到。他们希望听到的是，他当时怎样热血沸腾，把一切置诸脑后，像一阵狂风似的冲进敌阵，左右砍杀，他的马刀怎样开了荤，他怎样砍得筋疲力尽，跌下马来，等等。他就这样对他们讲了许多。

他的故事讲到一半，正讲到“你不能想象，一个人在冲锋的时候会产生多么疯狂的感情”时，保里斯期待中的安德烈公爵走了进来。安德烈公爵一向喜欢庇护青年，并且以别人有求于他为荣。保里斯昨天讨他的喜欢，他对保里斯就很有好感，愿意满足他的要求。安德烈公爵奉命把库图佐夫的公文送到皇太子那里，顺道来看望保里斯，希望能单独见见他。他走进屋来，看见一个骠骑兵正在吹嘘战斗经历（安德烈公爵最不喜欢这种人）。他对保里斯亲切地微微一笑，皱起眉头，眯缝起眼睛，对尼古拉微微点了点头，没精打采地坐到沙发上。他碰上这伙讨厌的人，心里有点不快。尼古拉看出这一点，脸涨得通红。但他不在乎，因为安德烈是个陌生人。尼古拉望了望保里斯，发现他似乎也在为他这个骠骑兵害臊。尽管安德烈公爵态度并不友好，带着嘲讽意味，尽管尼古拉从战斗部队的观点看不起参谋部里的小副官（进来的人看来是个小副官），他不免也有点狼狈，涨红了脸，不再作声。保里斯打听参谋部里有什么消息，有什么不属保密范围的打算？

“大概要继续进军。”安德烈公爵回答，显然不愿在陌生人面前说得更多。

别尔格趁机彬彬有礼地问，连长的粮草津贴现在是不是像传说那样将增加一倍？对这个问题，安德烈公爵含笑回答说，对政府的这种重要决定，他不能随便发表意见。别尔格听罢快乐地笑起来。

“您的事，”安德烈公爵对保里斯说，“我们以后再谈，”接着他打量了一下尼古拉，“检阅以后您来找我，我们一定尽力而为。”

安德烈公爵环顾了一下房间，也不顾尼古拉像孩子那样恼羞成怒，对他说：

“您刚才大概在讲申格拉本的战斗吧？您到过那里吗？”

“**我**参加了！”尼古拉怒气冲冲地说，仿佛想以此侮辱副官。

安德烈注意到骠骑兵的这种情绪，觉得挺好玩。他略带轻蔑地微微一笑。

“是啊！现在流传着许多有关这场战役的故事。”

“哼，故事！”尼古拉大声说，那双突然变得疯狂的眼睛一会儿瞧瞧保里斯，一会儿望望安德烈，“不错，故事很多，但我们的故事讲的都是在敌人炮火下出生入死的英雄事迹，是有分量的，可不像参谋部里那些无功受奖的公子哥儿的故事。”

“您看，我是不是其中的一个？”安德烈公爵泰然而愉快地笑着说。

这时，在尼古拉心中，愤怒和对这个人镇定沉着的敬意交织在一起。

“这不是说您，”尼古拉说，“我不认识您，老实说，也不想认识您，我说的是一般的参谋部人员。”

“可我要对您说，”安德烈公爵用沉着而威严的声音打断他的话，“您要侮辱我，如果您没有足够的自尊心，我认为这很容易做到。但您得同意，您选择的时间和地点都不合适，最近一两天里，我们都要参加一次更严酷的大决战。此外，我的面貌不幸长得不讨您喜欢，这事同您的老朋友保里斯毫无关系。不过，”安德烈公爵说着站起来，“您知道我的名字，知道在哪里可以找到我，但您不要忘记，”他补充说，“我认为我并没有受到侮辱，您也没有受到侮辱。我年纪比您大，我劝您别把这事放在心上。那么，保里斯，星期五检阅以后我等您。再见！”安德烈公爵向两人鞠了一躬，走了出去。

尼古拉直到安德烈走后，才想到该怎样回敬他。他因为刚才忘记说这话，更加生气。他立刻叫人备马，冷冷地跟保里斯告别，回住处去。明天他要到总司令部去向那个倔强的副官挑战，还是真的把这事搁开？这个问题一路上一直使他烦恼。一会儿，他怒气冲冲地想，他要是看到这矮小、文弱、骄傲的人在他的手枪下惊恐万状，那该多么痛快；一会儿，他惊奇地发现，他很想同这个可恨的副官交个朋友，不管对谁，他都没有过这样强烈的愿望。

8

保里斯同尼古拉见面后第二天，奥国军队和俄国军队举行了阅兵式。接受检阅的包括刚从俄国开来的和随同库图佐夫出征回来的部队。俄国皇帝带着皇太子，奥国皇帝带着大公，一起检阅了八万联军。

一清早，整洁漂亮的军队排列在要塞前的田野上整队。一会儿，千万只脚和千万把刺刀在迎风招展的军旗下行进，按照军官的口令立定，转身，变换队形，绕过穿不同军服的其他步兵队伍；一会儿，穿蓝色、红色、绿色镶边军服的骑兵，骑着黑色、棕色、灰色的马，跟着服装鲜明的军乐队，发出整齐的马蹄声和刀枪声；一会儿，炮兵拉着铿锵作响、铜器擦得闪亮的大炮，散发出点火杆的气味，在步兵和骑兵之间缓缓前进，开到指定的地点。不仅将军们穿着礼服，不论腰身粗大或细瘦都把腰束得紧得不能再紧，脖子被硬领撑得发红，身上挂着绶带和各种勋章；不仅军官们头上擦了发油，身上穿着讲究的军服，就连士兵都个个把脸刮得精光，把武器擦得耀眼。每匹马都刷得像缎子一般溜光闪亮，润湿的鬃毛梳得一根不乱。人人都感觉到这是一次非同寻常的大庆典。每个将军和每个士兵都觉得自己微不足道，只是人海中的一滴水，但同时又感到自己是这人海的组成部分，因而强大有力。

一清早，大家就紧张地忙碌起来，十点钟一切都已准备就绪。队伍在广大的田野上排好队列。全体人马分成三个横队，前面是骑兵，后面是炮兵，最后面是步兵。

每两个横队之间像隔着一条街。组成这支大军的三部分——库图佐夫的战斗部队（保罗格勒骠骑兵团排在前排右翼），刚从俄国开来的作战部队加上近卫军的几个团，还有奥国军队——界线分明，但都站在一个横队里，受统一指挥，保持同一队形。

突然，像一阵风吹过树叶似的传出一片激动的低语："来了！来了！"听得见胆怯的声音。全军在做最后准备，发出一片骚动声。

前面，在奥洛莫乌茨那里出现了一群渐渐临近的人。尽管那天没有刮风，这时却有一阵微风拂过军队，吹动矛缨，吹得军旗拂打旗杆，仿佛军队用这种轻微的活动来欢迎皇帝的驾临。这时只听得一声口令："立正！"然后，就像公鸡报晓一样，四面八方接二连三地喊了起来，接着又是一片肃静。

在这一片肃静中只听见嘚嘚的马蹄声。这是两位皇帝的随从来了。两位皇帝来到侧翼，第一骑兵团的号手就吹起了进行曲。这仿佛不是号手在吹军乐，而是全军看见皇帝驾临，欢声雷动。在这些声音中可以听见亚历山大皇帝年轻的亲切的声音。皇帝向大家问好，于是第一骑兵团就震耳欲聋、欢天喜地地不断高喊"乌拉"，连他们自己都被众多的人数和巨大的威力所震惊。

尼古拉站在库图佐夫军队的前排，也就是皇帝首先来到的地方。尼古拉像队伍里所有的人那样也产生了一种忘我的为国家强大而自豪的感情，并向促成这次盛大阅兵的人热烈致敬。

他觉得只要这个人一开口，这支庞大的队伍（他是其中的一粒砂子）就会赴汤蹈火，就会杀人行凶，就会视死如归，建立丰功伟绩，因此一想到就要听到那句话，就不免浑身哆嗦，心脏停止跳动。

"乌拉！乌拉！乌拉！"四面八方响起一片欢呼声，一个团接一个团奏起进行曲来欢迎皇帝，然后又是高呼"乌拉"，又是奏进行曲，又是高呼"乌拉"。这些声音越来越响，越来越高，汇合成一片震耳欲聋的轰鸣。

在皇帝尚未来到的时候，每个团都保持肃静，好像没有生命的躯体。但等皇帝一走近，这个团就活跃起来，它的呼喊声就跟皇帝已经走过的横队的呼喊声融成一片。在这片震耳欲聋的呼喊声中，在一块块化石般的方阵之间，几百名随从对称地排列着，自由自在地骑马跑过。他们前面是两位皇帝。在这支大军里，人人都克制着热情，把注意力集中在他们两人身上。

年轻英俊的亚历山大皇帝身穿近卫骑兵制服，头戴帽边翘起的三角帽。他那喜气洋洋的脸和洪亮而不高的声音吸引了所有人的注意。

尼古拉站在号手附近，他那双锐利的眼睛老远就认出了皇帝，并看着他渐渐走近。皇帝离他只有二十步了。尼古拉仔细察看皇帝年轻、英俊和喜气洋洋的脸，心里涌起一股空前未有的柔情。他觉得皇帝的每个特征和每个举动都使他入迷。

皇帝在保罗格勒团前站住，用法语对奥国皇帝说着什么，微微一笑。

尼古拉看见这个笑容，不由得也笑了，心里涌起一阵更强的对皇帝的爱戴之情。他想用什么方式表示对皇上的热爱，但知道没有办法，他真想哭。皇帝召见团长，对他说了几句话。

“天哪！要是皇上跟我说话，我会怎么样！”尼古拉想，“我会快活死的。”

皇帝转身对军官们说：

“诸位，我衷心感谢大家。”

尼古拉觉得每一个字都是从天而降的福音。现在他要是能为沙皇牺牲生命，那该是多么幸福哇！

“你们获得了圣乔治军旗，一定要保持这个荣誉。”

“真愿意死，愿意为他而死！”尼古拉想。

皇帝还说了些什么，尼古拉没有听清。士兵们都声嘶力竭地高呼：“乌拉！”

尼古拉在马背上弯下腰，用足力气大叫，只要能表达他对皇上的狂热感情，情愿喊破喉咙。

皇帝在骠骑兵前面站了几秒钟，仿佛有点犹豫不决。

“皇上怎么能犹豫不决呢？”尼古拉想，随后觉得就连这种犹豫不决的神态也是庄严迷人的，因为他觉得皇帝的一举一动都是庄严迷人的。

皇帝犹豫不决的神色只出现了一刹那。皇帝穿着当时流行的尖头靴，用脚碰了碰短尾栗色马的腹部，他那戴白手套的手拉起缰绳。他在一大群杂乱的副官护送下走开去。他越走越远，在每个团前面都停留一下。最后，尼古拉只看见被一群随从簇拥着的皇帝的白翎子。

尼古拉在随从中间发现安德烈无精打采地骑在马上。尼古拉想起昨天同他的争吵，心里浮起一个问题：该不该找他决斗。“当然不应该，”尼古拉想，“在眼下这样的时刻还值得提这种事吗？在这样热爱、狂欢和忘我的时刻，我们的争吵和委屈又算得了什么！？现在我爱一切人，宽恕一切人。”尼古拉想。

皇帝检阅了几乎所有的团以后，军队以分列式从他面前走过。尼古拉骑着新近向杰尼索夫买来的骏马贝督因，走在他的骑兵连后面，也就是显眼地单独从皇帝面前走过。

尼古拉是一名出色的骑手。他还没走到皇帝面前，就刺了两下贝督因，使贝督因疾驰起来。贝督因兴奋时总是这样的。贝督因似乎也觉察到皇上的目光，把喷沫的嘴俯到胸脯，伸展尾巴，仿佛脚不着地在空中腾飞，姿势优美地更换腿子向前跑去。

尼古拉向后蜷起腿，收紧肚子，觉得自己仿佛同马合成一体。他皱着眉头，露出杰尼索夫所说的**魔鬼般**幸福的神气，从皇帝面前跑过。

“保罗格勒团，好样的！”皇帝说。

“天哪！要是他现在命令我冲进火海，我该多么幸福哇！”尼古拉想。

检阅完毕后，新来的军官和库图佐夫部下的军官，三五成群地聚在一起，谈论奖赏，谈论奥军和他们的军服，谈论他们的战线，谈论拿破仑，说他眼看就要倒霉，因为爱森军团就要开到，普鲁士也将站在我们一边。

但在人群中谈得最多的是亚历山大皇帝，大家模仿他的每句话，模仿他的每个动作，对他赞叹不已。

人人只有一个愿望：皇帝统率他们尽快向敌人开去。在皇帝亲自指挥下一定攻无不克，战无不胜。在检阅以后，尼古拉和多数军官都有这样的想法。

检阅以后，大家对胜利的信心比打了两次胜仗还要强。

9

检阅后第二天，保里斯穿上最漂亮的军服，接受了同事别尔格的祝福，到奥洛莫乌茨去找安德烈，希望利用他的交情为自己谋个好差事，最好能在要人手下当个副官，因为他觉得这是军队中最诱人的位置。他想：“尼古拉一次就从父亲那里收到一万卢布，他当然可以夸口不愿向谁低头哈腰，不愿给人家当差，可我除了自己的脑袋就一无所有，我只好自己努力，不放过任何机会，尽量加以利用。”

那天保里斯在奥洛莫乌茨没有碰到安德烈公爵。奥洛莫乌茨驻有总司令部和外交使团，两位皇帝带着由朝臣和亲信组成的随从也住在那里。那里的气氛更加强了他想挤进上层社会的欲望。

他一个人也不认识。尽管他穿着华丽的近卫军军服，但那些大官都戴着翎子，佩着绶带和勋章，乘着华丽的马车在街上来来去去，他们比他这个近卫军小官地位要高得多，根本不把他放在眼里。他到库图佐夫总司令行营里打听安德烈，所有的副官和勤务兵都对他翻白眼，仿佛向他表示，像他这样往这里跑的军官太多了，使他们感到厌烦。虽然如此，或者说正因为如此，第二天，十五日，饭后他又来到奥洛莫乌茨库图佐夫行营，打听安德烈的行踪。安德烈公爵正好在家，保里斯被领到一个大厅。这里以前大概是个舞厅，现在放着五张床和桌、椅、钢琴等家具。一个身穿波斯式睡袍的副官坐在近门的桌旁写字。另一个副官，脸色红润，身体肥胖，双手枕着头躺在床上，同坐在旁边的军官说笑。他就是聂斯维茨基。第三个副官在钢琴上弹维也纳圆舞曲。第四个靠在钢琴上跟着曲子唱。安德烈不在这里。这些老爷看到保里斯，没有一个改变姿势。写字的副官，也就是保里斯招呼的那一个，不耐烦地转过身来对他说，安德烈在值班，如果要见他，可以从左边门到接待室去。保里斯道了谢，走进接待室。接待室里有十来个军官和将军。

保里斯进去的时候，安德烈公爵轻蔑地眯着眼（露出勉强提起精神的疲劳神态，仿佛表示，要不是我的职责所在，我可连一分钟也不愿同你说话），正在听取一个俄国老将军的报告。那将军身上挂满勋章，踮着脚尖，挺着身子，紫色的脸上现出士兵般阿谀的神态。

“很好，请您等一下！”安德烈公爵用带着法国腔的俄语对将军说（当他要表示轻蔑的时候，就用这种腔调说话）。他一看见保里斯，就不再理会将军，尽管将军跟在他后面，要求他再听听。安德烈公爵愉快地含笑对保里斯点头致意。

保里斯这时终于证实了他先前的推测，就是在军队里，除了军事条令规定的和团里所熟悉的从属关系和纪律之外，还存在着一种更为重要的从属关系。正是这种从属关系使这个身子挺直的紫脸将军恭恭敬敬地站在一旁等候，而上尉安德烈公爵却可以随意同保里斯准尉谈话。保里斯现在更加打定主意，今后办事不必凭军事条令，而要凭这种不成文的从属关系。他现在感觉到，只因为他被介绍给安德烈公爵，他的地位一下子就超过将军。要是在其他场合，要是在前线，一个将军对他这样的近卫军准尉可操有生杀之权。安德烈公爵走到他跟前，握住他的手。

"很抱歉，昨天失迎了。昨天我整天在跟德国人打交道。我跟威罗特检查作战部署去了。德国人一旦认起真来，就没有个底！"

保里斯微微一笑，仿佛安德烈公爵所暗示的事是众所周知的。其实他是第一次听到威罗特这个名字，连"作战部署"这个词也还是第一次听说。

"那么，老弟，您还是想当副官吗？我一直在考虑您的事。"

"是的，我想，"保里斯不知怎的涨红了脸，说，"我想请求总司令，华西里公爵替我写了一封推荐信给他。我想提出要求，因为，"他像道歉似的补充说，"我怕近卫军没有机会上前线。"

"好！好！我们回头再细谈，"安德烈公爵说，"等我先把这位先生的事报告上去，我就来陪您。"

安德烈公爵进去报告紫脸将军的事时，这位将军显然缺乏保里斯刚树立的那种不成文从属关系的观念，眼睛盯住这个妨碍他同副官谈话的放肆准尉，使得保里斯坐立不安起来。他转过身去，等待安德烈公爵从总司令办公室出来。

"听我说，老弟，我考虑过您的事，"当他们走进有钢琴的大厅时，安德烈公爵说，"您不用去找总司令了，他会对您说一大套客气话，会请您到他那里去吃饭（保里斯想：'按照不成文的从属关系来说，这样的态度也不坏。'），但再不会有别的结果，因为我们这些副官和传令官快有一个营了。我们还是这样办吧：我有一个好朋友，叫陶尔戈鲁科夫公爵，现任侍从武官长，是个极好的人。您也许不知道他，但问题是现在库图佐夫和他的参谋官以及我们全体人员都做不了主。现在一切权力都集中在皇上手里。我带您去见陶尔戈鲁科夫，我正有事要找他。我已同他谈起过您。让我们瞧瞧，他能不能把您留在身边，或者为您找个靠近皇上的位置。”

安德烈公爵在引导青年、帮助青年取得社会地位上一向很热情。他自尊心很强，从来不接受别人帮助，但借帮助别人的机会，他靠拢那个给人成功，也吸引他自己的圈子。他很愿意提携保里斯，就带他去见陶尔戈鲁科夫公爵。

当他们走进两国皇帝和随从下榻的奥洛莫乌茨行宫时，天色已经很晚了。

这天正好开过一次军事会议，御前军事参事和两国皇帝都参加了。会上违反库图佐夫和施瓦岑贝格公爵[①]两位老将的意见，决定立刻进攻，同拿破仑进行决战。安德烈公爵带着保里斯到行宫找陶尔戈鲁科夫公爵时，军事会议刚刚结束。少壮派在会上取得了胜利，这使司令部里个个情绪昂扬。主张等待机会、暂缓进攻的稳健派被彻底压倒，他们的理由被进攻必胜的意见驳得体无完肤，以致军事会议上谈到未来的战斗和我方必胜，好像不是未来的事，而是既成事实。全部优势都在我们一方。我军已集结在一处，强大的兵力无疑超过拿破仑。我军受到两位皇帝御驾亲征的鼓舞，个个摩拳擦掌，士气大振。指挥军队的奥国威罗特将军对战略形势了如指掌。现在将要同法军作战的地方，碰巧去年奥军在那里演习过。这里的地形他们也十分熟悉，并且在地图上作过标记。拿破仑的力量显然削弱了，而且毫无准备。

陶尔戈鲁科夫是主攻派里的激进分子。他刚开完军事会议回来，精疲力竭，但心情兴奋，为胜利而自豪。安德烈公爵向他介绍保里斯，但陶尔戈鲁科夫只客气地紧握了一下保里斯的手，对他没说一句话，显然还摆脱不掉萦绕在他头脑里的那些思想。他用法语对安德烈公爵说话。

“哦，老弟，我们打了个多漂亮的胜仗啊！但愿未来也能取得这样辉煌的战果。不过，老弟，”陶尔戈鲁科夫兴奋地说，“我应该承认我错

① 奥地利将军。

怪了奥国人，特别是错怪了威罗特。他们办事真是精确，真是细致，对地形真是熟悉，对各种可能、各种条件、各种细节都估计得分毫不差！是的，老弟，再也想不出比我们现在更有利的条件了。奥军的精细同俄军的勇敢结合起来，就会天下无敌！”

“那么，进攻已最后决定了？”安德烈问。

“告诉您，老弟，我认为拿破仑方寸已乱。今天接到他给皇上的一封信。”陶尔戈鲁科夫意味深长地微微一笑。

“原来如此！他写了些什么？”安德烈问。

“他能写什么呢？如此这般，这般如此，无非是想拖延时间。我老实对您说，他已落到我们的手心里了，真的！但最有意思的是，”陶尔戈鲁科夫忽然和善地笑起来，“就是想不出回信该怎么称呼他。如果不能称‘执政’，自然也不能称皇帝，那就只能称他‘波拿巴将军’了。”

“但不称他皇帝而称他‘波拿巴将军’，这是有差别的。”安德烈说。

“问题就在这里，”陶尔戈鲁科夫笑着插嘴说，“您认识比利平吧，他这人很聪明。比利平建议称他为‘篡位的奸臣和人类的公敌’。”

陶尔戈鲁科夫快活地哈哈大笑。

“没有别的称呼了？”安德烈问。

“不过，比利平还是想出了一个适当的称呼。他这人真是聪明机智……”

“什么称呼？”

“法国政府首脑，*法国政府首脑*，”陶尔戈鲁科夫公爵严肃而得意地说，“不是挺好吗？”

“好是好，可他会很不高兴的。”安德烈说。

“是啊，他会很不高兴的！我哥哥认识他。他在巴黎不止一次在当今皇帝那里吃过饭。他对我说，他从没见过比他更精明狡猾的外交家了。可说是集法兰西的圆活与意大利的演技于一身！您知道他跟马尔科夫伯爵的逸事吗？只有马尔科夫伯爵一人能对付他。您知道手帕的故事吗？真是妙极了！”

于是健谈的陶尔戈鲁科夫就时而对着保里斯，时而对着安德烈公爵，讲到拿破仑怎样想试试我们的公使马尔科夫，故意把一块手帕丢在他前面。他停住脚步，看着马尔科夫，大概是希望马尔科夫替他效劳。马尔科夫立刻把自己的手帕丢在旁边，然后捡起来，却没捡拿破仑的手帕。

“妙极了。”安德烈说，“您听我说，公爵，我带这个年轻人来，是想求您一件事。您知道……”

但没等安德烈公爵说完，就有一个副官走来，说皇帝召见陶尔戈鲁科夫。

“唉，真遗憾！”陶尔戈鲁科夫说，慌忙站起来，握了握安德烈公爵和保里斯的手，“说实在的，我很愿意为您和为这位可爱的年轻人出力，只要我能办到。”他又握了握保里斯的手，现出和蔼、诚恳和快活的表情，“但您看……改天再说吧！”

保里斯觉得他现在已接近上层，非常兴奋。他意识到，他在这里接触到领导整个庞大运动的发条，他觉得他在团里只是其中一个微不足道的零件。安德烈和保里斯跟着陶尔戈鲁科夫公爵来到走廊里，看见一个文官从皇帝的办公厅里出来，而陶尔戈鲁科夫正往那里走去。这个文官个儿不高，相貌聪明，下巴颏突出，但突出的下巴颏并不损害他的仪表，反而使他的神态显得更加机灵活泼。这个文官像对自己人那样对陶尔戈鲁科夫点了点头，又冷冷地凝视着安德烈公爵，向他迎面走去，显然要安德烈公爵向他鞠躬或者让路。安德烈公爵既不向他鞠躬，也不给他让路，脸上现出愤恨的神色。年轻的文官就转身从走廊旁边走掉了。

“这是什么人？”保里斯问。

“这是一个非常出色，但是我非常讨厌的人。他是外交大臣查多利日斯基公爵。”

“唉，就是这批人，”他们走出行宫时，安德烈情不自禁地叹息说，“就是这批人决定着民族的命运。”

第二天军队开拔了。直到奥斯特里茨战役，保里斯既没有看见安德烈，也没有看见陶尔戈鲁科夫，只好暂时留在伊兹梅尔团里。

10

十一月十六日早晨，杰尼索夫的骑兵连——属巴格拉基昂公爵的部队，尼古拉就在那个连里服务——从营地出发投入战斗，跟着其他纵队走了一俄里光景，在大路上奉命停止前进。尼古拉看见，从他旁边走过的有第一和第二骠骑兵连的哥萨克、步兵营和炮兵，还有带副官的巴格拉基昂将军和陶尔戈鲁科夫将军。尼古拉以前那种临阵前的恐惧，他克服恐惧的内心斗争，他要以骠骑兵方式在这场战斗中立功的梦想，这一切如今都不复存在。他们的骑兵连留作后备队，尼古拉只得无聊地度过这一天。早晨八点多钟，他听见前面传来枪炮声和“乌拉”声，看见人数不多的伤员被运到后方去，最后看见几百名哥萨克押送着一队法国骑兵。看来，战斗已经结束。这次战斗规模不大，但很顺利。回来的士兵和军官畅谈辉煌的胜利，畅谈攻克维绍城，以及俘虏一连法国骑兵的战果。夜间严寒，白天阳光灿烂，赏心悦目的秋色同迅速传布的捷报显得那么和谐，胜利的喜悦反映在尼古拉身旁经过的士兵、军官、将军和副官的脸上。尼古拉特别伤心的是，他经受了一场虚惊，而在这快乐的日子里他却无所作为。

“尼古拉，过来，让我们喝一杯解解闷！”杰尼索夫坐在路边喊道，他的前面放着军用水壶和酒菜。

军官们聚集在杰尼索夫的食品箱周围，边吃边谈。

“瞧，又押来一个！”有个军官指着由两名哥萨克步兵押送的一个法国龙骑兵俘虏，说。

其中一名哥萨克牵着一匹俘获的高大美丽的法国马。

“把那匹马卖给我吧！”杰尼索夫对哥萨克叫道。

“遵命，大人……”

军官们站起来，围住哥萨克和俘虏的法国兵。法国龙骑兵是个年轻的阿尔萨斯人，说法国话带德国腔。他激动得上气不接下气，满脸通红，一听见有人说法语，就马上同军官们说起话来，一会儿同这个说，一会儿同那个说。他说他本来不会被俘，他被俘不是他的错，而是那派他去取马衣的伍长的错，他告诉伍长俄军已在那里了。他每说一句话，总要加上一句：可别糟蹋我的好马啊！说着又抚摸自己的马。他显然不知道他在什么地方。他一会儿为自己的被俘辩解，一会儿像是在长官面前那样，竭力表示自己恪守军纪，忠于职守。他给我们后卫队带来法国军队的活泼气氛，这对我们来说是很新鲜的。

哥萨克以两个金币的价钱卖了那匹马。尼古拉收到家里寄来的钱，现在是军官中最有钱的人，就把那匹马买下来。

“可别糟蹋我的好马啊！”当马移交给尼古拉的时候，阿尔萨斯人和善地对他说。

尼古拉含笑安慰龙骑兵，给了他一些钱。

“走！走！”哥萨克用不正确的法语说，碰碰俘虏的手臂，要他走。

“皇上！皇上！”骠骑兵中突然有人叫道。

人人着忙起来。尼古拉看见后面有几个帽子上饰白帽缨的人骑马跑来，刹那间，人人都各就各位等待着。

尼古拉不记得也不清楚他怎样跑回原位并且上了马。他因没参加战斗而产生的懊丧情绪和处身在老面孔中间的腻味感觉顿时消失了。他不再想到自己，由于接近皇帝，心中感到很幸福。他觉得光是接近皇帝一事就足以补偿今天一天的损失。他兴奋得像一个等待幽会的情人。他不敢回头看，也没有回头看，但如醉如痴地感觉到**他**临近了。他有这样的感觉，不仅由于一队人马的马蹄声越来越近，还由于皇帝的临近，周围一切变得更光明，更快乐，更有意义，更有节日气氛。尼古拉心目中的太阳越来越近，向四周放射出温和庄严的光辉。他觉得这光辉已照到自己身上，他听见他的声音，亲切、镇静、庄严而又朴素的声音。正像尼古拉所期望的那样，出现了一片肃静，而在这片肃静中响起了皇帝的声音。

“是保罗格勒骠骑兵吗？”皇帝问道。

“是后备队，陛下！”有人回答。在听到“是保罗格勒骠骑兵吗”这样非凡的声音之后，这回答的声音就显得很平凡了。

皇帝走到尼古拉旁边站住。亚历山大的脸比三天前检阅时更英俊了。他的脸焕发着快乐和青春，天真无邪的青春，好像一个十四岁的少年，但仍不失为威严庄重的御容。皇帝回顾骑兵连，他的目光偶尔同尼古拉的目光相遇，但最多只有两秒钟。不管皇帝是否了解尼古拉的心情（尼古拉认为皇帝是洞察一切的），他那双蓝眼睛射出温柔慈祥的光芒，在尼古拉脸上停留了两秒钟。接着皇帝突然扬起眉毛，用左脚猛刺了一下坐骑，向前驰去。

听到前卫传来的枪炮声，年轻的皇帝克制不住亲临战场的欲望，不顾朝臣们的苦谏，十二时离开他所待的第三纵队，向前卫驰去。他还没跑到骠骑兵那里，就有几个副官迎面送来了捷报。

这场战斗只俘虏了法国一个骑兵连，却被想象成一次大败法国人的辉煌胜利。因此皇帝和全军，特别是在战场上硝烟还未消散的时候，都相信法国人已被打败，被迫退却了。皇帝走过去几分钟之后，保罗格勒团奉命前进。在德国小城维绍，尼古拉再次看见了皇帝。在小城广场上，皇帝驾临之前发生过激战，现在还横着几具尸体和几名伤员没有运走。皇帝在文武官员的簇拥下，骑着一匹短尾枣红马——不是检阅时骑的那一匹——侧着身子，潇洒地拿着一把长柄金眼镜，望着一个趴在地上、头上满是鲜血的士兵。这个伤兵那么肮脏、粗野，使人恶心。尼古拉觉得同他接近是对皇帝的亵渎。尼古拉看见，皇帝拱起的肩膀像发冷似的打了个哆嗦，他的左脚痉挛地刺了刺马。那匹训练有素的马漠然回顾了一下，站在原地不动。一个副官下了马，扶起伤兵，把他放在抬来的担架上。伤兵呻吟起来。

“轻一点，轻一点，难道你不能放得轻一点吗？”皇帝说，他显然感到比这个垂死的兵更痛苦，说完就走开了。

尼古拉看见皇帝泪水盈眶，听见他离开时用法语对查多利日斯基说：

“战争真是可怕，真是可怕！*战争真是可怕！*”

前卫部队驻在维绍前方，从敌军的散兵线上可以望见。这一天，敌军总是稍经射击，就把地方让给我们。皇帝传话对前卫部队表示感激，答应给他们奖赏，加倍发给士兵伏特加。营火噼啪作响，士兵歌声不绝，大家比昨晚更欢快。杰尼索夫当晚庆祝自己提升为少校。尼古拉喝了很多酒，在酒宴将近结束时他提议为皇帝的健康干杯。不是像通常宴会上那样说“为皇上健康干杯”，而说，“为仁慈、迷人的伟大皇上的健康，为他的身体健康和打败法国人干杯！”

“既然我们以前打仗也不放过法军，”尼古拉说，“像在申格拉本那样，那么，现在皇上亲临前线，我们又该怎样呢？我们都不惜牺牲，甘心为皇上而死。对不对，诸位？也许我说得不对，我喝多了，但我有这样的感觉，你们一定也有这样的感觉。为亚历山大一世的健康干杯！乌拉！”

“乌拉！”军官们热情洋溢地叫道。

年老的骑兵大尉吉尔斯顿兴奋地喊着，他的真诚不亚于二十岁的尼古拉。

军官们把酒喝干，砸碎酒杯，吉尔斯顿又另外斟满几杯酒。他身穿衬衫和马裤，拿着一杯酒走到士兵篝火前，留着两撇长长的花白胡子，敞开的衬衫里露出雪白的胸膛，向上挥了挥手，庄严地站在篝火光中。

“弟兄们，为皇帝陛下的健康，为战胜敌人干杯，乌拉！”他用骠骑兵豪放而老成的上低音喊道。

骠骑兵们围拢来，整齐地高声响应他的建议。

入夜，人们都走散了，杰尼索夫用一只短短的手拍拍他喜爱的尼古拉的肩膀。

“嗨，行军中没有人可以爱，就爱起沙皇来了。”杰尼索夫说。

“杰尼索夫，这事可不能开玩笑，”尼古拉叫道，“这是一种那么崇高美好的感情，那么……”

“我相信，我相信，老弟，我同意，我赞成……”

“不，你不懂！”

尼古拉站起来，在篝火之间徘徊着，幻想着，不是为了救皇帝的性命（这点他连想也不敢想），而是自己死在皇帝面前，这该是多大的幸福！他真的爱上了沙皇，爱上了俄军的荣誉，对未来胜利满怀希望。在奥斯特里茨战役前那些值得纪念的日子里，不只他一人有这样的心情，俄军中十之八九都爱上了沙皇，爱上了俄军的荣誉，但不像他那样狂热。

11

第二天，皇帝停留在维绍，御医威利耶几次应召去探视，在总司令部和附近部队里传布着圣体违和的消息。据侍从们说，皇上那天没有进食，晚上睡得不好。圣体违和的原因是，伤亡人员的悲惨景象强烈地刺激了皇上那颗仁慈善感的心。

十七日黎明，一个举着军使旗的法国军官求见俄皇，从前哨被带到维绍。这个军使名叫萨瓦里。皇帝刚刚入睡，萨瓦里只得等待。中午，萨瓦里被皇帝召见。一小时后，萨瓦里同陶尔戈鲁科夫公爵一起骑马去到法军前哨。

传说，萨瓦里的使命是建议订立和约和亚历山大皇帝同拿破仑会面。皇帝拒绝亲自会面，这使全军感到满意和自豪。而维绍城下的胜利者，陶尔戈鲁科夫公爵，奉命随萨瓦里去同拿破仑谈判，如果对方确有和平愿望的话。

傍晚，陶尔戈鲁科夫回来，直接去见皇帝，在皇帝那里单独留了好久。

十一月十八日和十九日，部队继续向前行军，敌军前哨经过短暂交火就向后撤。从十九日中午起，军队调动频繁，直到第二天，十一月二十日早晨，也就是发生值得纪念的奥斯特里茨会战的那一天。

十九日中午以前，一切活动、兴奋的谈话、奔走忙碌、副官的派遣，都只限于皇帝行辕以内。那天午后，这种活动就扩大到库图佐夫总司令部和各纵队参谋部。傍晚，这种活动又通过副官扩展到全军各部。十九日到二十日夜间，八万联军从宿营地动身，人声嘈杂，浩浩荡荡绵延九俄里，向前推进。

早晨，从皇帝行辕开始的中心运动，好像钟楼上大钟主轮的启动，逐步推动各部分运转。一个轮子缓缓地转动起来，然后是第二个，第三个，所有的轮子、滑轮和齿轮越转越快。于是时钟发出当当的响声，跳出报时的小人，时针缓缓地移动，表示运动的结果。

军事机器同钟表的结构一样，运动一旦开始，就会不可遏止地进行到底，而在没有转动以前，各部分木然不动，也像钟表的各个零件一样，轮子在轴上响着，齿轮彼此咬住，滑轮飞快地呼呼转动，可是旁边的轮子仍然默不作声，一动不动，仿佛要这样沉睡几百年，但到杠杆捉住轮子，它就服服帖帖地发出响声，转动起来，纳入统一的行动，虽然不知道运动的目的和结果是什么。

好像钟表一样，无数轮子和滑轮复杂运动的结果，只是使时针缓慢而均匀地报时，十六万俄国军队和法国军队，带着他们的热情、愿望、悔恨、屈辱、痛苦、骄傲、恐惧和狂欢，进行全部复杂活动的结果，只是形成所谓三皇大战的奥斯特里茨战役的失败，也就是人类历史钟面上时针的缓慢移动。

安德烈公爵那天值班，一直待在总司令身边，寸步不离。

傍晚六点不到，库图佐夫来到皇帝行辕，在那里待了没多久，然后去见御前大臣托尔斯泰伯爵。

安德烈公爵利用这机会到陶尔戈鲁科夫那里打听详细军情。安德烈发觉库图佐夫心情不佳，有什么事使他不高兴，而行辕里的官员对他也不满意。他们说话的语气都显示他们知道别人不知道的秘密，因此安德烈想去找陶尔戈鲁科夫谈谈。

“哦，您好，老弟，”陶尔戈鲁科夫同比利平坐在一起喝茶，说，“明天可以庆祝一番了。您那个老头子怎么样？情绪不好吗？”

“我不能说他情绪不好，但他希望人家听听他的意见。”

“在军事会议上，大家听过他的意见，只要他讲得有道理，大家还是会听他的。但现在正是拿破仑最害怕会战的时候，不能再观望和等待了。”

“是的，您见到他了？”安德烈公爵问，“那么，拿破仑怎么样？他给您的印象怎么样？”

“是的，我见到他了，我相信他最怕会战，”陶尔戈鲁科夫一再重复说，显然很重视他在会见拿破仑后得出的这个总结论，“如果他不怕会战，那他何必会见皇上，进行谈判，尤其是何必后退？后退是完全违反他的战术的。请您相信我，他害怕，害怕大会战，他的末日到了。我敢肯定。”

“那您讲讲，他的模样怎么样？”安德烈公爵又问。

“他身穿灰色礼服，想要我称他‘陛下’，但他感到失望，因为我根本没有称呼他。他就是这样一个人，如此而已。”陶尔戈鲁科夫回答安德烈，含笑回头看看比利平。

“尽管我十分尊敬库图佐夫老人，”陶尔戈鲁科夫继续说，“但现在敌人已经落在我们的掌心里，如果我们观望不前，给他们机会逃走或者上他们的当，那才叫好看呢。是的，我们不能忘记苏沃洛夫和他的信条：不要使自己被动挨打，要主动进攻。我认为，在战争中精力充沛的小将常常比患得患失的老将更能指出正确的道路。”

“那么我们应该从哪里向敌人进攻？我今天到过前哨，但不能判断他们的主力在哪里。”安德烈公爵说。

他想把自己拟定的进攻计划讲给陶尔戈鲁科夫听。

“哦，这完全无关紧要，”陶尔戈鲁科夫马上说，同时站起来，打开桌上的地图，“各种情况都考虑到了：他要是在布尔诺……”

于是陶尔戈鲁科夫匆忙而含糊地讲着威罗特的侧翼包抄计划。

安德烈公爵反对这个计划，并且说明他的计划不比威罗特的计划差，但遗憾的是威罗特的计划已被批准了。安德烈公爵刚要说明后者的缺点和前者的优点，陶尔戈鲁科夫公爵却没再听他说下去，也没看地图，只漫不经心地望着他的脸。

“不过，库图佐夫今晚要开一次军事会议，您可以在会上把这些意见讲一讲。”陶尔戈鲁科夫说。

“我一定这么办。”安德烈公爵说着从地图旁走开去。

“诸位，你们操什么心？”直到此刻一直含笑听着他们谈话的比利平，这时显然想开开玩笑了，“不管明天胜败如何，俄军的荣誉是保得住的。除了你们的库图佐夫，各纵队连一个俄国指挥官都没有。现在的指挥官是威姆普芬将军阁下、朗热隆将军、里赫顿斯坦公爵、霍恩洛厄公爵[①]……还有一串波兰名字。”

“闭嘴，毒舌头，”陶尔戈鲁科夫说，“不对，现在已经有两个俄国人了：米洛拉多维奇和陶霍杜罗夫，还可能有第三个，阿拉克切耶夫伯

① 这些都不是俄国人。

爵，但他神经太脆弱了。”

“我想，这会儿库图佐夫该出来了，”安德烈公爵说，“诸位，祝你们幸福，成功！”他补充说，握了握陶尔戈鲁科夫和比利平的手走出去。

回家的路上，安德烈公爵忍不住问默默地坐在他旁边的库图佐夫，他对明天的会战有什么想法。

库图佐夫严厉地望了望他的副官，沉默了一下，回答说：

“我看会战要失败，我把这话告诉了托尔斯泰伯爵，并请他转告皇上。你猜他怎样回答我？‘哦，亲爱的将军！我忙于米饭和肉饼，军事要由您来管’，瞧……他就这样回答我！”

12

晚上九点多钟，威罗特带着他的计划来到库图佐夫行辕。军事会议将在这里举行。各纵队指挥官都被召到总司令部，除了巴格拉基昂公爵拒绝出席外，其余的人都按时到达。

威罗特奉命全权指挥即将到来的会战，他精神兴奋，动作匆忙。库图佐夫勉强主持军事会议，心情不佳，睡眼惺忪。两人形成鲜明的对照。威罗特显然自以为是领导这场势在必行的会战的首脑。他好像一匹拉车下山的马，不知道是他在拉车还是车在推他，他只是拼命飞跑，没有时间考虑这场会战的结果。那天晚上，威罗特两次亲自视察敌军前沿阵地，两度向俄皇和奥皇报告情况，并在办公室里用德语口授作战部署。他累得精疲力竭，这会儿来到库图佐夫的住所。

威罗特显然忙得连对总司令都忘了礼貌：他打断总司令的话，说得又快又含糊，既没看对方的脸色，也没回答向他提出的问题。他一身泥浆，样子疲惫可怜，但仍十分自负。

库图佐夫住在奥斯特里茨附近的一座贵族小城堡里。在权充总司令办公室的大客厅里聚集了库图佐夫、威罗特和军事会议成员。大家喝着茶，只等巴格拉基昂公爵一到就开会。七点多钟，巴格拉基昂的传令官带来消息，说公爵不能出席。安德烈公爵进来向总司令报告这事，因为总司令事先准许他列席会议，他就在客厅里留下来。

“巴格拉基昂公爵既然不来，我们可以开会了。”威罗特说，急急地站起来，走到摊着布尔诺地区大地图的桌子旁。

库图佐夫坐在高背安乐椅上，肥胖的脖子从敞开的军服领子里露出来，他那双浮肿的老人的手对称地搁在椅子扶手上，他差不多睡着了。他听见威罗特的声音，勉强睁开他那只独眼。

“对，对，请开吧！要不就晚了。”他说着点点头，接着又垂下头，闭上眼睛。

如果与会的人起初以为库图佐夫是装睡，那么后来宣读计划时他的鼻息声表明，尽管他身为总司令，很想对作战计划表示蔑视，但他克服不了人类无法克制的睡眠的欲望，真的睡着了。威罗特现出分秒必争的紧张神态望了望库图佐夫，确信他已睡着了，就拿起文件，单调地高声宣读未来会战的部署，连标题都没有漏掉。

《攻击柯贝尔尼茨和索科尔尼茨后面敌军阵地的作战部署，一八〇五年十一月二十日》

这个作战部署很复杂，很难懂。德文全文是这样开始的：

> 由于敌军左翼以树木稠密的山岭为依据，右翼通过柯贝尔尼茨和索科尔尼茨伸展到池塘后面，而我军左翼比敌军右翼占优势，利于进攻敌军右翼，尤其是如我军占领索科尔尼茨和柯贝尔尼茨两村，就能攻击敌军侧翼，并在施拉巴尼茨和丘拉斯森林间的平原上追击敌军，而避开施拉巴尼茨和贝洛维茨间掩护敌军前线的隘路。为此目的须……第一纵队前进……第二纵队前进……第三纵队前进……

威罗特宣读道。

将军们看来都不太愿意听这种晦涩难懂的作战部署。淡黄头发的高个子布克斯赫弗登将军背靠墙站在那里，眼睛盯住燃烧的蜡烛，似乎没有在听，甚至不想让人觉得他在听。威罗特对面坐着米洛拉多维奇，他脸色红润，留着两撇上翘的小胡子，肩膀耸起，两手雄赳赳地放在膝盖上，臂肘向外，睁着一双明亮的眼睛，盯住威罗特。他始终保持沉默，望着威罗特的脸，直到这位奥国参谋长读完了才不再看他。这时米洛拉多维奇意味深长地望望另外两位将军。但从他那意味深长的目光中看不出他同意还是不同意这个作战部署，对它满意还是不满意。坐在威罗特旁边的是朗热隆伯爵。在宣读作战部署时，他那张法国南方人的脸上一直挂着微妙的笑容，眼睛盯住正在转动一个带肖像的金鼻烟壶的细长手指。在宣读一个长句子时，他停止摆弄鼻烟壶，抬起头来，薄嘴唇角上露出虚假的敬意，打断威罗特，想说些什么。但威罗特没有停止宣读，只怒气冲冲地皱了皱眉头，摆动臂肘，仿佛在说："等一下，等一下把您的想法告诉我，现在请您看好地图，听我讲。"朗热隆带着困惑的神情向上抬起眼睛，回头看了看米洛拉多维奇，仿佛在寻求解释，但一遇见米洛拉多维奇意味深长而莫测高深的目光，就颓丧地垂下眼睛，又摆弄起鼻烟壶来。

"一堂地理课。"朗热隆似乎在自言自语，但声音响得别人都能听见。

普尔杰贝歇夫斯基带着不亢不卑的神气一只手罩住对着威罗特的耳朵，仿佛在全神贯注地听。个儿矮小的陶霍杜罗夫坐在威罗特对面，样子很用心和谦逊，俯身在摊开的地图上，认真研究作战部署和他不熟悉的地形。他几次要求威罗特重复他没有听清的字句和难记的村名。威罗特满足他的要求，陶霍杜罗夫就把这些地名记下来。

作战部署读了一个多小时才结束。这时，朗热隆又放下鼻烟壶，眼睛没看威罗特和别的人，说执行这个作战部署有困难，因为敌军在移动，无法断定他们的阵地究竟在哪里。朗热隆的反驳是有道理的，但反驳的目的显然是要威罗特将军感觉到，他煞有介事地宣读作战部署，好像在给小学生上课，其实他面前坐着的都不是傻子，而是在军事问题上可以教教他的人。

等到威罗特单调的宣读声一停止，库图佐夫就睁开眼睛，好像一个磨坊主在催人欲眠的磨盘声停止时醒过来。他留神听着朗热隆的话，仿佛在说："你们还在说废话！"接着又连忙闭上眼睛，把头垂得更低。

朗热隆竭力用最恶毒的语言伤害威罗特作为战术制订者的自尊心，证明拿破仑会轻易地变被动为主动，因此制订这样的作战部署毫无意义。威罗特始终用轻蔑的微笑来回答，显然他早有思想准备，不论人家怎样反驳，他都一笑置之。

“他要是能进攻我们，今天就进攻了。”威罗特说。

“那么，您以为他没有力量吗？”朗热隆说。

“他最多只有四万人。”威罗特好像一位医生听到巫婆向他指点治疗方法，含笑回答。

“既然这样，他等待我们进攻，岂不是自取灭亡？”朗热隆带着含蓄的嘲笑说，又回头看看旁边的米洛拉多维奇，希望得到他的赞同。

但米洛拉多维奇这时显然并不在考虑两位将军所争论的事。

“不错，”米洛拉多维奇说，“明天在战场上就会见分晓了。”

威罗特又冷笑了一下，仿佛在说，作战部署会遭到俄国将军们的反对，这一点不仅他个人深信不疑，就连两国皇帝也深信不疑，因此他觉得又可笑又奇怪。

“敌人熄了灯火，但从营地里不断发出喧闹声，”威罗特说，“这说明什么？不是后撤（这是我们唯一应该害怕的），就是转移阵地。”他冷笑了一声。“但即使他们占领了丘拉斯阵地，只会使我们省去许多麻烦，我们的全部计划丝毫不用改变。”

“这怎么行？……”安德烈公爵问，他早就在等待机会表示疑虑了。

库图佐夫醒过来，用力咳嗽了一阵，回头看看将军们。

“诸位，明天的也可以说是今天的（因为已经过了半夜）作战部署不可能改变了，”库图佐夫说，“你们都听见了，我们都要恪尽各自的职责。而在交战之前最重要的是……（他停了停）睡一个好觉。”

他做出要起身的样子。将军们都鞠躬告辞，时间已过了半夜，安德烈公爵也走了。

安德烈公爵未能如愿地在军事会议上讲出自己的意见，这次会议使他感到迷惑不解和惊惶不安。究竟谁对，是陶尔戈鲁科夫同威罗特一方，还是反对进攻计划的库图佐夫同朗热隆等人一方，他不知道。“难道库图佐夫不能向皇上面陈他的想法吗？难道就没有别的办法了？难道由于朝廷和某些人的想法就得拿几万人的生命，也包括我的生命，去冒险吗？”他想。

“是的，明天我很可能被打死。”安德烈公爵想。一想到死，一连串最久远和最亲切的往事就突然涌上脑海。他想起最后一次同父亲和妻子的别离；他想起他最初同妻子恋爱的日子；想起她的怀孕，他不禁为她难过，也为自己难过。他怀着感伤而激动的心情走出跟聂斯维茨基合住的房子，在屋前来回踱步。

夜雾很浓，月光神秘地从雾里漏下来。“是的，明天，明天！”他想，“对我来说，到明天也许一切都完了，再不会有什么回忆，不论什么回忆对我都毫无意义。我预感到，明天，很可能就是明天，我就有机会大显身手。”他想象战斗和伤亡的情景，战斗集中在一个点，指挥官们乱成一团。这就是幸福的时刻，就是他期待已久的土伦。他明确地向库图佐夫、向威罗特、向皇帝陈述了自己的想法。大家都认为他的见解正确，但却没有人肯实行他的建议。他要了一个团或者一个师，预先讲定不让人家干涉他的指挥。于是他就带领一师人冲向决定胜负的地点，并且单独取得胜利。“要是遇到死亡和痛苦呢？”另一个声音在他心里说。但安德烈公爵不理这问题，继续做他的胜利梦。下次会战的部署由他独自制订。他名义上是库图佐夫的值日官，其实事无大小都由他亲自处理。他单独打赢了下一次的会战。库图佐夫被免职，他被任命……“那么，以后呢？”那另一个声音又说话了，“以后呢，即使你能逃过十次负伤、十次死亡和十次受骗的磨难，那么以后呢？”安德烈公爵自己回答说：“哦，以后吗……我不知道以后将怎样，我不想知道，我也无法知道。但即使我要荣誉，要出名，要得到人家的爱，那也不能算什么错，我就有这样的愿望，就有这样的愿望，我活着就是要达到这个目的。是的，就是为了这个目的！这一点我对谁也不说，可是，天哪！如果我不爱别的，我只爱荣誉，只要得到人家的爱，那又有什么办法！牺牲、负伤、家破人亡，我什么也不怕。尽管我爱许多人——父亲、妹妹、妻子，爱我最亲的亲人，但说来也怪，为了片刻的荣誉，为了战胜敌人，为了获得我根本不认识的人们的爱，我会毫不犹豫地抛下自己的亲人。”安德烈一面听库图佐夫在院子里说话，一面想。从库图佐夫的院子里可以听见在收拾行李的勤务兵的谈话声，还有一个车夫正在戏弄安德烈公爵认识的库图佐夫的老厨子季特，说："季特，是季特吗？"

"嗯！"老头子回答。

"季特，快去打谷[1]！"那个爱开玩笑的车夫说。

"呸，滚你的蛋！"老头子的回答被勤务兵的一片哄笑声所淹没。

"不论怎么说，我就是喜欢打败所有的人，我只珍惜飘浮在我头上迷雾中的神秘力量和荣誉！"安德烈公爵想。

13

那天晚上，尼古拉带一排骠骑兵在巴格拉基昂分队前面布置侧防线。骠骑兵一对一对地分散在前沿，他自己骑马沿着侧防线走去，竭力克制难以驱除的睡意。他后面有一大片开阔地带，我军的营火在雾中朦胧地发光，他的前面是雾蒙蒙的夜色。不论尼古拉怎样努力分辨雾霭弥漫的远方，还是什么也看不见：一会儿仿佛有个灰乎乎的东西，一会儿仿佛有个黑黝黝的东西，一会儿在敌人那儿有几点火星，一会儿他觉得这只是他眼睛发花。他闭上眼睛，脑子里一会儿出现皇帝，一会儿出现杰尼索夫，一会儿出现莫斯科的往事。他连忙睁开眼睛，看见他坐骑的头和耳朵，有时看见六步开外骠骑兵的黑影，而远处始终是那片雾蒙蒙的夜色。"怎么不可能呢？"尼古拉想，"很可能皇帝遇见我，他也像对其他军官那样对我说：'你去了解一下那里的情况。'他偶然遇见一个军官，就把他留在身边。这样的事是常有的。要是他把我留在身边，那该多好啊！哦，我一定竭力保卫他，对他绝对忠诚，揭穿一切欺骗他的人！"尼古拉生动地想象他对皇帝的无限热爱和忠诚，设想遇见一个敌人或者德国骗子，他不仅痛快地把他杀死，而且当着皇帝的面打他的嘴巴。突然远处一声呼喊把尼古拉惊醒。他打了个哆嗦，睁开眼睛。

"我这是来到哪儿啦？是的，在侧防线上。口令和回答是'车杠，

---

① 俄文"季特"和"打谷"谐音。

奥洛莫乌茨'。我们的骑兵连明天要当后备队了，真没劲……"尼古拉想，"我要请求上火线。这也许是见到皇上的唯一机会。是的，现在快换班了。我再巡逻一次，回去向将军提出要求。"他在马鞍上坐好，催动坐骑又绕着骠骑兵兜了一圈。他觉得天亮了一些。他看见，左边有一片被照亮的缓坡，对面是一个陡直的黑山岗。山岗上有一个白点子，看不清那是被月光照亮的林中空地，还是一片积雪，还是白色的房子。他甚至觉得白点子上有什么东西在动。"那大概是雪，一片白雪。"尼古拉想。

"那天……哦，娜塔莎，妹妹，黑眼睛。娜……塔莎……（我要是告诉她我见到过皇帝，她准会大吃一惊！）娜塔莎……拿大厦……"——"靠右，大人，这里有树。"尼古拉在马上打着瞌睡，听见旁边骠骑兵的声音。尼古拉抬起几乎垂到马鬃上的头，在骠骑兵身旁停下来。他无法遏制孩子般的瞌睡，"哦，我想什么来着？可不能忘记。我该怎样同皇上说话？不，不对，那是明天的事。对了，对了！拿大厦，拿下什么？骠骑兵……胡子兵……那个留胡子的骠骑兵在特维尔大街上跑，就在古里耶夫家对面……古里耶夫老头……哦，杰尼索夫是个好小子！对，这些都无关紧要。重要的是皇上眼下在这里。他怎样望着我，他想说话，可是他不敢……不，是我不敢。这些都无关紧要，主要是别忘记我想到的要紧事，是的。拿大厦，我们要拿下，是的，是的，是的。这很好。"尼古拉的头又垂到马脖子上。他忽然觉得有人在向他开枪。"什么？什么？什么！……杀！什么？……"尼古拉说着醒过来。尼古拉睁开眼睛的一刹那，他听见敌军那边有成千上万人在呐喊。他的马和旁边骠骑兵的马都竖起耳朵听。在发出呐喊声的地方亮起一个火光，熄灭了，接着又是一个，山上法军全线亮起了火光，呐喊声越来越响了。尼古拉听见有人说法国话，但是听不清。声音太杂太响。只听到一片啊啊啊、呃呃呃的声音。

"这是什么声音？你说呢？"尼古拉问旁边的骠骑兵，"那不是敌人发出的声音吗？"

骠骑兵什么也没有回答。

“怎么，难道你没听见？”尼古拉等了好一会儿，没有听见回答，又问。

“谁知道呢，大人。”骠骑兵不高兴地回答。

“就方向来说，应该是敌人，是吗？”尼古拉又说。

“也许是敌人，也许不是，”骠骑兵说，“天黑，看不清。喂，站住！”他吆喝胯下烦躁不安的马。

尼古拉的马也骚动起来，蹄子踩着冻结的地面，竖起耳朵听着声音，望着火光。呐喊声越来越响，越来越响，汇合成一片千军万马的轰鸣。火光沿着法军营地的方向不断蔓延开来。尼古拉已不想睡了。敌军那种得意扬扬的呐喊声刺激了他。“皇上万岁！万岁！”尼古拉现在已清楚地听到喊声了。

“大概不远了，就在小河对面，是吗？”他对身旁的骠骑兵说。

骠骑兵什么也没回答，只叹了一口气，生气地咳嗽了几声。骠骑兵的散兵线那里传来一阵急促的马蹄声，从夜雾中突然出现一个骠骑兵军士的影子，高大得像一头巨象。

“大人，将军们来了！”军士骑马跑到尼古拉跟前，说。

尼古拉继续瞧着火光，听着呐喊声，同时和军士一起去迎接几个沿散兵线骑马跑来的人。其中一个骑着白马，原来是巴格拉基昂公爵。他和陶尔戈鲁科夫公爵带着副官跑出来观察敌军那里的古怪火光和喊声。尼古拉跑到巴格拉基昂跟前，向他做了报告，然后同副官们一起听将军们谈话。

“请您相信我，”陶尔戈鲁科夫公爵对巴格拉基昂说，“这不过是耍花招：敌人撤退了，命令后卫点火呐喊来迷惑我们。”

“不见得。”巴格拉基昂说，“傍晚我还看见他们在那个山岗上，如果他们撤退，那也该离开那里了。军官先生，”巴格拉基昂对尼古拉说，“敌人的侧翼哨兵还在那里吗？”

“傍晚在那里，现在不知道，大人。请您下令，让我带几个骠骑兵去看看。”尼古拉说。

巴格拉基昂停下来，没有回答，竭力想在雾中看清尼古拉的脸。

“好，您去看看。”巴格拉基昂停了停，说。

“是，大人。”

尼古拉刺了刺马，叫来费德青科中士和两名骠骑兵，命令他们跟他走，接着便向传来喊声的山下驰去。他带着三个骠骑兵奔向那先前没有人去过的神秘而危险的雾蒙蒙的远方，感到又恐惧又高兴。巴格拉基昂从山上向他喊话，叫他不要过小河，但尼古拉装作没听见，一个劲儿向前奔去，不断错把灌木当作大树，把沟渠当作人，并且不断发现自己上了当。他奔下山，已看不见我方和敌人的火光，只听见法国人的喊声越来越响，越来越清楚。他在洼地上看见前面好像有一条河，但跑近一看，发现是一条大路。他来到大路旁，勒住马，决不定沿大路跑，还是穿过大路，从漆黑的田野上山。沿着在雾中比较明亮的大路走比较安全，因为容易看清前面的人。可是他却喊道：“跟我来！”接着就穿过大路向山上驰去，那里傍晚有法军放哨。

“大人，有敌人！”后面一个骠骑兵说。

尼古拉还没来得及看清那在雾中突然出现的黑东西，那里就闪出一道火光，一声枪响，一颗子弹嗖的一声像诉怨似的在雾中高高飞过，接着就消失了。另一枪没有打响，只是闪了一下火光。尼古拉拨转马头，急忙往回跑。随后又陆续传出四声枪响，子弹发出不同的啸声没入雾中。尼古拉勒住像他一样听见枪声而兴奋的马，一步一步走回来。“好，再来几枪，再来几枪！”他心里有一个快乐的声音在叫喊。但枪声没有了。

直到将要走近巴格拉基昂时，尼古拉才放马奔跑，举手敬礼，驰到他跟前。

陶尔戈鲁科夫仍然认为法军已撤退，只是为了蒙骗我们才点火。

“这说明什么呢？”尼古拉跑近时，陶尔戈鲁科夫说，“他们可能在撤退时把哨兵留下。”

“看来他们还没有走光，公爵，”巴格拉基昂说，“等到天亮吧，天一亮就什么都清楚了。”

“山上有哨兵，大人，还是在晚间那个地方。”尼古拉欠身向前，举手敬礼，报告说，克制不住由于奔驰，尤其是由于子弹啸声而引起的欢笑。

“好的，好的，”巴格拉基昂说，“谢谢您，军官先生。”

“大人，”尼古拉说，“我想求您一件事。”

“什么事？”

“我们的骑兵连明天要留作后备队，我求您把我调到第一骑兵连去。”

“你叫什么？”

“尼古拉伯爵。”

“哦，很好！那就留在我这里当传令官吧。”

“你是罗斯托夫伯爵的儿子吗？”陶尔戈鲁科夫问。

但尼古拉没有回答他。

“那我就恭候命令啦，大人。”

“我会下令的。”

“明天很可能派我去给皇上送信，”尼古拉想，“感谢上帝！”

敌军阵地上发出叫声和火光原来是因为，法军在宣读拿破仑命令时，拿破仑正亲自骑马来巡视军营，士兵们一看见皇帝，就点上火把，并且跟在他后面高呼：“皇上万岁！”拿破仑的命令是这样的：

> 士兵们！俄军正在向你们进攻，替乌尔姆奥军复仇。这些部队就是被你们在霍拉勃隆打垮、一直被追击到这里的。我们的阵地坚不可摧，俄军要从右方绕过我们，就会把侧翼暴露在我们面前！士兵们！我将亲自指挥你们的队伍。如果你们能发扬素有的大无畏精神击溃敌军，我就将远离火线，但如果你们对胜利有丝毫怀疑，你们就将看到你们的皇帝亲临火线，面对敌军的第一次进攻，因为对胜利的信心不能有丝毫动摇，特别是在事关法国步兵荣誉和法国民族荣誉的今天。
>
> 不要借口运送伤员而扰乱自己的队伍！人人都要下定决心，打败对我国怀有刻骨仇恨的英国雇佣军。这次胜利将结束我们的远征，

我们将回到冬季营地，并在那里同我们的新兵会合。到那时我将缔结一个无愧于我国人民、无愧于你们和我自己的和约。

拿破仑

14

早晨五点钟，天色还一片漆黑。中路部队、后备队和巴格拉基昂的右翼还没有出发，但在左翼，步兵、骑兵和炮兵纵队已经起床，开始活动，按照计划他们应该首先下坡去攻击法军右翼并把他们驱逐到波希米亚山中。一切多余的东西都被扔到篝火里，篝火的烟把大家的眼睛都刺痛了。天又冷又黑。军官们匆匆地喝着茶，吃着早餐。士兵们嚼着面包干，使劲顿足取暖。他们聚集在篝火周围，把残余的棚子、椅子、轮子、木桶和其他无法带走的东西统统投到火里烧掉。奥军纵队向导在俄军中间走来走去，充当前驱。奥国军官在团长营地附近一出现，全团就行动起来：士兵们离开篝火，把烟斗插进靴筒里，行囊放到车上，拿起枪，排好队。军官们扣上衣服，佩好剑，挂上背囊，一边叫嚷，一边巡视队伍。辎重兵和勤务兵套好马，把行李装上车，捆绑好。副官、营长和团长都骑上马，画了十字，对留在后面的辎重兵发出最后的指示和命令，交代好任务。于是几千只脚就一起发出单调的响声。各纵队向前运动，但不知道往哪里去，并且由于周围的人、烟和越来越浓的雾，看不见他们离开的地方，也看不见他们要去的地方。

在行军中，士兵被他们的团所包围、限制和引导，就像水兵在军舰里一样。不论他们走多远，也不论他们走到什么奇怪、陌生和危险的地方，周围总是那些伙伴、那个队伍、那个司务长、那条军犬和那些长官，就像水兵周围总是甲板、桅樯和缆索一样。士兵平时不太关心他们在什么地方，但一旦交战，不知道为什么，他们的精神世界就会变得严肃紧张，预感到生死攸关的庄严时刻临近，并且产生异常的好奇心。在战斗的日子里，士兵们精神抖擞，他们的注意力就会越出他们所在的团，他们会用心细听，留神察看，急切地打听周围发生的一切。

雾越来越浓，天色虽然亮起来，但十步开外还是看不清。看上去灌木好像大树，平地好像峭壁和斜坡。任何地方，十步开外都可能遭遇看不见的敌人。但俄军各纵队一直在浓雾中走着，下山上山，经过花园和围墙，在陌生的地方哪里也没有碰上敌人。相反，士兵们知道，前后左右都有俄军纵队在朝一个方向前进。士兵们个个感到高兴，因为知道有许许多多自己人都在往那个未知的地方走去。

“你瞧，库尔斯克团也过去了。”队伍里有人说。

“好哇，弟兄们，我们的部队来了多少！晚上一看，到处都是火光，望不到边。简直就像莫斯科！”

尽管没有一个纵队指挥官到队伍里来同士兵们谈谈话（就像我们在军事会议上看到的那样，纵队指挥官情绪不佳，对当前的战斗不满，因此只是奉命办事，不关心鼓舞士气），尽管如此，士兵们还是高高兴兴去作战，尤其是向敌人进攻。不过，在浓雾中走了一小时光景，大部分军队不得不停下来。这时队伍里传播着一种混乱不快的感觉。这种感觉是怎样传播开来的，很难断定，但确实在传播着，并且像水往低处流那样，不知不觉却又无法遏止地迅速流开来。如果俄军没和同盟军在一起，这种混乱的感觉也许会传播得慢一点，但现在大家都乐于把混乱的原因归咎于德国人，认为是那些爱吃香肠的家伙造成了危险的混乱。

“怎么停下来了？路堵住了？还是碰上了法军？”

“没有，没听说，要是碰上，会开枪的。”

“先是急急忙忙地催我们出发，现在又莫名其妙地停在野地里，都是该死的德国佬在捣鬼，这些笨蛋！”

“我真想把他们全赶到前线。他们多半都挤在后方。这下子我们只好在这里挨饿了。”

“怎么样，快过去了吗？据说是骑兵把路堵住了。”一个军官说。

“咳，该死的德国佬，连自己的地方都不认得。”另一个军官说。

“你们是哪个师的？”一个副官骑马过来，嚷道。

“十八师。”

“那你们为什么还待在这里？你们早就该到前面去了，这样到晚上也到不了啦。真是愚蠢的命令，他们自己也不知道他们在干什么。”军官说着骑马走了。

接着，一位将军骑马跑来，生气地嚷嚷着，他说的不是俄语。

“他叽里咕噜啰唆什么，谁也听不懂，”一名士兵模仿着跑开的将军，说，“我真想把他们都毙了，这些混蛋！”

“命令我们九点以前到达目的地，可我们连一半路都没走到。这叫什么命令！”四面八方都发出类似的牢骚。

军队出发时的高昂士气变成对糊涂命令和德国人的恼怒。

混乱的原因是，奥国骑兵在左翼运动时，最高指挥部发现我军中路离右翼太远，就命令骑兵转移到右侧。几千名骑兵在步兵前面移动，步兵就只好等待。

前面，一个奥军纵队向导同一个俄国将军发生冲突。俄国将军高声叫嚷，要骑兵停下来；奥国军官却说，这不能怪他，要怪最高指挥部。这时军队停下来，感到无聊，情绪低落。一小时后，军队又向前移动，走下山去。山上的雾开始消散，但山下的雾却更浓。前面，在雾中，传出一声枪响，又是一声，开头不均匀，稀稀拉拉：嗒啦嗒……嗒，然后越来越匀，越来越密。于是哥德巴赫河上的战斗开始了。

俄军没想到在河边遭遇敌人，并且在雾中碰上。他们听不到上级长官的勉励，又普遍感到他们行动迟缓，主要是在浓雾中前后左右什么都看不见，又不能及时得到指挥官和副官的命令，就走走停停，没精打采地同敌军对射一阵。而指挥官和副官不熟悉地形，在雾里转来转去找不到自己的部队。第一、第二和第三纵队已经下山，他们就这样开始战斗。库图佐夫所在的第四纵队驻扎在普拉岑高地。

在开始交火的洼地上依旧浓雾弥漫，高地上明朗一点了，但前面的情况还是一点也看不见。敌人的全部人马是像我们估计的那样在十俄里以外，还是就在这片雾海里，九时前谁也不知道。

早晨九点钟。洼地上浓雾像一片茫茫的海洋，但在拿破仑和他的元帅们所在的施拉巴尼茨村郊的高地上，天气完全晴朗了。拿破仑头上是一片明朗的蓝天，巨大的太阳像一个红色大浮筒荡漾在乳白色的雾海上。不仅全部法军，连拿破仑和他的参谋，都不在我们企图占领阵地和开始战役的索科尔尼茨村和施拉巴尼茨村小河和洼地上，而是在离我军很近的这一边，近得拿破仑用肉眼都能分辨我们的骑兵和步兵。拿破仑身穿出征意大利时穿的蓝色军大衣，骑一匹灰色阿拉伯小马，站在元帅们前面。他默默地凝视从雾海里浮出的小山丘——俄军远远地在那上面运动——谛听着洼地里的射击声。他那当时还很瘦的脸上没有一丝肌肉在抽动，他那双炯炯有神的眼睛一动不动地盯住一个地方。他的预测是正确的。俄军一部分已走到池塘和湖泊那里的洼地上，一部分已扫清他们准备攻击并认为是关键的普拉岑高地。拿破仑通过迷雾看见，在普拉茨村附近的谷地里，俄军纵队刺刀闪闪，一直朝洼地移动，一队又一队地消失在雾海里。根据昨晚得到的情报，根据前哨在夜间听到的车轮声和脚步声，根据俄军各纵队移动的杂乱情况，根据种种迹象，拿破仑清楚地看到，联军以为他远在他们前面，在普拉岑附近运动的纵队是俄军的中心，而这个中心已大为削弱，很难向他进攻。但他还是没有发动战役。

今天是拿破仑大喜的日子——加冕一周年。天亮以前他睡了几个小时，感到神清气爽，精力充沛，心情愉快，仿佛他什么事都能办到，什么都能成功。他骑上马，来到野外。他一动不动地骑在马上，眺望着雾中的高地。他那冷峻的脸上现出自信和得意的神色，好像一个堕入情网的幸福少年。元帅们都站在他后面，不敢分散他的注意力。他时而瞧瞧普拉岑高地，时而望望从雾里浮现出来的太阳。

当太阳完全从雾中豁露出来，把耀眼的金光投向田野和迷雾上时——他仿佛就是在等待这个发动战役的时刻——他从好看的白手上拉下手套，向元帅们做了个手势，命令开火。元帅们带着副官往不同的方向驰去。几分钟后，法军主力迅速地向普拉岑高地移动，而普拉岑高地上的俄军则不断后撤，往左边洼地退去。

15

八点钟，库图佐夫骑马向米洛拉多维奇第四纵队前面的普拉茨跑去。第四纵队是来接替已下山的普尔杰贝歇夫斯基纵队和朗热隆纵队的。库图佐夫向先头团的将士问了好，下了前进的命令，表示他将亲自带领这个纵队。他到了普拉茨村就停下来。安德烈公爵是总司令众多随从中的一个，站在总司令后面。安德烈公爵很兴奋，很激动，但强自镇定，就像一个人面临期待已久的时刻那样。他坚决相信，今天就是他的土伦日，或者阿尔科拉桥[①]日。他不知道这日子将怎样降临，但坚信一定会降临。我军的地形和处境，他同我军中任何人知道得一样清楚。他亲手拟订的战略计划显然无法实行，早已被他抛到脑后。现在安德烈公爵已在执行威罗特的计划，正在估计各种可能发生的偶然事件，重新考虑措施，以便发挥他敏捷的才思和果断的魄力。

从左下方的雾里传来看不见的军队之间相互射击的声音。安德烈公爵认为那里将是战斗的中心，那里将遇到障碍，"我将奉命带一个旅或一个师到那里去，我将手拿军旗冲锋，摧毁一切障碍"。

安德烈公爵看到从跟前经过的各营的军旗，心里不能平静。他望着一面军旗想：也许那就是我带领军队前进时举的军旗。

早晨，夜雾在高地上只留下一片白霜，白霜又融化成露水，在谷地里迷雾则弥漫成一个乳白的海洋。左边谷地什么也看不见，从那里传来射击声，我军正往那里进发。高地上是苍苍的晴空，右边悬着一轮红日。前面，远远地在雾海彼岸，可以望见树木葱郁的山冈，敌军大概就在山冈上，那里隐隐约约看得见有些东西。右边，近卫军正走进雾里，传来脚步声和车轮声，偶尔还看到刺刀的闪光；左边，在村子后面，同样的骑兵队渐渐消失在雾里。前前后后都有步兵在行进。总司令站在村口，看队伍从他面前走过。这天早晨库图佐夫显得疲劳而烦躁。从他面前经

---

① 阿尔科拉桥在意大利维罗纳希，1796 年拿破仑在这里大败奥军。参见本书第 22 页注。

过的步兵没有命令就停下来，显然前面有什么障碍。

“叫他们务必排成营纵队，绕着村子走，”库图佐夫怒气冲冲地对骑马过来的将军说，“您怎么不明白，仁兄大人，我们向敌人进军，绝不能拉长队伍穿过狭隘的村街。”

“我想等出了村子再排队，大人。”将军回答。

库图佐夫苦笑起来。

“您倒好哇，在敌人眼皮底下整队，真是太好了。”

“敌人还远着呢，大人。按照作战部署……”

“哼，作战部署！”库图佐夫挖苦地嚷道，“这是谁对您说的？……请您执行我的命令。”

“是，大人！”

“老弟，”聂斯维茨基对安德烈公爵咬耳朵，“老头子很不高兴呢。”

一个身穿白军服、头戴绿翎帽的奥国军官骑马跑来，以皇帝的名义问：第四纵队有没有投入战斗？

库图佐夫没有回答，却转过身去。他的目光无意间落在旁边的安德烈公爵身上。库图佐夫一看见安德烈，凶狠尖刻的眼神就立刻变得温和宽容，仿佛承认他的副官在这件事上并没有错。他没有回答奥国副官，却转身对安德烈说：

“你去看看，我的好孩子，第三师过了村子没有。叫他们停下来，等我的命令。”

安德烈公爵刚要走开，库图佐夫又把他拦住。

“你去问问，有没有布置好狙击兵，”库图佐夫补充说，“他们这是在干什么？他们这是在干什么？”他自言自语，还是没有回答那个奥国人。

安德烈公爵策马跑去执行命令。

他赶上前面的几个营，拦住第三师，证实各纵队前面确实没有布置狙击兵。先头团的团长听到总司令命令布置狙击兵，感到很惊奇。团长满以为，他前面还有部队，敌人至少在十俄里以外。事实上，前面除了浓雾弥漫的空斜坡以外，什么也看不见。安德烈公爵传达总司令补漏洞的命令后，骑马飞跑回去。库图佐夫仍在原地，肥胖的身子老态龙钟地坐在马上，闭上眼睛，费力地打着呵欠。军队已停住不动，放下枪站着。

“好，好！”库图佐夫对安德烈公爵说，然后转身对着一个将军。那个将军手里拿着一只表说应该动身了，因为左翼各纵队都已下来。

“来得及的，阁下。”库图佐夫打着呵欠说。“来得及的。”他重复说。

这时候，从库图佐夫后面远远传来各团致敬的声音。这声音顺着俄军纵队绵延的行列迅速地传过来。显然，接受致敬的那个人正迅速地骑马跑来，当库图佐夫背后那个团的士兵呐喊时，他骑马闪到一边，皱起眉头回头看了一下。在通往普拉岑的大路上，仿佛有一连穿各色军服的人骑马跑来。其中两个人并排领先。一个穿黑军服，戴白翎帽，骑一匹短尾枣红马；另一个穿白军服，骑一匹黑马。原来是两国皇帝带着他们的随从跑来，库图佐夫摆出前线老军人的架势高喊“立正”，同时行着举手礼向皇帝驰去。他的整个模样和神态顿时变了。他装出唯命是从的样子，但他那种装腔作势的致敬显然使亚历山大皇帝感到不快。库图佐夫跑到面前，又向皇帝举手敬礼。

这种不快的感觉，就像晴空中的残雾掠过皇帝年轻而快乐的脸，一下子消失了。皇帝病后的脸比安德烈在国外奥洛莫乌茨野外第一次见到时瘦了些；但皇帝那双俊美的灰色眼睛仍具有既庄严又仁慈的魅力，他那两片薄嘴唇仍表现出各种表情，他仍具有善良和天真的年轻人的风姿。

皇帝在奥洛莫乌茨检阅时显得威严些，而今天似乎快乐些，精神些。他疾驰了三俄里，脸色发红。他勒住马，舒了一口气，回头瞧瞧随从们同他一样年轻、一样兴奋的脸。查多利日斯基、诺伏西尔采夫、安德烈公爵、斯特罗冈诺夫等人，个个都是衣饰华丽、朝气蓬勃的青年。他们骑着微微流汗的膘肥体壮的骏马，谈笑风生，停在皇帝后面。弗朗茨皇帝年纪很轻，生有一张红红的长脸，挺直身子骑在漂亮的黑马上，忧心忡忡而又从容不迫地环顾着四周。他把一个穿白军装的副官召到跟前，问了他一句话。“大概问他们是几点钟出发的。”安德烈公爵想，打量着他的旧相识，忍不住含笑回想着他那次觐见。两国皇帝的随从中有从近卫军和陆军中挑选出来的俄国和奥国传令官。他们中间有几个调马师，牵着披有绣花马衣的漂亮的备用御马。

这群漂亮的骑马青年把青春、活力和必胜的信心带到库图佐夫沉闷的司令部，好像田野里一股清新的空气吹进气闷的房间。

"您怎么还不动手啊，库图佐夫元帅？"亚历山大皇帝彬彬有礼地瞧了一眼弗朗茨皇帝，匆匆地问库图佐夫。

"我在等待，陛下！"库图佐夫恭恭敬敬地躬身回答。

皇帝微微皱着眉，侧着耳朵，表示他没有听清。

"我在等待，陛下，"库图佐夫又说了一遍（安德烈公爵发现库图佐夫说"等待"两个字时，他的上嘴唇不自然地抽动了一下），"纵队还没有到齐，陛下。"

皇帝听清了，但显然不喜欢这个回答；他耸耸瘦削的肩膀，瞧了瞧站在旁边的诺伏西尔采夫，他的目光表示对库图佐夫不满。

"在女皇检阅场，部队不到齐不能开始检阅，可我们现在不是在检阅场上，库图佐夫元帅。"皇帝说，又瞧了弗朗茨皇帝一眼，仿佛向他表示，对方即使不参与谈话，至少也该听听他说的话；但弗朗茨皇帝仍旧左顾右盼，没有听他。

"我不动手就因为，陛下，"库图佐夫声音洪亮地说，仿佛怕人家听不清，他脸上的肌肉又抽动了一下，"我不动手就因为，陛下，我们不是在阅兵，也不是在女皇检阅场上。"他一字一顿地说。

皇帝的随从顿时交换了一个眼色，脸上显出责怪的神气。"他再老，也不该这样对皇上说话呀。"个个脸上都这样表示。

皇帝凝视着库图佐夫的眼睛，等待他再说些什么。但库图佐夫恭恭敬敬地低下头，似乎也在等待什么。沉默持续了一分钟光景。

"不过，要是陛下下令。"库图佐夫抬起头来说，又恢复原来那种毫无生气的唯命是从的语调。

他催动坐骑，把纵队长米洛拉多维奇唤到跟前，向他下了进攻的命令。

队伍又动起来。诺夫哥罗德团的两个营和阿普雪隆团的一个营从皇帝面前走过。

阿普雪隆团的这个营经过的时候，脸色红润的米洛拉多维奇没穿大衣，军服上挂满勋章，歪戴着大缨帽，纵马飞驰，到皇帝面前突然勒住马，英姿勃勃地敬了个礼。

“上帝保佑你，将军。”皇帝对他说。

“陛下，我们一定尽心竭力，陛下！”米洛拉多维奇快乐地回答，但他那拙劣的法语却引起皇帝随从们的嘲笑。

米洛拉多维奇陡然掉转马头，停在皇帝稍后一点。阿普雪隆团的士兵们受到皇帝亲临战场的鼓舞，雄赳赳气昂昂地从皇帝及其随从的面前走过。

“弟兄们！”米洛拉多维奇用快乐自信的洪亮声音喊道。射击声、期待中的战斗，以及阿普雪隆勇士和苏沃洛夫时代的伙伴经过皇帝面前时的英姿，显然使他兴奋得忘记了皇帝在场。“弟兄们，你们可不是第一次攻打村庄啊！”他叫道。

“甘愿效劳！”士兵们喊道。

御马听到突如其来的叫嚷，惊跳了一下。这匹马在俄国曾多次驮着皇帝检阅，如今在这奥斯特里茨战场又驮着主人，忍受主人左脚恣意的刺踢，听到枪声竖起耳朵，就像在彼得堡检阅场上那样，既不明白这些枪声是怎么一回事，也不理解旁边怎么会出现弗朗茨皇帝的黑马，更不明白主人这天所说、所想和所感觉的一切是什么意思。

皇帝含笑向旁边一个侍从转过身去，指指阿普雪隆勇士们，对他说了一句什么。

16

库图佐夫在副官们簇拥下骑马跟着卡宾枪手缓步前进。

他跟着纵队走了半俄里光景，在岔路口一座孤独的废弃房子（原来大概是家酒店）前停下。两条路都通到山下，两条路上都有军队在行进。

迷雾开始消散，对面两俄里外高地上的敌军隐约可见。左下方射击声越来越清楚了。库图佐夫停下来同一个奥国将军说话。安德烈公爵站在稍后一点，望着他们，想向一个副官借望远镜。

“您瞧，您瞧！”这个副官没望远处的军队，而看前面山下的地方，说，“这是法国人！”

两个将军和副官们互相争夺一架望远镜。个个脸上都变了色，露出恐惧的神情。原以为法军在两俄里以外，没料到他们突然出现在面前。

“这是敌人吗？……不！……是的，您瞧，他……大概……究竟是怎么一回事？”传出几个人的声音。

安德烈公爵用肉眼就看见右下方有一个密集的法军纵队迎着阿普雪隆团冲来，离库图佐夫站着的地方不到五百步。

“好了，关键时刻到了！我的机会来了！”安德烈公爵想，策马向库图佐夫跑去。

“得命令阿普雪隆团停下来，大人！”安德烈公爵叫道。

但就在这一刹那，一片硝烟遮没了一切，附近发出了射击声。离安德烈公爵两步外的地方，有个天真的声音恐惧地叫道：“哦，弟兄们，完蛋了！”这声音好像一个口令，大家听到了撒腿就跑。

越来越多的人群杂乱地跑回五分钟前从皇帝面前经过的地方。不仅很难挡住这股人流，而且不可能不随着他们后退。安德烈竭力跟着库图佐夫。他环顾四周，感到困惑，弄不懂面前发生了什么事。聂斯维茨基涨红了脸，气急败坏地对库图佐夫叫嚷，他要是不立刻走开，准会被俘。库图佐夫站在原地不动，没有搭理他，只掏出一块手帕。他脸上在流血。安德烈公爵挤到他跟前。

“您受伤了？”他问，克制不住下巴颏的颤动。

“伤不在这里，伤在那里！”库图佐夫拿手帕捂住受伤的面颊，指着逃跑的士兵。

“叫他们站住！”库图佐夫叫道，但这在这一刹那，他大概明白无法拦住他们，就策马向右边跑去。

又有一大群逃跑的人涌过来，裹着他向后退。

军队那么密集地往回跑，一旦落在人群中间，就很难脱身。有人在喊："走啊，为什么不动了？"有人转过身来朝天开枪。有人打着库图佐夫所骑的马。库图佐夫好容易才从左边的人流中挣扎出来，带着少了一大半的随从，向附近发出炮声的地方跑去。安德烈公爵摆脱逃跑的人群，竭力跟住库图佐夫，看见硝烟弥漫的山坡上还有一个俄国炮兵连在开炮，法国兵正向他们冲去。较高的地方有一批俄国步兵，他们既没有前去支援炮兵，也没有随着人流后退。一位将军骑马离开步兵向库图佐夫跑来。库图佐夫的随从只剩下四个人。个个脸色发白，面面相觑。

"拦住这些混蛋！"库图佐夫上气不接下气地指着逃兵对团长说，但就在这时，像是为了这句话惩罚他，子弹像一群小鸟，呼啸着向部队和库图佐夫的随从飞来。

法国人向炮兵连进攻，一看见库图佐夫，就向他射击。随着这排枪声，团长抱住自己的一条腿，几个士兵倒下去，举旗的准尉放掉军旗，军旗摇晃了一下倒下来，挂在旁边几个士兵的枪上。士兵们不等命令就开起枪来。

"啊——啊！"库图佐夫绝望地呻吟着，向周围环顾了一下。"安德烈，"他喃喃地叫道，因为感到自己年老体弱而声音颤抖，"安德烈，"库图佐夫指指溃乱的一营人和敌军，喃喃地说，"这是怎么一回事？"

但是没等库图佐夫说完这句话，安德烈公爵就感到羞耻和愤怒的眼泪堵住了喉咙，他跳下马，向军旗跑去。

"弟兄们，前进！"他用孩子般尖锐的声音喊道。

"机会来了！"安德烈公爵抓住旗杆，欢欣鼓舞地听着显然向他飞来的子弹的啸声，想。有几个士兵倒下了。

"乌拉！"安德烈公爵叫道，勉强举着沉重的军旗往前跑，深信一营人都会跟着他前进。

果然，他只独自跑了几步。士兵便一个个行动起来，全营人都嘴里喊着"乌拉"向前冲去，追上他。营里一名军士跑过来，接过在安德烈公爵手里重得摇摇晃晃的军旗，但立刻被打死了。安德烈公爵又拾起旗，拖着旗杆跟全营人一起冲锋。他看见前面我们的炮兵，其中一部分在打仗，另一部分弃下大炮迎面跑来。他看见法国步兵夺取拉炮车的马，把大炮掉过头来。安德烈公爵和那个营离大炮已有二十步了。他听见子弹不断在头上呼啸，左右两边都有士兵呻吟着倒下来。但他没有对他们瞧，他只望着前面发生的事，望着炮兵连。他清楚地看见一个红头发的炮兵，歪戴着高筒军帽，在跟一个法国兵争夺炮膛刷，他抓住一头，法国兵抓住另一头。安德烈公爵清楚地看见两个脸上慌张而愤怒的神色，他们显然不明白他们在做什么。

“他们在做什么？”安德烈公爵瞧着他们，想，“红头发炮兵既然没有武器，为什么不跑？法国人为什么不用刺刀捅他？要是法国人想到用刺刀捅他，他就跑不掉了。”

果然，另一个法国兵端着枪跑到那两个搏斗的人跟前。红头发炮兵还不明白即将发生的事，得意扬扬地夺回炮膛刷，其实他的命运眼看就要决定了。但安德烈公爵没看到这事的结局。他仿佛觉得旁边有个士兵抡起一根大棒猛击他的脑袋。他感到有点疼，这疼痛分散了他的注意力，使他看不见正在看的事。

“这是怎么回事？我倒下了？我的腿不中用了？”安德烈想着，仰天倒下来。他睁开眼睛，想看看法国兵和炮兵之间的搏斗怎样结束。他想知道，红头发炮兵有没有被打死，大炮有没有丢失。可是他什么也没看见。他头上什么也没有，只有高高的天空，虽不清澈，但极其高邈，上面缓缓地飘着几片灰云。“多么宁静、多么安详、多么庄严，一点不像我那样奔跑，”安德烈公爵想，“不像我们那样奔跑、叫嚷、搏斗，一点不像法国兵和炮兵那样现出愤怒和恐惧的神色争夺炮膛刷——云片在无边无际的高空中始终从容不迫地飘翔着。我以前怎么没见过这高邈的天空？如今我终于看见它了，我是多么幸福！是啊！除了这无边无际的天空，一切都是空的，一切都是假的。除了天空，什么也没有。什么也没有。但就连天空也不存在，存在的只有宁静，只有安详。赞美上帝！……”

17

巴格拉基昂指挥的右翼到九点钟还没有开始战斗。巴格拉基昂公爵不愿附和陶尔戈鲁科夫开战的要求，又想逃避责任，就建议陶尔戈鲁科夫派人去请示总司令。巴格拉基昂知道，两翼相距差不多有十俄里，就算派去的人不被打死（这是很可能的），就算他能找到总司令（这是很困难的），天黑以前他也赶不回来。

巴格拉基昂用他那双睡意未消的毫无表情的大眼睛环顾他的随从，首先映入他眼帘的，就是尼古拉那张因兴奋和希望而发呆的孩子脸。巴格拉基昂就派尼古拉去。

“要是我在看到总司令之前先看到陛下，那怎么办，大人？”尼古拉举手敬礼，说。

“您就向陛下请示。”陶尔戈鲁科夫连忙抢在巴格拉基昂之前，回答说。

尼古拉交卸了放哨任务，天亮前睡了几个小时，觉得高兴、勇敢、刚强、浑身有劲，对幸福充满信心。总之，心情愉快，认为什么事都轻而易举，什么事都容易办到。

这天早晨，他的一切愿望都实现了：有他参加的大会战开始了；他当上最勇敢的将军手下的传令官。不仅如此，他还奉命去见库图佐夫，也许还能见到皇帝本人。早晨天气晴朗，他骑的又是一匹好马。他感到十分快乐和幸福。接到命令后，他就纵马飞驰，沿散兵线跑去。他先是沿着还没有投入战斗、停留在原地的巴格拉基昂部队的阵地走，然后来到乌瓦罗夫骑兵团的驻地。这里已能看到军队调动和准备战斗的迹象。他经过乌瓦罗夫骑兵团，就清楚地听见前面的炮声和枪声。射击声越来越猛烈。

在早晨的清新空气中，不再像原来那样，先是两三下稀稀落落的步枪声，然后是一两下大炮声，现在从普拉岑前面山坡上传来的枪声里还夹杂着密集的炮声，有时几声炮响简直分不开来，而汇成一片轰隆的巨响。

山坡上的枪烟仿佛在互相追逐，大炮的硝烟袅袅升起，扩散开来，彼此融合。凭着刺刀的闪光，还可以看见移动着的步兵和一行行拖着绿色弹药车的炮兵。

尼古拉在小山上勒住马，想看看前面的情况。但不论他怎样聚精会神，都弄不懂、看不清发生了什么事，只见硝烟中有人在移动，前前后后都有一群群军队在移动，但是为什么移动？是些什么人？到哪里去？却无法了解。这些景象和这些声音不仅没使他沮丧或者胆怯，反而使他增加了力量和决心。

“哦，加油，加油！”尼古拉心里说，又纵马沿着前沿阵地跑去，越来越深入军队交战的地区。

“那里的情形怎样，我不知道，但一切都会顺利的！”尼古拉想。

尼古拉经过一些奥军队伍，发现前面的部队（这是近卫军）已在作战。

“这样更好！我要到近处去看看。”他想。

他几乎沿着前沿阵地奔驰。有几个骑马的人迎面跑来。这是我们的近卫枪骑兵，因队伍溃散，败退回来。尼古拉从他们旁边驰过，无意中发现其中一个在流血，接着他又向前跑去。

“这不关我的事！”尼古拉想。他才跑了几百步，左面就有大批骑黑马穿漂亮白军服的骑兵向他飞驰而来。尼古拉纵马全速奔驰，想给骑兵让路。他本来可以避开他们，要是他们能保持原来的跑法，但他们不断加快速度，其中有些马已在大跑了。尼古拉越来越清楚地听见他们的马蹄声和武器的铿锵声，越来越分明地看出他们的马、他们的身体，甚至他们的脸。这是我们的近卫重骑兵前去迎战法国骑兵。

近卫重骑兵大跑起来，但还是勒着马。尼古拉已看见他们的脸，听见一个骑骏马飞驰的军官喊着口令：“冲啊，冲啊！”尼古拉担心被他们撞倒或者被卷进对法军的冲锋，就沿前线策马飞跑，但还是没能避开他们。

领先的近卫重骑兵是个麻脸的彪形大汉，他看见前面的尼古拉准会同他相撞，愤怒地皱起眉头。要不是尼古拉用鞭子向近卫重骑兵的马眼晃了一下，尼古拉准会从贝督因身上被撞下来（尼古拉在这些大汉和高头大马前面觉得自己是那么渺小和软弱）。这匹高大的黑马贴住耳朵，惊了一下，但麻脸的近卫重骑兵用大马刺猛刺了一下马腹，那马便摆了摆尾巴，伸长脖子，跑得更快了。近卫重骑兵刚从尼古拉身旁驰过，他就听见他们呼喊着“乌拉”。尼古拉回头一看，看见他们前面的人马已同戴红肩章的外国骑兵（大概是法国的）混在一起。别的东西再也看不见了，因为有个地方紧接着就开了炮，硝烟把一切都遮没了。

近卫重骑兵驰过尼古拉身边，在硝烟中消失了。尼古拉犹豫了一下，他跟他们一起跑呢，还是到他应该去的地方去？这是近卫重骑兵一次威名显赫的冲锋，使法国人大吃一惊。尼古拉后来听说，这群骑着千金骏马的好汉（其中有富家子弟、军官和士官生），在冲锋后只剩下十八个人。这消息使他不寒而栗。

“我何必羡慕他们呢？我的机会没有失掉，也许我马上就会看见皇上了！”尼古拉想着，往前驰去。

他跑到近卫步兵旁边，发现炮弹频频从他们头上和身边飞过。这并不是因为他听见炮弹声，而是看见了士兵脸色惊惶不安，军官们露出不自然的严肃表情。

他经过一个近卫步兵团的阵地，听见有人唤他的名字。

“尼古拉！”

“什么？”他回答，没有认出是保里斯。

“哼，我们上过第一线！我们的团打过冲锋了！”保里斯说，露出青年人第一次上火线的幸福微笑。

尼古拉站住。

“哦，原来如此！”尼古拉说，“打得怎么样？”

“把他们打退了！”保里斯兴奋地说，话多起来，“你没想到吧？”

于是保里斯开始讲述近卫军怎样进了阵地，看见前面有军队，以为是奥军。突然从那里飞出炮弹来，才知道他们已到了第一线，不得不立刻投入战斗。尼古拉没有听完保里斯的话，就催动了马。

“你上哪儿去？”保里斯问。

“给陛下送信。”

“喏，他就在这里！”保里斯说。他听错了，以为尼古拉说的是“殿下”，而不是“陛下”。

保里斯给尼古拉指指一百步外戴头盔、穿骑兵服的亲王。亲王耸起肩膀，皱着眉头，正对一个穿白军服、脸色苍白的奥国军官叫嚷着。

“这是亲王，可我要见总司令或者皇上。”尼古拉说，又要催马前进。

“伯爵，伯爵！”别尔格像保里斯一样兴奋，从另一边跑来，“伯爵，我右手负伤了，”他说着伸出他那用手帕包着的流血的手，“但我不下火线。伯爵，我用左手握剑。伯爵，我们别尔格一家个个都是好汉。”

别尔格还在往下说，但尼古拉没听完他的话，就骑马走了。

尼古拉经过近卫军，穿过一片空地。为了避免又落到受近卫重骑兵攻击的第一线，就沿着后备队行列，远远地避开枪炮声最激烈的地方。突然从他前面和我军后面传来很近的枪声。他怎么也没想到这地方会有敌人。

“这是怎么回事？”尼古拉想，“敌人到了我军后方啦？不可能，”尼古拉想，突然为自己也为整个会战的结局感到担忧，“但不论怎样，”他想，“现在已经用不着绕着走了。我要在这里找到总司令。要是全完了，那我的使命也就完了。”

尼古拉越是深入普拉茨村外有各种部队驻扎的空地，他心头的不祥预感就越来越得到证实。

“这是怎么回事？这是怎么回事？他们在向谁射击？谁在射击？”尼古拉遇到混乱地逃跑、挡住他去路的俄奥士兵，一再问。

“鬼才知道他们！全垮啦！全完啦！”逃跑的人群用俄语、德语和捷克语回答，也像他一样不知道出了什么事。

“打德国人！”有人叫道。

“真见他们的鬼，叛徒！”

“这些该死的俄国佬！……”德国人用德语嘀咕道。

几个伤员在路上走过。咒骂、叫嚷、呻吟汇合成一片喧哗。射击声停了。尼古拉后来才知道，这是俄奥两军在相互射击。

“天哪！这究竟是怎么回事？”尼古拉想，“这里，皇上随时都会看见他们……不会的，这只是少数几个坏蛋干的。这就会过去的，没什么了不起，不会出乱子的，”他想，“但愿快一点，快一点离开他们！”

尼古拉头脑里不可能产生失败和逃跑的念头。尽管在他奉命去普拉岑高地找总司令时，在那里看见了法国大炮和军队，他却不能也不愿相信这是事实。

18

尼古拉奉命到普拉茨村附近找寻库图佐夫和皇帝。但不仅库图佐夫和皇帝不在这里，连一个长官也找不到，只剩下一些溃散的兵种。他催着已经累坏的马，想赶快超越这些人群，但他越往前走，人群就越混乱。在他所走的大路上挤满各种马车，各兵种的俄国兵和奥国兵，负伤的和没有负伤的人员。他们在普拉岑高地法国炮兵打来的炮弹哀鸣声中乱成一团，发出一片喧哗。

“皇上在哪里？库图佐夫在哪里？”尼古拉逢人就问，可是谁也没有回答他。

最后他抓住一个士兵的领子，强迫他回答。

“哎！老弟！他们早就跑了！”那士兵回答，不知为什么笑起来，挣脱了尼古拉的手。

尼古拉扔下这个显然喝醉酒的士兵，拦住一个大人物的勤务兵（或马夫），向他打听情况。勤务兵说，大约一小时前，一辆马车把皇上从这条路上飞快地送走了，皇上伤势严重。

“不会的，”尼古拉说，“大概是别的什么人。”

“我亲眼看见的，”勤务兵自信地含笑说，“我当然认得皇上，我在彼得堡不知见过多少次了。他坐在马车上，脸色煞白。天哪，四匹黑马从我身边隆隆地跑过。那几匹御马和伊里亚我当然认识。老实说，除了皇帝爷，伊里亚是不肯给别人赶车的。”

尼古拉放开他的马，想往前走。这时，一个负伤的军官从他身旁经过，招呼他。

“你找谁呀？”军官问，“找总司令吗？他被炮弹打死了，就在我们团里，胸部中了炮弹。”

“没有被打死，是负了伤。”另一个军官纠正他说。

“说的是谁？是库图佐夫吗？”尼古拉问。

“不是库图佐夫，他叫什么来着？嗯，反正都一样，活下来的人不多了。喏，你往那儿走，到那个村子里去，长官们都在那里。”军官指指荷斯吉拉迪克村说，说完就走了。

尼古拉一步步走着，不知道他现在去干什么，去找谁。皇帝负伤了，仗打败了。这一点现在不能不信。尼古拉朝着军官向他指出的方向走去，远远地看见塔楼和教堂。他还忙什么呢？就算皇帝和库图佐夫还活着，也没有负伤，他对他们还有什么好说呢？

“走这条路，大人，走那条路您准会被打死，”一个士兵对他叫道，“会把您打死的！”

“哦！你说什么呀！”另一个士兵说，“他要到那里去，走那条路近一点。”

尼古拉考虑了一下，就朝他们说他可能被打死的方向走去。

“现在反正无所谓：既然皇上都负伤了，我这条命又算得了什么？”尼古拉想。他跑进那个从普拉岑逃跑时死人最多的地带。法国人还没占领这地方，而活着的或负伤的俄国人早就离开那里了。在原野上，好像田地上的干草堆，每亩地上横着十到十五个伤亡的人。负伤的人三三两两爬在一起，间或发出不愉快的，尼古拉觉得是做作的叫喊和呻吟。尼古拉催马小跑，免得看见这些受罪的人。他感到害怕。他害怕的不是自己会送命，而是缺乏目睹这些不幸的人所需要的勇气。

法军本已停止射击这块伤亡累累的土地，因为这儿已没有一个活人，但一看到有个副官骑马走过，就对他开了几炮。惊心动魄的炮弹呼啸声和周围的尸体使尼古拉感到恐怖，他不禁自爱自怜起来。他想起母亲最近的一封来信。“她要是看见我现在处在这炮弹横飞的地方，”他想，“她会有什么想法？”

在荷斯吉拉迪克村，从战场上退下来的俄军虽然还有点乱，但秩序已经好多了。法军的炮弹已打不到这地方，射击声离得很远。这里人人都知道仗打败了，并且直言不讳。尼古拉问了许多人，谁都不知道皇帝和库图佐夫在哪里。有人说，皇帝负伤的消息是确凿的。又有人说不是这么回事，皇帝的马车确曾从战场上跑过，但上面坐的是吓得面无人色的御前大臣托尔斯泰伯爵，他原来跟其他人随从皇帝一起上了战场，传说就是这样产生的。一个军官对尼古拉说，他在村后左方看见一位高级指挥官。尼古拉就往那里跑去，但对能找到什么人已不抱希望，只求问心无愧。尼古拉骑马跑了三俄里光景，赶过最后一批俄军，看见掘了壕沟的菜园旁边有两个骑马的人，他们面对壕沟站着。一个帽上插着白缨，尼古拉觉得有点面熟；另一个陌生人骑着一匹枣红马（尼古拉觉得以前见过这匹马）走到壕沟前，刺了刺马，放松缰绳，轻轻地跳过壕沟。只见壕沟边上有些泥土被后蹄踩落下来，他陡然掉转马头，又跳回壕沟这边，恭恭敬敬地向戴白缨帽的骑马人招呼，显然要他也回来。骑马的人（这人尼古拉觉得很面熟，不觉引起他的注意）摇摇头，摆摆手，尼古拉立刻认出这就是他所怜惜和崇拜的皇帝。

"但这不可能是他，他不会独自待在这荒野上。"尼古拉想。这时亚历山大回过头来。尼古拉看见了那深深铭刻在他头脑里的敬爱的容貌。皇帝脸色苍白，双颊下陷，两眼深凹，但他的模样显得更温文尔雅。尼古拉证实皇上负伤的消息不确，他感到幸福。他感到幸福，还因为亲眼看见了皇上。他知道他可以，甚至应该向皇上报告陶尔戈鲁科夫要他报告的事。

但是，正像一个堕入情网的青年，当他梦寐以求的时刻到来，单独同意中人待在一起的时候，他却浑身发抖，呆若木鸡，不敢说出朝思暮想的话。他只是目瞪口呆，全身哆嗦，惊慌失措地环顾四周，寻找帮助，或者拖延时间，乘机逃跑。现在尼古拉就是这样，他获得了他渴望的机会，却不知道怎样接近皇帝，而且想出成千条理由，认为这样做是不合适、不礼貌和不可能的。

"这像什么话！我好像要利用他孤独和沮丧的时机去接近他。在这悲伤的时刻，他看见一个陌生人也许会觉得不快，甚至觉得难受呢。再说，我现在一看见他就心头发慌，嘴巴发干，我还能对他说什么呢？”尼古拉头脑里想到过千言万语要对皇上说，此刻却一句也想不起来。不过，他想到的话多半应该在别的场合说，多半应该在胜利和凯旋的时刻说，主要是在他负伤将死、皇上感谢他的英勇行为时说的。他要在临死前向皇上表示，他以实际行动证明他的一片忠心。

“再说，现在已是下午三点多钟，仗已打败，我怎么还能请皇帝对右翼发布命令呢？是的，我绝对不该到他面前去，不该去打断他的沉思。宁可死一千次，也不愿看到他怒形于色，听到他厉声斥责。”尼古拉打定主意，悲伤而绝望地走开去，不断回顾依旧站在那里犹豫不决的皇帝。

就在尼古拉这样考虑着，伤心地离开皇帝的时候，冯托尔大尉刚好路过这地方，他看见皇帝，就跑过来为他效劳，帮助他走过壕沟。皇帝觉得不舒服，想休息一下，在一棵苹果树下坐下来。冯托尔就站在他旁边。尼古拉怀着羡慕和后悔的心情远远地瞧着冯托尔怎样热烈地对皇帝说了好一阵话，皇帝用手捂住眼睛哭着，同时握着冯托尔的手。

“我本来可以像冯托尔一样！”尼古拉暗自想，勉强忍住怜悯皇帝的眼泪，颓然骑马往前走，不知道他现在该上哪儿去，去做什么。

他觉得他的悲伤是由自己的软弱造成的，就越发沮丧了。

他本来可以……不仅可以，而且应该去见皇帝。这是他向皇帝表忠心的唯一机会。可是他没有加以利用……“我干了什么啦？”尼古拉想。他掉转马头，往刚才看见皇帝的地方跑去，但那里已没有一个人了。只有一些车辆从那里驶过。尼古拉从一个车夫那里打听到，库图佐夫司令部离这里不远，就在车队去的村子里。尼古拉就跟着他们跑去。

他前面走着库图佐夫的马夫，马夫牵着几匹披马衣的马。马夫后面是一辆大车，大车后面走着一个头戴便帽、身穿皮袄的罗圈腿老家奴。

“季特，喂，季特！”马夫叫道。

“什么事？”老头儿漫不经心地答应。

“季特，快去打谷！”[①]

“呸，你这傻瓜！”老头儿怒气冲冲地吐了口唾沫，说。

他们默默地走了一会儿，又一次开了同样的玩笑。

下午四点多钟，会战全线失败了。一百多尊大炮落到法国人手里。

普尔杰贝歇夫斯基和他那个军放下了武器。其他几个纵队损失将近一半人，溃退下来。

朗热隆和陶霍杜罗夫的残部混合在一起，拥挤在奥格斯特村附近的池塘边和堤坝上。

五点钟以后，只有在奥格斯特堤坝那里还听得到猛烈的炮击声，那是普拉岑高地斜坡上法军摆开许多大炮在轰击我们撤退的部队。

陶霍杜罗夫等人在后卫部队中集合了几营兵力，反击追击我军的法国骑兵。天色渐渐黑下来。在狭小的奥格斯特堤坝上，多少年来，头戴尖顶帽的老磨坊主曾悠闲地坐在那里钓鱼，而他的孙儿则卷起衬衫袖子，在网兜里捡着银光闪闪鲜蹦活跳的鱼。在这个堤坝上，多少年来，摩拉维亚人曾戴着皮帽，穿着蓝短褂，平静地赶着装小麦的双驾马车走过，然后又沾了一身面粉，赶着装满白面的大车回来。现在，就在这条狭小的堤坝上，在辎重车和大炮之间，在马蹄下，在车轮中间，麇集着无数被死亡吓得面无人色的人，他们临死前互相拥挤着，从奄奄一息的人身上踏过去，把他们踩死，只是为了再走几步也同样死掉。

每隔十秒钟就有一颗炮弹冲开空气飞来，或者有一颗霰弹在稠密的人群中爆炸，炸死一些人，把血溅到旁边的人身上。陶洛霍夫臂上负了伤，带着他连里的十个士兵（他已是连长了）和团长一起骑着马。全团就剩下他们几个人。他们被人群推挤到堤坝口。这里四面八方都是人，他们被迫停下来，因为前面有一匹马倒在大炮下。人们正在把它拉开。一颗炮弹打死他们后面一些人，另一颗炮弹落在前面，溅了陶洛霍夫一身血。人群拼命向前挤，挤成一团，移动几步，又停下来。

“只要再走一百步，就准能得救；再逗留两分钟，就非死不可。”人

---

① 见本书第 275 页注。

人都在这样想。

陶洛霍夫从人群中向堤坝猛冲，推倒两个士兵，跑到池塘光滑的冰面上。

“到这儿来！”陶洛霍夫叫道，在开裂的冰面上跳着，“到这儿来！”他对拖大炮的人喊道，“这里冰厚！……”

冰能承受他，但有点下陷，发出咯咯的破裂声。显然，冰面不但承受不了大炮和人群，就是他一人站在上面也会破裂。大家都瞧着他，挤在堤坝上，不敢踩到冰上去。团长骑马站在堤坝口，举起一只手，张开嘴正要对陶洛霍夫说话。突然有颗炮弹从人群头上低低飞过，大家都弯下腰。那炮弹砰的一声落在潮湿的地方，那个将军随着从马上栽倒在血泊中。没有人看他一眼，更没有人想把他扶起来。

“到冰上去！到冰上去！走！躲开！你没听见吗！走！”在炮弹打中将军后，好多人一起叫起来，而他们自己也不知道为什么叫。

后面一尊大炮被拖到堤坝上，又转到冰面上。堤坝上的士兵纷纷跑到结冰的池塘里。前头的一个士兵踩破了冰面，他的一条腿落进水里。他挣扎着想爬起来，反而陷到齐腰深的地方。旁边几个士兵都畏缩不前，炮车的驭手勒住马，但后面还是传来叫嚷声：“到冰上去！为什么站住？走啊！走啊！”人群里发出一片恐怖的叫声。炮车周围的士兵挥动缰绳，要马掉头前进。几匹马离开了堤坝。原来站着许多步行的人的冰面塌了一大块，冰上大约有四十来个人，有的往前冲，有的往后跑，相互把对方推下水。

炮弹依旧一颗接一颗地呼啸着，啪嗒啪嗒地落到冰上，落到水里，多数落到挤满堤坝、池塘和河岸的人群中。

19

在普拉岑高地，安德烈公爵躺在他手擎旗杆倒下的地方，身上不断流血，嘴里不自觉地发出孩子般可怜的轻微呻吟。

傍晚，他不再呻吟，完全安静下来。他不知道自己昏迷了多久。突然他又清醒过来，觉得头痛欲裂。

“那片天空在哪儿？今天我第一次看到的那片高远的天空在哪儿？”这是他的第一个念头，“这样的痛苦以前我从未尝到过，”他想，“是的，以前我什么也不知道。可是现在我在哪儿？”

他留神细听，听见渐渐逼近的马蹄声和说法语的人声。他睁开眼睛。他头上又是那片高远的天空，上面高高地飘着一片片浮云，浮云中间露出深邃的蓝天。他没有转过头去，只从马蹄声和说话声中听出有人走过来，在他旁边站住，但他没有看见他们。

骑马过来的是拿破仑和伴随他的两名副官。拿破仑巡视战场，发了加强炮击奥格斯特堤坝的最后命令，查看着战场上伤亡的士兵。

“了不起的人民！”拿破仑望着一个阵亡的俄国掷弹兵说。那个兵脸着地，后脑勺发黑，远远伸出一条僵硬的手臂，伏在那里。

“炮弹打光了，陛下！”从轰击奥格斯特村的炮兵队来的一个副官这时走过来报告说。

“下令到后备队里去取。”拿破仑说，走了几步，在仰面躺着、旗杆弃在一边（军旗已被法军作为战利品取去）的安德烈公爵身旁站住。

“死得漂亮！”拿破仑瞧着安德烈说。

安德烈公爵明白，这是在说他，说话的就是拿破仑。他听见这个说话的人被称作陛下。但他听这话，就像听苍蝇在嗡嗡叫一样。他不仅对此不感兴趣，而且不加注意，立刻就把它忘记了。他的头火烧火燎，他觉得他在流血，他看见头上那高邈、永恒的天空。他知道这是拿破仑，他心目中的英雄，但是此刻，同他的心灵和浮云飘飞的苍穹之间所发生的一切比起来，他觉得拿破仑十分渺小，微不足道。此刻不论谁站在他身边，不论说什么，他都不在乎。他高兴的只是有人站在他旁边，他只希望这些人帮助他回生，因为现在他对生命有了新的理解，他觉得生命是如此美好。他竭尽全力想动一动，发出一点声音。他稍稍动了动脚，发出微弱无力的可怜呻吟。

“哦！他还活着，”拿破仑说，“把这个年轻人抬到救护站去！”

拿破仑说完这话，骑马向兰纳元帅驰去。兰纳元帅脱下帽子，含笑走到皇帝面前向他祝贺胜利。

后来的事安德烈公爵就什么也不记得了：他被放上担架抬走，救护站探伤时引起的剧痛使他失去了知觉。直到傍晚他和其他负伤的和被俘的俄国军官被送到医院。这时他才清醒过来。在搬运途中，他精神稍微好一点，能向四周环顾，甚至说话了。

安德烈公爵清醒后听见的第一句话是法国押送官急急地说的：

"得在这里停一下，皇上马上就要打这儿过了，他看见这些被俘的先生一定会高兴的。"

"今天俘虏那么多，俄军几乎全部被俘，他恐怕看够了。"另一个军官说。

"哼，不见得！据说这一个是亚历山大皇帝近卫军的司令官呢。"第一个护送官指指那个负伤的穿近卫骑兵白军服的俄国军官说。

安德烈认出是雷普宁公爵，以前在彼得堡社交界见过他。他旁边站着一个十九岁的小伙子，也是个负伤的近卫骑兵军官。

拿破仑飞驰过来，在旁边勒住马。

"哪一个最大？"拿破仑看见俘虏问。

他们说出上校雷普宁公爵的名字。

"您是亚历山大皇帝近卫骑兵团团长吗？"拿破仑问。

"我带领一个骑兵连。"雷普宁回答。

"你们团光荣地尽了职。"拿破仑说。

"伟大统帅的称赞是军人最好的奖赏。"雷普宁说。

"我愿意给你们这个奖赏。"拿破仑说，"您旁边那个年轻人是谁？"

雷普宁公爵说了苏赫吉仑中尉的名字。

拿破仑对他瞧了瞧，笑着说：

"他同我们打仗还太年轻。"

"年轻对勇敢无碍。"苏赫吉仑断断续续地说。

"回答得好，"拿破仑说，"年轻人，您前程远大！"

安德烈公爵也被抬到法国皇帝面前，以凑足俘虏的人数。他不能不引起拿破仑的注意。拿破仑显然记得在战场上见过他，又像上次那样称他年轻人。

"怎么样，年轻人？"拿破仑对安德烈说，"您觉得怎么样，我的勇士？"

尽管五分钟前安德烈公爵已能对抬他的士兵说几句话，此刻他却直视着拿破仑，一言不发……在这一刹那，他觉得比起他所看见和理解的高邈、公正和仁慈的天空来，拿破仑所关心的一切都是那么微不足道，这个英雄怀着的庸俗虚荣心和胜利的欢乐都是那么渺小，以致他不屑回答他。

失血过多引起的虚弱和痛苦，以及死亡的临近，使安德烈产生一些严肃而壮丽的想法。同这种想法比起来，一切都显得渺小和无聊。安德烈公爵望着拿破仑的眼睛想：伟大其实毫无价值，生命（谁也无法理解它的意义）也毫无价值，而死亡（活人中谁也无法理解它的意义，无法加以解释）更是毫无价值。

法国皇帝没等回答就转过身，一面走，一面对一个军官说：

"叫他们照顾这些先生，把他们抬到我的宿营地，叫我的拉雷医生给他们治伤。再见，雷普宁公爵。"他说完便催动马匹，飞快跑开了。

拿破仑脸上焕发出得意扬扬的神色。

抬送安德烈公爵的法国兵原已把玛丽雅公爵小姐挂在哥哥脖子上的小金圣像取下，这时看见皇帝这样优待俘虏，连忙把圣像还给他。

安德烈公爵没看到谁把东西还给他，只感到细金链吊着的圣像突然又回到军服胸口上。

"要是一切都像玛丽雅公爵小姐所想的那么简单明了，"安德烈公爵看了看妹妹那么热情虔诚地替他挂上的圣像，想，"那就好了。要是能知道今生哪里可以得到帮助，死后将会怎样，那该多好！要是此刻我能说：'主哇，可怜我吧！'那该多么幸福，多么安心啊！……但这话我能对谁说呢！是向那不明确、不理解、无法称呼，甚至无法用语言表达的力量——伟大的万有或虚无——说呢，还是向玛丽雅公爵小姐缝在这护身符里的神说呢？除了我所理解的微不足道的一切，和我无法理解但十分重要的伟大事物之外，没有什么东西是可靠的！"

担架抬走了。每一下颠簸都使他感到难以忍受的疼痛；发烧更厉害，他开始昏迷。父亲、妻子、妹妹和未来的儿子、他在交战前夜体验到的柔情、微不足道的拿破仑的矮小身材，尤其是高邈的天空——这一切是他昏迷中胡思乱想的主要内容。

他想起了童山上平静的生活和安宁的家庭幸福。他正在享受这种幸福，突然出现了那个矮小的拿破仑，他带着幸灾乐祸的眼神冷漠地瞧着别人的苦难。于是安德烈公爵又感到疑虑和痛苦，只有天空许给他安慰。黎明时分，种种幻象交织成一片混乱和没有知觉的黑暗。据拿破仑的医生拉雷说，他的结局多半是死亡而不是复原。

“这人神经质，肝火旺，”拉雷说，“好不了啦。”

安德烈公爵就同其他没有希望的重伤员一起，留下来交给当地居民照顾。